Nach dem dramatischen Ende der Beziehung zu seiner Freundin geht der junge Anwalt Rutledge Jordan mit dem amerikanischen Peace Corps nach Tansania, um sich Klarheit über sein Leben zu verschaffen. In Afrika scheint er mit sich selbst ins reine zu kommen. Seinen Auftrag als Entwicklungshelfer erlebt er wie ein interessantes Abenteuer. Mit seinem großen Idealismus glaubt er, zwischen den so unterschiedlichen Kulturen vermitteln zu können. Doch als er sich in das junge tansanische Mädchen Zanifa verliebt, gerät alles aus dem Gleichgewicht. Zanifa soll sich auf Druck ihres Verlobten, eines reichen Prinzen, der in Oxford studiert hat, einem barbarischen Ritual unterziehen. Rutledge setzt alles daran, sie davor zu bewahren. Obwohl er weiß, daß seine Einmischung Zanifas Leben und sein eigenes gefährden kann, versucht Rutledge, das Mädchen zu retten – ein ebenso tollkühnes wie riskantes Unternehmen. Denn der Prinz kann sich die Einmischung eines Weißen nicht gefallen lassen.
Carter Coleman hat einen Roman geschrieben, der in der Tradition von ›Lord Jim‹ oder auch ›Schnee auf dem Kilimandscharo‹ steht. Hier wie dort geht es um Abenteuer und Moral in einer fernen, exotischen Welt.

Carter Coleman, geboren 1951 in Memphis/Tennessee, studierte an der Vanderbilt Universität. Ein Stipendium ermöglichte ihm einen vierjährigen Studienaufenthalt in Tansania. Danach arbeitete er in Nairobi für ›Time Magazine‹ und begann dort, sich für ein Regenwaldprojekt einzusetzen.
Carter Coleman ist Vizepräsident des tansanischen Wildlife-Fund. Er lebt als freier Journalist in Tansania und New York.

Unsere Adresse im Internet: www.fischer-tb.de

Carter Coleman

Im tiefen Herzen Afrikas

Roman

Aus dem Amerikanischen
von Günter Panske

Fischer Taschenbuch Verlag

Upendo na shukrani kwa:

De Dee & Kevin Reilly für die zwei Jahre auf einer Bergspitze.
Julian Ozanne & Aidan Hartley, meine Brüder in Nairobi,
die mich gesund gepflegt haben.
M.L.H. für Afrika und meinen Füllhalter.
Amu Jim McGehee
Susan Minot, *Mhariri Bora*
Das Dream Team: Lynn Nesbit, Larry Kirschbaum & Jamie Raab
Allen John & Dudley of Penniman, Noland & Coates
Meine Familie, die lange leiden mußte.

Limitierte Sonderausgabe
Veröffentlicht im Fischer Taschenbuch Verlag,
einem Unternehmen der S. Fischer Verlag GmbH,
Frankfurt am Main, Juni 2002

Lizenzausgabe mit Genehmigung des Argon Verlags GmbH, Berlin
Die amerikanische Originalausgabe erschien 1998
unter dem Titel The Volunteer im Verlag Warner Books, New York

This edition published by arrangement
with Warner Books, Inc., New York
Für die deutsche Ausgabe:

Satz: LVD GmbH, Berlin
Druck und Bindung: Clausen & Bosse, Leck
Printed in Germany
ISBN 3-596-50566-6

Für Julie
Nitakupenda Milele

&

für Bret Easton Ellis
Mwalimu Katili

Es ist die Leere, die der Fröhlichkeit folgt,
  und ein jeder muß fort
Nach draußen in die gestrandete Nacht, denn sein
  Schicksal ist es,
Ergebnislos zurückzukehren aus jener Helligkeit
Die Zeit vergehend aufruft …

John Ashbery

Aprili I

Die Sonne war ein Mond. Rutledge Jordan folgte den Geräuschen von Modest Mbungus Füßen durch den Schlamm. Die bläßliche Kugel aus Licht glühte alle paar Minuten durch ein Loch hoch oben im Blätterdach. Die Fährte führte einen Berghang hinauf durch eine Art Tunnel aus gigantischen Farnen. Jetzt, zur Mittagszeit, war es dort dunkel wie die Nacht. Kalte nasse Blätter verhüllten den Pfad. Jordan fürchtete diese Riesenfarne, weil er zwischen ihnen einmal beinahe auf eine Usambara-Buschviper getreten wäre.

»Noch ist Zeit umzukehren«, sagte Mbungu in englisch.

»Geh du doch zurück«, sagte Jordan in suaheli. Er stieß gegen ihn. »Verzeihung.« Er konnte Mbungus helles Hemd erkennen, auch das Weiße in seinen Augen. Er tastete nach Mbungus Hand und hielt sie, während er sprach, eine Bantu-Sitte, deren er sich bediente. »Kehr doch um, wenn du glaubst, daß es falsch ist.«

Mbungu murrte und entzog ihm die Hand. Während er den Pfad hinauf entschwand, erwiderte er in suaheli: »Du könntest dich verletzen.«

Wie blind stapfte Jordan weiter und versuchte, mit Mbungu Schritt zu halten. Zweige klatschten ihm ins Gesicht. Er fragte sich, ob Mbungu ihn in dieser Dunkelheit im Stich lassen wollte. Jordan befand sich unten an einer steilen Steigung. Er rückte die Gurte seines Rucksacks an den Schultern weiter auseinander und lauschte der Stille. Die Vorstellung, er sei von der Fährte abgeirrt, erfüllte ihn mit Panik. Er beugte sich vor, grub seine Hände in den Schlamm und begann, den Hang hinaufzuklettern. Leise verfluchte er Mbungu, weil dieser darauf bestanden hatte, eine Abkürzung zu nehmen. Mbungu legte es darauf an, daß er sich verirrte. *»Mm-buun-guu!«* schrie Jordan. Die Dunkelheit blieb still.

Der Pfad führte zu einem Hain hoher, tausendjähriger Kampferbäume, durch deren Laub trübes Licht drang. Aus einer Höhe von fünfzig Metern fiel durch das vibrierende Blätterdach wie in einer Kathedrale schräg das Licht auf den trockenen Torfboden. Jordan sah, daß Mbungu an einem Baum am Rande des Hains lehnte und trat wortlos zu ihm. Mbungu spähte hinauf zum Blätterbaldachin. Er trug ein ausgeblichenes Ranger-Shirt und graue Khaki-Shorts, einen schwarzen Wollpulli, das Geschenk eines norwegischen Botanikers, das er sich jetzt um die Taille gebunden hatte, und ein Paar sogenannter Bean-Duck-Stiefel, die Jordan im Jahr zuvor, am Ende der langen Regenzeit, für ihn geordert hatte. Die Stiefel sahen wie neu aus, wahrscheinlich säuberte und ölte Mbungu sie jeden Abend.

Mbungu blickte zu Jordan. »Die Abkürzung über diesen Hang hat uns eine viertel Stunde gespart.«

Jordan warf einen Blick auf seine Armbanduhr und nickte schwer atmend.

»Kuluzu«, flüsterte Mbungu und deutete auf einen knapp zwanzig Meter entfernten Baum auf der anderen Seite der Kolonie uralter Kampferbäume.

Jordan richtete seinen Nikon-Feldstecher auf die Colobusaffen und holte sie so von etwa dreißig Metern auf weniger als zehn heran. Sie waren kaum einen Meter groß, hatten ein schwarzes Fell, weiße Bärte und Kappen, die sie im Wechselspiel miteinander pflegten; mit den Fingern kämmten sie durch ihre Bärte und Schwänze. Auf schmalen Ästen hoch über dem Boden kamen die *kuluzu* zur Welt, und dort starben sie auch, ohne die Erde jemals berührt zu haben. Einer der Affen kreischte die beiden Männer dort unten auf dem Waldboden an. Die ganze Schar lief auf der anderen Seite des Baums die Äste entlang. Jordan sprintete unter ihnen quer über den Hang hinweg. Die Affen schwatzten aufgeregter und begannen, auf den Ästen herumzuhüpfen, bis diese wie Sprungbretter federten. Eine nach der anderen katapultierten sich die schlanken Gestalten gut fünfzehn Meter durch grünes Licht und Schatten und landeten auf den Ästen eines anderen Kampferbaums weiter unten am Berg.

»Das Alpha-Männchen«, sagte Mbungu und deutete mit der Hand.

Ein Affe blieb in dem Baum, wo der Clan gerastet hatte.

»Bwana Mbolo Kubwa«, sagte Jordan.

Bwana Großer Schwanz hüpfte vier-, fünfmal, bis der Ast vor dem Blick verwischte, und katapultierte sich dann in die Schatten.

Ein lautes *Wuuuusch*, das Geräusch von Luft, die durch einen Blasebalg gepreßt wird, durchbrach die Stille des Walds.

»Da kommt sie«, sagte Mbungu in englisch. *»Chui ya anga.«*

Der Kronadler tauchte hervor aus der Düsternis und hatte mit seinen Schwingen von fast drei Meter Spannbreite Mühe beim Manövrieren. Der Leopard des Himmels schlug seine Krallen in den Rücken des Affen und schwang mit ihm empor, stieß durch das Blätterwerk hoch oben. Der Trupp protestierte gegen die Hinrichtung wie aus einer Kehle, ein Urschrei von solcher Gewalt, daß Jordan sich die Ohren zuhalten wollte. Der Colobusclan versammelte sich um den mächtigen Stamm eines Kampferbaums.

»War das einer vom Elternpärchen?« Mbungu überquerte die Lichtung.

»Glaube ich kaum.« Jordan beobachtete die Colobusaffen. »Die Jagdgründe von Romeo und Julia befinden sich auf der anderen Seite des Bergkamms.«

Eine Viertelmeile weiter den Pfad hinunter konnten die Männer noch immer das Geheul der Affen hören.

»Heute ist der erste April.« Mbungu schüttelte den Kopf. »Der Tag der Narren. Und du bist einer von ihnen.«

Jordan nahm Mbungus Hand, sah ihm ins Gesicht. »Nur noch zwei Dutzend Himmelsleoparden gibt es in den Bergen.«

»Nestlinge sind so anfällig«, sagte Mbungu ruhig. »Schon der Schock, das Nest zu verlassen, kann für das Junge tödlich sein. Du kannst es mit irgend etwas infizieren.« In seinem festen Blick zeigte sich für einen Moment Beklemmung. Er war Waldhüter, und seine Bescheidenheit und seine profunde Kenntnis des Waldes gaben Jordan das Gefühl, ein Aufschneider zu sein, ein geschwätziger Amerikaner ohne irgendwelches Spezialwissen oder Verantwortungsgefühl.

»*Du* weißt doch, daß einer der beiden Jungadler nicht überleben wird. Kain wird Abel umbringen«, sagte Jordan rasch. »Vielleicht hat Abel diesmal ja Glück.«

»Die Adler sterben aus. Ihr Lebensraum schrumpft. Auf diese Weise könnte es vielleicht einen mehr geben – hast du zu mir gesagt.« Mbungu zog die Stirn in Falten. »Sind das wirklich deine Beweggründe?«

»Ja.« Jordan ließ Mbungus Hand los.

»Jetzt ist es zu spät«, sagte Mbungu in suaheli. »Bis zum Eintritt der Dunkelheit schaffen wir's nicht zurück. Du kannst es ja morgen wieder versuchen.«

»*Kesho*. Morgen.« Jordan befestigte an einem Pfeil eine Angelschnur. »Was für ein Afrikaner?«

»Es ist wahr, was sie sagen.« Mbungus Miene war ernst. »Weißmänner sind verrückt.«

»Landregenfieber.« Jordan spannte einen Pfeil gegen die Sehne eines Massai-Bogens.

»Du warst auch in der Trockenzeit verrückt«, sagte Mbungu.

Jordan zielte steil in die Höhe und schoß: Der Pfeil schnellte dreißig Meter hoch und prallte vom untersten Ast ab.

»Mist.« Jordan richtete die Sehne und hob den Pfeil vom Boden auf. Er schoß abermals, doch der Pfeil erreichte die Äste nicht einmal. Jordan folgte der Angelschnur in einen hohen Busch und zerkratzte sich Arme und Gesicht. Er versuchte es ein drittes Mal, ein viertes und ein fünftes.

»Gib mal her.« Ungeduldig streckte Mbungu eine Hand aus, als Jordan aus einem Busch gekrochen kam.

»Du hilfst einem Kriminellen.«

»Gibt's denn nicht so was wie Ganovenehre?« Mbungu schoß den Pfeil über den Ast hinweg.

»Trink ein Bier, Kumpel«, sagte Jordan in suaheli und warf Mbungu eine grüne Heineken-Dose zu. Er band zwei Teile eines glatten roten Kletterseils zusammen und befestigte das eine Ende an der Angelschnur. Gemeinsam zogen sie das Seil über einen Ast und wieder herunter, um es am Baumstamm festzumachen. Jordan schlüpfte mit dem Oberkörper in einen Harnisch und klinkte zwei Jumar-Haken ans Seil. Er prüfte das Gerät: Die Metallbremse glitt das Seil hinauf, aber nicht herunter. Mit Fußschlaufen an der Steigvorrichtung konnte Jordan geradenwegs emporklettern, wobei er jeweils mit einem Fuß in einer Schlaufe stand, während der Fuß mit der anderen Schlaufe höherglitt.

Er lud sich einen Packen mit Nylonnetzen auf den Rücken des Harnischs und kletterte los. Keuchend und schnaubend kam er langsam voran. In einer Höhe von zwanzig Metern begann plötzlich ein Knie zu zucken; es hüpfte wie eine Nadel in einer Nähmaschine. »Entspannen«, flüsterte er. Er wußte, daß er gesichert war, doch das Gefühl, zwischen Himmel und Erde zu baumeln und von einem leichten Wind gedreht zu werden, wirkte aufs Nervenzentrum und sandte seinem Knie beunruhigende Signale.

Schweißgebadet und nach Luft schnappend erreichte Jordan den untersten Ast. Er löste seinen Harnisch und spähte dann, auf dem Ast stehend, hinauf in das Gewirr der Äste und Zweige. Das Nest lag zwanzig Meter weiter höher. Beim Weiterklettern verlor sich das Gefühl des Fallens, denn das Geäst wuchs hier dichter, und einmal hielt Jordan für einen Augenblick inne, um eine orangefarbene Orchideenblume zu betrachten, die sich an den Baumstamm klammerte. »Geliebte Mutter, geliebter Vater«, sprach er laut, während er ein kurzes Massai-Schwert aus einer Scheide an seinem Gürtel zog. »Nach all dieser Zeit ist mein Herz noch immer ruhelos. Heute bin ich auf einen großen Baum gestiegen, um vielleicht einen Adler zu retten.« Seine Stimme zitterte. Er hackte einen Ast von der Größe eines Spazierstocks ab, befreite ihn von seinen Blättern und bekam so einen Stab zur Selbstverteidigung. Er wischte sich den Schweiß von den Händen und setzte eine Motorradbrille auf. »Das gehört nicht zu meinem Job. Ich hab's *pro bono* getan.«

Das Nest oben in der Baumkrone bestand aus zahllosen Zweigen und war größer als ein Doppelbett. Von unten konnte Jordan keinerlei Bewegung hören, nur den Wind, der in den Blättern raschelte. Langsam und mit festem Griff kletterte er einen kräftigen Ast hinauf, der das Nest auf der einen Seite stützte. Wenn sich ein Himmelsleopard kreischend auf dich stürzt, so schrei. Schwenke die Arme, und schrecke ihn mit deinem Gebrüll ab, wie man's bei einem attackierenden Rhinozeros macht, schärfte Jordan sich ein, aus Furcht, in Panik zu geraten. Schlage ihm gegen den Leib, wenn er sich nicht aufhalten läßt. Orientiere dich, katapultiere dich über den Nestrand hinweg, pack das Junge und rolle weiter, bis du den breiten Ast auf der anderen Seite erreichst.

Rund dreißig Meter von ihrem Nest entfernt hockte eine Himmelsleopardin im hellen Licht über dem Blätterbaldachin eines Baumes. Langsam glitt ihr prüfender Blick über das blaue Himmelsgewölbe. Ihre Augen konnten auf sechs Meilen ein Kaninchen ausmachen. Während sie langsam den Kopf drehte, hob und senkte sich ihr Blick, und gleichzeitig löste jedes hungrige Piepsen der beiden Nestlinge eine starke Anspannung in ihr aus. Am Morgen, als ihr Gefährte das Nest bewacht hatte, war sie in weiten Kreisen durch den Regenwald geflogen, unentwegt auf der Suche nach Affen und Buschböcken, doch ohne ihren Partner, der Ablenkungsmanöver flog, wurde sie bald entdeckt von den Affenclans, die sich hurtig hinter dichtes Geäst zurückzogen. Sie war hungrig, sie konnte es jedoch tagelang ohne Nahrung aushalten. Das Schreien erinnerte sie daran, daß Nestlinge morgens und abends fressen müssen. Zwei Impulse widerstritten in ihr: für ihre Jungen zu jagen oder aber sie zu schützen vor Falken, Bussarden und rachsüchtigen Affen. Plötzlich tauchte am Rande ihres Gesichtsfeldes langsam der Kopf eines Primaten ganz dicht beim Nest auf. Sie ruckte ihren Kopf herum, sah, daß es ein Mensch war, hob dann vom Ast ab und umkreiste die Krone des Baums.

Jordans Augen befanden sich kaum mehr als eine Daumenbreite oberhalb der Blätter. Langsam schaute er sich um. Er kletterte höher und suchte mit den Augen den Himmel über dem Nest und die leicht wogende Oberfläche des ihn umgebenden Baldachins ab. Zwanzig Meter von ihm entfernt lugten aus der grünen Krone eines hochragenden Baums tote Äste mit braunen Blättern, die Wandung des Verstecks, das er sich, ein Jahr war es her, drei Monate nach seiner Ankunft in Afrika gebaut hatte, in der ödesten Phase seines Exils. Während der kurzen Regenperioden im November und in der Trockenzeit danach waren die Tage und Nächte, wo er sich von seiner Arbeit davonstahl, die einzigen Augenblicke, in denen er seiner Melancholie entkam.

Er streckte seine Hände in Löcher im Nestbelag, zog sich hoch auf das Gebilde aus Zweigen und reckte sich, um in das Nest zu spähen. Die Köpfe der Nestlinge bogen sich auf flaumigen, S-förmigen Hälsen zurück, sie schrien vor Hunger aus weitaufgerissenen Schnäbeln. Kain war fast doppelt so groß wie Abel, obwohl dieser nur einen Tag später zur Welt gekommen war. Kain stahl dem Kleinen das Futter. Abels Kopf trug die Wunden von den Schnabelhieben seines Bruders. Jordan machte sich bereit, über den Nestrand hinwegzurollen.

Während er sich, mitten bei seiner Rolle, flach auf dem Rücken befand, sah Jordan, wie der Himmelsleopard aus der Sonne hervortauchte, die Krallen von der Größe von Menschenhänden vorgestreckt vor einer breiten orangefarbenen und schwarzen Brust und mit fast drei Meter weit gebreiteten, an den Unterseiten schwarzweiß gemusterten Schwingen. Jordans heiserer Schrei blieb ihm in der Kehle stecken. Er erhob sich auf die Knie, als der Adler ihn am Hinterkopf traf und mit dem Gesicht auf den Boden des Nests schleuderte. Er stützte sich hoch und spie einen Mundvoll verwesendes Affenfell aus.

Plötzlich hatte er das Gefühl, als ob ihm acht Injektionsspritzen tief in die Schulter gestochen würden.

Ein Schraubstock schien sein Schlüsselbein zu zermalmen,

und ein großer Schnabel hackte wie ein Eispickel gegen seine Motorradbrille. Jordan schrie.

Ein Brillenglas zerbrach. Jordans Blickfeld verschwamm, aber dann sah er dicht vor sich, wie in Großaufnahme, wäßriggelbe Augen in einem großen schwarzen Kopf, der von dunklen, weiß umrandeten Federn gekrönt wurde.

»Hau auf die Kacke!« Zum erstenmal seit achtzehn Jahren fiel Jordan der Rat eines älteren Nachbarjungen ein: über die einzige Möglichkeit, die einem blieb, wenn man von einer Übermacht in die Enge getrieben wurde. Er rollte auf den Rücken und brachte den Himmelsleoparden aus dem Gleichgewicht. Er schlug dem Vogel mit der flachen Hand gegen den Kopf, und dieser schlitzte ihm mit dem Schnabel die Handfläche auf. Die Krallen drangen tiefer in seine Schulter. Mit geballter Faust schlug Jordan gegen die gefleckte Brust. Die Adlerin kreischte und konterte mit einem kräftigen Schnabelhieb gegen seine Wange. Jordan packte sie beim Hals und zwang sie auf den Nestboden, um ihre Krallen aus seiner Schulter zu lösen. Er drückte ihr die Kehle zu. Endlich lockerte sie ihren Griff, hieb dann jedoch wild mit beiden Krallen zu und riß eine tiefe Wunde in seinen Unterarm.

Jordan schleuderte sich quer über das Nest und griff nach Abel. Dessen Augen waren geschlossen, doch er schrie auf. Den Nestling zwischen seiner hochgewölbten Hand und dem Unterarm haltend, rollte Jordan über den Nestrand und landete rittlings auf einem großen Ast. Der Himmelsleopard setzte ihm nach.

Krallen rissen über seinen Kopf, als die Adlerin über den Baldachin hochschwang.

Jordan duckte sich aus dem grellen Sonnenlicht in das stille Dunkel der riesigen Albizea. Er keuchte und zitterte, den Körper voller Adrenalin. Abel schaute ohne Angst oder Arglist zu ihm hoch, der unschuldige Blick eines jungen Tieres. Er tat den Nestling in den Nylonbeutel, der an seinem Harnisch hing, und kletterte hinab. Schließlich saß er auf dem untersten Ast und fingerte an einem kurzen Stück Kletterseil, das er durch die metallene »Acht« zu stecken versuchte. »Außenwelt … genau fokussieren … konzentrieren«, schärfte er sich ein, in der Erinnerung an Merksprüche, die er während seiner High-School-Ausflüge zu den Smokey Mountains gelernt hatte. Endlich fädelte er das Seil durch die Acht, befestigte es an seinem Harnisch und schwang dann frei vom Ast fort. Wie eine Spinne an einem Faden glitt er, sich um sich selbst drehend, langsam hinunter.

Das saugende Geräusch eines Projektils durchschnitt die Luft, und Jordan drehte den Kopf und sah, wie der Himmelsleopard mit an den Leib gelegten Schwingen aus den Schatten hervorzuckte.

Er stieß sich vom Baum ab und schwang um den Stamm herum. Die Adlerin veränderte ihre Flugbahn und hielt auf ihn zu. Er bedeckte sein Gesicht. Der Himmelsleopard jagte vorbei und traf ihn mit zusammengekrümmten Krallen seitlich am Kopf. Für einen Augenblick verdunkelten die Schmerzen ihm die Sicht, und er fiel rückwärts. Er fand sich wieder, am Seil baumelnd.

In seinem Blickfeld tauchte, kopfstehend, Mbungu auf und schleuderte Steine in Richtung von Jordans Kopf.

Die gelben Augen und der riesige schwarze Schnabel waren nur ein kurzes Stück entfernt. Jordan schützte sein Gesicht mit den Armen.

»Taremka! Taremka!« rief Mbungu. Komm herunter!

Jordan zog sich hoch und löste das Seil, das sich in der »Acht« verklemmt hatte. Als er sich zu Boden fallen ließ, jagte die Adlerin herab und riß ihre Krallen über seinen Rücken. Jordan schrie auf. Mbungu warf einen langen Speer gegen die Adlerin und scheuchte sie in die Bäume.

»Pumbavu!« Mbungu nannte Jordan einen Idioten und stieß den Speer in den Boden. »Ist alles okay?«

Jordan beugte sich vor und atmete tief durch.

»Poleh«, sagte Mbungu mitfühlend und drehte vorsichtig Jordans Arm herum, um sich die Wunde anzusehen. *»Poleh sana.«*

»Bitte sag nicht *poleh*. Ich hasse dieses Wort.«

Mbungu nahm den Nylonbeutel von Jordans Harnisch und blickte hinein. »Wo willst du den kleinen Leoparden unterbringen?«

»Ich habe an dein Haus gedacht. Für ein Weilchen, bis er größer ist.« Jordan schnallte seinen Harnisch ab.

»Hapana«, weigerte sich Mbungu; dann, in englisch: »Nicht ohne die Genehmigung der Wildlife Division.«

»Du blöder Bürokrat.« Jordan preßte seinen Unterarm seitlich an seinen Körper und bewegte die schmerzende Schulter. »Es ist doch ein schwächlicher Nestling.«

»Es ist *dein* verdammter Nestling.« Mbungu schaukelte den Beutel dicht vor Jordans Gesicht.

Jordan zog das Seil vom Baum herunter, verstaute das Klettergerät in seinem Rucksack und lud ihn sich auf. »Gehen wir«, sagte er und nahm Mbungu den Beutel mit dem Jungadler aus der Hand.

»Gib mir den Rucksack.« Mbungu lachte. »Beruhige dich. Die Mutter wird nicht zurückkommen.«

»Vielleicht nicht.« Jordan fiel hangabwärts in Laufschritt. »Aber ich habe zuviel Schiß, um logisch zu denken.«

Bei einem dunstumhüllten Teefeld verließen sie den Wald. Reihen runder Büsche zogen sich mehrere hundert Meter in Richtung der Forest Research Station, einem weißen, rot überdachten Haus im Kolonialstil, wo früher ein Schweizer Pflanzer gewohnt hatte. Jenseits der Berge erstreckte sich der

Horizont für zwanzig Meilen ostwärts zu einer dunklen Linie, wo die Küstenebene und der graue Dunst des Indischen Ozeans zusammentrafen. Kumuluswölkchen jagten über den strahlend blauen Himmel, der die tropische Dämmerung ankündigte.

»Ich hab' dir ja gesagt, wir würden's vor Einbruch der Dunkelheit nicht schaffen«, sagte Jordan in suaheli.

»Weil du soviel Angst hattest«, erwiderte Mbungu und beugte sich vor, um aus einem Bach zu trinken. »Du hast gescheut wie ein Buschbock.«

Jordan beäugte den Bach. »Von dem Wasser kriege ich Durchfall.«

»Es ist rein«, sagte Mbungu, während er aus seinen gewölbten Händen trank.

»Bist du sicher, daß du den Vogel nicht bei dir halten kannst, bis er groß genug ist, um über die Berge zu fliegen?« fragte Jordan.

Mbungu erhob sich und wischte sich mit dem Ärmel das Gesicht trocken. Er betrachtete Jordan mit dem gleichen schielenden Blick wie der zerlumpte Schwachsinnige, der am Eingang zum Waldreservat bettelte.

Jordan ging voraus zwischen den Reihen Büsche und dann quer über den Rasen zur Veranda des weißgetünchten Hauses, wo ein Hausboy bei einem Tisch wartete, auf dem eine Thermosflasche und Teetassen bereitstanden. Mbungu befahl dem Boy, heißes Wasser und Hühnerinnereien zu bringen, und folgte ihm dann ins Haus.

Jordan packte den Nestling in ein Sweatshirt und beobachtete, wie er den Kopf von Seite zu Seite ruckte. Durchsichtige, purpurfarbene Lider schützten seine leicht vorquellenden Augen.

Mbungu tat eine Schale und Verbandsstoff auf den Tisch. »Zieh dein Hemd aus.«

Jordan zuckte zusammen, als Mbungu den Schmutz und das getrocknete Blut aus den Verletzungen an seiner Schulter schrubbte und sie dann mit Jod ausspülte.

Lächelnd sagte Mbungu: »*Mzungu* sind ja solche Babys.«

»Da du weißt, wie niedrig die Schmerzschwelle des weißen Mannes ist«, sagte Jordan mit zusammengebissenen Zähnen, »könntest du ruhig versuchen, behutsamer zu sein.«

»*Stephanoaetus coronatus.*« Um Jordan abzulenken, sprach Mbungu die lateinischen Silben sehr langsam aus. »Wie wirst du den Nestling nennen?«

»Ich weiß nicht.« Jordan blickte zum Regenwald. Eine Linie dunkler Gipfel bildete eine grüne Insel, die sich aus dem wogenden Meer der Maisfelder rings um den Wald erhob. Eine breite, unten flache Kumuluswolke saugte durch unsichtbare Tentakel Wasserdunst zu sich herauf, indes sie am Himmel krängte wie ein gigantisches Kriegsschiff und die anderen Wolken gleichsam schrumpfen ließ.

»Dies hier muß sich ein Arzt ansehen«, sagte Mbungu, während er Jordans Unterarm verband.

»Ich werde morgen hingehen.«

»Erzähle ja nicht, wie du zu deinen Verletzungen gekommen bist.« Mbungu riß ein Stück Klebestreifen mit den Zähnen ab.

»Natürlich nicht.« Jordan wischte sich den Schweiß von der Stirn.

Der Hausboy kam mit einem Tablett zurück. Er hielt Jordan eine Schale mit kleinen Lebern, Herzen und Nieren hin.

»*Sio chakulu cha mzungu.*« Jordan erklärte dem Boy, daß rohes Huhn für den weißen Mann keine Delikatesse ist.

Mbungu lachte, hackte ein Herz in zwei Hälften und schob die eine in den Schnabel des auf dem Tisch liegenden Nestlings. Seine schwarzen Augen blinkten. Jordan und Mbungu fütterten ihn abwechselnd. Rasch entschwand die Farbe vom

Himmel. Die große Kumuluswolke richtete sich über dem Wald ein und schlang Nebelfinger um die Gipfel. Jordan zitterte und suchte in seinem Rucksack nach einem Pulli, fand dabei eine tagealte *Daily News*, die er am Morgen für Mbungu mitgebracht hatte.

»Tut mir leid, daß sie verknittert ist.« Jordan reichte ihm die Zeitung.

»Ich dachte schon, du hättest sie vergessen«, sagte Mbungu und ging ins Haus.

Jordan zog sich den Pulli über, nahm den Adler und folgte Mbungu in ein getäfeltes Zimmer mit einem Kamin. Mbungu zündete ein Feuer an und ließ sich dann mit der Zeitung in einem Sessel nieder. Jordan setzte den Adler auf den Boden beim Herd auf ein Sweatshirt.

»›Die Rückkehr der Demokratie.‹« Mbungu las laut die Schlagzeile vor und lachte bitter.

Jordan beobachtete, wie der Nestling die Augen schloß.

»Funktioniert das denn in deinem Land?«

»Gute Frage.« Jordan zog zwei lauwarme Heineken-Dosen aus seinem Rucksack.

»Ende des Jahres wirst du nicht mehr hier sein.« Mbungu öffnete eine Dose. Hinter ihm deckte der Hausboy nahe dem Kaminfeuer einen Tisch.

»Ja, stimmt.« Jordan streckte sich auf einem alten Brokatsofa aus. »Und?«

»Ich dachte nur …« Mbungus Stimme wurde leiser. Er nahm einen Schluck Bier. »Wie die *mzungu* so kommen und gehen.«

»Ich werde hierbleiben, bis der Vogel ausgewachsen ist«, sagte Jordan.

Mbungu nickte. Er langte nach einem Stück Eukalyptusholz auf dem Fußboden und warf es ins Feuer. »Das ist eine tolle Story, die du deinen Freunden erzählen kannst. Aufregender, als Bauern die Fischzucht beizubringen.«

Jordan starrte ihn durch die Schatten hindurch an. »Bwana, ich habe hart gearbeitet.«

»Ja, hast du.« Mbungu warf einen Blick zum Dinnertisch und erhob sich. »Aber ist es nicht das, was du dir wünschst? Ein afrikanisches Abenteuer etwas, das du mit nach Hause nehmen kannst?«

»Schau, Modest, ehe ich von hier fortgehe, möchte ich etwas tun.« Jordan stützte sich vom Sofa hoch. »*Sawa*, ich tu's also wegen des Kicks. Aber es lohnt sich. Als ich Abel im Nest sah, wußte ich, daß ich ihn retten mußte.«

»Hast du dir das auch gut überlegt?« Mbungu ging zum Tisch. »Du wirst keine Zeit mehr haben, Bauern in der Fischzucht zu unterweisen. Auch keine Zeit für Abstecher nach Nairobi oder Daressalam, um Jagd auf weiße Frauen zu machen. Und keine Besuche zum Versteck. Keine ...«

»Ich weiß«, sagte Jordan. »Aber der Vogel steht für mich an erster Stelle.«

Der Regen prasselte wie Kies auf das Dach. Jordan erwachte aus einem Traum in die Dunkelheit und brauchte einen Augenblick, um sich zu orientieren. Er glaubte, in seinem eigenen Haus auf der anderen Seite der Berge zu sein, sah dann jedoch Mbungus Stiefel im Schein des glimmenden Holzfeuers und erinnerte sich an die Blechdach-Jagdhütte seines Großvaters auf der anderen Seite der Erde. Er stellte sich vor, daß der Regen Löcher ins Blech trommeln würde und starrte in das Grau über der Lampe, bis oberhalb der Dachbalken Wellblechteile zu erkennen waren. Das Dach hob und senkte sich wie eine große Lunge.

»Regen, Mitternachtsregen, nichts als der wilde Regen«, rezitierte Jordan für sich, eine Gewohnheit seiner Einsamkeit in den vergangenen anderthalb Jahren. Er erhob sich vom Sofa, spürte die schmerzende Schulter. Dann pumpte er an einer

Drucklampe, und der Raum füllte sich mit weißem Licht und einem lauten Dröhnen unter dem hämmernden Regen. Der Himmelsleopard schlief. Jordan öffnete die breite Eingangstür und trat aus dem Licht der Laterne in den heulenden Wind und die finstere Nacht. Dunstiger Regen wurde unter das Verandadach geblasen. Jordan setzte sich auf eine Bank an der Wand und fragte sich, was wohl Anna am 1. April tun mochte. Er drückte das Licht an seiner Armbanduhr und sah: 11.51. In Memphis war es fast vier Uhr nachmittags.

»Du willst weg aus diesem Provinznest?« fragte Fred Goldberg mit gesenkter Stimme, als Charles Coates sie allein an der Bar zurückließ, während er zum hinteren Teil des Restaurants ging. »Komm doch nach Dallas, und arbeite für mich.«

Jordan blickte hinter Mr. Coates her, der sich zwischen den Tischen hindurchmanövrierte.

»Charlie hört nicht mehr sehr gut, ist aber zu eitel, um sein Hörgerät zu tragen«, sagte Goldberg lauter.

»Das ist ein sehr freundliches Angebot, Fred.« Jordan erhob sein Glas und überlegte, daß er kaum etwas mehr hassen würde, als in Dallas für einen Großhändler von Autoteilen zu arbeiten. »Aber mir gefällt's in Memphis. Meine Familie lebt seit dem Krieg von 1812 hier.«

»Die Rutledges oder die Jordans?« fragte Goldberg mit besonders breitem Texas-Akzent. Er war klein, rund und kahlköpfig und trug einen bräunlichen Baumwollanzug und dazu passende Stiefel aus Echsenleder.

»Beide«, sagte Jordan. »Klingt wahrscheinlich ziemlich prätentiös.«

»Aber euer Familienvermögen ist seit dem goldenen Zeitalter von König Baumwolle doch wohl ziemlich geschrumpft.«

Irgendwie brachte Goldberg es fertig, trotz des breiten Akzents schnell zu sprechen.

»Wie bitte?« fragte Jordan.

»Sonst würdest du dich wohl kaum für Penniman, Noland & Coates jeden Tag vierzehn Stunden lang abschinden in der Hoffnung, daß sie dich in fünf Jahren zu einem Juniorpartner machen, damit du nur noch zwölf Stunden zu schuften brauchst. All die Plackerei, während die Golf spielen.« Goldberg lachte und schlug ihm auf den Rücken. »Ich beneide dich, mein Sohn. Ich weiß über meinen Großvater nichts, außer daß er im Zweiten Weltkrieg von den Nazis umgebracht wurde.«

Jordan wirkte unsicher; er wußte nicht, wie er reagieren sollte.

Goldberg stieg auf die Fußstange an der Bar, gewann zehn Zentimeter an Körpergröße, so daß ihn der Bartender besser sehen konnte, und bestellte eine weitere Lage.

»Hör zu, mein Sohn, ich freue mich, daß du das Paar aus Elchleder trägst.« Mit einem Nicken wies Goldberg auf die hellen Cowboystiefel, die aus den Hosenbeinen von Jordans Leinenanzug hervorlugten. »Ich habe sie dir geschenkt, weil du richtig gut hineinpaßt. Du könntest Rechtsberater der Autoabteilung werden. Ich kann dir garantiert doppelt soviel zahlen wie Charlie. Dallas wird dir gefallen.«

»Fred, im letzten Vierteljahr habe ich mich in Sachen Wiederverkauf von Autoteilen ziemlich sachkundig gemacht ...«

»Du hast die Fährte schneller aufgenommen als ein Spürhund«, warf Goldberg ein, als der Bartender drei Gläser mit Bourbon und Eis auf den stählernen Tresen stellte.

»Danke, Fred.« Jordan grinste. »Aber ich glaube kaum, daß das ein Gebiet ist, dem ich mich weiter widmen möchte.«

»Aber da ist doch ein Haufen Geld zu machen«, jammerte Goldberg. »Du könntest eines Tages wiederkommen und die Rutledge-Plantage zurückkaufen. Mach deine Eltern stolz!«

Jordan lachte. »Meine Eltern?«

»Ich habe gehört, daß das Bauunternehmen deines Vaters nicht gerade floriert.«

»Mit wem hast du gesprochen?« Jordan zwang sich zur Höflichkeit.

»Ich mache in Memphis seit Jahr und Tag Geschäfte.« Goldberg blickte über seine Schulter und rief: »Schön, daß du wieder da bist, Charlie.«

»Hast du den jungen Jordan in die goldene Regel eingeweiht?« Charles Coates war groß und dünn. Er trug einen dunklen Anzug, der sein silbernes Haar hervorhob, und ein weißes Hemd im Kontrast zu seiner tief sonnengebräunten Haut; außerdem eine blaue Krawatte mit einem Wildentenmuster. Sein Gesicht wirkte säuerlich-ernst, eine Folge seines lebenslangen Kampfes mit Verdauungsstörungen.

»Wer das Gold hat, macht die Regeln«, sagte Goldberg glucksend.

»Nein, Rut und ich haben uns gerade über seine glorreiche Familiengeschichte unterhalten.«

»Die Rutledge Raiders.« Mr. Coates nickte feierlich. »Elijah Rutledge hat bei der Verteidigung von Vicksburg den Tod gefunden.«

»Es wird auch erzählt, daß er wegen Pferdediebstahl aufgehängt wurde«, sagte Jordan.

»Yankee-Propaganda.« Mr. Coates sah Jordan an.

»Nun, Mr. Coates, darüber ist man sich in der Familie keineswegs einig.«

Der Seniorpartner musterte Jordan mit dem durchdringenden Blick, mit dem er bei Besprechungen alle anderen zum Schweigen zu bringen pflegte.

»Wo kommt der Name Jordan eigentlich her?« fragte Goldberg.

»Von dem Jordan-Fluß«, erwiderte Mr. Coates.

»Und worauf läßt sich der Name des Flusses zurückführen?«

»Ich glaube nicht, daß er lateinischen Ursprungs ist«, meinte Jordan.

»Natürlich nicht. Es ist hebräisch. Es bedeutet: ›der Absteigende‹. Das kommt von dem Wort für hinuntergehen. Du bist derjenige, mit dem es abwärtsgeht.« Goldberg lachte und schwenkte eine Hand vor seinem Mund, wobei seine Finger ein V formten.

Jordan versuchte zu lächeln.

Mr. Coates schien das Wortspiel nicht zu verstehen. Er schaute nach unten, dann zu Jordan. »Warum haben Sie Stiefel an?«

»Nun ja, Sir, Mr. Goldberg hat sie mir geschenkt.« Jordan gab sich Mühe, nicht zu lächeln. »Ich hielt das für akzeptabel an dem Tag, wo wir den Abschluß ...«

»Lassen Sie das nicht zur Gewohnheit werden.«

»Natürlich. Ich ...«

»Fred, draußen wartet unser Auto«, sagte Mr. Coates und ging zur Tür.

»Wir reden noch miteinander.« Goldberg zwinkerte Jordan zu und drückte ihm mit sehr kräftigem Griff die Hand.

»Freu mich drauf«, sagte Jordan.

Jordan saß auf einem Hocker und blickte jetzt am Abend hinüber zum Peabody Hotel auf der anderen Straßenseite. Die Blöcke aus Kalkstein, gelblich im Schein der Straßenlaternen, erinnerten ihn an irgendein Gemälde, doch es wollte ihm nicht einfallen, an welches. In der vorderen Fensterscheibe sah er sein eigenes schwankendes Abbild, einen dünnen Menschen von achtundzwanzig in einem Zweireiher aus Leinen mit dunklen Tränensäcken unter seinen hellblauen Augen und mit kurzem sandbraunem Haar, und er konnte sich vorstellen, wie er als grauhaariger alter Mann mit schmallippigem Mund aussehen würde. Am Nachmittag hatte der Managing Partner Jordan in sein Büro gerufen und zu ihm gesagt, er werde für den Abschluß des sogenannten Car-Zone-Deals einen »substantiellen Bonus« erhalten. Zehntausend Dollar. Etwa zehn Dollar pro Stunde.

Eine attraktive Brünette kam ins Restaurant. Schwarze Jeans. Schwarzes, ärmelloses Hemd und Stütz-BH. Schwarze Cowboystiefel. Sie überquerte den Terrazzoboden und nahm einige Hocker entfernt Platz.

»Hallo«, sagte Jordan. »Sind Sie ein Cow-Girl?«

»Nein.« Die Frau machte ein unfreundliches Gesicht. »Ich bin eine Lesbe.«

»Was ist das – eine Lesbe?« fragte er.

»Ich liebe es, Mädchen zu küssen.« Die Frau drehte sich zur Seite. Sie winkte dem Bartender und betrachtete dann Jordans Cowboystiefel. »Sind Sie ein Cowboy?«

»Nein«, sagte Jordan. »Ich bin wohl auch lesbisch.«

Die Frau bestellte einen Drink. Jordan warf einen Blick auf seine Armbanduhr und schaute dann hinaus. Auf der stählernen Bar zitterte leicht das reflektierende Licht, als jetzt Anna durch die Glastür kam. Sie trug ihr dunkles Haar lang und hatte ein einfaches Navy-Kleid an, das locker von ihren Schultern herabhing und ihre Kurven nur andeutete.

Jordan winkte. »Hallo, meine Schöne.«

»Hallo, Liebster.« Annas Stimme war tief, kehlig. Sie trat dicht heran. Ihr Kopf reichte ihm gerade bis zum Hals.

Er beugte sich vor und küßte sie. Braune Augen. Ein Hauch von Parfüm.

»Du siehst wie ein Zombie aus.« Anna glitt auf einen Hocker.

»Ich kann's gar nicht erwarten, hinauf in die Berge zu kommen.«

»Dewars on the Rocks«, bestellte Anna und beugte sich dann seitwärts. Leise sagte sie: »Die hübsche Frau dort ist eine Lesbe. Neue Lehrerin am Kunstcollege.«

»Ich weiß.«

»Woher denn?« Anna runzelte die Augenbrauen.

»Sie hat's mir gesagt.« Jordan ließ das Eis in seinem Glas wirbeln.

»Hast du versucht, sie anzumachen?« Anna lachte, doch sie meinte es ernst.

»Ach, meine Süße«, sagte Jordan und legte einen Arm um Annas Schultern. »Ich habe heute einen hübschen Bonus bekommen. Und jetzt hab' ich genug für eine Anzahlung auf das Haus.«

»Ist ja toll, Baby«, sagte Anna fröhlich. Ihre Eltern hatten dem Paar schon lange das Geld für die erste Rate angeboten. Doch Anna wollte das nicht.

Jordan drückte ihre Schulter und wartete auf die Vorwürfe, mit denen er schon seit einem Vierteljahr rechnete. »Wie ist denn dein Tag gewesen?«

»Packerei und Papierkram.« Anna sah ihm ins Gesicht. »Alles für die Show vorbereiten.«

Jordan wollte gestehen, Anna um Vergebung bitten und schwören, daß er ihr für immer treu sein werde; doch fürchtete er, sie werde ihm nie wieder vertrauen; auch war er sich nicht sicher, daß er ein solches Versprechen würde halten können. »Was ist die nächste Station für die Show?«

»Atlanta.« Anna schlürfte ihren Scotch. »Willst du zur Eröffnung hin?«

»Na und ob.« Jordan konnte nichts Verdächtiges in ihren Augen entdecken. »Ich mag Atlanta.«

»Du kannst dich ja bei deinen früheren Kommilitonen schlecht benehmen«, sagte Anna. »Stell dir einfach vor, daß du noch immer an der Vanderbilt bist.« Die Schatten bei ihr waren offenbar verflogen.

Jordan bestellte einen dritten Bourbon und Wasser. »Ist schon komisch. Vorhin habe ich in der Glasscheibe dort mein

Abbild gesehen, und da saß ich plötzlich vierzig Jahre später im selben Anzug.«

»Hast du auch mich bei deiner Guckerei gesehen?«

»Da bist du doch …« Jordan nahm ihre Hand und blickte zu der Glasscheibe. »Eine wunderschöne Großmutter.«

»Und du wirst mich niemals gegen ein neueres Modell eintauschen?«

»Nein, niemals«, sagte Jordan zu ihrem Spiegelbild.

APRILI 2

Am Morgen lag über dem Regenwald eine Wolke, ein flaches graues Dach, das knapp hundert Meter oberhalb des Schweizer Hauses den Blick zum Gipfel versperrte.

»Vergiß den Arzt nicht! Dein Unterarm muß genäht werden«, sagte Mbungu.

»Sawa.« Jordan sagte okay und tat zwei Handvoll Stroh in einen kleinen Kasten, der auf den Gepäckständer der kleinen Honda geschnallt war, die vom Friedenscorps gestellt worden war. Mit Watte polsterte er die Innenseiten des Kastens.

Der Nestling wälzte sich unten beim Hinterrad auf dem Boden.

»Fahr nicht wie ein Verrückter«, sagte Mbungu.

Jordan bückte sich und hob den jungen Adler hoch.

»Sonst bringst du den Vogel um«, betonte Mbungu auf englisch.

»Sorg dich nicht um den Vogel, Bwana.« Jordan preßte seinen Handrücken behutsam in die Watte und das Stroh und formte für den Nestling eine kleine Mulde. Über den Kasten spannte er Maschendraht, den er mit abgeschnittenen Stücken eines Schlauches am Gepäckständer befestigte. »Ich brauche jemand zum Liebhaben.«

Normalerweise dauerte die Fahrt über die Usambara Mountains zurück zum westlichen Escarpment zwei Stunden. Doch nach zweistündigem anhaltendem Regen, der wahre Bäche von Schlamm durch die tiefen Furchen der Straße schwemmte und die Sichtweite auf zehn Meter beschränkte, hatte Jordan erst die Hälfte der Strecke zurückgelegt. Um sich von der Nässe und der Kälte abzulenken, sang er laut, während er sich immer wieder zu der kleinen Plane umblickte, welche den Kasten bedeckte. Der Nestling war nicht schlimmer dran als bei einem Sturm, den er in einer Baumkrone hätte überstehen müssen. Jordan fragte sich besorgt, wie lange er auf den steilen Hängen wohl den Griff der Bremse würde halten können, denn der Riß zwischen seinem Daumen und dem Zeigefinger der linken Hand schmerzte stark. Unaufhörlich prasselte der Regen herab, während die pochende Wunde zur stechenden Qual wurde. Jedesmal, wenn Jordan die Bremse betätigte, schrie er auf. Nach einer Weile hörte er auf zu singen und fuhr in verbissenem Schweigen weiter, während er sich fragte, ob er sich des Nestlings überhaupt hätte annehmen sollen.

Durch einen Regenvorhang hindurch erblickte Jordan schließlich den klaren Himmel. Ein heißer Savannenwind wehte das Escarpment herauf und hielt den Sturm vom Felsrand fern. Jordan konnte die Weiten der Massai-Steppe sehen, ein Wüstenblau, das im sanften Licht der tiefstehenden Sonne ein Meer zu sein schien. Ferne Hügelketten, kaum sichtbar im gleißenden Licht des Tages, zeichneten sich jetzt ab gleich purpurnen Zähnen, die gezackt über den weiten Horizont verliefen. Jordan kam an einer alten lutheranischen Kirche aus grau gestrichenen Brettern vorbei, deren Fenster schon lange zerbrochen waren, mit einem offenen, völlig abgedeckten Dach und einem Hof, der von Bougainvillea-Büschen überwuchert war. Auf dem Weg schoben Kinder in zerrissenen

Shorts und zerlumpten Kleidern ein selbstgebasteltes Fahrrad mit Holzrädern.

Jordan winkte und bog in eine Lücke in einer Reihe hoher Büsche, die den Rasen vor seinem Quartier umschlossen: das alte Pfarrhaus der verfallenen Kirche – ein Steincottage mit einer überdachten Vorder- und Hinterveranda, das auf eine eintausend Meter hohe Felswand hinausging. Stets, wenn er hier hinter den Heckenwällen verschwinden konnte, fühlte er sich befreit von den Tausenden von Augenpaaren, die ihn beobachteten, wohin auch immer er ging, und den Scharen von Kindern, die ihn von nirgendwoher umringten. Omali, der Wächter, saß auf der Veranda und schnitzte ein Gesicht in einen Kürbis. Omali war der einzige Luxus, den das Friedenscorps Freiwilligen zugestand.

»Der andere Kürbis war faul.« Mit seinem Messer deutete Omali auf einen Komposthaufen auf der anderen Seite des Hofes. Die Kürbislaterne, Jack-o-Lantern genannt, war ein Brauch, der mit Hilfe von eingeschmuggelten Samenkörnern aus Amerika nach Tansania gekommen war, wo sie als permanenter Talisman in Gebrauch war, um Sambaa-Diebe zu verscheuchen.

»Danke, Bwana«, sagte Jordan und hielt bei der Veranda an. Er band den Kasten vom Gepäckständer los und trug ihn zur Eingangstür, blieb jedoch kurz stehen, um seine Hand über den Kürbis zu schwenken. Omali sah mit ernster Miene zu, während Jordan ein mittelalterliches Gebet murmelte, das in Schmucklettern früher in seinem Kinderzimmer gehangen hatte: »Lieber Gott, behüte uns vor Geistern, Gespenstern, vielbeinigen Kreaturen und Dingen, die nachts umherschleichen.«

Jordan betrat die frühere Pfarre, einen zentralen Raum mit einem Schlafzimmer auf jeder Seite und einer Küche entlang der Rückseite. Es gab Lampen, die vor Jahrzehnten ein deutscher Priester angebracht hatte in der Hoffnung auf elektrische Leitungen, die jedoch niemals gelegt worden waren. Die Wasserbecken hatten verrostete Hähne und Rohre, die zu einem verrotteten und von Buschwerk überwucherten Holztank führten, der auf dem Nebenhof auf Pfählen stand. Jordan holte sich Wasser vom Blechdach, und während der Trockenzeit holte er welches mit Hilfe seines Motorrads von einem rund eine Meile entfernten Fluß. Jetzt stellte er den Kasten im Hauptzimmer auf einen runden Tisch. Behutsam trocknete er den schlafenden Jungadler und formte dann aus dem Handtuch ein Nest. Langsam schälte er sich aus seiner durchnäßten Kleidung und ließ sich nackt auf die Couch fallen. Wie verträumt betrachtete er die Wunde an seiner rechten Hand. Er löste den Verbandsstoff an seinem linken Unterarm und zog vorsichtig die Haut von der tiefen V-förmigen Verletzung zurück. Deutlich erkannte er einen grauen Streifen Eiter. Er ließ seine Haut los, wollte nicht noch mehr sehen und ging in Gedanken die notwendige Prozedur durch: die Wunde mit Betadine-Lösung auswaschen, dann etwas auftragen, das …

Quie-quie-quie!

Das unbekannte Geräusch ließ Jordan zusammenfahren.

Quie-quie-quie!

Ihm fiel ein, daß im Haus kein Fleisch war. Mühsam erhob er sich von der Couch und ging hinaus auf die Veranda zu Omali.

»Hol die Ziege«, sagte Jordan.

Omali sah ihn entsetzt an.

»Was ist denn lo…« Jordan merkte, daß er nackt war. Er stürzte ins Haus und suchte wild in seinem Schlafzimmer.

Quie-quie-quie!

In einem Korb fand er schmutzige Kleidung, zog sie an und lief wieder hinaus.

Omali war gerade dabei, um die Hausecke zu entschwinden.

»Wo ist die Ziege?« Jordan blickte über den Hof hinweg zur verfallenen Kirche.

Omali drehte sich langsam zu ihm herum.

Jordan wiederholte *»Mbuzi iko wapi?«*

»Sie hat das Seil durchgebissen und ... und ... ist den Felsen hinuntergestürzt.« Omalis Worte klangen verwischt. Er trug einen langen wattierten Umhang oder Mantel, den Jordan noch nie gesehen hatte, ein Stück, das vermutlich vor kurzem auf dem Markt in Lushoto aufgetaucht war und aus Amerika stammte. Die Ziege hatte er wahrscheinlich verkauft, um mit dem Erlös den neuen Mantel zu erstehen.

»*Mwongo*«, sagte Jordan: Lügner.

»*Mimi sio mwongo.*« Omali stritt es ab, sah Jordan an, blickte dann auf seine eigenen Füße.

»Es war nicht deine Ziege«, sagte Jordan langsam. »Du hast niemals irgend jemand geholfen. Niemand würde dir jemals eine Ziege schenken.«

»Es war doch nicht meine Schuld.« Omali hob den Kopf und wischte sich mit dem Handrücken den Mund. »Es war ein Akt Gottes.«

»Ich zieh's dir von deinem Lohn ab«, sagte Jordan und drehte sich um.

»Aber das wäre ja der Lohn von zwei Wochen.« Omali folgte ihm über die Veranda.

»Ich werde es auf sechs Monate verteilen.« Jordan hörte, wie Omali hinter ihm her schwankte.

»Bitte, Bwana, es war ein Akt Gottes.«

»Du nichtsnutziger Säufer«, sagte Jordan auf englisch. »Nachts pennst du, und am Tag beklaust du mich.« Jordan hätte ihn am liebsten gefeuert, doch Omali gehörte gleichsam mit zur Kirche; ein Cousin von ihm arbeitete in der Stadt im bischöflichen Büro. Es war unhöflich, aus dem Geflecht einer großen afrikanischen Familie eine einzelne Faser herauszureißen. Falls Jordan Omali feuerte, würde der Cousin vielleicht versuchen, Jordan aus dem Haus hinauszuwerfen, und Jordans Domizil hier oben am Felsrand oberhalb der Ebene war für ihn in den Usambara Mountains zweifellos das Paradies.

»Du weißt, ich spreche nicht englisch.« In dem knöchellangen Frauenmantel sah Omali lächerlich aus. »Bitte, Bwana, ich bin ein armer Mann. Ich habe acht Kinder zu ernähren.«

Was für ein Leben, dachte Jordan. »Okay, *bwana*.«

»Ahsante, bwana.« Omali dankte ihm.

»Falls wieder etwas verschwindet, fliegst du.« Jordan versuchte es mit einem strafenden Blick.

»Ahsante, bwana.« Omali lächelte. *»Ahsante.«*

Die Wunde an seiner Hand saugend, fuhr Jordan den Weg entlang. Er kam zu einer Schar barfüßiger Jungen in Shorts, die einen Ball kickten, der aus zusammengepreßten und mit Schnüren umbundenen Plastiktüten bestand.

»Jambo Bwana Samaki.« Die Kinder riefen ihm zu. Hallo, Master Fisch. Tausende von Sambaa in den Bergen kannten ihn und sein Gewerbe, seine weiße Haut machte ihn zur Berühmtheit.

»Verkauft irgendwer hier in der Nähe Hühner?«

»Ja, meine Mutter«, sagte einer der Jungen und beförderte den Ball mit dem Knie in die Höhe.

»Schnell. Lauf und frag sie.«

Der Junge gab dem Ball einen Tritt und rannte durch eine Lücke in einer Hecke davon.

»Laß mich mal auf dem Motorrad fahren«, sagte ein Junge. Mit einem Lächeln breitete er die Arme, als halte er einen unsichtbaren Lenker.

Jordan betrachtete ihn wortlos.

Ein anderer Junge äffte nach, wie Jordan an seiner Hand saugte.

Der erste Junge kam durch die Hecke zurückgerannt. »Sorry, Master Fisch. Sie hat ihr letztes Hühnchen gestern verkauft.«

Jordan fuhr weiter, bis er zu einer Ansammlung von Hütten kam, wo eine Gruppe von Frauen, auf Matten sitzend, einander die Haare flochten. Bevor sie die unangenehm lange traditionelle Begrüßung beginnen konnten, eine endlose Folge von Fragen über Wetter und Ernte und Arbeit und Familie, fragte Jordan rasch: »Verkauft hier irgendwer Hühner?«

Die Frauen quittierten sein unhöfliches Herausplatzen mit verschlossenen Gesichtern.

»Verzeiht mir! Ich bin in Eile. Hat jemand Hühner?«

»Alle Hühner hier sind krank geworden und gestorben«, sagte eine Frau.

»Das ist ja schrecklich. Tut mir leid.« Jordan fuhr weiter und fragte jeden, den er sah. Dem Anschein nach hatte irgendeine Krankheit alle Hühner in der Umgebung umgebracht. Jordan stoppte bei einer Reihe von Mädchen, die hell gekleidet waren und auf ihren Köpfen Plastikeimer voll Wasser balancierten. Er fragte eine: »Weißt du, wo ich ein Huhn kaufen kann?«

Wortlos ging sie weiter, den Blick auf die Straße gerichtet.

Jordan stellte dem zweiten Mädchen dieselbe Frage.

Stumm schritt sie vorüber.

Jordan fragte das dritte Mädchen.

Sie schien seine Worte nicht zu hören.

Er fragte das letzte Mädchen.

Sie ging schneller, um die anderen einzuholen.

Murmelnd fuhr er einen steinigen Abhang hinunter. Unten sah er einen Mann, der betrunken hangaufwärts torkelte. Jordan bremste stark und rutschte durch den Schlamm. Der Mann fuhr mit schreckensstarren Augen auf und schrie und fiel in das Elefantengras am Straßenrand.

»Verzeihung«, sagte Jordan. »Ich wollte nur fragen, ob du weißt, wo ich ein Huhn kaufen kann.«

»Ngolo«, sagte der Mann.

»Im Ngolo-Dorf?« Jordan blieb auf dem Motorrad sitzen, während er den Mann wieder auf die Beine zog.

»Ja.« Der Mann wischte sich den Schlamm von seiner geflickten Hose. »Mama Zanifa hat viele.«

»Danke.« Jordan gab die Fußbremse frei, so daß das Motorrad hangabwärts rollte, bevor der alte Mann ihn anbetteln konnte. »Mama Zanifa«, wiederholte er, um es sich einzuprägen. Die Mutter von Zanifa.

»Mzungu! Mzungu!« Ein Dutzend Kinder rannten auf die Honda zu, als Jordan zehn Minuten später das Ngolo-Dorf erreichte. Weißmann! Weißmann! *»Mzungu! Mzungu!«*

»Ich bin der König der Hexen, der Nachtgeister und der Vampire«, sagte Jordan in suaheli; und dann, mit gesenkter Stimme: »Rührt ja nicht das Motorrad an!«

»Gib mir Geld.« Ein Junge mit einem strahlenden Lächeln übte sein Englisch.

Jordan beachtete ihn nicht weiter und richtete seinen Blick auf das Dorf am Berghang. Er fragte, wo Mama Zanifa wohnte.

»Das letzte Haus. Das große.« Der Junge deutete auf ein Dach inmitten von Bananenbäumen.

Jordan ging zu Fuß weiter. Er folgte einem Weg und sah, wie aus den Türöffnungen der Lehmhütten Rinder hervorlugten. Alte Frauen mit runzligen Gesichtern saßen auf niedrigen Hockern und Stühlen aus Segeltuch im Schatten der hohen tropischen Hecken, die die kleinen Höfe unterteilten. Auf dem Boden stolzierten inmitten kunterbunter Hühnchenscharen Hennen durch das Dorf. Sie glichen nervösen Fischschwärmen und schienen hangaufwärts zu einem zweistöckigen Haus zu streben. Mit Ausnahme einstiger kolonialer Plantagengebäude hatte Jordan in den Bergen noch nie solch ein Haus gesehen. Die Lehmwände waren rosa getüncht, und die Fenster, groß wie *Mzunu*-Fenster, hatten knallrot gestrichene Rahmen.

Er sah eine Frau, die vor einem eingezäunten Blumengarten einige Handvoll trockener Körner auf den Boden warf.

»Friede«, sagte Jordan in suaheli. Er war verblüfft über ihre auffallend helle Hautfarbe und das wellige schwarze Haar unter ihrem Turban. Sie trug eine gelbe, um ihre Beine gewickelte *kanga* und eine weiße Bluse und stand sehr gerade, in den gekreuzten Armen eine leere, geflochtene Schale, deren oberer Rand gegen ihre Brüste drückte.

»*Karibu.*« Ihre Stimme war tief. Willkommen.

Jordans Blick schweifte unwillkürlich von ihrem Gesicht zum Ansatz ihrer Brüste. Mit den Fingern berührte er die Schwellung an seiner Schläfe. Er fühlte sich schwach.

»Du hattest einen Unfall mit deinem Motorrad?« Die Frau griff nach seinem Handgelenk und hob behutsam seinen Arm. »Ich habe ein Motorrad gehört.«

»Ich habe mit einem Himmelsleoparden gekämpft«, sagte Jordan »Und beinahe verloren.«

Haaah, es war ein flacher, überraschter Atemstoß.

»Verkaufst du Hühnchen?« Jordan seufzte. »Ich muß einen hungrigen Jungadler füttern.«

»Ja. Aber laß mich deine Wunden säubern!« Die Frau zog ihn zum Haus.

»Keine Zeit.« Jordan befreite sein Handgelenk, während er sich vorstellte, wie sie Kaninchenfell auf seine Verletzungen kleisterte. »Der Adler wird sterben, wenn ich ihn nicht bald füttere.«

»Komm.« Über einen Weg führte sie ihn zu einer Pforte in der Hecke.

»Bei allen anderen hat eine Krankheit die Hühner umgebracht. Wie kommt es, daß deine es überlebt haben?«

»Alle andern sind zu geizig, um Medizin zu kaufen«, sagte sie.

»*Onatoka wapi?*« Jordan fragte, woher sie stammte, eine höfliche Frage bei einer formellen Begrüßung.

»Mein Großvater war ein Deutscher«, sagte Mama Zanifa.

Jordan betrachtete ihr Gesicht. Sie hatte eine Adlernase. Ihre Augen waren hellblau, fast grau.

Sie kniff sie zusammen. »Möchtest du Tee trinken?«

»Ich wünschte, ich hätte Zeit. Aber mein Baby könnte sterben.«

»Nicht einmal eine einzige Tasse? *Kitu moja tu?*« Nur das eine – sie gebrauchte einen Ausdruck, bei dem »nur das Eine« das wichtigste aller Rituale meinte: das der fleischlichern Vereinigung.

»Ich kann wirklich nicht«, sagte Jordan.

»Ein andermal.« Sie lächelte und rief: »Zanifa, bringe eine Henne und ihre Küken.« Zunächst verlangte sie den doppelten Preis, der in Lushoto für Hühner galt. Jordan handelte sie auf die Hälfte herunter und vereinbarte mit ihr, daß vom nächsten Tag an alle drei Tage eine Henne mit ihrer Brut bei ihm abgeliefert würden. Er sagte zu ihr: »Mehr als eine Henne kann ich heute abend nicht bewältigen.«

Ein junges Mädchen kam mit einem Korb herbei. Sie hatte eine Schuluniform an. Eine einfache weiße Bluse bedeckte volle Brüste, und unter einem burgunderroten Rock verbargen sich lange Beine. Sie hatte die Gesichtszüge ihrer Mutter. Ihre Haut war genauso hell, doch ihre Augen waren fast schwarz.

»*Shikamoo*«, sagte Zanifa zu den Erwachsenen. Ich küsse eure Füße.

»*Marahaba*«, sagte ihre Mutter. Erfreut.

Jordan murmelte eine Antwort.

»Warum siehst du meine Tochter so an?«

»Sie ist schön. Ich ...« Vergeblich suchte Jordan nach dem

Suaheli-Wort für malen. »Ich würde gern ein Bild von ihr machen.«

»Eine Fotografie?« fragte die Frau argwöhnisch.

»Nein«, sagte Jordan. »Ich benutze Farben und einen Pinsel.«

»Du könntest sie an ihrem Hochzeitstag malen«, sagte die Mutter. »Zanifa ist mit *Sultani* Kimweri verlobt.«

Jordan überlegte, ob seine Frage als unhöflich aufgefaßt werden konnte, und gab sich Mühe, höfliche Worte zu finden; dann fragte er: »Hat ... hat er nicht schon Ehefrauen?«

»Eine, aber sie war eine Ziege, die Tochter eines Häuptlings vom Kilimandscharo, die er auf Befehl seines Vaters mit sechzehn heiraten mußte. Bevor er nach England ging. Sie hat ihm keine Kinder geschenkt.«

»Wann ist die Hochzeitsfeier?« fragte Jordan und starrte Zanifa an, die wegblickte.

»Zu Beginn der kurzen Regenzeit«, erwiderte Mama Zanifa.

Jordan überlegte, daß man wohl, wegen symbolischer Fruchtbarkeit, Hochzeiten und Regenzeiten gleichsam koordinierte. »Acht Monde, von jetzt an gerechnet?«

»Ja«, sagte Mama Zanifa.

Zanifa blickte auf ihre Sandalen.

Jordan fragte: »Wie alt bist du?«

»Sechzehn«, sagte sie leise.

Die Tropennacht fällt wie eine Guillotine, dachte Jordan, als er in der Dunkelheit mit seinem Motorrad aufbrach, im Rucksack hinten die herumkrabbelnde Henne. Immer wieder tauchte Astgewirr auf, gespenstisch im Scheinwerferlicht, und nahm unheilvolle Formen an. Jordans Helm erhitzte sich wie eine Art Gesichtssauna. Der Augenschirm beschlug völlig, so daß er ihn hochklappen mußte. Über Brust und Rücken floß der Schweiß in Strömen hinab und durchnäßte sein Hemd. Jordan wußte, daß er Fieber hatte; doch die plötzliche Hitzewelle in seinem Körper betäubte seine Wunden, und dafür war er dankbar. Eine Gottesanbeterin flog ihm ins rechte Auge, und er kam von der Straße ab, fuhr in ein Gebüsch und fiel auf die Seite. Wütend stellte er das Motorrad auf die Räder und trat auf den Anlasser, wieder und immer wieder. Er nahm seinen Helm ab und trat erneut mit seinem Fuß. Endlich sprang der Honda-Motor an. Jordan fuhr durch die Nacht mit ganz schmalen Augen wegen der fleuchenden Kreaturen, die im Scheinwerferlicht wimmelten, bis er endlich die bösen Augen des Kürbisses auf seiner Veranda sah.

Schwitzend und wie benommen zerhackte Jordan die Henne und schnitt Herz und Leber heraus für ein üppiges Mahl. In dem Handbuch »*Falken und Falknerei*« sah er sich die Fotos an, auf denen Falkner Nestlinge mit Pinzetten fütterten. Im Buch wurde ein Junges, das aus einem Nest genommen worden war, ein »Eyas« genannt. Auch der erwachsene Adler bleibt ein Eyas, ein Vogel, der im eindrucksfähigsten Alter aus der natürlichen Welt in die Welt des Menschen gebracht worden ist.

Das Eyas sah aus wie eine deformierte Kreatur, das auf dem Boden eines Flechtkorbs nach Protein schrie. Es verschlang die Stückchen der Hühnerorgane, und sein Kropf schwoll an zur Größe eines Golfballs. Schließlich ließ das gesättigte Eyas seinen Schnabel auf dem prallen Kropf ruhen. Der unmöglich lange Hals ringelte sich auf seinem krötenartigen Körper. Die Flügel glichen kurzen Flossen. Aber für Jordan war das Eyas kein Neutrum. In seiner Vorstellung war der Nestling weiblich, da er gelesen hatte, daß Raubvögel aus Achtung vor dem stärkeren Geschlecht mit »sie« bezeichnet werden.

In der Küche fand Jordan im großen Erste-Hilfe-Kasten des Friedenscorps Chloroquin-Malaria-Tabletten und versuchte sich zu erinnern, wann er das letzte Mal von dem Parasiten heimgesucht worden war – im Januar vielleicht. Er stellte die Laterne auf den Küchentisch und plazierte im Halbrund mehrere brennende Kerzen. Er öffnete eine große Flasche Eusol, die antiseptische Lösung, die vor Jahren an der Universität von Edinburgh entwickelt worden war zwecks billiger und leichter Herstellung in den Kolonien. Mit einem sterilen Stäbchen schob Jordan die zerrissenen Hautlappen an seinem Unterarm zurück. Zum erstenmal sah er sich die starken Farben des Inneren seines Organismus genau an. Der Anblick war genauso fremdartig wie der des geschlachteten Huhns. Die Fettzellen waren Trauben aus fluoreszierendem Gelb, die Muskeln hatten ein üppiges dunkles Purpur. Eine grüne Ader wand sich wurmartig durch das Fleisch. Die Wunde war dreckig.

Jordan trat zur anderen Seite und kippte zwei Gläser Gin hinunter. Mit den Zähnen öffnete er eine Flasche Wasserstoffsuperoxyd und goß es in die Wunde, bis der weiße Schaum auf den Tisch rann. Er spritzte rote Betadine auf einen sterilen Wattebausch und reinigte die Wunde. Seine Überempfindlichkeit machte die Prozedur fast unerträglich. Er versuchte die Schmerzen auszublenden, indem er sang.

Jordan spritzte noch mehr Betadine auf einen anderen Wattebausch, holte tief Luft und schrubbte das nackte Fleisch. Mit kühlem Eusol spülte er den brennenden Schaum aus der Wunde und sah noch mehr Schmutz. Noch einmal. Jordan dachte an die Massai-Krieger, die weder zucken noch schreien, wenn ihnen einer der Älteren mit einer groben Klinge die Vorhaut abtrennt. Ihre Mütter, die das Zeremoniell an der Peripherie verfolgen, jammern und winden sich für sie. Jordan dachte an seine Mutter auf der anderen Seite des Planeten. Beim Schrubben schloß er die Augen und sah, wie Mama Zanifa sterile Päckchen aufriß und Kaninchenfell in die tiefe Wunde schüttete. Er wischte sich mit der Hand über die Stirn. Sie war schweißbedeckt.

Jordan schwankte ins Schlafzimmer, kroch hastig unter das Moskitonetz und zog es straff, wobei er den unteren Teil des

Netzes zwischen Bettgestell und Matratze stopfte. Hier fühlte er sich sicherer als irgendwo sonst in Afrika. Keine Ratten, Insekten oder Schlangen konnten an ihn heran. Rundum abgeschirmt, befand er sich in einer trostvollen Geborgenheit, wie auf einem verzauberten Plätzchen inmitten eines gefährlichen Gartens.

APRILI 3

Die Schreie des Eyas weckten Jordan auf. Fahlgraues Licht sammelte sich in der Ruhe des Raums, während der Planet die Berge der Sonne entgegendrehte. Jordan streckte seine Füße durch das Netz auf den kalten Boden. In der Küche hatten die Ratten den toten Hühnerkörper auf dem Holztisch angefressen. Jordan schnitt ein paar Stückchen Fleisch ab und fütterte damit das Eyas, grübelte über einen Namen nach. Er betrachtete den flaumigen Nestling, der hier so allein und fremd war. *Pasipo*. Dieser Name fiel Jordan ein. Wo da nichts ist.

»Pah-SIE-poh«, sagte er scharf. »Ungezogen, Pasipo.«

Das Fieber kehrte in einem plötzlichen Schweißausbruch zurück. Er lag unter dem Moskitonetz, zu schwach, um sich zu bewegen, und er wußte, daß die Malaria nicht auf das Chloroquin reagierte, daß diese Art der Malaria mit ziemlicher Sicherheit gegen das synthetische Chinin resistent war. Blieb noch Larium, eine neue Droge, von der man wußte, daß sie Halluzinationen bewirkte, die noch lange nach der Malaria auftauchten. Er erinnerte sich an das Mädchen, das gerade von einem Bibel-College im Mittelwest gekommen war, eine Mathematiklehrerin in einem Wüstendorf zweihundert Meilen weiter westlich, die ihren Schülern monatelang an jedem Schultag viele Stunden aus der Bibel vorlas, bevor das Hauptbüro in Daressalam sie als nervenkrank einstufte. Sie hatte einmal pro Woche Larium als Malaria-Prophylaxe genommen.

Der Regen hämmerte auf das Blechdach des Pfarrhauses. Unsicher bewegte sich Jordan über den rutschigen, gestrichenen Küchenfußboden. Der Medikamentenkasten lag geöffnet inmitten heruntergebrannter Kerzen sowie auch Knochen und Fleischstückchen und getrockneten Hühnersäften. Jordan fand das Larium, riß die Aluminiumhülle auf und schluckte eine Tablette, die er mit gefiltertem Wasser aus einem kleinen zylinderförmigen Behälter auf dem Tisch nachspülte. Nachdem er Pasipo gefüttert hatte, ließ er sich auf das Sofa fallen und legte einen Arm quer über die Augen als Schutz gegen das schmerzende Licht.

Hodi ... Hodi ... Hodi. Jemand rief, und Jordan erwachte aus Malaria-Träumen in einen Raum voller Schatten. Langsam raffte er sich vom Sofa hoch. Draußen vor der mit Maschendraht bespannten Tür auf der Veranda konnte er Gestalten sehen. Er schwankte auf sie zu, doch sie schienen zu vibrieren und miteinander zu verschmelzen. Wirbelnd begann sich alles um ihn zu drehen, und er fiel auf den Holzfußboden. Er schloß die Augen gegen das rotierende Zimmer, doch sein Kopf war erfüllt von taumelnden Bildern. »Mama«, murmelte er. Irgend jemand hob ihn auf das Sofa. Er öffnete die Augen. Das Zimmer rotierte horizontal und sauste wiederholt durch sein Gesichtsfeld.

Er schloß die Augen. Jemand legte ein kühles, feuchtes Tuch auf seine Stirn. Seidenweiche Fingerkuppen strichen über seinen Arm. Jemand knöpfte sein Hemd auf, trocknete mit einem Handtuch seine Brust, hob dann seinen *kikoi*-Schurz und wischte seine Beine und Füße. Er hörte Wörter ohne Sinn. Eine Ewigkeit verging. Er schrie.

Eine Hand packte seine Hand mit festem Griff. Eine verschwommene Gestalt umkreiste ihn. Vom Schweif eines Kometen sprühten elektrische Funken.

»Bitte aufhören«, flehte er. »Bitte aufhören. Bitte aufhören!«

»Poleh. Poleh«, sagte ein sanfte Stimme. Das Wort durchdrang den verrückten Wirbel der Bilder so besänftigend wie ein Mantra. Gerate nicht in Panik, sagte Jordan zu sich selbst. Kontrolliere deine Atmung. Atme langsamer, und dein Sehvermögen wird folgen. Er spürte, wie sich die Muskeln zwischen seinen Rippen dehnten, als sich seine Lunge mit Luft füllte, und hörte, wie seine Rippen beim Ausatmen knackten. *»Poleh.«* Die Stimme sprach so langsam, daß jedes Wort gefüllt schien mit dem Rhythmus seiner Worte. *»Poleh.«* Der Kometenschweif aus gelben elektrischen Funken zerstob in einer roten und weißen Wolke. Jordan öffnete die Augen.

Schwarze Augen blickten in seine hinab. Neben ihm kniete Zanifa, das junge Mädchen. »Du bist wiedergekommen. Dein Fieber war zu hoch. Hast du Medizin genommen?«

Jordan konnte nicht sprechen. Er betrachtete die warme Tönung ihres Gesichts, das weiche dunkle Kraushaar, kupferfarben im Licht. Durch die hinteren Fenster war über dem Escarpment und tief über der Ebene die rote Sonne zu sehen. Er sah das Mädchen mit zusammengekniffenen Augen an, in denen der Schweiß brannte, und murmelte in englisch: »Du bist schön. Richtig süß ... vollkommen.«

»Ich verstehe nicht«, sagte sie leise.

Jordan starrte sie an. Er konnte nicht in suaheli denken.

Zanifa drehte ihr Gesicht fort von seinem starren Blick.

»Zanifa, wir müssen gehen – es ist Zeit, das Wasser zu holen«, sagte hinter ihr ein Mädchen.

»Die Männer sollen ... ihr Wasser ... selber holen.« Jordan hatte Mühe mit den Suaheli-Wörtern.

Die beiden Mädchen sahen einander an und lachten.

»Die würden nie Wasser tragen«, sagte Zanifa. »Die Männer? Niemals!«

Das andere Mädchen ging zur Tür.

Zanifa streckte ihre Hand zu Jordan und hob seinen Unterarm an. »Die Wunde ist wirklich schlimm. Ich sollte sie säubern.«

»Ich laufe besser nach Hause, um Wasser zu holen, ehe mein Vater mich schlägt«, sagte ihre Freundin.

»Sag meiner Mutter, daß ich bald zu Hause sein werde«, sagte Zanifa.

Hinter dem Mädchen schlug die Tür zu.

Zanifa sah Jordan an. »Wir müssen deine Wunden mit abgekochtem Wasser waschen und gekochtes Salz drauftun.«

»Ich dachte, du würdest Karnickelfell vorschlagen.« Jordans Kopf fühlte sich allmählich klarer.

»Ich habe von meiner Urgroßmutter gelernt.« Zanifa erhob sich, glättete ihren Rock. »Sie war unter den Sambaa berühmt als eine Ärztin, die die Kräuter des Waldes und die Medikamente des weißen Mannes kannte. Sie war mit einem Deutschen verheiratet.«

Pasipo schrie vom Tisch her. Jordan versuchte sich aufzusetzen, doch das Zimmer geriet ins Schwanken. Er machte sich wieder lang und fragte Zanifa, ob sie wohl etwas Fleisch zerhacken und den Jungadler füttern würde.

»Die Raubvögel haben besseres Essen als die Leute in den Bergen«, sagte Zanifa.

Jordan lächelte sie an, zeigte zum Eyas.

Während sie sich mit der Pinzette über den Korb beugte, sagte Zanifa: »Jetzt ist sie häßlich, aber sie wird zu einem schönen Adler heranwachsen. Sie werden von allen gehaßt, weil sie Hühner rauben.«

»Pasipo wird groß werden und Paviane erbeuten.«

»I say!« Die Augen auf Jordan gerichtet, gebrauchte Zanifa

den englischen Ausdruck, der auch in Suaheli-Gesprächen oft zu hören war. »Der Vogel hat genug gehabt. Jetzt müssen wir deine Wunden säubern.«

»Okay, hol die große Box mit den Medikamenten«, sagte Jordan. Der Gedanke daran, daß die Wunde abermals geschrubbt wurde, verursachte ihm Übelkeit.

Zanifa stellte den Kasten beim Sofa auf den Fußboden.

Jordan drehte sich auf die Seite und beugte sich über den Rand. Er fand das Larium, riß die Schutzhülle von einer Kapsel und schluckte sie trocken. Dann schloß er die Augen, während Zanifa die Verbände löste.

»Gieße zuerst das Wasserstoffsuperoxyd drauf«, sagte er zwischen zusammengebissenen Zähnen. »Warte, bis die Bläschen zerplatzt sind, und gieße dann das Eusol drauf.« Er versuchte zu summen, während sie die Wunden säuberte und verband. Bald war sein Gehirn durch das Larium und das Fieber zu stark betäubt, als daß er die Schmerzen spürte. Er konzentrierte sich auf die Empfindung, die ihre Hand auf seiner Haut hervorrief.

»Du brauchst eine Frau, die sich um dich kümmert«, sagte Zanifa schließlich sehr nüchtern.

»Mein Problem ist es, daß sich die Frauen immer um mich gekümmert haben.«

ANNA SASS IM HECK UND RIEF JORDAN ANWEISUNGEN ZU. DAS Kanu sauste über eine blinde Steinplatte in der Biegung des Flusses. Ein kurzes Stück vor ihnen erhob sich ein gewaltiger Felsklotz mit einer aus der schwarzen Fläche hervorspritzenden Fontäne. Jordan zuckte mit dem ganzen Körper zurück.

Anna rief: »Hart rechts!«

Jordan zögerte.

»Hart rechts!«

Jordan stach sein Paddel ins Wasser, und der Bug des Kanus schwang vom Felsen weg. Jordan schaute zurück.

Anna richtete ihren Blick auf den Fluß voraus und hielt ihr Paddel hinter sich vertikal ins Wasser, gebrauchte es als Ruder. Sie lachte und sagte: »Ole-Turn-n-Run.« Sie deutete flußabwärts zu einer Felsformation in einer Strecke weißen Wassers. »Am Ende der Stromschnellen ist ein Strudel. Halte dich auf der hohen Seite vom Loch, und paddle wie der Teufel, oder er saugt uns ein.«

Das weiße Wasser schleuderte das Aluminium-Kanu von der einen Seite zur anderen. Jordan hielt sich mit den Händen am Dollbord fest. Das Kanu segelte über eine vorspringende Platte und platschte zurück in den Fluß. »Hohe Seite«, schrie Anna. Jordan beugte sich nach vorn über den Bug und zog sein Paddel mit beiden Armen durch das grüne Wasser zurück. Der Bug hob sich, und das Heck des Kanus schwang in ein wirbelndes Loch von zwei Meter Durchmesser. Jordan hatte das Gefühl, daß sie rückwärts glitten. *»Paddeln!«* rief Anna und ließ ihr eigenes Paddel am Rand des Strudels durch Wasser wirbeln. Jordan paddelte, getrieben von einem Adrenalinstoß schierer Angst, paddelte wie besessen, obwohl ihm bewußt war, daß sie sich keineswegs in großer Gefahr befanden. Nach einigen Sekunden erreichte das Kanu wieder die Hauptströmung und glitt gemächlich flußabwärts.

Der Fluß floß langsamer und verbreiterte sich zu einem tiefen Becken in einer Schlucht aus schierem Sandstein. Sie trieben aus dem Sonnenschein in den Schatten der Bäume am Flußufer und setzten das Kanu an dem kleinen Strand von The Gentleman's Swimming Hole an Land. Jordan zog das Kanu aus dem Wasser und stolperte keuchend auf einen grauen Felsblock zu und dachte: Ich sollte mich besser fit halten.

Anna sprang ihn von hinten an und landete auf ihm. Sie stieß sein Gesicht in den Sand.

»Was für ein Angsthase!« Ihre Simme kam von schräg oben, war rauh und atemlos.

Jordan spuckte Sand aus und rollte sich auf den Rücken. Ihre Beine drückten seine Hüften nieder. Er blickte hoch in ihr Gesicht und dachte daran, wie es war, in der Hütte nackt neben ihr aufzuwachen und daran, wie ihre Körper sich im Schlaf zusammenfügten, und wie sie noch im Halbschlaf begannen, sich zu lieben, lange bevor es hell wurde. Und er fragte sich, wie er sie je hatte betrügen können.

Aprili 4–7

Drei Tage lang kam, von starken Winden aus dem Süden getrieben, Nacht für Nacht der Regen und weckte Jordan mit einem Geräusch, als krachten Wasserwogen herab auf das Blechdach. Er lag im Bett, lauschte auf die Stürme; fürchtete sich, wieder einzuschlafen. Die Larium-Halluzinationen verwischten die Grenze zwischen Wachen und Schlafen. Eines Nachts starrten ihn drei Gestalten in schwarzen Gewändern und Kapuzen durch das Moskitonetz an. Jordan setzte sich auf und schrie laut: »Wer seid ihr?« Die Gestalten zogen mit weißen Händen ihre Kapuzen herunter. Ihre Köpfe fehlten. Aus durchtrennten Hälsen wuchsen Ranken und weiße Lilien. Eine der Gestalten reckte ihm einen blutigen Armstumpf entgegen. Die Adern, Sehnen und das Fleisch des Armstumpfs verwandelten sich in eine Vagina, die sich wie ein Mund öffnete und schloß.

In der trüben Morgendämmerung waren es Pasipos Schreie, die ihn weckten. Zanifa hatte im Hauptzimmer ein Lager aus frischen grünen Blättern gemacht, und von dort schaute der junge Vogel mit den unschuldigen Augen eines Babys auf. Mit leerem Gehirn ließ Jordan winzige Stückchen Hühnerfleisch in den kleinen Schnabel des Eyas fallen. Als der Plastikbehälter leer war, schlitzte er mechanisch den Hals eines Huhns auf, nahm es aus und warf den Kopf, die Knochen und die Füße über den Rand des Felsens. Manchmal tanzte und wirbelte es vor seinen Augen. Dann legte er sich hin, blieb mit geschlossenen Augen liegen und sah, wie Farben vor dem schwarzen Hintergrund seiner Augenlider aufblitzten, bis dann seine normale Sehkraft zurückkehrte.

Am ersten Morgen kam Mama Zanifa und fand ihn halbnackt und fiebernd in zerwühlten Laken. Es dauerte Ewigkeiten, bis Jordan sie durch das Moskitonetz erkannte. Sie versuchte, ihn dazu zu überreden, ins Hospital zu gehen, aber Jordan sagte, er werde abwarten, der Gedanke, auf derselben Station wie Aids-Kranke zu schlafen, sei für ihn unerträglich. Ein paar Stunden später war er sich nicht mehr sicher, ob Mama Zanifa ihn wirklich besucht hatte.

Zanifa kam jeden Nachmittag mit ihrer Freundin Subira und brachte Obst, Gemüse und Hühner. Zanifa wechselte Jordans Verbände und zwang ihn, Papaya zu essen. Wenn der Vogel schrie, fütterte sie Pasipo und sprach zu ihr in suaheli, beglückwünschte sie zu ihrem Appetit und erzählte ihr von den kommenden Tagen, wenn sie hoch am Himmel fliegen würde.

Am vierten Tag erwachte Jordan im grauen Licht vor Sonnenaufgang mit klarem Kopf und fühlte sich wieder in seinem Körper zu Hause. Er schob das Moskitonetz beiseite und stand dann nackt im Zimmer. Er streckte die Arme in die Höhe, berührte anschließend seine Zehen. Er band sich ein *kikoi* um die Taille und lief durch das Haus zur Veranda. Dreihundert Meter tiefer bildeten die Wolken eine flache Ebene aus Schnee, die sich bis zum Horizont erstreckte.

Quie-quie-quie, rief Pasipo. Sie schien bereits eine Winzigkeit größer zu sein. Jordan legte Fleischstückchen vor sie hin, um zu sehen, ob sie schon selbständig fressen konnte. Sie beugte sich darüber und pickte eins auf.

Jordan brachte eine Schüssel mit *uji*, einem Brei aus Maismehl, auf die Hinterveranda. Strahlender Sonnenschein bleichte das Schneefeld und fiel durch dunstige Zwischenräume wie Scheinwerferlicht auf Flächen mit gelbem Gras weitere sechs- oder siebenhundert Meter tiefer. Für eine Weile schien ihn das Panorama mit einem dumpfen Glücksgefühl zu erfüllen. Er war lebendig. Er spähte in die Ferne, lauschte auf den Wind. Er erinnerte sich an einen Sonnenaufgang in den Bergen von New Mexico, den er gemeinsam mit Anna erlebt hatte, und die alte Traurigkeit überwältigte ihn. Das Beste war es, sich mit irgend etwas zu beschäftigen. Er trank seinen Tee aus und blätterte dann sein Sierra-Club-Terminbuch durch. Während der letzten Tage hatte er, wie er sah, drei Termine mit Farmern versäumt. Eine Eintragung gab es für heute: Ayubu Waziri, Ernte, *Saa 3* – das bedeutete die dritte Stunde des Suaheli-Tages, der logischerweise bei Sonnenaufgang begann.

Rasch säuberte und verband Jordan seine Verletzungen. Auf seinem Unterarm hatte sich eine harte Schicht aus Schorf gebildet. Jetzt war es zu spät, um die Wunde zu nähen. Drei der acht Verletzungen an seiner Schulter waren noch immer infiziert. Er würde aufpassen müssen, daß sie nicht naß wurden.

Draußen auf der Veranda schlief Omali auf einer Baumwollmatratze bei der Tür. Jordan blickte über den Hof zur alten lutheranischen Kapelle. Der Regen hatte die verwitterten Bretter geschwärzt. An den Seiten wanden sich Ranken empor, ringelten sich unter das Dachgebälk. Omali, in den großen wattierten Mantel gehüllt, atmete schwer. Jordan hob eine grüne Flasche vom Boden auf und roch den widerlichen Geruch von Rohzuckerschnaps. Er stieß mit dem Stiefel gegen den schmutzigen langen Mantel. »*Omali!*«

Der Wachmann grunzte und bewegte sich.

»Grüße den Sonnenschein, ehe es regnet, *bwana*«, rief Jordan in suaheli und trat einen Schritt zurück.

Omali schirmte seine Augen mit seinem Unterarm. Ganz langsam kam er auf die Füße.

»Was würde passieren, falls Diebe kommen, wenn du betrunken bist und schläfst?« Jordan schraubte die Verschlußkappe vom Treibstofftank der kleinen Honda, tauchte prüfend seinen Zeigefinger ein, spähte dann hinein. »Was für eine Art von Wächter bist du bloß? Scher dich hier raus!«

Von dem einarmigen Kreuz auf dem Turm der Kapelle schwang sich ein großer fahlgrauer Raubvogel empor, der mit den trägen Schlägen seiner überbreiten Flügel eine unsichtbare Leiter hinaufzusteigen schien – ein Nesträuber. Jordan sah, wie er steil an Höhe gewann und dann in Richtung Escarpment tauchte. Als Jordan wieder zur Veranda schaute, war Omali verschwunden. Er schloß die Vordertür zu, schob das Motorrad von der Veranda herunter und fuhr dann zum Tor im Lattenzaun. Das dunkle, faulende Holz der Kirche dampfte im Sonnenschein.

Auf der anderen Seite der Kapelle sah Jordan, wie Omali seine Frau anschrie. Dort gab es einen schlammigen Hof vor einem Lehmhaus mit einem rostigen Blechdach und einem einzigen Loch als Fenster. Mehrere Kinder rannten auf das Motorrad zu. Wie stets hatte Jordan ein schlechtes Gewissen, weil er allein in dem geräumigen Pfarrhaus wohnte, während Omali und seine Familie sich einen einzigen Raum teilen mußten. Es war bei ihnen wie bei der ganzen Viertelmillion Sambaa, die, wie schon seit Jahrhunderten, in den Bergen in engen Hütten wohnten. »Omali«, rief er und verlangsamte ein wenig seine Fahrt: »Vergiß nicht, für den Kürbis ein paar Kerzen zu kaufen.«

»Ndiyo, bwana.« Omali winkte und wandte sich wieder seiner Frau zu.

Jordan gab Gas und überließ sich dem rar gewordenen Sonnenschein und der sausenden Fahrt durch Maisfelder, vorbei an Gehöften und Trauben von Lehmhütten.

Eine Viertelmeile unterhalb des Dorfes Sala wartete Ayubu Waziri mit einer Schar seiner Kinder. Sala bestand aus einem Dutzend Lehmhütten und lag in einem Gehölz aus dürren Akazien und Eukalyptusbäumen, die sich vor einer öden Bergwand aus rotem Ton erhoben. Auf dem steilen Hang, dessen Boden durch jahrzehntelange Bepflanzung mit Mais erschöpft war, hatten Jordan und Waziri stufenförmig zwei Paar Teiche ausgehoben und mit kleinen Kanälen verbunden. Vom Dorf her konnte Jordan sehen, daß zwei trocken waren. Die beiden anderen sahen aus wie dunkelgrüne Katzenaugen in einem Fell aus goldenen Maisstengeln. Mit weiten, ausgreifenden Schritten ging Jordan den Hügel hinunter. Ayubu Waziri war unter seinen Schülern einer der wenigen, von denen er glaubte, daß sie sich bewähren würden.

»Du bist spät!« rief Ayubu Waziri ihm lächelnd entgegen und winkte überschwenglich mit beiden Armen. Er war ein drahtiger kleiner Mann, barfüßig, mit bis zu den Knien hochgekrempelten Hosen und einem Harvard-T-Shirt. Waziri war vierzig, sah jedoch aus wie fünfundsechzig.

Während Jordan sich näherte, rief Waziri wieder: »Du warst verschwunden.«

»Ich bin krank gewesen.«

»*Poleh.*«

»Danke.«

Waziris Kinder drängten sich heran. Jordan sagte guten Tag zu ihnen, und wie aus einem Mund erwiderten sie: »Ich küsse deine Füße.« Waziri hob zu einer langen altmodischen Begrüßung an. Was für Neuigkeiten gibt es heute morgen? Von deiner Familie? Von deiner Arbeit? Jordans Antworten bestanden aus jeweils einem einzigen Suaheli-Wort. Frieden. Gut. Cool. Er beendete den Dialog auf höfliche Weise: »Was für eine Neuigkeit gibt es von deinen Fischen?«

»Das werden wir heute herausfinden.«

»Im Ernst«, sagte Jordan. »Sollen wir das Wasser aus dem Teich lassen oder das Netz einholen?«

»Bei diesem hier lassen wir das Wasser ab, doch bei dem anderen holen wir das Netz ein«, sagte Waziri.

Jordan und Waziri breiteten das Netz bei dem einen Teich aus und ließen dann die beschwerte Seite hinunter in das Wasser. Der alte Mann befahl einem seiner Jungen, die Trennklappe wegzuziehen. Die sich in der Oberfläche des Teichs spiegelnde Wolke bekam plötzlich Falten und brach dann auseinander, als am unteren Ende des Teichs ein kleiner Strudel erschien. Weißes Wasser stürzte den schmalen Einschnitt in der Erde hinab und klatschte unten in einen leeren Teich. Im oberen Teich sackte das Wasser zentimeterweise tiefer. Nach einigen Minuten blieb nur noch eine Lache, und im Netz zappelten Silberne Tolapia und schnappten nach Luft.

Die kleinsten Kinder krabbelten herum, um die Fischlein in Gläser zu füllen, sie lösten sie aus dem Netz und trieben die kleinen Fische in den unteren Teich. Drei ältere Mädchen taten Fische in große Eimer. Alle lachten und bestaunten die Menge der Fische. Die großen Mädchen hoben die Plastikeimer auf ihre Köpfe. Sie ließen ihre Arme seitlich baumeln, während sie mühelos den Pfad zum Dorf hinaufgingen.

»Tumeshenda, bwana«, sagte Waziri. Wir haben gesiegt.

»Tunakwenda, tunashenda.« Jordan stimmte den Refrain eines alten ostafrikanischen Soldatenlieds an. Wir gehen. Wir siegen.

Waziri lachte und schlug sich auf die Knie.

Den Refrain singend, marschierte Jordan zu dem vollen Teich. Er dachte an die Partner bei Coates, Nolan & Penniman, wie sie am Jahresende den Bonus aufteilten. Und er fand, daß dieser Augenblick befriedigender war als ein dicker Scheck, wenn kein Bedauern dieses Gefühl überschattete. Doch er fragte sich, wie lange dieser Schatten wohl noch andauern würde.

»*Tunakwenda, tunashenda.*« Waziris zwölfjähriger Sohn Hamisi tänzelte hinter Jordan und folgte ihm um den Teich herum. Lächelnd stimmten die anderen Kinder in das Lied ein. Wir gehen. Wir siegen.

Jordan blieb am unteren Ende stehen. »Wer holt mit mir das Netz ein?«

»Der Teich ist zu kalt für einen alten Mann«, sagte Waziri. »Die Jungen werden's tun.«

»Was ist mit den Mädchen?« wollte Jordan wissen.

»Deren Aufgabe ist es, die Fische zu tragen und zu trocknen.«

»Laß zur Abwechslung doch mal die Jungen große Eimer mit Fischen auf den Köpfen balancieren.«

Waziri lachte.

»Okay, du und ich, wir holen das Netz ein. Geben ein gutes Beispiel.« Jordan kramte in seiner Tasche nach einem Stück Plastikplane und einer Rolle mit wasserdichtem Klebestreifen.

»Du und ich, wir sind *wazee*«, rief Waziri. »Es ziemt sich nicht für Ältere, wie Frösche herumzuhüpfen.«

Jordan klebte etwas Plastik um seinen Unterarm und entledigte sich dann seiner Stiefel und seiner langen Hose. Darunter trug er ein Paar abgeschnittener Khakis. Das kühle Wasser tat seinen Füßen gut. Er erinnerte sich an die lauwarmen Teiche in Südkalifornien, wo er mit den anderen Freiwilligen, die meist fünf oder sechs Jahre jünger waren als er und direkt vom College kamen, zwei Monate verbracht hatten. Tagtäglich hatte er ans Aufhören gedacht. All seine Freunde hielten ihn für verrückt, weil er für das Peace Corps seine Karriere aufgab. Nach der Ausbildung war seine Mutter beinahe in Ohnmacht gefallen, als sie erfuhr, daß er nach Afrika ging. Sein Vater sagte zu ihm: »Laß keine Milchkaffee-Babys zurück, und bete jeden Tag.«

Anderthalb Jahre später hatte er über dreißig Sambaa in der Fischzucht unterwiesen, bei denen man ehrlich hoffen konnte, daß sie auch nach seinem Fortgehen dabeibleiben würden, ein achtbarer Erfolg nach den Maßstäben des Friedenscorps, statistisch allerdings bedeutungslos. Während er das Netz durch das Wasser zog, schmerzte seine Schulter, doch fühlte er sich fit. Dem großen Jungen, der wie achtzehn aussah, rief er zu: »Zieh kräftig! Stell dir vor, daß wir in den Wellen des Indischen Ozeans sind.«

Der Junge strengte sich an. »Ich bin noch nie am Ozean gewesen. Ich habe ihn einmal von ganz oben in den Bergen gesehen.«

Sie zogen das Netz zur anderen Seite des Teiches und dann an Land. Im Netz zappelte etwa ein Dutzend Drei-Pfund-Tolapia.

»Tunakwenda«, sagte ein fünfjähriges Mädchen und bückte sich, um einen Fisch aufzuheben. *»Tunashenda.«* Während die Kinder lachten und die Fische einsammelten, überquerte Jordan Waziris Maisfelder und ging zu einer Gruppe von Akazienbäumen, wo er die trockne, spröde Erde unten am Stamm eines Baums wässerte.

Der Boden war verseucht durch Akazientoxine, die andere Pflanzen absterben ließen. Die dürren Bäume, die von britischen Kolonisten eingeführt worden waren, um Tannin zum Gerben von Leder zu gewinnen, breiteten sich noch immer im Land aus.

Als Jordan zum Teich zurückkehrte, begannen zwei Waziri-Jungen gerade damit, das Netz abermals durch das Wasser zu ziehen. Er sah, wie die drei Töchter von Waziri, die leeren Eimer in den Händen schwenkend, den Pfad herabkamen.

Jordan fragte den alten Mann: »Kennst du eine Mischlingsfrau, Mama Zanifa, die in Ngolo auf der anderen Seite des zweiten Berges dort lebt?« Mit der Hand wies er zu den blauen Bergkämmen im Norden. »Sie hat eine Tochter, die ungefähr so alt ist wie dein Ältester.«

Haaah! Ayubu sog hastig die Luft ein. »Das Kind ist ein Wechselbalg.«

»Wie?« fragte Jordan. »Was meinst du damit?«

»Bei den Sambaa ist Inzucht verboten«, erklärte Waziri in selbstgerechtem Ton. »Bevor die Europäer kamen, wurden Kinder der Blutschande gleich nach ihrer Geburt umgebracht. Dieses Mädchen ist ein Sakrileg gegenüber den Vorfahren. Man hätte es niemals leben lassen dürfen. Unglück wird sie begleiten.«

»Wer ist ihr Vater?« wollte Jordan wissen.

»Der Bruder ihrer Mutter.« Waziri starrte ihn an.

»Kein Wunder, daß ihre Haut so hell ist wie die ihrer Mutter«, sagte Jordan. »Wo ist er jetzt?«

»Er ist verrückt geworden. Er trank immerfort Zuckerrohrschnaps und faselte davon, daß der Fluch ihn umbringen würde.« Ayubu schien das Fatalistische der Geschichte zu genießen. »Eines Tages sprang er den Berg hinab.«

»Das Mädchen ist schön«, sagte Jordan.

»Was?« Waziri sah schockiert aus. »Ihr Weißen seid merkwürdig. Sie hat doch keinen *Hintern*.« Er deutete zu einer seiner Töchter, deren Hinterteil weit genug herausragte, um darauf eine Melone zu tragen – genau die Art von einem Rumpfende, das in einer Schenke in Tansania die Männer bejubeln würden. *Whau-whau.*

»*Sie* ist eine Sambaa-Schönheit«, sagte Waziri. »Dieses Mädchen Zanifa hätte man getötet, wenn ihre Mutter nicht nach

Daressalam geflohen wäre. Mama Zanifa kam zurück, als das Mädchen fünf Jahre alt war. Danach wollte keiner mehr die Frau heiraten.«

»Aber *Sultani* Kimweri wird Zanifa heiraten.« Jordan wartete auf eine Reaktion.

»Davon habe ich nichts gehört«, sagte Ayabu und fügte seufzend hinzu: »Ich bin erstaunt. Sein Vater würde niemals ein Wechselbalg zur Frau genommen haben.«

Während der Rückfahrt zu seinem Haus kam Jordan an einer offenen Schenke vorbei, wo Omali mit einer Gruppe leergesichtiger Männer zusammensaß. Auf dem Rasen vor dem Pfarrhaus spielten Omalis Töchter irgendeine Art Hopser-Spiel.

»Hast du mir heute einen Fisch mitgebracht?« fragte die älteste lächelnd.

»Einen für jeden.« Jordan langte in seinen Rucksack.

Im Haus fütterte er Pasipo mit Hühnerleber und -herz und sonstigen Innereien und legte sich dann auf der Hinterveranda auf einen Liegestuhl. Die Wolkenbänke waren einem makellosen Himmel gewichen. Die Felswand unter ihm fiel über dreihundert Meter steil ab und ging dann für weitere dreitausend in einen steilen Hang über bis hinunter zu den langen und ordentlichen grünen geometrischen Mustern der Sisal-Plantagen, so daß entlang der Bergwand ein pointillistischer Teppich entstand. Gegen Süden hin wurde der grüne Teppich für eine halbe Meile unterbrochen von der Kleinstadt Mombo, einer Ansammlung von glänzenden Blechdächern, die sich unten an das Escarpment schmiegten. Nach Osten hin dehnte sich für Tausende von Quadratmeilen die leere Savanne der Massai-Steppe. Die Nguru-Berge am Horizont schienen schwarze Haifischflossen zu sein.

Jordan blickte zu seiner im Schatten der Veranda stehenden

Staffelei und spielte mit dem Gedanken, ein weiteres Landschaftsaquarell zu erstellen. Malen war Therapie und absorbierte seine Einsamkeit und sein Selbstmitleid, aber dann siegte sein Bedürfnis, zum erstenmal seit einer Woche in seinem Briefkasten in der Stadt nach Post zu sehen.

Jordan fuhr auf einer unbefestigten Straße eine Meile weit bis zur Peripherie von Lushoto, dem Sitz der Distriktverwaltung, und erreichte dann die einzige Asphaltstraße im Gebirge. Diese Straße verband Lushoto mit Mombo und schlängelte sich zwanzig Meilen lang vom kühlen Hochland eine Schlucht mit einem Fluß hinunter bis zur drückend heißen Savanne. Jordan passierte viele Sambaa, deren unbewegte Gesichter von Natur aus feindselig wirkten. Ihre Mienen beunruhigten ihn stets, obwohl er genau wußte, daß sie, falls er hielt, um hallo zu ihnen zu sagen, seinen Gruß mit breitem Lächeln erwidern würden. Frauen balancierten Körbe auf ihren Köpfen. Männer gingen Hand in Hand, eine Sitte, die ihm längst nicht mehr sonderbar vorkam. Jordan fuhr vorüber an den niedrigen weißen Gebäuden einer Grundschule, an einem düsteren viktorianischen Haus, Heim der irischen Rasminian-Brüder, an einem Sägewerk, an einer kleinen Tannin-Fabrik, wo Rauch emporquoll und auf einem Schild zu lesen war *Giraffe Extract*; dann kam er vorbei an den Tennisplätzen und den Gärten des Lawns Hotel, an einem Fußballstadion und einer lutheranischen Buchhandlung. Es folgte eine BP-Tankstelle mit altmodischen Pumpen wie aus einem Gemälde von Hopper, eine Reihe sehr lauter Bars bei der Bushaltestelle gegenüber der katholischen Kathedrale und die säulengeschmückte National Bank of Commerce. Schließlich bog er in die Auffahrt eines anachronistisch wirkenden Postamts aus der britischen Kolonialzeit ein.

Sein Briefkasten war einer von dreihundert an einer Wand

hinten auf einer Veranda. Stets war da die Frage: Hatte man ihm zurückgeschrieben? Er öffnete den Kasten mit einem uralten Schlüssel und fand ein einziges Kuvert. Es enthielt Ausschnitte mit Meldungen über Hochzeiten und Debütantinnen aus dem *Memphis Commercial Appeal* sowie eine Karte von seiner Mutter, die ihm die Geburt der zweiten Tochter seiner Schwester mitteilte. Jordan las die Karte und die Ausschnitte zweimal sehr langsam und trat dann zu einem Schreibpult auf der anderen Seite der Veranda, wo er auf eine Ansichtskarte mit dem Bild von Zebras in der Serengeti schrieb:

Liebe Sophie.

ich freue mich sehr über die Nachricht, daß du ein gesundes Baby auf diese sonderbare Welt gebracht hast. Ich kann's gar nicht glauben. Mom muß ja im siebten Himmel sein. Längerer Brief später.

Alles Liebe, Rut

Während er eine rosafarbene Flamingo-Briefmarke auf die Karte klebte, hörte er, wie ein weiteres Motorrad vor der Post hielt.

»Glaubst du, daß man Aids kriegen kann, wenn man mit einem Mädchen in einem Restaurant ißt?« fragte ein hochgewachsener Mann in schwarzer Lederkleidung, der auf einem großen 1000-cm^3-BMW-Motorrad saß. Sein blondes Haar war kurz, fast ein Bürstenschnitt, sein Gesicht gebräunt und sein Mund zu einem Lächeln geöffnet. Aus den wasserdichten Ohrhörern um seinen Hals klangen gedämpft pulsierende afrikanische Trommeln und Pygmäenstimmen.

»Hallo, Ernst.« Jordan steckte die Postkarte in einen alten, gußeisernen Briefkasten.

»Ich habe dieses wunderschöne Mädchen gestern abend in einem Hotel in Tanga kennengelernt, nach einer achtstündigen Fahrt auf der Straße von Nairobi her.« Ernst zuckte die

Schultern, um anzudeuten, wie vergeblich Selbstkontrolle letztlich doch war.

»Dran und gleich weg«, sagte Jordan im Suaheli-Slang. Er wußte, daß sich Ernst, auf der Rückfahrt von der Küste zu den Bergen, die Episode immer wieder vorgespielt hatte und jetzt darauf brannte, sie jemandem zu erzählen. »Weißt du, Bwana, du bist ganz genau wie Kurtz in *Das Herz der Finsternis*. Du bist innerlich zwar ganz ein Einheimischer geworden, aber es drängt dich noch immer, deine Erlebnisse mit jemandem vom alten Schlag zu teilen.«

»Kurtz war ein großer Mann.«

»Ja, schon«, sagte Jordan zerstreut, während er sich an den Rat erinnerte, den Ernst ihm hier auf diesen Stufen gegeben hatte, als vor über einem Jahr die Mitteilung seiner Mutter von Annas Heirat eingetroffen war. Nächtliche Abenteuer mit afrikanischen Mädchen würden seine Gedanken von der amerikanischen Pute fernhalten und überdies noch für sein Suaheli gut sein.

»Sie war … wild«, sagte Ernst von seinem Motorrad her. »Halb Zulu. Halb Zanzibari.«

Wortlos trat Jordan von der Veranda auf den Fahrweg.

»Was ist denn mit dir passiert?« Ernst klickte den Walkman aus und betrachtete den Schorf auf Jordans Gesicht. »Wieder mit dem Motorrad einen Unfall gebaut?«

»Erinnerst du dich an Romeo und Julia?« fragte Jordan und betastete die Verletzung.

»Jaah?«

»Ich habe mit Julia um eins ihrer Babys gekämpft.«

Ernst pfiff durch die Zähne und lächelte. »Adler, wie?«

»Behalt's ja für dich«, sagte Jordan. »Ich möchte nicht den Wildhüter im Nacken haben.«

»Vielleicht bringt dich der kleine Adler in eine bessere Stimmung«, sagte Ernst und schwang sich von der BMW.

Jordan beobachtete, wie Ernst zur Veranda des Postamts ging. Er beneidete ihn um seinen Lebensstil. Vor anderthalb Jahren hatte ihm Ernsts Promiskuität mißfallen, doch inzwischen bewunderte er seine konsequente Haltung. Ernst war ein Veteran, dem es gefiel, für die Fortpflanzung mit Hilfe von Afrikanerinnen zu sorgen, die er in den Dörfern kennengelernt hatte, wo er in Uganda, Kenia und Tansania aktiv gewesen war. Das runde Dutzend seiner Kinder wurde von der holländischen Entwicklungsagentur auf die besten internationalen Schulen in ihren jeweiligen Heimatländern geschickt oder auch auf Colleges in Holland. Die Motorradfahrten zwischen den über ganz Ostafrika verstreuten Familien erforderten eine enorme Energie, und Ernst war schon fast fünfzig, obschon er viel jünger wirkte. »Du warst in Nairobi, um deine Kinder zu sehen?«

»Ja, *bwana*, sie wachsen so schnell heran.« Mit einem Lächeln drehte Ernst den Kopf.

»Und deshalb setzt du noch mehr in die Welt.«

»Ich habe gern Kinder um mich.« Ernst kramte in seiner Tasche nach seinen Schlüsseln.

»Genau wie die Afrikaner.« Jordan blickte zum blauen Himmel und lächelte. »Ich fing schon an, mich in der Phantasie von der Hinterveranda zu stürzen.«

»In Uganda gab es einen Amerikaner, der sich während der langen Regenzeit umgebracht hat.« Ernst setzte eine traurige Miene auf. »Wir nannten ihn den Peace Corpse – die Friedensleiche.«

»Quatsch.«

»Doch, es ist wahr«, betonte Ernst. »Sorge dafür, daß du immer zu tun hast.«

»Das Wetter ist zu beschissen, um Fischteiche anzulegen.« Jordan drehte gedankenlos am Gasgriff. »Und es ist so gottverdammt zwecklos.«

»Aber du gibst niemals auf.« Ernst gab seinem Lachen einen Hauch von Verrücktheit. »Du bist einer von *uns.*«

Jordan ignorierte ihn. »Und es ist zu beschissen naß, um im Freien zu malen, nicht interessant.«

»Ach, dabei fällt mir ein – ich wollte dich fragen, ob du auf einer Seite meines Büros ein Wandgemälde malen könntest.«

Mit dem Kopf wies Ernst auf ein neues Haus im alpinen Stil auf der anderen Seite der Straße.

»Was? Vielleicht das Bild deiner so weit verstreuten Familie? Kaum die richtige Propaganda für angemessene Familienplanung.«

»Sehr witzig. Nein, ein Wandbild von den Bergen mit ordentlich terrassierten Feldern und Aquädukten und Dörfern von Familien mit zwei Kindern ...«

»Schon kapiert. Klar doch. Nach der Regenzeit«, sagte Jordan ohne Enthusiasmus.

»Ich werde dich bezahlen«, sagte Ernst über seine Schulter, während er Post aus einem Briefkasten zog. Er rollte eine Zeitung auf und stieß einen Pfiff aus. »Es sind weitere fünf Parteien registriert worden.«

»Bereitmachen für die Demokratie.« Jordan setzte seinen Helm auf.

Ernst blätterte in einer Handvoll Kuverts. »Bereitmachen zum Chaos.«

Mei 7

Jordan jagte mit der Honda durch den Regen auf der befestigten Straße, die von Lushoto in Richtung Mombo führte. Er hatte einen Termin mit einem Fischzüchter und war spät dran. Er hielt seine Schultern gegen den Regen gekrümmt. Angestrengt entspannte er seine Muskeln und spürte, wie ihm der Regen ins Genick klatschte. Rinnsale liefen über den Augenschirm an seinem Helm. Die Straße, jetzt ganz ohne die Passanten, die für gewöhnlich die Seiten säumten, war ein schwarzes, schmieriges Band, das einen roterdigen Berg durchschnitt, der im Regen dunkelbraun aussah, wie getrocknetes Blut. Jordan folgte einem schwarzen Leyland-Bus, der hinten einen aufgemalten Spruch trug: »Kehr nie zurück.« Sämtliche Busse in Tansania trugen rätselhafte Slogans. Jordan gab Gas und überholte den schwarzen Bus auf einer kurzen geraden Strecke zwischen blinden Kurven. In seinem Seitenspiegel konnte er den Namen des Busses lesen: Satellit.

Auf halber Strecke bergabwärts bog Jordan in eine andere Straße ein, die hinaufführte nach Vooga, der alten königlichen Hauptstadt, wo die Sultane dreihundert Jahre lang über die Berge geherrscht hatten. Auf dem glatten Lehm rutschte das Hinterrad in den Kurven, und das Vorderrad bespritzte Jordans Hosen mit rotem Schlamm. Jordan fühlte sich versucht umzukehren, doch der Züchter hatte am Tag zuvor insgesamt zwölf Stunden zu Fuß zurückgelegt, um Jordan zu bitten, sich seine Teiche anzusehen, um herauszufinden, warum seine Fische eingingen.

Die Straße führte durch erodierte Felder, wo es keine Bäume mehr gab, ausgenommen üppige, zehn Meter hohe Kakteen mit dünn nach oben gebogenen Ästen. Auf einer darüber gelegenen Anhöhe sah man einen Eukalyptushain, wo zwischen den Wipfeln ein rotes Dach und ein weißes Türmchen hervorlugten, eine lutheranische Mission aus dem 19. Jahrhundert, dem ersten Stützpunkt des weißen Mannes in den Usambara Mountains. Jordan passierte die Abzweigung zur Mission und visierte eine blinde Kurve an, wobei er versuchte, das Hinterrad ruhig zu halten. Am Ende der Krümmung erblickte er plötzlich mitten auf der schmalen Straße einen Jungen in einer Schuluniform.

Jordan bremste voll und hupte. Das Hinterrad schwang vorwärts, bis das Motorrad seitlich durch den Schlamm rutschte.

Der Junge drehte sich um.

Die Metallplatte unterhalb des Motors prallte gegen die bloßen Beine des Jungen, der wie in einem langsamen Salto über das Motorrad hinweggeschleudert wurde.

Weiter straßauf, am Rande des Dorfes und durch den Regen kaum auszumachen, schrie eine Frau. Jordan lag, ein Bein unter der Honda eingeklemmt, seitlich im Schlamm. In seinem Knie spürte er ein Brennen. Er stöhnte und drehte sich in der Taille, um zurückzublicken zu dem Jungen, der mit dem Gesicht nach unten auf der Straße lag, die blauen Shorts und das weiße Hemd voll rötlichem Schlamm. Regentropfen klatschten auf seine schwarze Haut. Einer seiner Oberschenkel war in der Mitte in einem unnatürlichen Winkel nach hinten geknickt.

Jetzt schrien mehrere Frauen. Männer begannen zu rufen.

Der Anblick des gebrochenen weißen Oberschenkelknochens, der aus der schwarzen Haut hervorragte, löste in Jordan einen Brechreiz aus, den er unterdrückte. Er nahm seinen Helm ab, schob den Rahmen der Honda ein paar Zentimeter höher und zog sein Bein unter dem Motorrad hervor.

Das Schreien und Rufen wurde lauter, als sich die Dörfler jetzt rennend der Unglücksstelle näherten. Das Geräusch wurde zu unmenschlichem Surren.

Jordan kroch durch den Schlamm zu dem Jungen. Behutsam hob er dessen Kopf und wischte ihm den Schlamm vom Gesicht. Er schob ein Ohr über den Mund des Jungen, doch das Surren hinter ihm war zu laut, als daß er etwas hätte hören können. Er wölbte eine Hand über Mund und Nase des Jungen und fühlt an der Innenfläche einen schwachen Atemhauch.

Ein Stock knallte Jordan seitlich ins Gesicht und löste in seinen Augen zerplatzende Farben aus.

Er schrie auf und fiel vornüber in den Schlamm. Die Dörfler umringten ihn und riefen in der Sambaa-Sprache Beschuldigungen, die er nicht verstand. Männer schwenkten Macheten. Der Stock krachte auf seine Schulter herab. Er bedeckte sein Gesicht mit den Armen.

»Du hast den Jungen getötet!« rief jemand in suaheli.

»Er lebt!« schrie Jordan zwischen seinen Armen.

»Du hast meinen Bruder getötet!« Ein junger Mann hielt den Stock dicht über seinen Kopf. Die Menge jammerte und schrie. Der Mann schlug nach Jordans Kopf, doch er rollte beiseite. Das surrende Geräusch verstärkte sich, weil die Menschenmenge größer wurde. Ein alter Mann mit einer Machete drängte sich nach vorn durch und wies, in der Sambaa-Sprache schreiend, mit der Klinge auf Jordan.

»Er lebt doch!« rief Jordan. Er konnte den Jungen hinter den Beinen der Dörfler nicht sehen. »Er lebt!« Keiner hörte ihn.

Jordan versuchte aufzustehen, wurde jedoch von hinten zu

Boden gestoßen. Er krümmte sich zusammen wie ein Fötus. Der Regen zeichnete rötliche Spritzer in den Schlamm rings um sein Gesicht. Der Stock hieb auf seine Arme. Jordan kreischte; er begriff, daß der Mob Selbstjustiz übte, egal ob der Junge tot war oder lebte. Der Stock traf Jordan in die Nieren. Das Surren wurde zum Gebrüll, zum Jubel über die Prügel.

Auf der Straße hinter der Menge ertönte eine Autohupe. Die Hupe erklang wieder und wieder und dehnte sich dann wie ein langer Trompetenstoß. Der Stock hörte auf, Jordan auf Arme und Kopf zu hämmern. Das surrende Geräusch war ohrenbetäubend. Jordan stützte sich auf einen Ellbogen hoch und spürte, daß etwas sein Kinn herabtropfte, das zu warm war, als daß es Regen sein konnte.

Hinter der Menge stand ein hochgewachsener Mann in einem langen weißen *kanzu* und einem roten Fez im Regen auf der Motorhaube eines Landrovers und rief und schwenkte einen Stab. Der Lärm des Mobs nahm um einige Dezibel ab. Der Mann rief etwas in sambaa. Zwei Männer in schwarzen Hosen und weißen Polohemden drängten sich durch die Menge, zogen Jordan auf die Füße und schleppten ihn zwischen den Dörflern hindurch zum Auto. Ihre Gesichter waren hart und leer, als sie ihn in den Landrover stießen und die Tür zumachten.

In dem neuen Kombiwagen wurde der Lärm des Mobs gedämpft durch die leisen Motorengeräusche und den Stereoklang von psychedelischem Jazz aus den Sechzigern. Jordan beobachtete den weißgewandeten Mann, der oben auf der Motorhaube gestikulierte. Die beiden Männer in den Polohemden kamen, den Jungen in den Armen, durch die Menge. Als sie den Landrover erreichten, sagte der eine etwas zu dem Weißgewandeten. Sie kamen an Jordan vorbei und öffneten die hintere Tür des Landrovers und legten den Jungen auf den Boden hinter dem Rücksitz. Der Junge stöhnte und schrie auf.

Die Menge strömte am Auto vorbei. Ein Mann blieb bei Jordans Fenster stehen und hob einen Stock. Jordan zuckte zusammen und schützte seinen Kopf. Zwischen seinen Unterarmen konnte er sehen, wie einer der Männer in Polohemden den Mann auf der Straße weiterstieß. Der Mann in dem weißen Gewand öffnete die Tür auf der anderen Seite des Autos. Die Menge draußen war fast verstummt. Die Menschen spähten durch die Fenster, die Augen jetzt frei von Besessenheit.

Der Weißgewandete kletterte zu Jordan auf den Rücksitz. »Sie sind ein Glückspilz von einem *mzungu*«, sagte er mit elegantem britischem Akzent.

Jordan war verwirrt; er zitterte noch immer. Stammelnd sagte er: »Danke Ihnen ... Ihnen.«

»Wäre ich nicht auf dem Weg nach Lushoto gewesen, um Post abzuholen, hätten die Sie in Stücke gerissen.« Der Mann lachte. »Lieben Sie Afrika?«

Einer der Männer in den Polohemden glitt auf den Vordersitz, legte einen Gang ein und fuhr langsam und mitten durch die schweigsame Menge die Straße hinunter. Der andere Mann in einem Polohemd saß auf der kleinen Honda und wartete darauf, daß das Auto ihn passierte.

»Julian Kimweri.« Der Mann in dem weißen Gewand streckte seine Hand aus. Seine Haut war heller als die der meisten Sambaa, seine Gesichtszüge scharf, hermetisch.

»Rutledge Jordan.« Er schüttelte dem Mann die Hand.

Kimweri hielt Jordans Hand fest und schien sie fürs erste nicht wieder loslassen zu wollen.

»Der Sultan der Usambaras?«

»Ja.« Kimweri lächelte. »Geht's Ihnen gut?«

»Mein Kopf tut weh, aber ich bin okay.« Jordan blickte über die Schulter zu dem Jungen, der zum Dach des Kombiwagens emporstarrte. »Ich mache mir seinetwegen Sorgen.«

»Er scheint sich in einem Schockzustand zu befinden«, sagte Kimweri. »Wir fahren direkt zum Hospital in Lushoto.«

»Mit dem Bein werden sie ihn nach Daressalam schicken.« Jordan fuhr sich mit den Fingern durchs Haar und entdeckte über einem Ohr eine große anschwellende Beule. »Das Peace Corps wird bezahlen.«

»Der kommt schon in Ordnung. Denken Sie nicht weiter an ihn.« Kimweri drückte Jordans Hand. »Himmel, ich bin ja klatschnaß. Entschuldigen Sie.« Der Sultan ließ Jordans Hand los und nahm seinen Fez ab. Er beugte sich über den Vordersitz, und als er sich wieder zurücklehnte, hielt er ein gefaltetes Handtuch, das er zwischen sich und Jordan legte. Dann beugte er sich wieder ein Stück vor, zog das weiße Gewand hoch über seine dunklen Beine, hob seinen Körper auf dem Sitz ein paar Zentimeter höher, um den zusammengeknüllten Stoff über seinen nackten Hintern gleiten zu lassen und setzte sich und zog den *kanzu* über seinen Kopf. Er war muskulös wie ein Athlet. »Sie sind also ein Freiwilliger?« Kimweri griff nach dem Handtuch.

»Was?« fragte Jordan und blickte beiseite.

»Sind Sie Lehrer?«

»Oh.« Jordan blickte auf seine schlammverschmierten Hände. »Jaah, Fischteiche.«

»Ist es denn nicht zu kalt, um in den Bergen Fische zu züchten?« Der Sultan entfaltete das Handtuch, das gar keines war. Es war ein trockener *kanzu*.

»Jaah«, sagte Jordan, während der Sultan sich das Gewand überzog. »Aber einige Leute machen sich ziemlich gut.«

Der Junge schrie auf. Sein Blick war nicht mehr starr, sondern huschte im Auto umher. Er lallte etwas in Sambaa. Kimweri lehnte seine lange Gestalt über den Hintersitz zurück. Er drückte die Schulter des Jungen und flüsterte, bis sich der Junge beruhigte.

Sie erreichten die befestigte Straße und hielten bergaufwärts. Der Fahrer betätigte den Warnlichtschalter, wenn er in hohem Tempo durch eine Biegung fuhr, und hupte vor jeder blinden Kurve. Eine Wolke füllte die Schlucht am Rande der Straße.

»Sind Sie schon lange im Land?« Kimweri griff wieder nach Jordans Hand.

»Anderthalb Jahre.« Jordan versuchte behutsam, seine Hand wegzuziehen, doch Kimweri packte fester zu, als wolle er Jordan absichtlich Unbehagen bereiten.

»Wie finden Sie Tansania?«

»Schön. Die freundlichsten Menschen, denen ich je begegnet bin«, erwiderte Jordan und lachte dann verlegen über die Ironie. »Es war, als wären sie ...« Er stockte und suchte nach Worten, um zu erklären, was geschehen war. »Irgendein atavistischer Instinkt hatte sie verwandelt. Plötzlich wurden sie zu ...«

»Wilden?« Kimweri lächelte. »Wir sind freundlich. Doch unter der Oberfläche schlummert eine Gewalttätigkeit, die für Jahre, ja für ein ganzes Leben unterbewußt bleiben mag, es sei denn, sie wird durch ein besonderes Ereignis aktiviert.« Sein Griff spannte sich fester um Jordans Hand. »Aber Sie haben Glück gehabt.«

Es machte Mühe, sich zu konzentrieren. Jordans Kleidung, unter dem Regenschutz, war naß von kaltem Schweiß. Er wünschte, der Sultan würde seine Hand loslassen, und blickte über die Rücklehne zu dem Jungen, der stumm mit geschlossenen Augen und verzerrtem Gesicht dalag und mit beiden Händen den Oberschenkel seines gesunden Beins gepackt hielt, die Fingernägel in die bloße Haut gegraben. Jordan brachte es nicht fertig, einen Blick auf den gebrochenen Oberschenkelknochen zu werfen. Wieder einmal überwältigte ihn die Fähigkeit der Afrikaner, Schmerzen zu ertragen. »Wie am Spieß würde ich schreien, wenn ich in seiner Lage wäre.«

»Hier ist man ziemlich abgehärtet.«

Der Regen trommelte stärker aufs Dach.

»Wissen Sie, meine Vorfahren kamen aus Abessinien, aber die Sambaa machten sie zu Königen, weil wir die Macht hatten, Regen herbeizurufen.«

Jordan spürte die Augen des Sultans auf sich ruhen, während er selbst auf die monotonen Bewegungen der Scheibenwischer starrte und überlegte, daß ihn der Sultan offenbar mit Small Talk ablenken wollte. Mit gespieltem Ernst fragte er: »Können Sie den Regen aufhören lassen?«

»Glauben Sie nicht an Magie, Mr. Jordan?« Kimweris Griff wurde etwas fester.

»Nur bei meinem Kürbis.« Jordan lachte leise. »Der Jack-o-Lantern verscheucht Diebe.«

Der Sultan lachte nicht. »Zu Beginn seiner Regierungszeit steckten die Briten meinen Vater für zwei Jahre ins Gefängnis. Es gab eine sehr schlimme Dürre. Die Menschen begannen zu verhungern. Schließlich stürmten sie das Gefängnis. Als die Briten ihn freiließen, öffnete der Himmel seine Schleusen. Das ist eine Tatsache. Sie können das in *Tanganyika Notes & Records* vom Juni 1942 nachlesen.«

Jordan sog seinen Atem ein wie ein überraschter Tansanianer. »Und jetzt sind Sie also aus England zurückgekommen, um eine politische Partei zu gründen? Um sozusagen weiterzumachen, wo Ihr Daddy aufgehört hat? Das ist es, was man sich in der Stadt erzählt.«

Endlich gab Kimweri seine Hand frei. Aus einem Päckchen Sportsman bot er Jordan eine Zigarette an. Jordan schüttelte den Kopf, und der Sultan steckte sich eine an und blies Rauch von sich. »Das Land braucht Führer, die mehr am Wohlergehen des Volkes interessiert sind als daran, in die eigenen Taschen zu wirtschaften.«

»Viel Glück, *bwana*. Das ist ein hartes Stück Arbeit.« Jordan blickte nach hinten zu dem Jungen, der wieder zu dem Plastikdach des Autos emporstarrte.

»Das ist nur natürlich«, sagte Kimweri. »Wir sind bald beim Hospital.«

Jordan lehnte seinen Kopf wieder gegen den Sitz und versuchte bei geschlossenen Augen, das Pochen in seinem Bein zu vergessen. Die Stereoanlage wechselte zu einer anderen CD, und durch die Lautsprecher erklang Miles Davis' *Kind of Blue*. Durch den Jazz hindurch konnte man das zischende Geräusch der Räder auf der nassen Straße hören. Der Junge stöhnte.

Jordan fuhr hoch und öffnete die Augen. Er kreuzte die Arme vor der Brust und steckte seine Hände unter die Achseln, bevor er sich Kimweri zuwandte. »Ich habe Ihre Verlobte kennengelernt.«

Der Sultan streifte die Asche seiner Zigarette in einem Aschenbecher in der Rückseite des Fahrersitzes ab und blickte dann zu Jordan.

»Sie liefert Hühnchen für einen Kronadler, den ich aufziehe.«

»Natürlich. Ich hätte es mir denken können. Sie sind der verrückte Amerikaner.« Kimweris Lachen klang leicht feminin.

Das Auto fuhr durch ein Schlagloch, und der Junge schrie auf.

Kimweri zog an seiner Zigarette.

Jordan wollte fragen, wie er nur ein Schulmädchen heiraten konnte. »Gratuliere. Zanifa ist ein wunderbares kleines Mädchen.«

Kimweri schwieg, schien dem »kleinen Mädchen« nachzulauschen.

Dann sagte er durch einen Vorhang aus Rauch: »Die Hochzeit ist für den Anfang der kurzen Regenzeit festgesetzt. Ich hoffe, Sie werden ihr beiwohnen.«

»Das ist nett … mich einzuladen«, sagte Jordan. »Vielen Dank.«

In der Peripherie von Lushoto bogen sie von der Landstraße in eine halbkreisförmige Auffahrt vor dem alten Kolonialhospital ein, langgestreckte, niedrige Gebäude mit breiten Veranden, die durch überdachte Stege miteinander verbunden waren. Der Fahrer rannte hinein, und gleich darauf erschienen zwei Helfer mit einer Tragbahre.

»Ich muß weiter.« Der Sultan hielt Jordan seine Hand hin. »Mein Mann wird bald mit Ihrem Motorrad hier sein.«

»Wie kann ich das je wiedergutmachen?« sagte Jordan und öffnete die Tür.

»Spielen Sie Tennis?«

»Ich habe im Nachwuchsteam des Country Club gespielt.« Jordan lachte, weil sich das nach Protzerei anhörte – und weil ihn plötzlich die heftige Empfindung überkam, sehr weit von daheim zu sein. Er stieg aus dem Auto. Ihm war schwindlig.

»Sie können sich auf dem Tennisplatz revanchieren. Tennis ist das einzige, was mir von der Welt draußen fehlt.«

»Sawa«, sagte Jordan mit einem schwachen Lächeln: okay. »Aber lassen Sie mir Zeit, wieder auf die Beine zu kommen. Nachrichten hole ich übrigens beim Lawn's ab.«

»Cheers.« Kimweri beugte sich vor und zog die Tür zu. Der Landrover fuhr davon. Jordan stieg langsam die Stufen zum Hospital hinauf. Und er fragte sich, ob Anna, wäre seine Leiche in einem Sack oder auf Eis nach Hause geschickt worden, wohl zu seinem Begräbnis gekommen wäre.

»RUT IST JA SOLCH EINE MEMME«, SAGTE ANNA. »IHR HÄTTET ihn in dem Kanu sehen sollen. Er sah aus wie Barney Fife in Mayberry.«

Alle lachten, und Jordan wurde rot. Er blickte zu den Azaleabüschen und Magnolienbäumen am Ende des Hofs.

»Rut ist nie ein großer Sportler gewesen.« Vernon Taylor stand da in Madras-Shorts und Polohemd, eine Bierdose in der Hand. Seine bloßen Füße steckten in mokassinartigen Schuhen.

»Vernon, das ist nicht fair«, sagte Anna. »Er hat im Cross Country die Staatsmeisterschaft gewonnen.«

»Das war, weil er zuviel Schiß hatte, Football zu spielen, und für Basketball nicht genügend Körperkoordination besaß«, sagte Vernon.

»Willst du das auf dem Tennisplatz klären?« Jordan gähnte und dachte, daß die drei Tage in den Bergen nicht gegen seine chronische Müdigkeit geholfen hatten. »Oder vor Gericht?«

»Vernon Taylor, Körperertüchtigung gibt's für dich nur noch auf dem Golfplatz«, sagte Sandy Taylor. Sie war im achten Monat, trug ihr gebleichtes Blondhaar kurz und hatte ein weitgeschnittenes, ärmelloses Kleid an. Sie saß in einem Gartenstuhl aus Gußeisen und fächelte sich mit einem Exemplar von *Southern Living* Luft zu. »Oder wenn du zu den Kasinos in Tunica fährst. Ich frage mich oft, was mit meinem Traumquarterback geschehen ist.«

»Ist in zehn kurzen Jahren aus dem Leim gegangen wie all die anderen auch«, sagte Anna, die mit einem Krug den Patio überquerte. Sie war barfüßig und hatte ein weißes Tenniskleid an. Jordan bewunderte ihre braunen, schlanken Beine und ihre langen, eleganten Zehen. »Darf ich dir Tee nachgießen?«

»Bitte, Liebes.« Sandy lächelte.

»Du lächelst jetzt immer«, sagte Jordan zu Sandy. »Deine Augen wirken so … so heiter.«

»Warte nur, bis Anna schwanger ist«, sagte Sandy. »Du glaubst ja nicht, wie gut man sich fühlt.«

Jordan blickte zu Vernon, der zu einer Wolke emporstarrte.

Anna reichte Sandy ihr Glas. »Jordan ist noch nicht bereit. Er will reisen, ehe er häuslich wird.«

»Das willst du doch auch«, sagte Jordan hastig. »Du willst es genauso sehr wie ich.«

»Das stimmt«, sagte Anna. »Die Flitterwochen will ich in der Toskana verbringen.«

Im Haus läutete das Telephon. Jordan stand auf und ging zu einer gläsernen Schiebetür.

»Laß mich rangehen.« Anna stellte den Krug auf einen runden Metalltisch. »Es wird wohl meine Mutter sein.«

»Mrs. Demange ruft jeden Abend um Punkt sieben an«, sagte Jordan zu Vernon, während er sah, wie Anna ins Haus trat, einen weißen spanischen Bungalow im Schatten hoher Eichen und Ulmen. »Sie sagt, es ist ihr egal, wo wir schlafen, doch wir müssen getrennte Wohnungen haben, bis wir heiraten – zwei Mieten bis zum Ring.«

»Wann werdet ihr denn heiraten?« fragte Sandy.

»Keine Ahnung. Wir sind schon so lange zusammen, daß es nicht besonders wichtig scheint«, sagte Jordan und langte nach einem Bier in einer Eisbox beim Tisch.

»Das ist eine Ausrede«, sagte Sandy.

»Vorigen Monat wolltest du den Knoten binden, sobald du das große Haus in Harbor Town kaufen konntest«, sagte Vernon. »Du verrückst die Ziellinie.«

Jordan blickte zu Vernon und erinnerte sich an dessen letzte Junggesellenparty. Vernon war, während eine Nutte ihm einen geblasen hatte, plötzlich weggekippt. Was würde wohl Sandy sagen, wenn sie das wüßte? In den zwei Jahren seit der Hochzeit schien Vernon ihr treu gewesen zu sein.

»Fängst du mit dem Grillen an?« fragte Anna von der Tür her.

»Sicher, Süßfisch«, sagte Jordan.

»Süßfisch?« Sandy lachte. »Das ist aber hübsch.«

»Rut ist seit jeher ein Süßer gewesen«, sagte Vernon. »Als ich ihn in der neunten Klasse kennenlernte, hielt ich ihn für einen Yag.«

»Yag?« fragte Sandy.

»Schwul.« Jordan schüttete Holzkohle in den Grill. »So nennen seine Golfkumpels Schwule – Yags statt Fags. Für sie ist das ein ungeheuer cleveres Wortspiel. Wenn du Yag rückwärts buchstabierst, kriegst du ›gay‹ – schwul.«

»Jordan hat sich auf dem College für einen Poeten gehalten« sagte Vernon. »Typisch für Yags.«

»Eins von Ruts Gedichten hat mir das Herz gebrochen«, sagte Anna.

Nachdem du meins gebrochen hattest, dachte Jordan. »Weißt du, daß Fred Goldberg mir einen Job angeboten hat?«

»Ach ja«, meinte Vernon. »Was hast du gesagt?«

»Nein, natürlich. Also weißt du, *CarZone*.« Jordan sprühte Brennflüssigkeit auf die Holzkohle. »Aber ich habe in letzter Zeit öfter daran gedacht, daß ich vielleicht aus dieser Stadt wegsollte. Nach Atlanta vielleicht.«

»Verstehst du jetzt, was ich gemeint habe mit: die Ziellinie verrücken?« sagte Vernon.

»Es war wirklich nicht nötig, das zu sagen.« Sandy sah Anna von der Seite an. »Sie heiraten, bevor sie wegziehen.«

»Ich werde ihm überallhin folgen«, sagte Anna mit einem Ausdruck gespielter Verträumtheit.

»Aufpassen, ihr alle.« Jordan wußte, daß er die Flüssigkeit eigentlich länger einwirken lassen mußte, doch er riß ungeduldig ein Streichholz an. Flammen schossen einen Meter über den Grill hinaus.

Vernon schlug nach einem Insekt, kleckerte Bier auf sein Hemd und ging durch die Glastür ins Haus. Anna und Sandy fingen an, sich über die Diana-Arbus-Ausstellung zu unterhalten, die Anna für das American Museum of Art von Memphis betreute.

Jordan fragte sich, ob Anna ihm wohl jemals untreu gewesen war. Während des ersten gemeinsamen Jahrs auf dem College hatten sie sich oft verabredet, und dann hatte Anna sich von ihm getrennt, obschon sie enge Freunde geblieben waren. Im letzten Studienjahr waren sie wieder zusammengewesen, und nach der Graduierung hatten sie auf einem Segelboot den Atlantik überquert; dann arbeitete sie für Sotheby's in London, während er an der Universität Jura studierte, und sie schrieben sich Briefe. Als sie wieder nach Memphis zog, begann er an den Wochenenden von Nashville nach Hause zu kommen, um Anna zu sehen. Das war fast drei Jahre her. Er hatte das sichere Gefühl, daß sie seit ihrer Rückkehr mit keinem anderen geschlafen hatte. Sie sah die Liebe zwischen Jordan und sich als eine Festung gegen die Welt, geschützt durch Mauern der Ehre. Was sagte das über seine Liebe?

Mei 9

Jordan schlürfte Tee und betrachtete seine Aquarelle. Zweiunddreißig Studien aus den ersten neununddreißig Tagen des jungen Adlers waren in chronologischer Folge an die Wand geheftet. Es gab Lücken, weil Zanifa ab und zu um ein Bild gebeten hatte. Die Unterschiede zwischen den täglichen Skizzen waren so minimal, daß man sie kaum erkennen konnte, von leichten Farbschattierungen abgesehen, doch wenn man einen Sprung von der ersten zur einundzwanzigsten machte, so schien es sich um zwei völlig verschiedene Kreaturen zu handeln. Das Regenflaumkleid des Nestlings wandelte sich von Grau zu Weiß, und seine Beine und Krallen wechselten von einem fleischigen Rosa zu einem satten Gelb. Die lange dünne Linie ihres Schnabelspalts hatte sich gleichfalls von Rosa zu Gelb verändert. Sie war mehrere Zentimeter gewachsen, und das Auffälligste war ein großer gekrümmter Schnabel, der viel zu groß wirkte für den länglichen, dreieckigen Kopf. Von der dritten bis zur fünften Woche änderte sich bei Eyas weniger die Färbung als die Größe, doch seit einigen Tagen drängten sich schwarz getupfte Federn durch ihren weißen Flaum.

Aus dem Wohnzimmer kam kein Geräusch. Pasipo schlief offenbar, und so schlüpfte Jordan auf der Hinterveranda aus seinen Kleidern: auf einem kleinen Quadrat aus Steinen, das er dort gebaut hatte. Die Kleider tat er in einen Eimer, für Omalis Frau Sisilia. Vor ein paar Monaten hatte sie ihn gefragt, ob sie das Haus für ihn putzen sollte. Er wußte, daß zumindest, was sie verdiente, den Kindern zugute kommen würde, während Omali seinen Lohn versoff. Sisilia arbeitete pro Woche fünf Tage für jeweils ein paar Stunden und erhielt dafür pro Monat den Gegenwert von zwanzig Dollar, was mehr war, als die hiesigen Lehrer verdienten. Jordan bezahlte sie mit den Schillingen, die er alle drei Monate beim Verkauf der Ernte aus seinem eigenen Fischteich einnahm. Der Teich deckte gerade die Kosten für Sisilia und den Jungen, der mit Fischen dafür bezahlt wurde, daß er im Teich für Futter sorgte.

Jordan sah in dem Teich und seinen Angestellten seinen kleinen Beitrag zu Tansanias Bruttonationalprodukt, sein Bemühen, die Wirtschaft wiederaufzubauen: *Rebuild the Economy* lautete der Kampfruf der Republik, der einem tagtäglich aus den Zeitungen entgegentönte. Er stand unter einem Wasserstrom, der durch Sonnenenergie erwärmt wurde und aus einem schwarzen Schlauch kam, der sich über das Blechdach schlängelte. Nach dem Duschen schlang er einen ausgeblaßten purpurnen *kikoi* um seine Taille. An die Hausmauer gelehnt, ließ er seinen Blick über die großen Ebenen schweifen bis hin zum Horizont, der von Wolken gesäumt wurde. Die Sonne trocknete seine Haut.

»*Hodi*«, rief Zanifa von der Vorderveranda her.

»*Karibu*«, schrie Jordan und eilte zur Hintertür.

Quie-quie-quie, kreischte Pasipo aus ihrem Nest.

Jordan kam aus der Küche ins Wohnzimmer und sah Zanifa in ihrer Uniform am vorderen Eingang stehen. »*Karibu.*«

Zanifa öffnete die Drahttür.

»*Jambo*, Zanifa.«

»Hallo, Mr. Jordan.« Zanifa sprach das englische »R« wie ein »L« aus.

Jordan trat zu Pasipos Nest auf dem Tisch. Zanifa folgte von der anderen Seite des Zimmers. Jordan blickte zum Nest. Irgend etwas an Pasipo war merkwürdig. Sie war zu groß.

»Pasipo!« rief Zanifa. »Du kannst ja stehen!«

Kjuh-kjuh-kjuh.

»Das ist ein neues Wort, das Pasipo seit gestern sagt.« Jordan lachte.

Kjuh-kjuh-kjuh.

»Pasipo. Du lernst sprechen und stehen. Du bist klug, genau wie dein Daddy.« Zanifa nahm eine längliche Scheibe Leber aus dem Behälter und hielt sie dem Vogel hin. Pasipo beugte sich vor, zog sie Zanifa aus den Fingern, schluckte sie in einem Stück und schien an der glatten roten Scheibe zu würgen, bis es ihr gelang, sie irgendwie in ihren Kropf zu pressen. Vorderlastig durch den übervollen Kropf stolperte Pasipo im Nest umher, schaute hoch und piepste. Sie watschelte und fiel um. Jordan beobachtete sie verzückt, ein stolzer Vater.

»Pasipo kann schon gehen! Pasipo, was bist du doch gescheit!« Zanifa streckte ihre Hand über den Rand aus verflochtenen Bananenblättern.

»Nein«, sagte Jordan. Er packte Zanifa von hinten bei den Armen und zog sie vom Tisch zurück. »Faß sie niemals an. Adler berühren einander nie.«

Plötzlich wurde er sich der Wärme ihrer Schultern unter der Bluse an seiner bloßen Brust bewußt. Ihre Arme waren völlig glatt. Die Spannung, die er fühlte, war so stark, daß er sich fragte, ob auch Zanifa sie spürte. Er ließ sie los und trat zum Nest, zwang sich zu einem Lächeln. »Bald werden ihr ordentlich Federn wachsen.«

»Es dauert lange, bis sie groß ist und fliegen kann«, sagte Zanifa, während sie den Vogel fütterte. »Ich werde verheiratet sein, bevor Pasipo jagen lernt.«

Jordan hörte in ihrer Stimme weder ungeduldige Erwartung

noch Traurigkeit. Am liebsten hätte er sie gefragt, ob sie der Gedanke an die kommende Verheiratung mit Kimweri glücklich mache, doch er sagte ruhig: »Wenn Pasipo voll befiedert ist und auf deiner Faust stehen kann, werde ich euch beide malen.«

»Ich arbeite gerade an einem Projekt über Kronadler.« Zanifa blickte vom Vogel zu Jordan. »Kann Pasipo zu der Veranstaltung im November kommen?«

»Warum nicht?« Jordan sah sich im Zimmer nach einem Hemd um. »Bis dahin solltest du imstande sein, sie vor den Punktrichtern von deiner Faust quer durch die Sporthalle fliegen zu lassen. Wer werden die Richter denn sein?«

»Father Damian und die Schwestern.« Zanifa nahm noch ein Stück Leber aus der Plastikbox.

»Dieser Mönch ist ein guter Mann«, sagte Jordan. Father Damian, ein Franziskaner aus Connecticut, war der einzige Amerikaner in den Usambara Mountains, den Jordan wirklich mochte. Die anderen waren evangelische Missionare aus Nebraska, die es sich angelegen sein ließen, Wiedererweckungsgottesdienste abzuhalten auf einem Kontinent, auf dem es bereits mehr Christen gab als irgendwo sonst auf der Welt. Father Damian hingegen erbaute aus dem Nichts die St.-Mary's-Mädchenschule in Lushoto, sammelte genügend Geld, um ein altes Herrenhaus zu renovieren, organisierte Stipendien für afrikanische Schwestern, damit sie in Amerika studieren und Lehrerprüfungen absolvieren konnten, und tat alles für die Selbstversorgung der Schule. St. Mary's verwendete Sonnenenergie, und die Mädchen zogen ihr eigenes Gemüse und hielten auch Vieh.

»Was gefällt dir an der Schule am meisten?« fragte Jordan, während er in ein T-Shirt schlüpfte.

»Naturwissenschaften.« Zanifa wischte sich mit einem Handtuch die Hände. »Ich möchte Ärztin werden.«

»Die Sambaa könnten noch ein paar Ärzte gebrauchen. Wird dein Mann dich denn Medizin studieren lassen?«

»Das weiß ich nicht. Ich habe ihn nicht gefragt.« Zanifa griff nach ihrem Sisalbeutel. »Ich muß nach Hause.«

»Wir sehen uns nächste Woche«, sagte Jordan tonlos.

»Habe ein schönes Wochenende«, sagte Zanifa scheu; sie probierte eine für sie neue Redewendung aus.

Juni 14

Pasipo watschelte über den parkettartigen Fußboden.

Sie war kein flaumiger Nestling mehr, sondern inzwischen so etwas wie eine Mischung von Nestling und Falke. Teils von schwarzen Halbfedern, teils von Flaum bedeckt, bewegte sie sich unsicher über die Hinterveranda auf das Geländer zu, das Jordan mit einem Geflecht aus Zweigen für sie gesichert hatte. Sie steckte ihren schwarzen Schnabel durch dieses Schutzgitter und starrte hinaus in die Luft über der Massai-Steppe. Der junge Kronadler ähnelte einem alten Landprediger mit gekrümmten langen schwarzen Schultern und einem weißen Hals. Ihre Brust hatte noch nicht die orangefarbenen und schwarzen Flecken wie bei ihren Eltern, sondern war von üppigem Weiß. Als die Raben immer näher herankreisten, laut krähend aus ihren grotesk aufklaffenden Schnäbeln, taumelte Pasipo zurück, spreizte ihre Flügel und zischte. Dabei wurde die schwarze Tiara mit ihren wie flammenden Spitzen entblößt.

Jordan glitt rasch über die Veranda vor Pasipo und machte einen Schnappschuß von der Drohgebärde. Dann wandte er sich seiner Farbpalette zu und mischte die Augenfarbe des Tages. Als das Braun-Grau zu stimmen schien, legte er sich hin und kroch auf dem Bauch über die sich schälenden Bodenbretter. »Pasipo, kjuh, kjuh, kjuh.«

Der bösartige Blick, der den Raben gegolten hatte, wurde sanfter, die Augenlider verengten sich etwas, während die Pupillen sich weiteten, als sie Jordans Gesicht betrachtete. Er bildete sich das nicht ein – auch Zanifa war es aufgefallen. Es war der Ausdruck eines Raubvogels, der sonst nur seiner eigenen Art galt. Jordan hob seinen Pinsel langsam zu Pasipos Kopf und flüsterte: »Kjuh, kjuh, kjuh.« Er verglich die Farbe am Pinsel mit der Augenfarbe des Raubvogels.

Auf der anderen Seite des Hauses schwang die Vordertür auf. Jordan rutschte auf seinem Hintern ein Stück rückwärts, sprang dann auf, drehte sich rasch um und sah, wie Zanifa mit einem Korb unterm Arm auf ihn zuhüpfte.

»Hallo, Mr. Jordan.«

Jordan sang eine Zeile aus einem Suaheli-Song aus dem Radio: »Ich liebe dich, Engel, aber ich habe kein Geld, dich zu heiraten, *was kann ich machen*?«

Zanifa lachte. »Aber du hast ja Geld. Du bist doch ein *mzungu*.«

»Nicht alle weißen Gesichter sind reich.«

»Poleh«, sagte Zanifa und beugte sich über Pasipo.

Jordan konnte nicht umhin, die vollen Brüste und den schwarzen BH unter ihrer Schulbluse zu bemerken, und irgendwie schämte er sich.

»Pasipo, du wirst mit jedem Tag größer.« Zanifa richtete sich auf.

»Heh, laß uns mit Pasipo einen Spaziergang machen. Sie ist noch nie draußen gewesen«, sagte Jordan und zog einen ledernen Schweißerhandschuh an. Mit der behandschuhten Hand holte er einen Fisch aus dem Plastikbehälter auf dem Tisch und streckte seinen Arm dann tief über dem Boden der Veranda vor, hielt Pasipo den Fisch hin. »Kjuh. Kjuh. Kjuh.« Er schwenkte den Köder. Pasipo watschelte näher, hüpfte auf den Handschuh und begann, den Fisch zu zerfetzen.

Langsam hob Jordan Pasipo höher und spürte, wie sich ihre Krallen fester spannten. Ihre ungeteilte Aufmerksamkeit galt dem zerfetzten Fisch, während sie auf dem Handschuh hocken blieb. Mit Hilfe seines Unterarms stützte er seinen linken Bizeps im rechten Winkel gegen seinen Körper und trug Pasipo durch das Haus, während er mit seiner freien Hand die Fenster und Türen schloß.

Jordan und Zanifa folgten einem überwucherten Pfad auf dem Escarpment, der sich um Büsche und Bäume und Felsbrocken schlängelte. Ein paar hundert Meter über den Bergen schwebten breite, an der Unterseite graue Wolken, die wie Untertassen geformt waren. Trotz der fleckigen Wolkenschatten fühlte Jordan sich schläfrig in der heißen und schwülen Luft. Pasipo ließ den Fisch jetzt Fisch sein. Langsam drehte sie ihren Kopf nach hinten und nach vorn und nahm die weite Welt in sich auf. Sie spähte empor in die Leere des Himmels.

»Möcht mal wissen, was sie sieht«, sagte Jordan in suaheli.

»Sie ist ein Adler«, erwiderte Zanifa in englisch. »Sie sieht wie ein Hexendoktor.«

Jordan lachte.

Sie blieben bei einer kleinen Gruppe hoher Albizea stehen. Von den weißen Ästen hingen lange Bärte eines fahlen graugrünen Mooses, ein schön anzusehender Parasit, der die Bäume langsam abtötete.

Zanifa deutete auf einen schwarzen und weißen Klumpen unten beim Stamm eines Baums auf dem Pfad. Der Klumpen zuckte unruhig herum. Jordan lief hin.

Koi-koi-koi. Pasipo schrie einen neuen, jedoch vertrauten Laut. Sie spreizte ihre rudimentären Flügel und hob ihre Krone. *Koi-koi-koi.*

Jordan erkannte den weiblichen Territorialruf. Pasipo war wirklich ein Mädchen.

Der Klumpen war ein verwundeter Augurbussard, ein Falke mit einem orangefarbenen Schwanz.

Kau-kau-kau! klang der rauhe Ruf des Augurbussards.

Koi-koi-koi! schrie Pasipo zurück.

»Man hat den Vogel mit Steinen beworfen. Diese Falken sind geschickte Hühnerdiebe.« Zanifa sprach jetzt Suaheli.

Kau-kau-kau!

Koi-koi-koi!

»Ein *fungo* wird sie fressen«, sagte Zanifa.

Fungo. Jordan verstand einen Augenblick lang nicht. Aber dann tauchte in seiner Erinnerung vage das Bild einer im Mondschein sichtbaren gefleckten Katze auf, die er für eine Sekunde für einen Leoparden gehalten hatte. Eine Zibetkatze. Der *fungo*, den er einmal gesehen hatte, war so groß gewesen wie ein deutscher Schäferhund.

Kau-kau-kau!

Koi-koi-koi!

»Paß auf Pasipo auf! Ich werde versuchen, den Vogel dort hochzuheben«, sagte Jordan.

Er setzte den Adler zwanzig Schritt entfernt auf den Pfad und kroch dann langsam auf den verwundeten Bussard zu.

Kau-kau-kau! Der Bussard kreischte und zischte und drückte sich dicht an den Baumstamm. *Kau-kau-kau!*

Jordan schob seine behandschuhte Faust auf den Bussard zu. Er wirkte klein, war wohl ein Männchen. Jordan schwenkte den kopflosen Fisch vor dem Bussard, dessen Augen hin- und herzuckten zwischen Jordans Gesicht und seiner Faust. Jordan schob seine Faust zentimeterweise vor.

Kau-kau-kau! Der Bussard attackierte ihn mit wirbelnden Krallenhieben, die ungeschützte Finger bis auf den Knochen zerhackt hätten, vom Handschuh jedoch abprallten.

Koi-koi-koi! schrie Pasipo.

Jordan blickte zurück. Pasipo watschelte den Pfad entlang,

die grau-braunen Augen voll Zorn, die rudimentäre Krone gesträubt. Zanifa lief lachend hinter ihr her.

Koi-koi-koi!

Kau-kau-kau! Der Bussard teilte abermals Krallenhiebe aus.

Koi-koi-koi!

Der Radau, den die beiden Raubvögel machten, lähmte fast Jordans Gedanken. Er versuchte, mit seiner bloßen Hand die Beine des Bussards zu packen, doch eine Kralle traf seinen Handteller. Er wollte seine Hand zurückreißen, aber sie wurde von einer Kralle festgehalten. Es gelang ihm, sie zu befreien, doch der Vogel hackte seinen Schnabel in Jordans Unterarm, bevor er außerhalb der Reichweite des Bussards war. Jordan wich zurück, und beide Vögel beruhigten sich. Zanifa saß neben Pasipo auf dem Boden, blockierte mit einer Hand das Weiterwatscheln des Adlers und lachte hysterisch mit zurückgebogenem Kopf.

Jordan stand mit verlegenem Grinsen da. Er sprach englisch: »Willst du's versuchen?«

»Okay.« Zanifa erhob sich und trat zu ihm. »Gib mir den Handschuh.«

Kau-kau-kau! Der Augurbussard begann wieder zu kreischen, während Zanifa näherkroch. Jordan konnte nicht ausmachen, was sie murmelte. Sambaa oder Suaheli. Sie schob ihre Faust vorwärts und ließ sie ein kurzes Stück vor dem Bussard liegen, während sie den Fisch langsam vor- und zurückschwenkte. Lange verharrte sie so. Fünfzehn Minuten nachdem Jordan zum erstenmal auf seine Armbanduhr geschaut hatte, hörte der Bussard auf zu schreien. Zanifa murmelte leise. Der Bussard schmiegte seine Flügel an seinen Körper.

Nach einer weiteren halben Stunde bewegte sich der Bussard vorwärts und schnappte nach dem hin und her pendelnden Fisch. Sofort sprang er wieder zurück, aber dann hüpfte er vorwärts, schlug seinen Schnabel in den Fisch und zog. Zanifa hob ihre Faust einige Zentimeter vom Boden hoch, so daß sich der Bussard strecken mußte, um den Fisch mit seinem Schnabel festzuhalten. Zanifa hob ihre Faust Stück für Stück höher, und der Bussard sprang vom Boden hoch und landete auf dem Handschuh.

Zanifa flüsterte Jordan zu. »Geh voraus – ich seh dich wieder bei deinem Haus.«

Jordan war sprachlos. Sie hatte es geschafft, den Vogel auf ihre Faust zu bekommen, und zwar mit außerordentlicher Geduld, der Haupttugend eines Falkners. Es war eine Tatsache, daß Afrikaner große Geduld besaßen, doch woher hatte Zanifa *gewußt*, daß sie warten mußte, bis der hungrige Raubvogel seinen Widerstand aufgab und ihr vertraute? Jordan zog seine Stiefel aus, nahm beide Socken in eine Hand und lockte Pasipo mit einem trockenen Stück Hühnerbrust, das er aus seiner ledernen Falknertasche zog, auf seine Faust.

Jordan sperrte Pasipo auf der hinteren Veranda ein. Im leeren Schlafzimmer wickelte er einen langen Streifen Stoff um den oberen Teil einer Stuhllehne, als Polsterung für die sogenannte Krücke oder Hockstange. Er wußte, daß Raubvögel kein Wasser trinken, doch er füllte eine runde Plastikwanne zur Hälfte mit Wasser und stellte sie, mit einem Stein beschwert, zum Baden in die Nähe der Krücke. Auf der Hinterveranda griff er sich ein piepsendes Hühnchen, drehte ihm den Hals um und ließ es auf dem Stuhlsitz als Geschenk liegen.

Auf der Vorderveranda wartete Jordan auf Zanifa. Zwei Vögel jetzt. Dies ist die Familie, die du dir selbst geschaffen hast. Er sah Zanifa durch das Tor kommen und fragte sich: Könntest du sie jemals lieben? Ist das ein verrückter Gedanke?

»Wo soll sie hin?« fragte sie aus zehn Meter Entfernung.

»In das leere Schlafzimmer.«

Kau-kau-kau! schrie der Augurbussard und verstummte dann.

»Okay«, flüsterte Zanifa in suaheli. »Mach Platz!«

Jordan drückte die Drahttür auf und zog sich ins Haus zurück.

Kau-kau-kau! Während sie sich der Tür näherten, hob der Bussard seine Flügel, blieb jedoch auf dem Handschuh. Drinnen sah der Bussard Jordan und kreischte.

Koi-koi-koi! antwortete Pasipo von der Hinterveranda her.

Der Bussard schwang sich von Zanifas Faust. Mit einem Flügel schlagend, kollidierte er mit einer Wand. Zanifa setzte sich auf den Boden und schob sich langsam auf den Vogel zu, der nach Fluchtmöglichkeiten suchte und gleichsam um den verletzten Flügel rotierte. Zanifa drängte den Falken in Richtung Gästezimmer und blieb bei der Tür stehen. Der Bussard sah das tote Hühnchen auf dem Stuhlsitz und sprang hinauf.

Zanifa schloß die Schlafzimmertür und trat hinaus auf die Vorderveranda. Jordan reichte ihr ein Glas mit Orangensaft und setzte sich auf ein Fensterbrett. »Du hast ein enormes Gespür für Tiere.«

Zanifa ging zum Geländer. Sie erzählte ihm, daß ihre *bibimzee*, ihre Urgroßmutter, oft zu anderen gesagt hatte, ihre Urenkelin besitze die Fähigkeit, zu Tieren zu sprechen, Ziegen und Kühe und sogar Hühner zu beruhigen. »Sie sagte, in der alten Zeit hätte man mich in meinem dreizehnten Jahr zusammen mit anderen Mädchen meines Alters auf eine Buschschule geschickt.«

Buschschule – Jordan hatte diesen Ausdruck noch nie gehört. Zanifa sprach ziemlich schnell in suaheli, und Jordan hatte Mühe, ihr zu folgen.

Er unterbrach sie: »Buschschule?«

»Die alten Frauen brachten den Mädchen bei, was sie wissen mußten, bevor sie heirateten. Die alten Frauen hielten Ausschau nach Mädchen, welche die besonderen Gaben der Schamanen besaßen.«

Zanifa sah Jordan direkt an. »*Bibi-mzee* hat zu mir gesagt, ich wäre eine große Schamanin geworden.«

Ihr Stolz rührte ihn irgendwie an. Lächelnd fragte er: »Warum hat sie dich denn nicht in die Lehre genommen?«

»Sie war so alt wie die Berge. Sie begann, mich in der Verwendung von Waldpflanzen zu unterweisen, starb jedoch, als ich zehn war«, sagte Zanifa und blickte fort.

Von Süden her blies jetzt ein heftiger Nachmittagswind und pfiff über die Veranda.

»Du mußt viel von ihr gelernt haben«, sagte Jordan.

»Ich erinnere mich an einen Brauch, von dem sie mir erzählte, der jedoch vergessen ist.« Zanifa lehnte sich gegen einen der Pfosten, die das Verandadach trugen. »Wenn in der alten Zeit eine Frau ein Kind geboren hatte, kehrte sie in das Haus ihrer Mutter zurück, bis das Kind alt genug war, um für den Vater ein Glas Wasser zu holen. Erst dann ging sie zum Haus ihres Mannes zurück und machte ein weiteres Kind.«

»Traditionelle Familienplanung«, sagte Jordan in englisch. Auf diese Weise kam alle drei Jahre ein Kind. Jetzt hingegen setzten die Dorffrauen alle zehn Monate ein Kind in die Welt. Wenn man diese alte Sitte wiederbeleben könnte, würde dies Afrikas Bevölkerungszuwachs verlangsamen.

Jordan blickte Zanifa in die Augen und fragte sich, ob sie sein Verlangen wohl erkennen konnte. Leise sagte er in suaheli: »Wie du den wilden Falken auf deiner Faust gebracht hast, war einfach unglaublich.«

»Als Chahingo, der erste Sultan der Usambaras, zum erstenmal einen wilden Hund zur Jagd abrichtete, trieb er ihn in eine Höhle und starrte ihm drei Tage und drei Nächte unentwegt in die Augen. *Bibi-mzee* hat mir erzählt, wie er ihm ein Stück Buschbock anbot, bis der halbverhungerte Hund aufgab und ihm aus der Hand fraß.« Zanifa stützte sich hoch und setzte sich auf das Geländer der Veranda. »Von dem Tag an waren der Hund und Chahingo Brüder. Der Hund rief seine ganze Familie und seine Freunde zusammen, bis Chahingo ein riesiges Rudel hatte. Er brachte das Rudel von der trockenen Savanne zu den Usambara Mountains, einem Land mit vielen Wasserläufen, guter Erde, hohen Bananenbäumen, kühlem Wetter und wenigen Moskitos.«

»Und schönen Frauen«, sagte Jordan, gegen die Wand gelehnt.

Zanifa kicherte und blickte zu Boden.

»Weiter. Erzähl die Geschichte zu Ende.« Die Menschen hier waren immer noch Geschichtenerzähler, dachte er. Südlich der Sahara hält sich diese Tradition noch. Das Fernsehen hat sie noch nicht verdrängt.

»Die Ernten der Sambaa wurden immer von den gefährlichen wilden Schweinen mit den Bärten und den scharfen Hauern geraubt. Sie hatten die Sambaa seit jeher heimgesucht und die Jäger, die sie vertreiben wollten, umgebracht.« Während sie sprach, blickte Zanifa zu der Wand neben Jordan und ließ nur dann und wann ihre Augen für einen Sekundenbruchteil zu seinem Gesicht gleiten. Ihm zuliebe sprach sie ein langsames Suaheli. »Chahingo, ein Fremdling aus dem Flachland, sagte zu den Sambaa: ›Jedes Jahr fressen diese wilden Schweine eure Ernten und töten eure jungen Männer. Wenn ihr mich zum König macht, werde ich alle Schweine im Wald töten.‹« Zanifa kreuzte ihre Füße und ließ dann, während sie sprach, ihre Beine schwingen. »Die Sambaa sagten okay, und er nahm seine Hundemeute und jagte drei Monate lang. Es gab ein großes Gemetzel. Das war, bevor die Araber mit der Kunde von Mohammed gekommen waren, und so wurde überall in den Bergen festlich geschmaust.« Lächelnd schloß Zanifa mit dem glücklichen Ausgang der Legende.

»Zum erstenmal konnten sie all ihre Ernten einbringen. Die Leute waren sehr glücklich, und so machten sie Chahingo zu ihrem König.« Zanifa nippte an ihrem Glas. »Die Sambaa gingen auf Chahingos Bedingungen ein, und dem König stand es frei, sich aus einem der Dörfer ein Mädchen zu erwählen, damit sie als sein Weib in Vooga lebte, ohne daß sie eine Mitgift haben mußte. Alle Dörfler würden einen Teil von jeder Ernte nach Vooga geben. Er seinerseits würde jedes Jahr Regen in die Berge bringen als Gewähr für gute Ernten. In Hungerzeiten verteilte der Sultan Getreide aus den Speichern, wo die Tribute lagerten.« Zanifa sah Jordan an, als sie sagte: »Selbst nach vielen Jahren bereuten die Menschen nicht, daß sie einen Fremden zu ihrem König gemacht hatten.«

»Wieso war Chahingo ein Fremder?« Jordan wollte, daß sie weitersprach, damit sie noch blieb.

»Er sah anders aus. Er war ein Kilindi.« Zanifa stellte das Glas auf das Geländer und wußte nicht, was sie mit ihren Händen anfangen sollte. Sie legte eine in ihren Schoß und begann sich mit der anderen in der Nase zu bohren. »Die Kilindi lebten früher südlich von den Wüsten in Nordafrika. Er war größer als die Sambaa, auch schlanker, mit einer Nase wie eine scharfe Hacke.«

»So wie deine.« Jordan überlegte, ob er ihr sagen sollte, daß *mzunu*-Mädchen sich in der Öffentlichkeit nicht in der Nase bohren.

Zanifa ließ ihre Hand fallen. »Natürlich. Hast du denn nicht gewußt, daß ich eine Kilindi bin?«

»Nun, deine Mutter hat mir erzählt, daß ihr Vater ein Deutscher gewesen ist«, sagte Jordan. »Du bist also mit dem Sultan verwandt?«

»Eine Kusine«, sagte sie.

»Das kann alles mögliche bedeuten«, sagte Jordan. »Alle sind Cousins und Kusinen. Die Kilindi sind ein großer Clan.«

Zanifa fragte scheu: »Wirst du zu meiner Hochzeit kommen?«

Jordans Antwort kam schnell. »Am Anfang der kurzen Regenzeit wird ein Urlaub für mich fällig. Ich habe daran gedacht, nach Nairobi zu reisen, um ein paar *mzungu* zu besuchen und mir einige amerikanische Filme anzusehen.« Er wagte eine Frage, die ihn schon seit Wochen beschäftigte: »Wer war dein Vater, Zanifa?«

»Meine Mutter hat mir erzählt, daß er ein deutscher Arzt war, der im Lushoto Hospital arbeitete, als sie jung war. Aus Scham flüchtete sie zu einem Cousin in Daressalam, um mich dort zur Welt zu bringen.«

»Und du hast niemals von deinem Vater gehört?« Jordan hakte unwillkürlich nach.

»Nein.« Zanifa zog die Stirn in Falten, atmete tief und stützte ihre Hände auf die Hüften. »Ich komme morgen nachmittag wieder, um meinen Passard zu füttern.« Sie sagte dies in englisch. Sie hatte *»Falken und Falknerei«* gelesen und wußte daher, daß man einen verletzten Augurbussard nicht einen Eyas nannte, sondern vielmehr einen »Passard«, einen wilden Vogel. »Laß die Tür einfach zu, und wirf das Fleisch für sie auf den Stuhl!«

Jordan sah ihr nach, als sie draußen um die alte Kirche herumging. Sie war sechzehn. Sie glaubte an Magie. Sie hatte noch nie ein großes Gemälde gesehen. Sie hatte noch nie ein Telephon benutzt. Sie kannte nur diese sterbenden Berge, hatte ihre ersten fünf Lebensjahre in einem ärmlichen Viertel von Daressalam verbracht und später ihre Schulferien gelegentlich mit Freunden in der Kaffeestadt am Fuß des Kilimandscharo. Sie wußte nicht, wer ihr Vater war, behauptete dies jedenfalls, hatte jedoch gehört, wie die Dörfler stichelten, sie sei eine Frucht der Blutschande. Sie war Jungfrau.

Aus seinem Büro im 9. Stock des Cotton Exchange blickte Jordan hinaus auf die braunen Wasser des Mississippi, welche die Halbinsel von Harbor Town umschlossen, wo er soeben noch das Haus im Cape-Cod-Stil ausmachen konnte, das Anna und er kaufen wollten. Während Wolken über den Himmel glitten, glänzten die stählernen Seiten der Pyramide wie Signalspiegel. Ein Dampfer stampfte flußaufwärts. Jordan warf einen Blick auf die Papierstapel auf seinem Schreibtisch, kritzelte auf einen gelben Block *Es ist eine schwierige Sache, die Farbe Weiß einzufangen*, und starrte dann zu der weißen Eichentäfelung und dem gerahmten Aquarell von einem Sonnenaufgang über Marschland, das er gemalt hatte. Anfangs hatte es ihm durchaus gefallen, aber jetzt, wo es an der Wand hing, erschien es ihm von Tag zu Tag schlechter.

»He, Rut.« Vernon Taylor stand in der Tür. »Was ist der Unterschied zwischen Verwandten und Verbrechern?«

»Was denn?«

»Verbrecher werden gesucht.« Er wartete, doch Jordan blieb stumm. »Du bist ja in guter Stimmung.«

»Ich habe Stunden bei einem Ferngespräch verquast. Irgend so ein Arschloch aus New York hat sich's leichtgemacht, statt selbst die Dokumente eingehend zu studieren.« Jordan zerknüllte das oberste Blatt des Schreibblocks. »Warum sollen wir dies für den Rest unseres Lebens tun?«

»Es ist der Preis, den du für ein gutes Leben bezahlst.« Vernon schwang einen imaginären Golfschläger. »Liebst du denn nicht die lange Abenddämmerung im Sommer? Man kann bis acht Uhr spielen.«

»Ich habe das Gefühl, wie so ein Scheißgaleerensklave zu schuften.«

»Häh«, sagte Vernon mit einem Glucksen. »Es wird leichter werden, wenn du Kinder hast. Dann kannst du dir sagen, daß du es ja für sie tust.«

»Ich bin mir nicht sicher, ob ich das schon will, Boß.« Jordan warf das Papierknäuel in einen Korb, der mit einem Bild von der Kapitulation des Bürgerkriegsgenerals Robert E. Lee geschmückt war. Es stammte aus dem Büro seines Großvaters.

»Kinder. Man glaubt, daß sie eine Landplage sein werden, aber dann liebt man sie.« Vernon vollführte wieder einen Schlag mit seinem imaginären Golfschläger und verfolgte dann, seine Augen mit einer Hand beschirmend, den Flug des imaginären Golfballs durch das Fenster.

»Ich mach' für heute Feierabend, Boß.« Jordan steckte einige Papiere in seine Aktentasche.

»Du solltest wieder anfangen, Tennis zu spielen. Irgend etwas tun, um dich von allem abzulenken.«

»Anna will mit Yoga anfangen.«

»Perfekt für dich. New Age. Abgeschlafft. Der Zen-Anwalt.« Vernon lachte und sah zu dem Bild mit dem Sonnenuntergang. »Ich würde dir nicht raten, dem Malen zuliebe die Juristerei aufzugeben.«

»Stehe zu Diensten, Boß.« Jordan schlurfte über den Teppich, als schleppe er schwere Ketten hinter sich her. Er folgte Vernon durch einen Gang, der an leeren Büros vorbeiführte. Um im Fahrstuhl das Schweigen zu überbrücken, fragte Jordan: »Wie geht es Sandy und Elizabeth?«

»Glücklich wie Täubchen. Ein Kind macht das Leben einer Frau erst vollständig. Sie sind zum Nestmachen geboren. Mach Anna schwanger, und du wirst es erleben.«

»Da ist eine Verschwörung im Gange, um aus allen Leuten Eltern zu machen. Alle in unserem Alter haben Kinder und reden darüber. Mom erzählt mir dauernd, wie glücklich sie über ein Enkelkind wäre«, sagte Jordan, als sie hinaustraten auf einen Parkplatz. »Die Erhaltung unserer Spezies erfolgt auf sozialen Druck. Ich werde damit nicht mehr fertig. Ich glaube, ich gehöre zu den Burschen, die erst spät im Leben Kinder haben.«

»Vielleicht solltest du ja gar keine haben.« Vernon beugte sich vor, um seine Aktentasche in seinen Volvo zu legen. »Vielleicht bist du ja schwul.«

»Vielleicht, Baby.« Jordan kniff Vernon in den Hintern.

»Wenn du das noch mal tust, trete ich dir in den Arsch.«

Jordan stieg in einen neuen Wagoneer und fuhr zu einem Häuschen am Tor. Er reichte einem ältlichen Schwarzen eine Karte. »Hallo, Homer.«

»Hallo, Rut. Sie sind wieder mal der letzte, der nach Hause fährt.«

Jordan blickte empor zu den Scharen gleichartiger Kumuluswolken. »An jedem Morgen ist der Himmel klar, und doch ist er an jedem Abend wieder voll von solchen Wolken. Wo kommen die bloß her, Homer?«

»Oh, keine Ahnung, Rut.« Homer lächelte breit. »Von Südamerika, schätze ich.«

»Ich habe schon geglaubt, das Dinner würde niemals zu Ende gehen«, sagte Jordan und hängte sein Jackett auf einen Bügel. »Das einzige, wovon die Leute reden, ist, sich ein Haus zu kaufen und Mitglied des Country Clubs zu werden ...«

»Sie reden über mehr als nur das. Du hörst nur nicht zu.« Anna wusch sich Make-up vom Gesicht. »Du hast dir nicht gerade Mühe gegeben, um das Niveau der Konversation zu heben.«

»In letzter Zeit dehnen sich die Tage vor mir in endloser Langeweile.« Rasch fügte er hinzu: »Nicht du. Aber alles sonst.«

Nur mit Höschen und BH bekleidet stand Anna in der Tür. »Baby, ich habe heute nachmittag eine Stunde im St. Jude's verbracht, bei einem kleinen, an Krebs sterbenden Mädchen. Wach auf!«

»Als ich bei der Heimfahrt am Hospital vorbeikam, habe ich dein Auto gesehen und dasselbe gedacht. Ich brauche einen Muntermacher oder was.«

»Nein, brauchst du nicht.« Anna lächelte mit geschlossenem Mund und lachte durch die Nase.

Jordan lag auf dem Bett und griff nach einem Exemplar von *Outside* auf dem Nachttisch. Anna ging nackt durch das Zimmer und kroch zu ihm. »Gott, ich muß in sechs Stunden wieder aufstehen, um das Flugzeug zu kriegen.«

Jordan küßte ihr Ohr und strich mit der Hand um ihre Brust. »Ich wünschte, du würdest nicht nach Chikago fliegen. Du wirst nicht hier sein, um mich aufzuheitern.«

»Du bist ein süßer Kerl.« Anna steckte ihre Zunge in seinen Mund und ließ ihren Kopf aufs Kissen zurücksinken. »Baby, es tut mir leid. Ich bin müde, und es ist schon spät.« Sie öffnete ihre Beine und lachte. »Aber Sex kannst du haben!«

Juni 15

Matchball«, sagte der Sultan formell und tippte den Ball auf der Grundlinie auf. Die tiefstehende Sonne warf Schatten der Jarakandabäume über die südliche Hälfte des Platzes. Kimweri servierte mit starkem Topspin und traf den Ball am günstigsten Punkt eines hohen Wurfs, eine Bewegung von klassischer Anmut, die an den großen britischen Tennisspieler Fred Perry erinnerte, dessen weiße Hosen dem Sultan gleichfalls als Vorbild gedient zu haben schienen. *Phwok!* Der gelbe Ball schoß geradezu über den Platz, erst steigend, dann sinkend. In der Rückhandecke traf er die Linie und sprang wegen des Topspins von dort wieder hoch ab.

Jordan, in ausgelatschten Sportschuhen, abgeschnittenen Khakis und einem Vanderbilt-T-Shirt, schwang seinen Head-Schläger beidhändig gegen den Ball. *Phwak!* Kraftlos und in einem miserablen Winkel flog der Ball zurück. Jordan überlegte, ob er ans Netz vorpreschen sollte, doch war er entnervt durch Kimweris letzten schnellen Ball, den er mit seinen rostigen Reaktionen verfehlt hatte, so daß dieser seinen Bauch traf und ihm fast die Luft nahm. Und so klebte er jetzt an der Grundlinie und sah, wie der Ball weit in der Hälfte des Sultans ein rotes Wölkchen aufstäuben ließ.

Kimweri vollführte eine lange, gekonnte Topspin-Rückhand,

wobei er mit seinem Slazinger-Schläger den Ball in geringer Höhe traf und dann nach oben riß. *Phwick!* Der Ball schoß geradenwegs die Linie entlang, und Jordan erwartete ihn hinter der Grundlinie. Der Ball landete in der Vorhandecke und stäubte Kalk hoch. *Phwick!* Jordan konterte mit einem sacht unterschnittenen Ball, so daß dieser rückwärts rotierte, während er sacht auf die Netzkante zusegelte. Kimweri sprintete vorwärts. Der Ball streifte die Netzkante und fiel ins Feld. Kimweri katapultierte nach vorn, rutschte mit einem Knie über den Boden, während er sich tief streckte, um den Ball noch vor dem zweiten Aufspringen hochzulöffeln.

Der gelbe Ball stieg in einem schwachen, niedrigen Lob. Jordan machte sich bereit, ihn zu schmettern, und entschied sich für einen Backhand-Smash. Er schwang seinen Schläger nach unten und peitschte ihn dann über den gelben Ball. *Phhak!* Der Ball sprang hinter Kimweri auf, der herumwirbelte, seinen Schläger jedoch nicht mehr heranbrachte. Bei der Grundlinie stäubte es wieder rot.

»Aus!« rief Kimweri atemlos. »Allerdings nur knapp. Ein bloßer Zentimeter. Den hätten Sie gar nicht zu schmettern brauchen.« Im Sieg klang sein Akzent noch britischer durch.

»Ein Smash bietet eine einzigartige Befriedigung«, sagte Jordan keuchend. »Mir bleibt da immer die Luft weg.« *Nutte*, dachte Jordan. Es war das alte Teenager-Wort für einen, der beim Tennis schummelte. »Gutes Spiel.«

»Ausgezeichnetes Match«, sagte Kimweri. Sie schüttelten sich über dem Netz die Hände und gingen dann zum Zaun. »Sieben-fünf. Sechs-drei. Sieben-fünf. Es ist großartig, direkt hier in Lushoto einen solchen Gegner zu haben. Wir müssen regelmäßig spielen.«

»Unbedingt.« Kimweris eisernes Schweigen vor dem Match war Jordan lieber als die jetzige Geschwätzigkeit des Siegers. Ein Kellner in weißem Kittel und schwarzen Hosen kam die steile grüne Rasenfläche vom Hotel herunter. Jordan folgte Kimweri zu einem Tisch unter einem Schirm aus Palmwedeln. Er rückte seinen Stuhl in die Sonne und blickte hinauf zu den grünen Gipfeln.

»Dies könnten ebensogut die Smokey Mountains sein.«

»Die Deutschen nannten die Usambaras die kleine Schweiz«, sagte Kimweri. »Jeder *mzungu* sieht in ihnen etwas Eigenes.«

Während er für die braunen Halbliterflaschen mit Safari-Lagerbier unterschrieb, bemerkte Jordan, daß der Kellner barfüßig war.

»Ihre Rückhand ist ein Geschoß«, sagte Kimweri liebenswürdig und griff nach einer Flasche Safari.

»Sie haben keinen einzigen Doppelfehler gemacht«, erwiderte Jordan.

»Ich habe für mich allein geübt.« Kimweri lachte. »Auf dem Palasthof.«

Jordan lachte auch und schloß die Augen, spürte die Sonne auf seinem Gesicht, den verdunstenden Schweiß und empfand das seltene Gefühl der Kameradschaft. »Sie haben Ihr halbes Leben in England verbracht. Was vermissen Sie am meisten?«

»Sie meinen, was oder wen ich am meisten vermisse?« Kimweri seufzte. »Ich hab's Ihnen doch erzählt – Tennis, soweit es den ersten Punkt betrifft, und was den zweiten angeht: die ehrenwerte Victoria Watson.«

»Die ehrenwerte?« Jordan öffnete seine Augen.

»Die Tochter eines Lords. Die Briten vermerken das in ihrem Paß.« Kimweri sprach ohne Ironie, seine Betonung unterstrich gleichsam den adligen Status. »Ich habe auf der Kaffeeplantage ihres Vaters am Kilimandscharo gelebt. Er hat für meine Erziehung gesorgt. Zehn Jahre lang sind wir ein Liebespaar gewesen, aber ...« Er sah zu Jordan, dessen Blick zu einem Jakarandabaum gewandert war. »Wie es scheint, leide ich an jener heimtückischen Krankheit, die *mzungu* befällt, die allzu lange in Afrika sind. Sie neigen dazu, ihre Geheimnisse dem ersten weißen Gesicht anzuvertrauen, das ihnen begegnet.«

Kimweri nahm seine Hand, und Jordan fragte sich, ob sich das mit dem Liebespaar nicht eher auf Lord Watson bezog als auf dessen Tochter. Seine Hand war trocken. Er beugte sich über den Tisch und sah Jordan mit seinen dunkelbraunen Augen eingehend an. »Was macht Zanifas Projekt?«

»Sehr gut, denk' ich. Sie hat jetzt ihren eigenen Vogel. Einen verletzten Augur.« Jordan zog langsam seine Hand zurück, doch Kimweris Griff spannte sich fester. Jordan schwatzte weiter: »Ich bin immer wieder hingerissen von Father William. Die Siegerin im Wissenschaftswettbewerb in St. Mary's gewinnt eine Reise zu einer großen Messe in Kapstadt. Wo hat er bloß das Geld dafür her?«

Kimweri starrte Jordan lange an. Den Ausdruck seines Gesichts vermochte Jordan nicht zu deuten. Ihm wurde klar, daß er diesen Mann überhaupt nicht kannte.

»Wissen Sie, daß Father Damian zwei halbblütige Töchter hat, die in St. Mary's unterrichten?« Kimweri lockerte seinen Griff, zog seine Hand jedoch nicht zurück.

»Ich habe davon gehört«, sagte Jordan. Plötzlich empfand er ein intensives Schuldgefühl und fürchtete, seine Augen könnten ein Verbrechen verraten, das er nicht begangen hatte.

Hinter dem Sultan fiel eine purpurfarbene Blüte von einem der Jakarandabäume.

»Zanifa gehört zu den Besten in ihrer Klasse, vielleicht gewinnt sie ja die Reise nach Südafrika«, sagte Jordan, um das unbehagliche Schweigen zu beenden. »Können Sie sich vorstellen, wie eine richtige Stadt auf sie wirken würde?«

»Aber sie könnte doch nicht reisen. Sie wird verheiratet sein.« Kimweri ließ Jordans Hand los und fischte eine wärmende Jacke aus seiner Slazinger-Sporttasche.

»Sie könnten doch zusammen mit ihr reisen.« Jordan war überrascht über die Nervosität in seiner Stimme.

»Vielleicht.« Kimweri schlüpfte in die Jacke und sah Jordan an. »Wie geht es dem Jungen?«

»Er ist gerade zum zweiten Mal in Daressalam operiert worden. Er wird bald wieder gehen können.« Jordan leerte die braune Flasche mit Safari. »Ich habe daran gedacht, seiner Familie ein paar Fische zu bringen.«

»Ist wahrscheinlich keine gute Idee. Ist sicher besser, wenn Sie sich von dem Dorf da fernhalten.« Kimweri hob seine Tasche hoch. »Irgendwann nächste Woche?«

»Sawa, bwana, Tutaonana saa hii weeki ijayo«, sagte Jordan.

»Das einzige Wort, das Sie einwandfrei aussprechen, ist *weeki* – Woche«, sagte Kimweri scherzend. »Also dann, bis nächste *weeki*.« Der Sultan schritt die Allee von Jakarandabäumen hinunter zu seinem Landrover.

Jordan schlüpfte in ein Sweatshirt und joggte den Hügel hinauf zu den Lawns, einem Überbleibsel aus der deutschen Kolonialzeit, einer U-Formation weißer Stuckgebäude mit grünen Blechdächern und langen Veranden. In dem Korridor zwischen dem Speiseraum und der Bar hing ein Ölgemälde von Julian Kimweris Vater, einem stattlichen jungen Mann in einem wallenden weißen *kanzu*, bestickter Weste und einem Kopfschmuck, der aus der weißen Kappe und dem schwarzen Fell eines Colobusaffen gefertigt war. Jordan betrachtete das Gemälde und betrat dann durch eine Bogentür einen langen, schmalen Raum mit hellblauen Wänden, Erkerfenstern, Deckengebälk und einer halbkreisförmigen Mahagonibar.

»Shikamoo, Mzee«, sagte Jordan. Ich küsse deine Füße, Älterer.

»Marahaba«, bellte Gregorios Ionides vom anderen Ende des Raumes. Der birnenförmige alte Grieche rekelte sich mit einem großen Buch in einem Ledersessel bei einem Kamin, der

aus der Wand herauskurvte. Er trug einen ausgebeulten Safari-Anzug aus olivfarbener Baumwolle und hatte seine ausgestreckten Beine und die Füße mit den Safari-Stiefeln auf einen Massai-Hocker gelegt.

»Wer hat gewonnen?«

»Der Sultan«, sagte Jordan. »Ich habe ihn gewinnen lassen ... Sagen Sie ihm aber ja nicht, daß ich das gesagt habe.«

»Niemals. Ich bin doch ein Gentleman.« Die buschigen schwarzen Augenbrauen in Ionides sonnengebräuntem Gesicht krümmten sich höher zu einer sauberen Linie aus geöltem weißem Haar. Seine Stimme war laut und rauh.

»Mir fällt gerade ein, wer die *Encyclopedia Americana* für Sie importiert hat. Zu enormen Kosten, wie ich hinzufügen möchte.« Jordan blickte zu dem Barmann, einem krummschultrigen Sambaa mit rotem Fez und weißer Uniform. »*Shikamoo, Mzee* Steven.«

»*Marahaba.*« Der Barmann lächelte. Perfekte Zähne in einem gefurchten dunkel-schwarzen Gesicht. Entzückend.

»Gin and Sin.« Jordan bestellte die Spezialität des Hauses: Gin und Sünde. An der Wand hinter der Bar, zwischen Regalen mit Gin- und Whiskyflaschen, hing die obligatorische große Photographie des Präsidenten der Vereinigten Republik, einem freundlich aussehenden Zanzibari in einem Safari-Anzug und einem weißen Moslem-Käppchen.

»Warum haben Sie sich von Kimweri schlagen lassen?« rief Ionides, während sich seine Falkenaugen weiteten.

»Ich soll doch ein Botschafter guten Willens sein«, sagte Jordan. »Es gibt ja immer eine nächste Woche.«

»Lassen Sie ihn weiter gewinnen«, sagte Ionides. »Das ist klug. Er ist leider kein Mann vom Schlage seines Vaters. Ich erinnere mich noch, wie wir den Sultan bei seiner Rückkehr von der Krönung von Königin Elizabeth vom Flugplatz in Mombo abgeholt haben, und ...«

»Habe ich diese Geschichte nicht schon zwanzig Mal gehört, *mzee*?« Jordan ging mit seinem Drink zu einem Sofa und setzte sich. »Allmählich fängt Julian Kimweri an, mir zu mißfallen. Es klingt ja, als sei er ein Kuhkäufer, aber kein Hochzeiter.«

»Der Afrikaner, lieber Rutledge, ist der chauvinistischste Mann auf dem Planeten ... Außer dem Araber vielleicht.« Ionides fügte diesen Satz als Nachgedanken hinzu und rieb sich die Knie. »Mit der langen Regenzeit kommt meine Gicht immer zurück.«

»Sie ist ein Schulmädchen.«

»Machen Sie sich keine Gedanken wegen irgend so einem Luder«, sagte Ionides wegwerfend und fuhr dann leiser fort. »James hat eine Nachricht geschickt. Er wartet verzweifelt auf einen Kurier.«

»Wieso?« Jordan hörte Schritte und warf einen Blick nach hinten zur Bartür.

Ein *mzungu*-Mann, wahrscheinlich ein Däne oder ein Norweger, musterte sie mit ausdruckslosem Gesicht.

Jordan lächelte leicht und nickte. Der *mzungu* wandte seine Augen ab und trat an die Bar.

Ionides rief dem Barmann zu, er solle das Radio anstellen. Eine Sprecherstimme quäkte verzerrt, bis Steven einen englischen Sender aus Nairobi fand: *Trink einmal im Monat Deworm, und du bist deine Magenbeschwerden los!*

Jordan blickte wieder zu dem alten Mann. »Wieso? Ist wieder ein Bote geschnappt worden?«

»In Sambia. Aber mit Ihrem Paß würden Sie niemals geschnappt werden. Das haben Sie ja selber gesagt, als Sie das letzte Mal wie ein Diplomat durchgerutscht sind.«

»Nicht interessiert.« Jordan schmeckte die zuckrige Mischung aus Cinzano und Tanqueray in seiner Mundhöhle. »Letztes Mal brauchte ich das Geld, um das Versteck im Wald zu bauen. Jetzt brauche ich gar nichts. Und ich ziehe Pasipo auf. Das ist wie Säuglingspflege.«

»Fünftausend Dollar«, sang Ionides und klappte die Enzyklopädie zu.

»Sag deinem Bruder, daß, äh, daß ich durch die letzte Reise traumatisiert war und mein Glück nicht überspannen möchte.« Jordan erhob sich. »Traumatisiert, *bwana*. Verstehen Sie?«

Der *mzungu* trank und kehrte der Welt den Rücken zu. Agnes, eine massige Frau, die einen Kopf größer war als Jordan, kam in die Bar gewatschelt. Ihr Bantu-Hintern glich dem Heck eines Dingis. Daß Ionides sie zur Konkubine gewählt hatte, bewies, daß er lange genug hier war, um afrikanisch zu empfinden – *maf-rik*. Agnes ließ Jordan an die legendären Konkubinen des Königs von Uganda denken, die sich von Honig und Ziegenbutter nähren mußten, bis sie zu dick waren, um gehen zu können.

»Ich werde ihm sagen, daß Sie darüber nachdenken«, sagte Ionides und beäugte Agnes. »Sie denken doch darüber nach?«

»Ich glaube, Ihr Gehör fängt an nachzulassen.« Jordan ging an Ionides vorbei, drückte seine Schulter. Steven bedachte er mit einem afrikanischen Winken, wobei er beide Arme emporhob wie ein Football-Schiedsrichter, der einen Touchdown signalisiert.

Juni 25

Hoch oben am azurblauen Himmel kreisten zwei schwarze Punkte

»Haaah«, hauchte Zanifa, während sie durch Jordans Feldstecher spähte.

Jordan, auf dem Deck neben Zanifa liegend, stützte sich auf einen Ellbogen hoch, sah nirgendwo am weiten Horizont eine Gewitterwolke und ließ seinen Kopf wieder auf ein Bootskissen sinken. Das Deck krängte im Wind und knarrte hörbar. Es ist Selbstmord, vor dem Ende der langen Regenzeit hierherzukommen, dachte Jordan. Er versuchte, das Schwanken des ächzenden Decks zu ignorieren. Der Wind blies stärker. Die Blätter an den Ästen rings um das Deck knisterten wie Zellophan.

Jordan blickte zu den kreisenden Punkten. Sie waren noch zu hoch, um deutlich erkennbar zu sein. Er schloß die Augen und erinnerte sich, wie er dieses Versteck gebaut hatte. An dem Tag, wo er in seinem Briefkasten den Zeitungsausschnitt über Annas Hochzeit gefunden hatte – vor knapp anderthalb Jahren, als von den zwei Jahren, zu denen er sich in Afrika verpflichtet hatte, gerade vier Monate herum waren –, war Jordan in einem wahren Höllentempo auf seiner Honda von Lushoto zum Regenwald gefahren. Seither hatte die Honda einen Knacks weg, und in den Dörfern entlang der Landstraße nannte man Jordan, dem man bis dahin immer den Namen *Bwana Samaki*, Master Fisch, gegeben hatte, jetzt *Pikipiki Zimu* – den besessenen Motorradfahrer. Eine Handvoll von moslemischen Dorfältesten hatte beobachtet, wie Jordan in einer Kurve von der Honda geflogen war, und wie er sich sofort hochgerafft und wieder auf den Motorradsattel geschwungen hatte, um weiterzurasen, als sei ein böser Geist hinter ihm her. Als Jordan später am selben Tag zusammen mit Mbungu, dem Waldhüter, *bhangi* geraucht hatte, war ihm die Idee gekommen, ein Versteck zu bauen. Ein Versteck oben in einem Baum würde ihm die beste Möglichkeit bieten, die Himmelsleoparden zu malen, die man sonst nur sporadisch vom Waldboden her sehen konnte. Ein Versteck würde Abwechslung mit sich bringen.

Die Kosten dafür hatte ihm der Schmuggel von Tansanit und Smaragden von Daressalam nach Mombasa eingebracht. In beiden Häfen sahen die Zollbeamten den Peace-Corps-Aufkleber in seinem Paß und winkten ihn durch die Gepäckkontrolle. Die Sache hatte mühelos funktioniert, doch Jordan hatte Blut und Wasser geschwitzt. Eine Schätzung der Botschaft, wonach ein volles Drittel von Tansanias Bruttonationalprodukt alljährlich in Form von Gold und Edelsteinen illegal außer Landes geschafft wurde, bot Jordan eine Handhabe, seine kriminelle Tat zu minimieren. Dreitausend Dollar – was war das schon im Vergleich zu den vielen Millionen, die der Gesamtschaden betrug? Außerdem wurde das Geld ja zur Erhaltung einer vom Aussterben bedrohten Tierart verwendet. Hätte Jordan nicht das Versteck gebaut, so hätte er niemals die Adler bei der Paarung gesehen und Pasipo nicht gerettet. Mit Hilfe von dreißig Sambaa hatte Jordan das Versteck in drei Monaten gebaut. Sie hatten eine Leiter an den Baumstamm genagelt, und mit Seilen und Flaschenzügen Balken und Bretter hinaufgeschafft. Die Balken befestigte man mit Hilfe praktischer Holzklammern, ohne daß die weit über tausendjährigen Äste beschädigt wurden. Jetzt war das Versteck eine Sehenswürdigkeit, die in einem Reiseführer für Rucksacktouristen erwähnt wurde. In der Zeit, wo Jordan auf das Ausbrüten von Kains und Abels Eiern gewartet hatte, hatte er in dem Versteck zu seinem Verdruß einmal eine Gruppe von langhaarigen Deutschen gefunden, die betrunken auf die Adler einbrüllten. Er hatte damals beschlossen, die Leiter zu entfernen, bevor er Tansania verließ.

Koi-koi-koi!

Kiwie-kiwie-kiwie!

Jordan hörte die Kronenadler und öffnete die Augen. Die Schwingen und die Körper waren jetzt deutlich auszumachen. Wenn man die verschlungenen Flugbahnen der Vögel in Gedanken nachzeichnete, so ergab sich ein Muster, das den beiden gewundenen Strängen von DNS ähnelte, von den Vögeln unablässig wie in einer leiterartigen Stufung wiederholt, wobei die jeweils nächste Sprosse tiefer am Himmel war.

Koi-koi-koi!

Kiwie-kiwie-kiwie!

»Es ist das erste Mal, daß ich sie so von unten sehe«, sagte Zanifa. Der Feldstecher wirkte groß in ihren kleinen Händen. Jordan sah die Wölbung ihrer Brüste unter ihrem Pulli und die Kurven ihrer Hüften in den Bluejeans. Er fragte sich, was von Zanifa wohl in seinem Gedächtnis bleiben würde und was von ihm in ihrer Erinnerung. Er blickte empor zu den Adlern. Auf ihren Brüsten waren die schwarzen und orangefarbenen Flecken erkennbar. Die dicken Beine hatten kleine schwarze und weiße Flecken. Die Schultern waren hennafarben. Die Unterseiten der gewaltigen Schwingen waren schwarz-weiß gestreift.

»Das sind Pasipos Eltern«, sagte Zanifa in ehrfurchtsvollem Ton.

Einander unaufhörlich langsam umkreisend und kreischend,

legten die Himmelsleoparden plötzlich die Schwingen an den Leib und tauchten dann einhundert Meter tiefer. Dann öffneten sie die Schwingen, ließen sich von ihrem eigenen Schwung in eine leichte Aufwärtskurve tragen und verloren langsam an Fahrt. Dann glitten sie in einem langen Bogen auf die Erde zu, um wieder hochzusteigen und abermals zu tauchen.

Koi-koi-koi!

Kiwie-kiwie-kiwie!

»Der Tanz ist ein Hoheitsritual. Manchmal fangen sie damit eintausend Meter über ihrem Nest an, manchmal einhundert. Ich mag gar nicht daran denken, was mit den Jungadlern wird. Sie bleiben zwei Jahre bei ihren Eltern, viel länger als irgendeine andere Adlerart, und lernen, im Wald zu jagen. Dann verstoßen ihre Eltern sie aus ihrem Territorium. Und sie können nirgends hin. Neunzig Prozent des Waldes sind verschwunden. Abgeholzt.«

»Was wird also mit den Jungen?« fragte Zanifa.

»Ich glaube, die meisten verhungern eine Woche, nachdem sie vertrieben worden sind. Ich habe einen gefunden. Manche finden ein kleines Stückchen Wald und begnügen sich damit, Ziegen und Hühner zu jagen statt Affen und Buschböcke.« Jordan spürte das Verlangen, die Hand auszustrecken und Zanifas Wange zu streicheln.

»Die Dorfleute erjagen sie«, sagte Zanifa und kratzte sich mit der einen Hand den Ellbogen, während die andere den Feldstecher hielt. »Als ich klein war, hat ein Kronadler ein Baby geraubt. Das haben die Dorfleute nie vergessen.«

»Das glaube ich.« Jordan seufzte. »Wahrscheinlich gibt es nur noch fünf oder sechs Paare in den Usambara Mountains.«

»Was wirst du mit Pasipo machen?« Zanifa setzte sich auf, um den jetzt tieferen Flug der Adler zu verfolgen.

»Sie auf dem Mafi Mountain freilassen.« Auf den Knien hockend spähte Jordan zwischen dem toten Geäst der Umwandung zu dem zehn Meter entfernten Nest. Die Adler kreisten und landeten. »Dieser Baum wird wahrscheinlich seit Jahrhunderten von ihnen benutzt. Er ist sozusagen weitervererbt worden.«

Zanifa kniete neben ihm und schob den Nikon-Feldstecher zwischen Geäst. Kain, mit schwarzen Schultern und weißer Brust, hoppelte im Nest herum. Er war nicht größer, als Pasipo es jetzt war, vielleicht weil Pasipo regelmäßiger Futter bekommen hatte. Die Eltern standen auf dem Rand und beobachteten Kain mit schräggehaltenen Köpfen.

Am Himmel verblich das Azurblau. Der Wind raschelte in den Blättern. Zanifa fröstelte. Jordan legte seinen Arm um ihre Schultern. »*Twende.*« Gehen wir.

Er erhob sich und zog sie hoch. Auf der anderen Seite des Decks spähten sie über das Geländer. Aus ihrer Perspektive, hoch oben in der Krone eines Kampferbaums unweit des Berggipfels und den steilen Hang hinabblickend über die wie gestaffelten Berge, sah der grüne Blätterbaldachin des Regenwaldes aus wie dunkel wogende Wellen in einer stürmischen See. Benommen trat Jordan einen Schritt zurück. Über Baumwipfel und Bergkämme hinweg blickte er zum Dunst des Indischen Ozeans zwanzig Meilen weiter östlich und wandte sich dann in Richtung Nordwesten.

»Da, sieh doch.« Jordans ausgestreckte Hand wies über zwei Bergkämme hinweg zu einer Ansammlung winziger Gebäude auf einem vierzig Meilen entfernten Berghang. »Lushoto. Sieht gar nicht so aus, als würde man zwei Stunden brauchen, um hinzukommen, nicht?«

»Ein Himmelsleopard könnte in wenigen Minuten hinfliegen.« Zanifa deutete zum westlichen Ende der Stadt. »Siehst du die alte Kirche bei unserem Haus?«

Auf der anderen Seite eines Gipfels, der einen langen Schatten über Lushoto warf, am scharfen Rand des Escarpments, konnte Jordan den schwarzen Turm der Ruine sehen. Die flache Savanne dahinter war blaugrau im späten Licht.

»Dort, weit hinter unserem Haus, kannst du den Mafi Mountain sehen.« Zanifa wies auf einen sich einsam aus der Savanne erhebenden Kegel. Unten sah man hellgrünes Gras, in der oberen Hälfte das Dunkelgrün eines Regenwaldes. »Wenn Pasipo dort lebt, kann sie hierherfliegen, um ihre Familie zu besuchen.«

»Sie würden sie nicht erkennen. Sie würden sie fortjagen.«

»Danke, daß du mich hierhergebracht hast«, sagte Zanifa und sah Jordan an. »Jetzt weiß ich, wie die Berge von oben aussehen. Ich komme mir vor wie ein Adler.«

Jordan lächelte traurig. In einem halben Jahr würde er wieder in Tennessee sein; oder er konnte versuchen, bei einer der Entwicklungsagenturen Arbeit zu bekommen. Es konnte ihm ergehen wie Ernst.

»Ich werde nie vergessen, daß ich den Himmelsleoparden zugeschaut habe bei ihrem – wie hast du das genannt?«

»Hoheitsritual.« Jordan legte eine Hand auf ihren glatten Nacken. »Das steht in dem Buch, das ich dir gegeben habe. Ich werde dir ein Foto davon geben.«

»Das wäre großartig für mein Projekt.« Zanifa tat den Feldstecher in seine Tasche. Sie schwang ihre Beine über den Rand und begann die Leiter hinunterzuklettern. Jordan sah, wie sie verschwand, und blickte zurück zur Savanne und den Reihen von Gipfeln, die in Richtung Westen zurückzuweichen schienen. Rote Flammen umrahmten die Kammlinie, und der Himmel dahinter war eine Fläche aus flüssigem Gold.

Es war dunkel, als sie, vom Wald her, das Schweizer Haus erreichten.

»Karibu, bwana na kijana«, sagte Mbungu, der auf der Veranda wartete. Willkommen, Master und Junges.

»Shikamoo«, sagte Zanifa scheu. Ich küsse deine Füße.

Mbungu ignorierte die Formalität, tätschelte ihr die Wange und sagte herzlich: *»Karibuni chai.«* Willkommen zum Tee.

Sie folgten dem jungen Waldhüter in einen großen Raum, wo in einem Herd mit kupfernem Rauchfang ein Feuer prasselte. Eine an Schnüren von der hohen Decke herabhängende Stufenlampe verbreitete umbrafarbenes Licht, das den Raum gerade genügend erhellte, um zwischen dem antiken Mobiliar hindurchzufinden.

»Du mußt den Wassergenerator reparieren lassen«, sagte Jordan und nahm in einem Lehnstuhl beim Feuer Platz. »Hier kannst du nicht gut genug sehen, um zu denken, vom Lesen ganz zu schweigen.«

»Der Generator ist 1958 gebaut worden. Es ist schwierig, Ersatzteile zu bekommen.« Aus einer Porzellankanne goß Mbungu Tee in drei winzige Täßchen. Er wollte die Erklärung für Zanifa in suaheli wiederholen, doch Jordan unterbrach ihn.

»Sprich englisch. Zanifa spricht sehr gut englisch.« Jordan streckte seine Hand nach dem Tee aus.

»Du hast die Adler tanzen sehen?« fragte Mbungu Zanifa und reichte ihr dabei eine Tasse.

»Mein Englisch ist nicht gut genug, um es dir zu erzählen«, sagte Zanifa und setzte sich neben Jordan in einen Sessel. »Es war großartig.«

»Schön«, sagte Mbungu. »Ohne *Pikipiki Zimu* könnten wir die Adler nicht sehen.« Mbungu lachte und klatschte in der Art der Afrikaner Jordan auf die Hand. »Ein Patio oben am Himmel. Diese Amerikaner haben doch eine tolle Phantasie.« Er blickte zu Zanifa und fragte: »Kümmert er sich um den Nestling?«

»Wie eine Mutter«, erwiderte Zanifa rasch in suaheli. »Er macht mit ihr Spaziergänge. Jeden Tag malt er ihr ein Bild. Sein Name sollte *Mama Mzimu* lauten.«

Mbungu platzte laut lachend heraus »Hast du das mitgekriegt, Jordan? Sie sagt, man sollte dich ›Mama Besessen‹ nennen.«

Jordan fragte sich, weshalb er solche Augenblicke nicht genießen konnte. »Sie ist gescheit.«

»Es freut mich, daß du dich um den Adler kümmerst. Wenn du es schaffst, ihn in die Wildnis zurückzubringen, dann ist das eine große Leistung.« In Mbungus Augen zeigte sich ein seltener Ausdruck von Anerkennung. »Wo willst du ihn freilassen, wenn du Tansania verläßt?«

»Mafi Mountain.«

»Gut gewählt.« Mbungu schlürfte seinen Tee. »Ich habe in meinem Leben ja eine Anzahl von Friedenscorps-Freiwilligen kennengelernt. Mein Chemielehrer kam aus Illinois und war damals nicht viel älter als ich selbst.« Er lächelte und wies mit einem Nicken auf Jordan. »Dieser hier ist zwar verrückt, doch es ist ihm sehr ernst.«

Vom Indischen Ozean her zog eine schwarze Sturmfront auf, die sich wie Tinte über den Himmel breitete und die Milchstraße auslöschte. Als die Honda den ausgefahrenen Hang hinunterfuhr, klammerte sich Zanifa an Jordan und steckte ihren Kopf unter seinen Arm, um im schwachen Lichtstrahl des Scheinwerfers die Landstraße zu erkennen.

»Ich hätte darauf bestehen sollen, daß du den Helm aufsetzt«, sagte Jordan.

»Er ist zu groß«, sagte Zanifa. »Er würde mir vom Kopf fallen. Falls es regnet und wir einen Unfall bauen, bringt Bwana Kimweri mich um.«

»Es wird nicht regnen.« Zanifa lachte.

»Und was sagst du zu dem Sturm, der den Himmel verschlingt?«

»Fühlt sich nicht wie Regen an.« Zanifa lachte. »Glaub mir.«

Jordan hatte mit seinem Lenker zu kämpfen, weil er das Vorderrad von einer tiefen Furche fernhielt, die am Rande eines langen Gefälles verlief. Als er die Haarnadelkurve hinter sich hatte, entspannte er seine Schultermuskeln und fühlte, wie sich Zanifas Brüste gegen seinen Rücken preßten, während ihr Kopf an seiner Schulter ruhte. Als er in seinen Lenden eine hochsteigende Hitze spürte, begann er für sich zu flüstern, konnte sich jedoch nur an Bruchstücke des Gebets erinnern. Eine Erektion drängte gegen seine Khakis. Er versuchte, sich durch mathematische Probleme abzulenken.

Der Scheinwerfer erhellte die schmale Straße, die zum Dorf Ngolo führte. Sie fuhren durch Nebelschwaden. Die unbefestigte Straße führte zu einer Lichtung, die durch eine hohe Hecke begrenzt war. Außerhalb des Scheinwerferstrahls war das Dorf zu dunkel, als daß man es von den Bäumen und dem Berghang unterscheiden konnte. Jordan schaltete den Motor aus, und sie waren umgeben von Nachtschwärze. Ein Hund bellte. Es war ungefähr elf Uhr, *saa tano*, die fünfte Stunde der Nacht. Das ganze Dorf lag im Schlaf.

»Sag deiner Mutter, es tut mir leid, daß wir so spät zurückgekommen sind«, sagte Jordan in englisch.

»Nini?« fragte Zanifa erstaunt. »Du kommst nicht mit, um sie zu begrüßen?«

»Okay.« Jordan schwang sich vom Motorrad. »Man kann ja gar nichts sehen.«

Zanifa kicherte und nahm seine Hand. »Ich führe dich.«

Jordan folgte ihr auf einem zwischen kleinen Hütten verlaufenden Weg. Die meisten Hütten waren völlig dunkel. Bei einigen schimmerte Kerzenlicht in den Ritzen der kleinen Holzläden. Aus einer drang Gelächter. Jordan stolperte bei einem flachen Rinnsal, das quer über den Weg verlief. Das einzige Licht im Freien kam von einer Sturmlampe, die an einem Pfosten des Tors zu Zanifas Haus hing. Als sie auf den Hof einbogen, ließ Jordan Zanifas Hand los.

Zanifa eilte zum Türeingang. *»Mama, tumekika!«*

Nebel waberte durch den Hof.

Die Tür öffnete sich. Mama Zanifa erschien, eine Laterne in der Hand. Im gelblichen Licht wirkte ihre Haut weiß.

»Zanifa, tumechelewa sana.« Mama Zanifa schalt sie wegen des Spätkommens aus und rief dann über den Hof. *»Karibu. Bwana Jol-don.«*

»Asante«, erwidert Jordan und ging auf sie zu. Irgend jemand streifte ihn beim Vorbeigehen. Zanifa, wie er meinte. Die Gestalt nahm die Laterne vom Haken am Tor. Es war ein anderes Mädchen. Er trat in das Licht an der Tür. »Tut mir leid, daß wir später zurückgekommen sind, als wir eigentlich wollten.«

»Bwana, du bist so spät. Warum bist du so spät?« Mama Zanifa führte ihn in einen Gang, der mitten durchs Haus verlief. Vor ihr bewegte sich das schwankende Licht. »Wo bist du mit meiner Tochter gewesen?«

»Es war eine lange Fahrt vom Wald her.« Wegen seiner Geilheit auf dem Motorrad hatte Jordan ein schlechtes Gewissen. »Wir haben die Himmelsleoparden tanzen sehen und mit dem Waldhüter gesprochen.«

»Ich verstehe das nicht – all die Umstände, die sie sich macht wegen eines Vogels.«

Zu beiden Seiten des Gangs befanden sich glatte Lehmwände. Jordan hatte sich gefragt, wie es wohl im oberen Stock aussehen würde, weil es dergleichen in den Bergen nur selten gab. Die Wand auf der rechten Seite des Gangs reichte bis zur Decke und schloß einen großen Raum ab, zu dem man über eine Leiter gelangte. Auf der linken Seite war das obere Stockwerk, in dem Getreide lagerte. Von einer Ecke oben spähte eine Katze zu ihm herab.

»Karibu«, sagte Mama Zanifa und trat in eine Wandöffnung

bei der Leiter. Willkommen. *»Karibu kiti«*, willkommen zu einem Stuhl.

Auf zwei Fensterbänken brannten kleine Ölkerzen, die nur die geschlossenen Fensterläden beleuchteten. Der Raum war erfüllt von Schatten, die den orangefarben glühenden Haufen von brennenden Holzscheiten umrahmten, der sich in einer niedrigen Kohlenpfanne auf dem Fußboden befand.

»Karibu hapa.« Mama Zanifa plazierte Jordan auf einem hölzernen Sofa mit kapokgepolsterten Kissen und stellte ihre Laterne zu seinen Füßen auf einen Teetisch. Dann ließ sie sich neben ihn plumpsen. Jordan sah, daß sie über einem *kanga*-Rock eine Nylon-Windjacke mit den griechischen Buchstaben Kappa Sigma trug, ein Stück Studentenkleidung aus zweiter Hand.

»In dieser Jahreszeit ist es kalt«, sagte Mama Zanifa. Ihre Stimme ähnelte der ihrer Tochter.

»Masika.« Jordan nannte das Sambaa-Wort für die kalte Jahreszeit.

»Du sprichst Sambaa?«

»Nein. Nur ein paar Wörter.«

Das Mädchen erschien mit einem Tablett und stellte eine Thermosflasche und Plastikteetassen auf den Tisch, verschwand wieder in den Schatten.

Jordan hörte Schritte im oberen Stockwerk und stellte sich vor, daß Zanifa beim Kerzenschein studierte wie einst Abraham Lincoln.

»Chakula?« fragte Mama Zanifa.

»Nein, danke. Ich habe keinen Hunger.«

»Ich bin gerade von Daressalam zurückgekommen.« Sie beugte sich über den Tisch und schob, während sie Tee in die Tassen goß, ihr Hinterteil einen halben Meter vor Jordans Gesicht.

Jordan war sich ziemlich sicher, daß sie ihm Avancen machte.

Wäre er ein Afrikaner gewesen, so hätte er einfach ihr Hinterteil gepackt. Das würde das Signal sein. Er sagte zu ihr: »Zanifa hat mir erzählt, daß du fort bist, um Hühnchen zu verkaufen.«

Mama Zanifa schwenkte ihr Becken zur Seite und drehte sich in der Taille um. *»Eet ees good beesniss.«* Sie sagte zum ersten Mal etwas in englisch, das aus ihrem Mund ganz anders klang als bei ihrer Tochter.

Jordan nahm die Tasse, die sie ihm reichte.

Sie drehte sich zum Tisch, schwenkte ihm wieder ihren Hintern ins Gesicht. Er glaubte sich zu erinnern, daß er gelesen hatte, daß brünstige Gorillaweibchen ihre Ärsche in dieser Weise vor dem Alpha-Männchen schwenken. Er bewunderte die Kurve ihrer Hüften, spürte abermals, wie sich was in ihm regte, und zählte an seinen Fingern die Monate ab. Noch neun. Vor seinem inneren Auge sah er Gabriella, die in ihrem Appartement im UN-Komplex in Daressalam nackt auf ihrem Bett lag und ihn ansah. Seine Hände schwebten jetzt gleichsam in der Luft.

Mama Zanifas Bein streifte seine Fingerspitzen, als sie wieder auf dem Sofa Platz nahm. Sie setzte sich dicht neben ihn, so daß beider Beine einander berührten, und sagte in suaheli: »Es schickt sich nicht für ein Mädchen, so spät in der Nacht mit einem Mann unterwegs zu sein.«

»Verzeih mir, Mama Zanifa …«

»Nenn mich Mayrie.«

»Okay, Mary. Es tut mir leid, daß Zanifa noch so spät draußen war. Es war wegen ihres Schulprojekts. Ich glaube, es gefällt ihr wirklich, die Adler zu beobachten.«

»Bist du hinter meiner Tochter her?«

»Nein! Natürlich nicht. Ich habe ihr bloß geholfen.«

»Zanifa sagt, daß du kein Girl-Friend hast. Das ist nicht richtig für einen jungen Mann. Bist du krank?«

»Mama Zanifa!« Jordan lachte.

»Mayrie.«

»Mary. Nein, ich bin nicht krank. Ich bin nur, äh, ich habe ein Girl-Friend in Amerika.«

»Zanifa sagt, daß du sehr traurig bist, weil dein Girl-Friend einen anderen Mann geheiratet hat.«

Das Dienstmädchen erschien mit zwei hohen braunen Flaschen mit Safari-Lagerbier.

»Nein, danke.« Jordan schüttelte den Kopf, als das Mädchen eine Flasche vor ihm auf den Tisch stellte.

»Bitte«, sagte Mama Zanifa. »Ich habe nicht oft die Gelegenheit, mit einem *mzungu* zu sprechen. In Tanga hatte ich viele *mzungu*-Freunde.«

Oben stellte Zanifa einen Kurzwellenempfänger auf die BBC ein. Jordan konnte hören, daß es gerade Nachrichten gab.

»Sawa.« Jordan sagte okay.

»Ich hatte einen Boy-Friend aus Rußland. Er arbeitete für ein großes Farmin-Projekt. Ich habe russisch gelernt.«

Jordan stellte sich vor, wie sie sich in einer Disco getroffen hatten. Mit ihrer hellen Haut und ihren *mzungu*-Gesichtszügen war die junge Mary für abenteuerliche Typen zweifellos ein Magnet gewesen. »Wolltest du ihn heiraten?«

»Er hatte eine Ehefrau in Rußland«, sagte Mama Zanifa vergnügt. »Manchmal sprach er davon, mich mitzunehmen.« Sie trank einen Schluck Bier. »Alles nur Gerede. Ich habe Zanifa gesagt, daß sie niemals einem *mzungu* glauben soll, der von Liebe spricht. Sie reden und reden, aber sie gehen immer allein zurück.«

»Manche *mzungu* heiraten afrikanische Frauen.«

»Sehr wenige.« Sie legte ihre Hand auf seinen Schoß. »Ich bin zu alt, um jetzt für irgendeinen Mann die Ehefrau zu sein. Ich bin ja auch glücklich hier mit meinen Hühnern und Kühen.« Sie strich mit ihrer Hand über die Innenseite seines

Schenkels. »Ich hätte in der Stadt bleiben können. Ich bin zurückgekommen, weil ich die Berge mag. Dies ist zu Hause.«

Jordan sah Mama Zanifa an. Sie war höchstens zehn Jahre älter als er. Er stellte sich vor, daß ihr Körper durch das Leben in den Bergen straff und fest war. Er erinnerte sich an ihre vollen Brüste, die ihm gleich bei ihrer ersten Begegnung aufgefallen waren. Ihre Hand schob sich tiefer zwischen seine Schenkel.

»Ich glaube, du magst mich.« Mama Zanifa griff ihn durch seine Khakis hindurch. Jordan blickte auf ihre braune Hand, sah ihre schwieligen, rissigen Finger.

»Er mag dich sogar sehr«, sagte Jordan. »Aber dies ist keine gute Idee.«

»Es ist nicht gut für einen Mann, dies hier lange Zeit nicht zu gebrauchen. Das kann dich zu einem *msinge* machen.«

Jordan lachte über die Vorstellung, daß längere Enthaltsamkeit einen Mann schwul werden ließ.

Mama scheuerte rauh mit ihrer Handfläche über den Wulst in seiner Hose. »Ich glaube, du brauchst eine Frau«, flüsterte sie dann in englisch. »Stimmt das nicht?«

»Du bist eine sehr schöne Frau«, sagte Jordan. »Aber dies ist nicht gut.«

»Bist du ein *msinge*?« Mama Zanifa zog den Reißverschluß seiner Hose auf.

»Nein. Dies ist ein gutes Gefühl. Ich würde ja gern, aber ich glaube nicht, daß es richtig ist.«

»Kwa afya«, sagte Mama Zanifa. Für deine Gesundheit.

Über ihnen knarrte die Decke, als Zanifa im Zimmer dort umherging.

»Es ist spät.« Jordan setzte sich aufrecht und zog seinen Reißverschluß zu. »Ich muß im Dunkeln zurückfahren und bin jetzt schon todmüde.«

Mama Zanifa sah ihn überrascht an, lachte dann.

»Es tut mir leid, so davonzueilen.« Jordan stand auf.

»Ich werde *Sultani* Kimweri nicht verraten, daß du Zanifa heute in den Wald mitgenommen hast«, sagte Mama Zanifa mit ernstem Gesicht. »Er würde es nicht gern hören, daß jemand die Gelegenheit gehabt hat, sie so kurz vor der Hochzeit zu verderben. Doch müssen viele Leute sie auf der Landstraße gesehen haben. Vielleicht hat sie ja keiner erkannt, weil sie den Helm aufhatte.«

»Wir sind nur hinausgefahren, um die Adler zu beobachten.«

»Ja. Ich würde es merken, wenn du sie verändert hättest. Aber der Sultan ist ein Mann. Wenn ich hier gewesen wäre, hätte ich sie nicht gehen lassen. Nimm sie nicht wieder auf deinem Motorrad mit. Das könnte Ärger geben. Verstehst du?«

»Bila shaka«, sagte Jordan, erstaunt über die Angst in ihrer Stimme. Ja, Angst, ohne Zweifel.

Mama Zanifa befahl dem Mädchen, ihn mit einer Taschenlampe zu seinem Motorrad zu bringen.

Juni 27

Jordan erreichte die unbefestigte Landstraße nach Vooga. Solange er im hellen Tageslicht durch steil ansteigende, öde Felder fuhr, schien seine Furcht fern und kontrollierbar, als er jedoch an der Abzweigung zur alten Missionsstation vorüberkam, stieg Beklemmung in ihm auf, und als er wenige Minuten später um die blinde Ecke bog, wo er das Kind überfahren hatte, hämmerte sein Herz wie wild. Vor einer Shanty-Bar stand eine Gruppe junger Männer, die beobachteten, wie das Motorrad sich dem Dorf näherte, einem halben Dutzend Häusern und zwei winzigen Läden. Als Jordan die Gruppe erreichte, winkte er. Die jungen Männer starrten ihn mit kalten Augen an. Er beschleunigte das Tempo, ließ das Dorf hinter sich. Im Rückspiegel sah er, wie die Männer hinaustraten auf die Straße und ihm hinterhersahen.

Weiter der flachen und schmalen Straße folgend, die sich im Bogen um die Bergwände herumkrümmte, befand er sich schließlich parallel zum Dorf, das jetzt, etwa eine Meile entfernt, auf der gegenüberliegenden Seite eines Tals lag, wo Mais auf Hängen wuchs, die so steil waren, daß bei jedem Regen Humus hinuntergespült wurde zu den Ebenen, wo die fruchtbare Erdkrume gleichsam von Flüssen aufgesogen wurde, die sich ins Meer ergossen. Jordan blickte über das Tal hinweg, welches Haus das Knabenhaus sein mochte. Er sah, wie sich auf der Straße eine Gruppe von Männern sammelte, von denen einer auf ihn zeigte.

Die Straße stieg steil durch dichtbewachsene Bananengärten bergauf und führte oben in das grelle Licht auf einen flachen Bergkamm, von wo sich ein Panorama der hohen Gipfel des Usambaragebirges bot, eine Stelle, von wo ein König sein ganzes Bergreich überblicken konnte. Die tausend Lehmhütten der Vooga breiteten sich zu beiden Seiten der Straße aus, die an einem breiten Doppeltor in einer hohen Dornenhecke endete. Frauen balancierten Körbe auf ihren Köpfen. Kinder jagten einander und kickten selbstgemachte Bälle. Männer saßen in Gruppen vor den Hütten oder gingen Hand in Hand. Jedermann hielt inne und starrte schweigend zu dem *mzungu*, der langsam durch das Zentrum der Stadt fuhr.

Am Tor sagte Jordan zu dem Pförtner, er sei gekommen, um den Sultan zu besuchen. Der alte Mann, in ausgeblaßtem grünem Drillich, auf dem Kopf ein Käppchen, ließ das schmiedeeiserne Tor aufschwingen, und Jordan fuhr hinein. Auf der einen Seite befand sich ein Haus mit hohem Giebel und verfaultem Strohdach. Die Fenster waren zerbrochen, die Bretterwände angekohlt. Auf einem verwitterten Schild war zu lesen: *Usambara Council*. Dreißig Meter davon entfernt stand der Landrover des Sultans vor einem überdachten Gehweg, der gleichsam den Abschluß bildete für eine halbkreisförmige Formation runder Lehmräume mit konisch geformten Strohdächern. Einige Riesenbäume beschatteten den gesamten Komplex. Jordan stoppte beim Landrover und sah, daß der Palast einen Patio mit Flammen- und Jarakandabäumen umschloß, die zwischen Steinen emporstrebten.

»*Karibu*«, sagte eine plötzlich auftauchende Frau in roten Kangas. »*Karibu ndhani.*«

Jordan folgte ihr durch eine verzierte, mit Metalldornen gespickte Tür – ein Schmuck, dessen Zweck es ursprünglich gewesen war, Elefanten abzuschrecken – in eine Art düsteren Salon mit dunklem, schwerem Sansibar-Mobiliar und Orientteppichen auf einem orangefarbenen Lehmboden. Aus einem benachbarten Raum vernahm Jordan das langsame Tempo von Delta-Blues.

Oh sad, sadday
Since my baby, she run away.

Jordan durchquerte den Raum und betrachtete die gerahmten Schwarzweißphotographien an einer Wand. Auf einem der Bilder sah man unter der Überschrift: »Fünf Häuptlinge aus Tanganjika bei der Krönung Ihrer Majestät der Königin«, vier Männer in ausgebeulten, schlecht sitzenden Anzügen. In ihrer Mitte jedoch befand sich, königlich in einem langen weißen *kanzu* und mit bestickter Weste und Fez, Julian Kimweris Vater, der letzte Sultan.

»Er war schon wer, nicht?« Hinter Jordan ertönte Kimweris Stimme.

»Imposant.« Jordan drehte sich um.

Julian Kimweri trug Khakihosen, einen blauen Pullover und lederne Deckschuhe.

»Muddy Waters.« Jordan wies mit dem Kopf zum benachbarten Raum.

»Der Nigger kann wirklich Blues singen.« Kimweri lächelte.

»Er hat früher in Mississippi auf einer Plantage gelebt, die dem Vater meines Freundes gehörte«, sagte Jordan gedankenlos.

»Und darauf sind Sie stolz?« Kimweri setzte sich auf einen orangefarbenen Thron aus Kampferholz, dessen Rückenlehne wie ein umgedrehtes V geformt war und aus lauter Orgelpfeifen zu bestehen schien. Unmittelbar über Kimweris Kopf befand sich das imperiale britische Symbol eines stehenden

Löwen, sorgsam ins Holz gekerbt. Der Sultan bedeutete Jordan, auf einem Stuhl Platz zu nehmen.

»Ich habe bloß Konversation gemacht.« Jordan setzte sich auf einen Sansibar-Stuhl mit Armen und Beinen, die in Form von ineinander verschlungenen schwarzen Schlangen geschnitzt waren.

Kimweri nickte, taxierte Jordan mit seinem Blick. »Sie waren einer von jenen reichen weißen Burschen, die in Blues-Bars herumhängen?«

»Ich bin niemals reich gewesen«, sagte Jordan rasch.

»Reich ist relativ«, sagte Kimweri mit einem halben Lächeln. »Im Vergleich zu den Schwarzen in den Blues-Bars.«

»Im Vergleich zu den Sambaa sind Sie reich.«

»Ist nicht verkehrt, reich zu sein.« Kimweri lachte. »Also, was gibt's?«

»Mein Tennisarm macht sich wieder bemerkbar.« Jordan zuckte die Achseln. »Er wird wohl durch das Motorradfahren gereizt.«

Die Frau in den roten Kangas erschien mit einem Tablett und bot Jordan eine Tasse Tee an.

»Gelangweilt? Einsam?« Kimweri steckte sich eine Sportsman an.

»Singen Sie den Exilantenblues?«

»Jaah.« Jordan seufzte. Er wollte sagen, daß er einfach nicht aufhören konnte, sie zu vermissen, daß er nach Afrika gegangen war, weil er ihr weh getan hatte, und daß die Idee einer Absolution samt und sonders albern war.

»Sie werden wieder zu Hause sein, bevor Sie's noch recht begreifen.« Kimweri blies einen perfekten Rauchring von sich.

»Ich bin mir nicht sicher, ob ich überhaupt zurückwill.« Jordan schlürfte den Tee und spürte den würzigen Beigeschmack von Kardamon.

Kimweri zog an der Zigarette. »Sie haben's satt, das altgewohnte Einerlei?«

»Ja, das und … ich weiß nicht.« Jordan stellte die Teetasse auf einen Tisch. »Fortschritt. So viele Plätze, die ich geliebt habe, sind inzwischen verschwunden.«

»Das ist scheußlich.« Kimweri drückte seine Zigarette in einem Aschenbecher auf der Armlehne des Throns aus. »Aber was kann man tun? Es ist zu spät, um den Kurs der Zivilisation zu ändern.«

»Zu spät«, murmelte Jordan.

»Und doch kämpfen Sie für das Gute.« Kimweri lächelte. »Die große Erprobung einer erstklassigen Intelligenz ist die Fähigkeit, zur selben Zeit zwei kontradiktorische Ideen im Kopf zu haben. Sie wissen, daß alles zugrunde gehen wird, und bleiben dennoch entschlossen, das abzuwenden.«

»Das ist es.« Jordan blickte zum Sultan.

»Dann war es also Ihr Idealismus, der Sie in die beschissene Dritte Welt geführt hat, um dort Fischzucht zu lehren?«

Jordan lachte.

»Kommen Sie.« Kimweri erhob sich vom Thron. »Ich möchte Ihnen etwas zeigen.«

Jordan folgte ihm auf den Hof. Ein warmer Wind fuhr böig über die Häuser und trug die Geräusche des Dorfs herbei.

»Das dort war der oberste Gerichtshof meines Daddys.« Kimweri zeigte auf das verfallene Haus mit dem Giebel. Aus einem Loch im Dach tauchte ein Rabe mit einem weißen Hals hervor und flog davon. »Eine Niststätte für Krähen.«

»Sie belassen das in dem verfallenen Zustand als irgendeine Art Mahnmal?« Jordan hob seinen Blick zum Profil des Sultans, der langen Nase und dem scharfen Kinn.

»Als Herausforderung«, sagte Kimweri und ging auf das Tor zu. »Als Erinnerung an den Tag, wo der *Lehrer* die Autorität der alten Häuptlinge aufhob und die Parteileute in Lushoto einen Mob herschickten, um das Gebäude zu brandschatzen. Ich war erst drei. Es ist eine meiner frühesten Erinnerungen.«

»Es überrascht mich, daß die sich nicht haben hinreißen lassen, über Ihr Haus herzufallen«, sagte Jordan und dachte an den Aufruhr auf der Landstraße.

»Das Dorf hinderte sie.« Kimweri musterte Jordan mit ernstem Gesicht. »Die Leute würden für uns sterben.«

Der alte Mann im Drillich öffnete das Tor, und wie aus dem Nichts tauchte ein Leibwächter in einem weißen Polohemd und in einer schwarzen Hose auf. Der Sultan sprach in sambaa zu ihm, verzichtete offenbar im Augenblick auf dessen Dienste. Zusammen mit Jordan ging er hinaus in die Stadt. Die Leute winkten mit beiden hochgestreckten Armen und verbeugten sich und grüßten den Sultan, der zurückwinkte und ihr Lächeln erwiderte, während er die Dornenhecke entlangschritt. Bald hörten die Häuser auf, und die Felder fingen an.

Jordan stieß einen Pfiff aus, als er die gewaltige Arbeit sah, die im Gange war. »Überwältigend. So etwas habe ich noch nie gesehen. Ich hatte zwar von Ihren Plänen gehört, aber es ist unglaublich.« Eine Stufenstruktur von Erdterrassen spannte sich unterhalb von Vooga quer über den Hang und auch über die Hänge auf der gegenüberliegenden Seite des Tals. In der Ferne, und zwar an der gesamten Bergseite von oben bis unten, sah man winzige, gekrümmte Gestalten auf den Terrassen.

»Wenn ich ein alter Mann bin«, sagte Kimweri und schwenkte seinen Arm von einem Ende zum andern, »will ich über die Berge fliegen können, um zu sehen, daß die Erosionsnarben verheilt und die nackten Bergkämme wieder mit Bäumen bedeckt sind.«

»Wie viele Quadratkilometer sind es bislang? Jordan folgte Kimweri auf einem Pfad zwischen den Terrassen.

»Pro Jahr schaffen wir im Durchschnitt fünfzig Quadratklicks. Kimweri zeigte auf die Reihen von Schößlingen, die jeweils hinten auf den Terrassen gepflanzt waren. »Wir gebrauchen nur einheimische Bäume.

»Gescheit«, sagte Jordan. »Wie haben Sie das gemacht? Wie haben Sie die Leute dazu bringen können, Terrassen anzulegen? Es ist so enorm viel Arbeit. Die Briten haben das nie geschafft.«

»Ganz einfach.« Kimweri bückte sich und steckte seine Hand in den Erdboden. Er zog eine Kartoffel heraus, richtete sich wieder auf und warf sie Jordan zu.

»Die ist fünfmal so groß wie die Kartoffeln auf dem Markt.« Jordan drehte die Kartoffel in seiner Hand herum.

»Wasser.« Kimweri hob die Augenbrauen. »Eine Kartoffel ist nichts weiter als ein Sack voll Wasser.«

»Heureka.« Jordan wischte die Erde von der braunen Schale.

»Ich habe den Leuten gezeigt, wie man die Größe seines Produkts versechsfachen kann, wenn man seine Felder bewässert und mit Hilfe von Terrassen Wasser und fruchtbare Erde festhält.« Kimweri deutete auf ein langes schwarzes Rohr auf der obersten Terrasse. »Dann habe ich versprochen, für die Bewässerung zu sorgen, *wenn* sie ihre Felder terrassieren.«

»Regenzauber. Bis dort ist es noch lange hin, *bwana*.« Jordan lachte. »In der Trockenzeit Regen herbeizaubern, na.«

»Nun«, Kimweri lächelte, »es gibt doch Hoffnung.«

»Hoffnung, ach so«, murmelte Jordan, und sein Blick schweifte über die grüne Landschaft, die von abfallenden Stufen aus roter Erde eingefaßt wurde.

»Was?« fragte Kimweri und nahm Jordans Hand.

»Sie haben großartige Arbeit geleistet.« Jordan blickte beiseite, plötzlich bestürzt über den Gedanken, daß Kimweri gehört haben mochte, daß er Zanifa in den Wald mitgenommen hatte.

Kimweri drehte sich um und ging, Jordan mit sich ziehend, wieder hügelaufwärts. Mit leichtem Druck hielt er Jordans Hand fest. »Wie geht's Zanifa? Sie sehen Sie ja wohl öfter als ich.«

»Sie ist eine geborene Falknerin.« Jordan spürte, wie sich auf seiner Hand Schweiß ansammelte.

»Einige meiner arabischen Freunde halten Falken.« Kimweri blickte geradeaus, während sie die Terrassen hinaufstiegen. »Sie kann im Palast welche für mich halten.«

Jordan beobachtete den Sultan aus den Augenwinkeln. »Darauf wird sie sich verstehen.«

»Können Sie ihr beibringen, mit ihrem Falken zu jagen?«

Jordan zog seine Hand fort. »Ich kann's versuchen. Ich habe es zwar noch niemals getan, aber ich besitze ein gutes Buch.«

Sie erreichten die Anhöhe und gingen an der Palasthecke entlang.

»Werden Sie das für mich tun?« Kimweri sah ihn an.

»Natürlich.« Jordan versuchte zu lächeln. »Aber Erfolg kann ich nicht garantieren.«

N W O S

Auf seinem Motorrad sauste Jordan durch die dunklen Bananengärten in die Tiefe und dann hinaus in das milde Licht des späten Nachmittags vor dem roten verglühenden Berghang. Der Plan des Sultans zur Landgewinnung war das verheißungsvollste Entwicklungsprojekt, das er in Tansania gesehen hatte, viel besser als irgendeines der ausländischen Programme, ein Grund, im Hinblick auf Afrika optimistisch zu sein. Doch die Vorstellung, daß Zanifa in Vooga leben würde, machte ihn melancholisch und weckte die Traurigkeit, die ihn nach Afrika geführt hatte. Unwillkürlich fragte er sich, was Anna wohl in eben diesem Augenblick tun mochte. Tief unten, unweit der Ebene, sah er einen Wasserfall, und er dachte an den letzten Ausflug, den er mit Anna drei Jahre zuvor am vierten Juli im Kanu in den Cumberland Mountains gemacht hatte. Was für ein Idiot bin ich doch, dachte er, daß ich eine gescheite, humorvolle und schöne Frau verloren habe.

Er erreichte den flachen Abschnitt der Landstraße, die um das Maistal herumführte zu dem Heimatort des Jungen. Und über das Tal hinweg konnte er sehen, daß sich nahe dem Ende des Dorfs eine Menschenmenge ansammelte; und er vergaß alles andere.

»Auf der Straße werden die Sie nicht attackieren. Nicht als Gruppe. Nicht, nachdem Sie dafür gesorgt haben, daß der Junge ins Krankenhaus kommt.« Unwillkürlich wiederholte Jordan, was Kimweri ihm gesagt hatte, bevor er losgefahren war. »Diese Art von Massenhysterie überkommt sie nur, wenn sie Blut sehen.« Doch Jordan war beunruhigt, als er sich der Stelle näherte, wo Männer und Frauen die Straße verstopften.

Ihre Gesichter waren leer. Sie machten keinerlei Anstalten, ihn durchzulassen. Er zögerte, die Hupe zu benutzen. Wenige Schritt vor ihnen brachte er die Maschine zum Halt. Er straffte seinen Helmriemen, klappte dann das Visier hoch und lächelte. Er winkte. Die Sambaa umringten ihn. Jordan erkannte den Mann mit der Machete wieder. Andere Männer trugen Buschmesser. Eine alte Frau hielt eine Hacke in der Hand. Sie drängten näher, riefen:

»Jambo, mzungu.«

»Habari, bwana.«

»Salama, mzee.«

»Vipi, bwana.«

Die Rufe kamen zu schnell und zu zahlreich, als daß er hätte antworten können. Vor dem Motorrad machte die Menge gerade soviel Platz, daß sich eine Frau in einem grünen Kanga nähern konnte. Alle verstummten, als sie Jordan erreichte.

»Karibu, Bwana Samaki«, sagte die Frau. Willkommen, Master Fisch.

Sie war in mittlerem Alter, trug ihr Haar in geflochtenen Reihen und hielt Jordan ein Bündel Maiskolben hin.

»Danke«, sagte Jordan und griff danach.

»Mein Sohn kommt bald nach Hause«, sagte die Frau. »Er kann wieder gehen.«

»Oh, du bist Mama Georgi.« Jordan lächelte. »Ich freue mich, dich kennenzulernen. Schön zu hören, daß es Georgi besser geht.«

Mama Georgi lächelte und blickte auf ihre Füße.

»Danke für den Mais.« Jordan drehte sich um und befestigte das Bündel mit Hilfe der Gummibänder auf seinem Gepäckständer. Er gab der Frau ein paar Schilling-Scheine und sagte zu ihr, er müsse eilig nach Hause.

Die Frau sagte etwas zu den Leuten, die neben ihr standen, und diese traten zurück, um Jordan durchzulassen. Er hörte erst auf, in den Rückspiegel zu schauen, als das Dorf aus seinem Blickfeld entschwunden war.

»ALSO, ICH SEHE DAS SO«, SCHRIE JORDAN DURCH DIE DRÖHnende Musik hindurch, »daß eine Frau sich auf *einen* Mann konzentriert, als Ernährer für das *eine* Ei, das sie normalerweise hat, während wir dazu bestimmt sind, weit und breit zahllose Spermatozoen zu verstreuen.«

»Du hast viel darüber nachgedacht«, sagte Garret Stoval, während er mehrere Mädchen beobachtete, die im Halbdunkel die Bar betraten. Sie saßen auf einer abgewetzten Couch bei Ernestine and Hazel's, einem Labyrinth schäbiger Räume in einem alten Gebäude am Fluß, einem früheren Bordell, das jetzt eine Late-Night-Bar war und von Garret Last Chance genannt wurde. »Die große dort war mal fetzig.«

»Ich finde alle Frauen schön.« Jordan schlürfte Bourbon aus einem Plastikbecher.

Garret lockerte seine Krawatte. »Wie oft hast du's hinter Annas Rücken getrieben?«

»Fünf- oder sechsmal. Zum letztenmal vor vier Monaten.«

»Immer nur für eine Nacht.«

»Jaah.«

»Dabei bist du eigentlich kein einziges Mal darauf ausgewesen, wen zu bumsen? Ist dir sozusagen in den Schoß gefallen?«

»So ziemlich.«

»Dann haben diese Frauen nichts zu bedeuten.« Garret rollte abschätzig mit den Augen. »Du liebst sie, stimmt's?«

»Absolut«, sagte Jordan. »Sie ist diejenige, welche.«

»Ihr seid noch nicht miteinander verheiratet. Solange du dich nicht in eine andere verliebst, hast du nichts Unrechtes getan. Es ist so, wie du gesagt hast. Es ist nur natürlich.«

»Das ist ein Freifahrtschein zum Seitensprung.« Jordan fand, daß es sinnlos war, mit einem Schürzenjäger wie Garret über eheliche Treue zu diskutieren.

»Dann bring deine animalischen Instinkte unter Kontrolle. Hör auf, dich zu quälen! Hör auf, mich zu quälen!« Garret schluckte den Rest seines Drinks. »Bei mir dominiert die Libido.«

»Ich werd's nicht wieder tun.«

»Ja, ja!« Garrets Augen folgten einem anderen Mädchen. »Hast du den geilen Aufzug bei der gesehen?«

»Wieso kommen die mir alle vor wie Sirenen?« fragte Jordan. »Anna hat wunderschöne Brüste. Wenn ich eine Geliebte mit großen Titten hätte, würde ich mir wieder eine mit kleineren wünschen. Das gehört wohl mit zur Natur, um Männer auf Trab zu halten.«

»Du hast wirklich alles durchdacht, Rut.« Garret sprang von der Couch auf. »Holen wir uns noch einen Drink.«

»Mann, ich bin zu müde, um mich zu bewegen«, stöhnte Jordan. »Bring mir einen mit. Du hast keine so lange Arbeitszeit wie ich.«

»Komm schon!« Garret packte ihn beim Arm und zog ihn hoch.

Jordan spürte einen Blutandrang zum Kopf, und der ganze Raum schien zu schwanken, war dann wieder im Lot. Robert Johnson sang »Dead Shrimp Blues«. Garret bahnte sich den Weg zur Bar, zwischen einem Hippie-Paar, das Hemden in schreiend bunten Farben trug, und ein paar Baumwollhändlern in dunklen Straßenanzügen, die sich mit Frauen unterhielten, die von einem Treffen der Junior League hätten kommen können. Jordan sah, daß es fast schon Mitternacht war, und er erinnerte sich, daß Anna ja schon vor einer Stunde aus Chikago hatte anrufen wollen. Garret reichte ihm einen Becher, und als Jordan sich umdrehte, kollidierte er mit einem Mädchen. Beider Hände prallten zusammen, und ein Teil seines Drinks schwappte auf sein Jackett.

»Oh, tut mir leid. Ich passe nie auf, wo ich hinlaufe.« Sie hatte kurzes, dunkles Haar, große Augen und eine Himmelfahrtsnase, und unter ihrem engen, gerippten T-Shirt zeichneten sich pralle Brüste ab. Wahrscheinlich hatte sie gerade an der Memphis State University in Marketing graduiert. Sie lächelte. »Ich bestelle einen neuen Drink für dich.«

»Nein, nein. Ich habe schon genug gehabt«, sagte Jordan. »Mein Horoskop rät mir dringend, mich vor schönen Frauen in Bluejeans zu hüten. Ich hätte besser aufpassen müssen.«

Das Mädchen lachte und nahm ihm die Serviette aus der Hand. »Welches ist dein Zeichen?«

»Zeichen?« Er lächelte. »Ich bin unter einem Neonzeichen geboren worden – Reklame für kaltes Bier.«

»Das ist ein neuer Dreh.« Sie lachte und betupfte sein Jackett »Wenn du nicht aufpaßt, kriegst du das nicht mehr raus. Ich wohne nicht weit von hier. Bestimmt habe ich zu Hause einen Fleckenentferner.«

»Nun, äh, ich ...« murmelte Jordan, ihr in die hellen Augen

blickend. Er fühlte sich absolut wach. Der Fußboden vibrierte, als Iggy Pop jetzt »Lust for Life« sang.

»Anna ist in Chikago. Du bist heute nacht kugelsicher«, flüsterte ihm Garret ins Ohr. »Einen Ritt auf einem solchen Fohlen kannst du doch nicht auslassen. Die ist doch wild darauf. Mann, Gott segne sie.«

»Mann, war ich gestern abend blau.« Garrets Stimme klang selbst für einen Samstagmorgen unverhältnismäßig vergnügt.

»Ich auch.« Jordan gähnte und wechselte mit dem Telephonhörer zum anderen Ohr. »Um neun habe ich mich aus dem Bett gezerrt und bin joggen gegangen, aber den Kater bin ich noch immer nicht ganz los.«

»Wie hieß sie eigentlich?«

»Sarah irgendwas.«

»Hast du ihr deinen Namen gesagt?«

»Teufel, nein. Ich habe gesagt, ich sei John Major.«

»Du machst Witze. Von dem hatte sie noch nie gehört?«

»Ich glaube nicht.« Jordan langte im Kühlschrank nach einem Pappbehälter mit Orangensaft. »Ich muß ins Büro.«

»Erzähle mir Genaueres.«

»Ach, Scheiß, Garret. Benutze deine Phantasie. Wenn du sie aus der Hose pellst, glaubst du im Himmel zu sein, aber sobald du gekommen bist, hast du Mordsschuldgefühle.«

»Du vielleicht, Kumpel. Nicht ich. Ich strecke mich einfach aus und warte auf Runde zwei, während du in deine Hose fährst und Entschuldigungen murmelst.« Garret lachte. »Aber ich weiß, was du meinst. Es ist wie in diesem Gedicht von Penn Warren, das wir durchgenommen haben.«

Jordan sagte: »›Der alte Schmerz der Erfüllung, die keine Erfüllung ist.‹«

»Jaah«, sagte Garret. »Nachdem du weg warst, hatte ich einen Mordsdusel, dieses Blonde aus Arkansas, die ...«

»Anna hat gestern abend so etwa sechs Nachrichten hinterlassen. Sie scheint mißtrauisch zu sein.«

»Hast du sie schon angerufen?«

»Ich habe eine Nachricht für sie hinterlassen – daß ich noch spät mit dir aus war.«

»Wann wird sie zurück sein?«

»Morgen.«

»Dann laß uns heute nacht noch richtig einen draufmachen.« Garret heulte auf wie ein mondsüchtiger Hund.

»Führe mich nicht in Versuchung!« Jordan sah sich nach seinen Autoschlüsseln um. »Wenn ich nüchtern bleibe, kriege ich auch keinen Ärger.«

»Hör zu, Rut. Ich kenne dich. Du wirst es dir von der Seele reden wollen. Tu ja nichts Unbedachtes!«

»Vielleicht ist ihr was zu Ohren gekommen.« Jordan machte sich nicht die Mühe, die Unruhe in seiner Stimme zu verbergen. »Nicht über gestern nacht, sondern über diese Hochzeit in New Orleans.«

»Mir egal, ob sie dich im Bett gesehen hat, es ist *nichts* passiert. Streite es ab, und bleib dabei! Sag ihr, daß sie sich's nur einbildet. Irgendwann wird sie dir glauben.«

»Das ist nicht sehr originell, Garret. Die große Lüge.«

»Es funktioniert.«

Julai 6

Als ich von Zypern nach Afrika kam, waren weiße Männer die Häuptlinge von Afrika. Wenn man in Lushoto einen Brief aufgab, dann war der drei Tage später in London. *Drei Tage!* Nicholas Ionides, in einem wollenen Anzug mit Weste, sprach zu mehreren holländischen Botschaftsangehörigen. »Heutzutage dauert es drei Wochen, wenn man Glück hat!«

»Verzeihen Sie bitte«, flüsterte ein Diplomat in mittlerem Alter. »Die Tansanier werden Sie einen Kolonialisten nennen.«

»Ich *bin* ein Tansanier«, sagte der alte Grieche in einer Art Bühnengeflüster, bog sich lachend rückwärts und rief durch den Raum: »Bwana Rajabu! Wie lange hat ein Luftpostbrief 1936 von London hierher gebraucht?«

»Halt die Klappe, du seniler alter Kerl«, sagte ein ehemaliges Parlamentsmitglied, das bei einer Gruppe von Offiziellen in kurzärmligen Safarianzügen stand, in suaheli.

»Was?« wollte der holländische Diplomat von Ionides wissen. »Was hat er gesagt?«

»Sie sollten sich die Mühe machen, die hiesige Sprache zu lernen«, sagte Ionides zu ihm und hob sein Glas, um dem früheren Abgeordneten zuzuprosten. *»Cheers!«*

Jordan saß in einem verknitterten Leinenanzug hinter Ernsts Schreibtisch und schlürfte Safari-Lagerbier. Ernsts Büro hatte dicke Mauern und Deckenbalken, ein Stil, der dem der benachbarten Regierungsgebäude entsprach, die noch aus der deutschen Kolonialzeit stammten. Für diesen Abend hatten Ernsts Mitarbeiter die Wände mit Spruchbändern in suaheli behängt. *»Bewässerung bedeutet mehr Nahrung.« »Rettet die Erde davor, ins Meer gespült zu werden.« »Bewahrt die Berge für unsere Kinder.«* Father William, ein amerikanischer Franziskaner in den Sechzigern, trug eine gelbe Strickjacke sowie hellgrüne Freizeithosen und sah eher wie ein Golfprofi aus als wie ein Mönch. Er sprach mit dem District Commissioner, einem kahlköpfigen, hellhäutigen Zanzibari in einem Nehru-Anzug.

Jordan hielt nach der einzigen weißen Frau Ausschau. Er entdeckte sie im benachbarten Raum: eine Blondine aus der holländischen Botschaft in einem blauen Kleid. Sie sprach am Empfangstresen, der jetzt als Bar diente, mit Ernst. Unwillkürlich fühlte sich Jordan erleichtert, was seinen natürlichen und aggressiven Besitzanspruch betraf: Ernst würde sich niemals für eine weiße Frau interessieren.

Als Jordan sich zwischen den anderen Gästen zu der holländischen Blondine durchdrängen wollte, griff jemand nach seinem Arm.

»Bwana Jordan, ich möchte Sie mit einem Freund bekannt machen«, sagte Julian Kimweri in suaheli. Er trug einen Nadelstreifenanzug, unverkennbar Savile Row, eine Oxford-College-Krawatte und einen roten Fez. »Der Kandidat der Freiheitspartei aus Kilimandscharo, Samuel Nkosi.« Nkosi war ein hochgewachsener, dünner Mann, er trug runde, metallgerahmte Brillengläser und einen eleganten Anzug; man hätte ihn für einen progressiven Jazzmusiker halten können.

»Nkosi? Sie sind der Sohn des Häuptlings des Kilimandscharo-Stamms?« Jordan schüttelte ihm die Hand.

»Man nannte meinen Vater den Obersten Häuptling der Chagga.« Nkosi sprach Englisch mit amerikanischem Akzent.

»Sorry. Das habe ich eigentlich gemeint.« Jordan wurde rot.

»Sie haben in den Staaten studiert?«

»Stanford«, sagte Nkosi.

»Bleib bei Suaheli! Bwana Jordan kann ausgezeichnet Suaheli.«

»Der Sultan neigt zu Schmeicheleien«, sagte Jordan in suaheli.

»Haben Sie ein Schlafdiktionär?« fragte Nkosi mit einem versteckten Lächeln in englisch.

»Bwana Jordan mag keine Schokolade«, sagte Kimweri und schlang seinen Arm um Jordans Schulter. »Im Grunde ist Bwana Jordan nämlich ein erzkonservativer Rassist der alten Schule. Einige seiner engsten Freunde sind's bestimmt … Aber unter all dem hegt er eine fundamentale Aversion gegen Schwarz … ah, wie lautet dein Wort noch, Nkosi?«

»Poontang«, sagte Nkosi lachend und schlug leicht auf die Hand des Sultans.

»Nichts Persönliches«, sagte der Sultan. Er schlug Jordan auf den Rücken.

Nkosi sah Jordan an und sagte: »Ich fühle genauso weißen Frauen gegenüber.«

»Vielleicht wäre das anders, wenn ich irgendwelche gebildeten Afrikanerinnen kennenlernen würde«, sagte Jordan. »Ich finde es ganz einfach angenehmer, mich mit einer Geliebten unterhalten zu können.«

»Warum?« fragte Nkosi.

Ernst winkte Jordan von der Bar her zu.

»Entschuldigen Sie mich. Unser Gastgeber ruft.« Jordan schüttelte Nkosi die Hand. »Nett, Sie kennenzulernen. Viel Glück bei der Wahl.« Jordan berührte Kimweri an der Schulter. »Ich sehe Sie nächste Woche auf dem Tennisplatz.«

»Ausgezeichnet«, sagte der Sultan mit einem herzlichen Lächeln.

»Dies ist Nicole.« Ernst trug eine dünne rote Krawatte zu seiner Lederjacke.

»Jambo.« Die blonde Frau lächelte. Sie hatte grüne Augen. Jordan war sich nicht sicher, ob sie hinreißend war, oder ob ihm das nur so vorkam, weil sie die erste weiße Frau war, die er seit Monaten sah.

»Sie müssen doch froh sein, bei der jetzigen Hitze aus Daressalam rauszukommen.« Jordan lächelte und hoffte, daß er sie nicht anglotzte.

»Das Wetter hier ist wunderschön«, sagte Nicole. »Daressalam ist ein Backofen.«

»Und haben Sie die Sterne von den Bergen aus gesehen?« Jordan wies mit einem Nicken zu der offenen Tür, welche die Nacht draußen einrahmte. »Sie können hier am Himmel wirklich die Milchstraße sehen. Hätten Sie Lust, unter den Sternen einen Spaziergang zu machen?«

Nicoles Gesicht bekam einen unverkennbar kalten Ausdruck.

»Rutledge hat das Wandgemälde draußen gemalt.« Ernst reichte Jordan ein Bier. »Er hört sich an wie einer dieser lauten Amerikaner, aber …«

»Ich entschuldige mich, wenn ich zu direkt gewesen bin«, sagte Jordan. »Schöne Frauen bringen mich immer durcheinander.«

»Das Wandgemälde ist sehr hübsch«, sagte Nicole gleichgültig.

»Danke«, sagte Jordan. »Turner ist mein Abgott.«

»Wer?« fragte Nicole. »Turner?«

Ernst rollte hinter ihr mit den Augen: ein Signal, daß Jordan die Sache verpfuschte.

»Ein englischer romantischer Maler«, sagte Jordan und versuchte, sich ein Thema einfallen zu lassen, das sie interessieren mochte.

»Ich bin mit J. M. W. Turner durchaus vertraut. Ich konnte nur nicht glauben, daß Sie das gesagt hatten«, sagte Nicole.

»Oh«, sagte Jordan.

»Malen Sie schon lange?« Nicole seufzte.

»Ist das Wandbild so scheußlich?«

»Nein.« Sie lachte. »Ich habe nur ...«

»Ich fing an, Wildvögel zu malen – Tauben, Wachteln, Enten –, als ich sieben war. Alljährlich fuhren wir zur Saison zum Jagdcamp meines Großvaters in Arkansas«, sagte Jordan und begann wieder zu hoffen. »Die anderen schossen Vögel. Ich malte sie.«

»Verstehe.« Nicole drehte sich um und sagte zu Ernst etwas in holländisch.

»Ich werde am Morgen um acht hier sein«, erwiderte Ernst in englisch.

»Es war nett, Sie kennenzulernen«, sagte Nicole zu Jordan. Sie rief ihren Fahrer und ging hinaus in die Dunkelheit.

»Es stinkt mir, wenn ich sehe, wie ein Mann für ein weiteres Jahr seine Chance auf einen Betthupfer verpaßt.« Ernst schüttelte den Kopf.

»Es ist erst neun Monate her.« Jordan blickte zur Tür. »Ich habe die Nacht damals mitgezählt.«

Einer der Männer aus der Botschaft begann, sich mit Ernst in holländisch zu unterhalten.

Jordan stellte das fast noch volle Bierglas auf den Tresen und trat hinaus in die Dunkelheit, um zu beobachten, wie die Rücklichter von Nicoles Auto entschwanden. Der Straße folgend, kam er zum Postamt, blickte empor zu den Sternen und lauschte auf die Geräusche der Nacht, während das Gefühl der Einsamkeit einsetzte. Abrupt drehte er sich um, hatte plötzlich den Wunsch, mit Father William zu sprechen. Die Heimat schien so weit weg, und wenn er mit einem Amerikaner sprach, so würde sie für einige Augenblicke existieren und Jordan seine Isolation für kurze Zeit noch stärker spüren lassen, die tiefe Sorge, welche die Leere in ihm füllte. Bald sah er, wie sich auf dem Parkplatz vor Ernsts Büro Father William mit dem Sultan und Nkosi unterhielt. Er blieb im Schatten stehen und versuchte, etwas von ihrem Gespräch mitzubekommen. Die drei Männer verabschiedeten sich und gingen zu ihren Autos.

»Gott sei Dank ist das vorüber.« Ernst streckte seine schwarzen Stiefel auf die Schreibtischplatte. »Mach dich auf eine bittere Dosis Vitamin K gefaßt.«

»Klatsch?« murmelte Jordan, der müde und leicht betrunken in einem gegenüberstehenden Sessel saß. »Was für Klatsch hier sollte mich irgendwie bekümmern können?«

»Der Sultan hat Nkosi erzählt, daß für ein gewisses Schulmädchen vor der Hochzeit *jando* auf dem Programm steht.«

»Jando?«

»Initiation.«

»Initiation?« Jordan konnte sich nicht konzentrieren. »Wovon sprichst du?«

»Du weißt, eine alte Hexe wird ihr *kisimi* entfernen.«

»Was?« Jordan knetete seine Schläfen mit den Fingerkuppen. »Was zum Teufel ist ein *kisimi*?«

»*Kisimi* bedeutet Klitoris.« Ernst gähnte geräuschvoll. »Beim *jando* schneidet eine alte Hexe den Kitzler des Mädchens ab.«

»Bwana, das ist doch ein übler Scherz.« Jordans Hände sackten herab. »Das ist doch nicht dein Ernst?«

»Kwa kweli«, sagte Ernst. Wirklich. Er streckte beide Arme in die Höhe und gähnte wieder. »Der Sultan wird deine kleine Freundin einem *jando* unterziehen.«

»Das kann doch nicht wahr sein. Julian ist ein gebildeter Mann.«

»*Kwa kweli*«, wiederholte Ernst und machte die Augen zu. »Beruhige dich. Das ist hier eine alte Sitte.«

Der Scheinwerfer der Honda warf über den Parkplatz vor dem Lawns Hotel einen Tümpel aus Licht, das von den grünen Diplomatenschildern reflektiert wurde. Jordan manövrierte die Honda zwischen einen Landrover und Nicoles Nissan Patrol, stellte das Motorrad dort ab und ging zur Bar, wo sich niemand befand außer dem Barmann Stephen und Ionides, der, noch immer in seinem dreiteiligen Anzug, beim Feuer saß.

Ionides blickte auf und schwenkte einen Drink in Richtung Jordan, der schweigend an der Tür stand und dann sein Jackett auf einen Barhocker warf.

»Kopf hoch!« plapperte Ionides. »In nur hundertundzweiundsiebzig Tagen ist wieder Weihnachten!«

Jordan stöhnte.

»Gib ihm einen Gin and Sin«, schrie Ionides. »Wir sind total ausgebucht! Jedes Bett!«

»Freut mich zu hören.« Jordan lockerte seine Krawatte. »Hat Ihnen die Party Spaß gemacht?«

»Es ist immer ein Vergnügen, mit zivilisierten Menschen Umgang zu haben«, sagte Ionides.

»Sie sind so was von einem Rassisten, daß es verwunderlich ist, daß Sie noch am Leben sind.« Jordan trat zur Bar.

»Sie sehen krank aus«, sagte Ionides. »Haben Sie Malaria?«

»Haben Sie gehört, daß Kimweri für Zanifa vor der Hochzeit *jando* plant?«

»Ich hab' Ihnen doch gesagt, Sie sollten sich wegen irgend so einem Luder keine Gedanken machen.« Ionides Stimme klang schrill und heiser. »In manchen Teilen Afrikas gibt es den Brauch noch. Tragisch, aber es gibt nichts, was man tun kann. Was wohl könnten Sie denn tun? Sie sind doch gerade erst gestern angekommen.«

»Zanifa ist ein schönes Mädchen«, war alles, was Jordan sagen konnte.

»Wissen Sie, es sind die Frauen, die das Ritual durchführen. Es ist ein Frauenritual.« Ionides fügte trocken hinzu: »Sie glauben, daß die Klitoris« – der Grieche sprach das Wort *Klee-toh-riis* aus – »das Gegenstück zum Penis ist, sehen das also ganz ähnlich wie moderne Wissenschaftler. Beim *jando* entfernen sie das einzig männliche Organ des weiblichen Körpers.«

Jordan schüttelte den Kopf. Beseitigten sie das Männliche, um vollständig weiblich werden zu können? Er griff nach seinem Drink, starrte darauf.

»Sie haben was übrig für die reizende junge Dame, wie?« fragte Ionides.

Jordan schlürfte den süßen Martini. »Sie ist ein sehr gescheites, vielversprechendes Mädchen. Sie würde es verdienen ...«

»Machen Sie mir nichts vor! Sie wollen sie ficken.«

Jordan starrte Ionides einfach an. »Habe ich das gesagt?«

»Sie sind eifersüchtig. Sie müssen verrückt sein. *Tiera del piu una locomotivo ...*«

»Ist das italienisch?«

»Ja«, sagte Ionides mit einer Krähenstimme. »Mächtiger als eine 1000-PS-Lokomotive ist ein Haar von der Votze einer Frau.«

»Sie kommt nur vorbei, um das Futter für Pasipo zu bringen«, sagte Jordan ruhig.

»Sie sind hier nicht in Ihrer Heimat. Sie können deren Verhalten nicht ändern«, sagte Ionides. »Ich hab' schon vor langer Zeit das Handtuch geworfen.«

»Dies ist doch etwas anderes, als Bauern die Fischzucht beizubringen«, protestierte Jordan. »Der Dreckskerl weiß es doch besser. Er hat in Oxford studiert. Ich möchte ihm einen Tritt in den Arsch geben.«

»Legen Sie sich nicht mit Kimweri an! Der würde Sie vergiften oder von einem Laster überfahren lassen. Er würde verbreiten, daß Sie ein *mumiyani* sind, und wenn Sie eines Tages einen Teich besichtigen, fallen zehn Männer über Sie her und hacken Sie in Stücke in dem ehrlichen Glauben, daß sie einen Vampir töten.« Ionides lachte sadistisch. »Sie sollten nach Nairobi fahren. Zur Abwechslung Jagd auf weiße Weiber machen.«

»Kann ich nicht. Ich muß mich um ein Kind kümmern«, sagte Jordan. »Pasipo.«

»Schlagen Sie sich das Mädchen aus dem Kopf. Kaufen Sie Ihre Hühnchen woanders. Vergessen Sie das Mädchen!« Ionides rief Stephen zu, er solle dem kleinen Bwana noch einen Drink bringen.

Jordan sah zu, wie Stephen den Drink mixte. Der alte Mann trug einen roten Fez wie der Sultan. Draußen in der Dunkelheit schrie ein Baumklippschliefer wie ein verängstigtes Baby.

Julai 7

Jordan öffnete die Augen. Er befand sich in einer Wolke, und rings um ihn wallte weißer Nebel. Er versuchte, seinen Kopf zu heben, doch der Kopf war zu schwer. Er steckte eine Hand durch das Moskitonetz und tastete über den Tisch am Bett, bis er fand, was er suchte: eine Schachtel mit Streichhölzern und, in der Box, eine halbgerauchte, selbstgerollte Zigarette, ein beim Peace Corps gebräuchliches Antikatermittel. Süßlicher Rauch füllte das Innere des Netzes, und Jordan sang leise und falsch »Rastaman Vibrations«.

Jordan wälzte sich zur Seite, stemmte sich mit zittrigen Armen hoch und stieß seine Beine durch das Netz. Er schlang einen blauen *kikoi* um seine Hüften und fingerte eine Minute herum, ehe das Ding richtig saß. Mit vorsichtigen Schritten ging er in die Küche zu dem blauen Wasserfilter am einen Ende des Holztischs. Der Plastikbecher, den er unter den winzigen Hahn hielt, zitterte in seiner Hand. Er leerte den Becher mit einem Zug. Er füllte den Becher wieder und wieder. Gin and Sin – die bloße Vorstellung ließ ihn schaudern.

Auf der Hinterveranda ließ er den Blick über die Massai-Steppe schweifen. Die Mittagssonne wurde von den wie gebleichten Wolken reflektiert, die sich in derselben Höhe befanden wie der Rand des Felsens und aussahen wie Schneefelder, auf die man hinaustreten konnte. *Kiu-kiu-kiu!* Pasipo jagte auf dem Boden der Veranda ein lebendes Hühnchen, doch der Hofvogel wich dem Eyas mühelos aus. Das Gehetze und Gekreische der Vögel schmerzte ihm in den Ohren.

Wieder in der Küche, entdeckte er auf dem Fußboden einen roten Fez. Für einen Augenblick schien es, als befinde er sich in einem russischen Roman, wo er sich, beim Aufwachen, an ein grauenvolles Verbrechen erinnerte. War er vielleicht, in einem Zustand betrunkener Raserei, in den Palast des Sultans in Vooga eingedrungen? Aber dann fiel ihm das mitternächtliche Gespräch ein, das er mit Stephen über die abnehmende Beliebtheit des Fez geführt hatte. Während der Kolonialzeit allgemein üblich, war der Fez in den sechziger Jahren aus der Mode gekommen, und heutzutage trugen alle muslemischen Männer weiße Käppchen. Stephen hatte unter der Theke einen alten Fez hervorgezogen und Jordan gegeben.

»Hodi!« Der Ruf kam von der vorderen Veranda. Jordan stolperte zur Tür. Und dort stand die lächelnde Zanifa mit einem Flechtkorb in den Armen.

Jordan ließ sich in einen großen Polstersessel sacken. *»Karibu.«*

»Ich komme heute früher. Am Nachmittag gibt es eine große Beerdigung. Mzee Sechongo aus dem Makuzi-Dorf ist gestorben. Er hatte dreißig Frauen. Ich gehe nicht zur Schule. Hunderte von unserem Clan verbringen die Nacht in seinem Heim.«

»Alle in einem Haus?« Jordan glaubte, falsch verstanden zu haben.

»Nein, Bwana.« Zanifa lachte und schüttelte den Kopf. »In der Nacht der Beisetzung schlafen alle draußen. Viele Leute bleiben die ganze Nacht auf und sprechen und singen. Die Männer betrinken sich.«

Jordan war wie benommen. Er konzentrierte sich auf das

Mädchen. Ihr dunkles Haar war länger als sonst bei Afrikanerinnen, jedoch noch immer kurz; in sanften goldbraunen Locken fiel es um ihre Ohren. Sie trug dazu passende blaugraue Kangas mit einem zairischen Fischmuster, und das sie umhüllende Kleidungsstück war gleichzeitig Rock und Hemd. Er stellte sich vor, wie sie von den welken Händen alter Weiber auf den Boden gepreßt wurde, eine der Alten zwischen ihren auseinandergespreizten Beinen kniend und sich tiefer beugend, ein Beschneidungsmesser in der Hand.

»Wann ist dein *jando* fällig?« Jordan richtete sich aus der Tiefe des Sessels auf.

Zanifas Augen weiteten sich. Etwas rascher atmend sagte sie: »Davon sprechen Männer doch nicht.«

»Männer sind Hyänen.« Jordan schnitt eine Art Grimasse.

Zanifa ließ ihren Korb sinken und sah ihn fragend an. »Ich muß mich beeilen.«

»Männer haben den Brauch eingeführt.« Jordan versuchte, sie zum Sprechen zu bewegen. »Die Männer wollen die Frauen schwächen. Sie wollen etwas haben, das die Frauen nicht haben.«

»Was?« Zanifas Gesicht wirkte beklommen.

»Sie werden dir weh tun, Zanifa. Sie schneiden nämlich …« Jordan konnte den Satz nicht zu Ende bringen. »Gott gab dir das doch aus einem Grund. Es gibt einen Grund dafür, daß Frauen so etwas haben.«

Zanifa blickte durch die Tür zur Veranda.

»Gott hat es dir gegeben.«

»Unsere Mütter und deren Mütter überstanden doch alle den …« Zanifa brachte das Wort nicht über die Lippen.

»Es gibt ein Geheimnis, das manche der alten Männer kennen, das sie jedoch von den Frauen fernhalten, genauso wie die alten Frauen alle Männer von dem *Jando*-Zeremoniell fernhalten.« Jordan richtete sich in seinem großen Sessel noch höher auf. »Vor langer Zeit, ehe Chahingo in die Berge kam, waren Frauen die Häuptlinge, weil sie für den Stamm am wichtigsten sind. Sie bekommen die Kinder. Ohne die Mamas würde der Stamm aussterben.« Jordan hielt inne. »Kannst du mir folgen?«

Sie nickte. »Die Frauen waren die Häuptlinge.«

»Ja – eine Frau konnte drei Ehemänner haben, so daß sie sich die Männer aussuchen konnte, von denen sie glaubte, daß sie die besten Babys machen würden, damit der Stamm der stärkste wird.« Jordan sah, daß Pasipo ihn und Zanifa von der Veranda durch die hintere Drahttür beobachtete. »Wie würde es dir gefallen, dir deinen Ehemann selbst zu wählen?«

»Die Welt ist aber nicht so«, lautete Zanifas einfache Antwort.

»Aber falls du wählen könntest ..., wen würdest du aussuchen?«

»Dich.« Zanifa lachte und gab ihm einen Klaps auf die Hand.

»Warum?« Jordan blickte mit ernstem Gesicht geradeaus.

»Ich möchte nach Amerika.« Zanifa grinste.

»Hat Kimweri gesagt, daß er dich nach England mitnehmen würde?«

»Ja.«

»Glaub ihm nicht! Warum sollte er eine *Jando*-Frau ins Ausland mitnehmen, wo doch keine einzige *Mzungu*-Frau einem *jando* unterworfen worden ist? Du könntest ja das Geheimnis afrikanischer Männer erfahren.«

»Er hat versprochen, mich mitzunehmen.«

»Hat er denn seine andere Frau mitgenommen?«

»Nein, aber die zählt ja nicht. Die Verheiratung mit ihr ist arrangiert worden, als er noch sehr jung war. Er sagt, keiner seiner Freunde weiß überhaupt, daß er verheiratet ist, weil sie nicht zählt.«

Jordan stand auf und stützte sich auf die Sessellehne. »Hör

zu, Zanifa – weil die Frauen Häuptlinge waren, wurden die Männer neidisch und beschlossen zu revoltieren, um die Frauen zu Sklaven zu machen.« Langsam ging er zur Küche zurück. »Die Männer wollten, daß die Frauen die Felder bestellten. Sie wollten, daß die Frauen Wasser trugen. Sie wollten mehr als eine Frau heiraten. Die Männer gingen zu ihren Dörfern und versammelten alle Mädchen und brachten sie in die Wälder. Dann gingen die Männer zu den Dörfern zurück und brachten all ihre Frauen um, so daß keine einzige übrigblieb, die sich noch an die Zeit erinnern würde, wo die Frauen in den Bergen herrschten.«

Zanifa machte ein entsetztes Gesicht.

»Nachdem sie alle Frauen begraben hatten, brachten sie all die kleinen Mädchen zurück und erzählten ihnen, die Massai wären gekommen und hätten sämtliche Frauen geraubt.« Jordan mischte schwarzen Johannisbeersaft in einen Becher voll Wasser und hielt ihn Zanifa hin.

Sie schüttelte den Kopf.

»Ein kleines Mädchen weinte, weil ihre Mutter verschwunden war. Sie fragte die Männer: ›Aber warum haben die Massai keine Rinder geraubt? Die Massai mögen Rinder doch lieber als Frauen.‹ Einer der Ältesten log das Mädchen an: ›Wir haben sie verscheucht, ehe dafür Zeit war.‹ Der Älteste dachte: ›Dies ist ein gescheites Mädchen. Es könnte sein, daß sie erkennt, daß die Frauen stärker sind als die Männer, weil sie in ihren Bäuchen die Kinder machen und viele Schmerzen durchstehen, um die Kinder zur Welt zu bringen.‹« Jordan trank langsam von dem lauwarmen Saft und dachte: Die zahnlosen Bar-Barden haben auf dich abgefärbt. Jetzt kannst du als Lügner mit den besten von ihnen mithalten. Nicht, daß du kein Lügner gewesen wärst, bevor du nach Afrika gekommen bist. *Wohin wird dieses Märchen dich noch führen?* Zanifa scheint von deiner Spinnerei fasziniert zu sein. »Hast du das gesehen, Zanifa? Wie eine Frau kämpft, um ein Kind zur Welt zu bringen?«

Zanifa stand ganz still, mit kerzengeradem Rücken, während ein Schatten vom Fenstervorhang die eine Hälfte ihres Gesichts wie ein Schleier verhüllte. »Sehr oft im Dorf. Ich habe dir doch gesagt, daß meine Großmutter eine Hebamme war.«

»Der Älteste sprach zu den anderen Männern: ›Eines wird dieses gescheite Mädchen entdecken, daß sie sich selbst ihr eigenes Vergnügen bereiten kann. Sie braucht unseren *mboro* nicht.‹« Mit festeren Schritten ging er zurück in das vordere Zimmer. Zanifa folgte ihm dichtauf.

»Früher waren die Frauen allein in den Busch gegangen, wo sie sich hinlegten und ihrem Körper ein spezielles Vergnügen verschafften, einfach indem sie ihren *kisimi* berührten. Hast du dieses Vergnügen schon einmal empfunden?« fragte Jordan und setzte sich auf den Rand des Sofas.

Zanifa blickte auf ihre Füße und schüttelte den Kopf.

»Der Älteste hatte ein sehr schlechtes Gewissen wegen der schrecklichen Ermordung der Frauen und hatte Angst davor, daß das kluge Mädchen das böse Geheimnis erfahren würde.« Jordan lehnte sich in die Kissen und spürte, wie die heftigen Kopfschmerzen sein Gesicht verzerrten. »Der Älteste sagte zu den anderen: ›Wir müssen ihren *kisimi* abschneiden, so daß sie nicht weiß, daß die Frauen ihren eigenen kleinen *mboro* haben, damit sie nicht erfährt, daß wir gleich sind. Wir müssen die älteren Mädchen lehren, das Zeremoniell an den jüngeren vorzunehmen, damit sie nicht argwöhnen, daß es in Wirklichkeit die Männer sind, die sie versklaven. Wir werden die älteren Mädchen benutzen, um sie zu täuschen und ihnen zu sagen, daß es abgeschnitten werden muß, damit sie viele Kinder bekommen können. Ohne ihren *kisimi* wird eine Frau uns brauchen, um Vergnügen zu haben.‹«

»Warum wissen die Frauen denn nicht, daß ihr *kisimi* ihnen Vergnügen bereiten kann?« In Zanifas braunem Gesicht zeigte sich Röte.

»Sie sind vor so langer Zeit getäuscht worden, daß sie es vergessen haben«, sagte Jordan. »Sperre dich auf jeden Fall gegen *jando*. Sag dem Sultan, daß du dich nicht von den alten Weibern beschneiden lassen willst.«

»Er hat meiner Mutter gesagt, daß er mich erst nach *jando* heiraten wird. Und sie will, daß ich ihn heirate.« Zanifa sah ihm ins Gesicht und blickte dann beiseite. »Er gehört zur Familie. Er ist ein reicher Mann. Er ist ...«

»Aber sie werden dir grauenvoll weh tun. Und wenn Kimweri deiner überdrüssig ist, wird er eine andere Frau heiraten.« Jordan hob seine Stimme. »Und wenn er mit seinen anderen Frauen schläft, wirst du dir nicht mal selbst Vergnügen bereiten können, weil er für deine Beschneidung gesorgt hat.«

Zanifa stand mit halboffenem Mund, konnte jedoch keine Worte finden.

»Zanifa, laß nicht zu, daß ...«

»Wenn ich mich nicht dem *jando* unterziehe, wird er mich nicht heiraten, und wenn mich ein anderer Mann haben will, wird der auch darauf bestehen, daß ich rein bin.« Zanifa klang irgendwie verloren. Mit beiden Händen fingerte sie am Saum ihres Kangas.

»*Safi?*« Jordan schrie es fast. »*Rein*? Es ist doch nichts Unreines an dir, so wie du jetzt bist. Wenn du beim Beschneiden eine Infektion bekommst, *dann* wird es unrein sein.« Zu Suaheli überwechselnd, sagte er ruhig. »Du bist rein. Laß dir weder von deiner Mutter noch von irgend jemand sonst erzählen, daß an dir irgend etwas schmutzig ist. Du bist rein.«

Zanifa starrte ihn unverwandt aus feuchten, geröteten Augen an. Mit den Innenflächen ihrer Hände wischte sie ein paar Tränen fort.

»Du mußt doch wissen, daß sich die meisten Mädchen heutzutage dem *jando* keineswegs unterziehen. Jordan beugte sich vor und nahm ihre Hand. »Auch du brauchst das nicht zu tun.«

»Es kann doch keine schlechte Sache sein, wenn alle älteren Frauen es durchgemacht haben«, sagte Zanifa fast unhörbar.

Aufsteigende Übelkeit ließ Jordan auf das Sofa zurücksinken.

»Möchtest du etwas Ribena haben?« fragte Zanifa. »Du siehst krank aus.«

»Bitte.« Jordan lächelte schwach.

Zanifa lief in die Küche und kehrte mit dem Krug zurück. Sie lachte und sagte: »Letzte Nacht hast du zuviel *pombeh* getrunken.«

Jordan nickte. »Hör zu, Zanifa. Du *mußt* Bwana Kimweri doch nicht heiraten. Falls er auf *jando* besteht, heirate ihn nicht!«

»Aber meine Mutter ...« Mit verwirrter, ratloser Miene brach Zanifa ab.

»Du hast doch schon immer auf eine Internatsschule gehen wollen. In Kenya können wir bestimmt eine gute Schule finden. Ich kann es mir ohne Probleme leisten, dich dorthin zu schicken. Du brauchst Kimweri nicht zu heiraten und den Rest deines Lebens als seine Dienerin zu verbringen. Als seine Sklavin. Er wird dich beschneiden lassen wie einen Hund. Das brauchst du nicht hinzunehmen.«

Sekundenlang blieb Zanifa still. Mit den Händen wischte sie sich das Gesicht trocken. Schließlich sagte sie in suaheli: »Bwana Joldan, ich werde darüber nachdenken. Aber sage meiner Mutter nichts. Sie würde es nicht verstehen. Sie will, daß ich mit der Schule aufhöre, wenn ich heirate, damit ich eine gute Ehefrau sein kann.«

»Okay.« Jordan empfand eine plötzliche Erleichterung und

ein kurzes angenehmes Gefühl, wie er es hatte, wenn er Kimweri auf dem Tennisplatz einen Satz abnahm. Seine Kopfschmerzen schienen nachzulassen.

»Hast du Ophelia gefüttert?« Zanifa blickte zu der geschlossenen Tür des zweiten Schlafzimmers. Am Tag, nachdem sie ihn gefunden hatte, war der verletzte Bussard von ihr getauft worden. In Saint Mary's hatte sie *Hamlet* gelesen, und zwar in englisch und in der Suaheli-Übersetzung von Julius Nyerere, genannt der Lehrer, dem ersten Präsidenten von Tansania.

»Oh, Gott, nein. Das hab' ich vergessen. Ich hab' einen solchen Mordskater.«

»Was?«

»Nein. Tut mir leid. Ich habe lange geschlafen, und sie hat noch nicht gefressen.«

»Father William sagt, Verantwortung ist eine schwere Übung«, schalt Zanifa ihn nachsichtig. Sie lief in die Küche und kam zurück mit einer Plastikbox und einem Beizhandschuh, den Jordan in Lushoto von einem Flickschuster hatte machen lassen. Sie öffnete die Tür und ging in das leere Schlafzimmer. Der Bussard ließ eine Art Krächzen hören.

Im vorderen Raum lang ausgestreckt auf dem Sofa liegend, hörte Jordan zu, wie sie zu Ophelia sprach. Er fragte sich, wieviel es wohl kosten würde, sie auf die Schule und später aufs College zu schicken, und woher er das Geld dafür bekommen sollte. Er flüsterte ihr zu: »Lauf davon!«

JORDAN LAG AUF EINER COUCH UND SAH SICH IM FERNSEHEN ein Tennismatch an. Einfach so tun, als sei es überhaupt nicht passiert, dachte er. Eines Tages hast du es vergessen, und dann ist es, als sei es tatsächlich niemals geschehen. Er hatte das

Gefühl, eine Mülltonne voller Lügen hinter sich herzuschleppen, wohin er auch immer ging. Er lachte reumütig und dachte: Kein Land wäre bereit, soviel Abfall aufzunehmen. Mit Hilfe der Fernbedienung schaltete er auf einen anderen Kanal. Wagen rasten über eine Rennstrecke. Die Türglocke läutete, und er holte tief Luft und kontrollierte seinen Gesichtsausdruck.

»Heh, Rut«, rief Anna von draußen.

Jordan öffnete die Tür. »Schön, daß du wieder da bist, Baby. Willkommen.«

»Du hast mir gefehlt.« Anna lächelte und streichelte ihm die Wange.

»Du mir auch.« Er küßte sie, schlang seinen Arm um ihre Schultern und zog sie aus der Hitze in den schattigen Raum. In ihren Augen sah er keine Müdigkeit. »Du siehst prachtvoll aus.«

»Sex«, sagte sie und schob ihn rückwärts.

»Wie war denn dein Flug?«

»Sex.«

»Irgendwelche Turbulenzen?«

»Sex.« Sie schubste ihn und er fiel über die Armlehne der Couch. Anna glitt zwischen seine Beine und öffnete den Gürtel seiner Madras-Shorts.

»Mmm«, schnurrte Anna und kuschelte sich an, legte ihren Kopf auf seine Brust. Auf ihrer Stirn glänzte Schweiß. Jordan strich ihr übers Haar und ließ sich dahintreiben. Anna strich ihm mit einem Finger über das Brustbein. »Ich habe Sally Tisdale in Chikago getroffen.«

»Wie geht's ihr?« murmelte Jordan mit geschlossenen Augen.

»Gut. Sie sagte, ihr hättet euch bei Emilys Hochzeit gesehen.«

»Oh, jaah?« Jordan tat so, als ob er gähnte.

»Hat mir erzählt, daß du und Frank Davis stinkbesoffen gewesen seid.«

»Alle waren beschickert.« Er sah, wie sie sich aufrichtete und auf seine Beine setzte, seine Taille zwischen ihren Schenkeln. Er gähnte wieder.

»Hast du Nan Grant gefickt?«

Er mochte seine Augen nicht öffnen. »Jaah ... auf dem College. Das, äh, weißt du doch. Was soll das also?«

»Nein. Im April. Bei der blöden Hochzeit, verdammt noch mal.«

»Baby ...« Eine vage Erinnerung tauchte in ihm auf: wie er in einiger Entfernung im Hotelkorridor Sally Tisdale gesehen hatte, gerade als er und Nan in Nans Zimmer gegangen waren, wo Nan sich aus ihrem langen weißen Brautjungfernkleid schälte. Ich habe sie nur zu ihrem Zimmer begleitet, konnte er sagen und die Lüge, während sie aus seinem Mund kam, auffangen und über seine Schulter in die Mülltonne werfen. Er machte die Augen auf und wußte, daß sich in ihnen die Angst zeigte. Er unterdrückte ein Lächeln, das auf seinem Gesicht erscheinen wollte, wie bei einem ertappten Kind.

Anna starrte ihn mit gerunzelter Stirn an.

Jordan spürte die Lüge auf seinem Gesicht, und er sprach, um sich von dem Lächeln in seinen Mundwinkeln zu befreien. »Wir haben uns vor langer Zeit gesehen. Es hat nichts zu bedeuten. Wir waren betrunken. Es war ein Fehler. Tut mir sehr leid.«

»Du Arschloch.« Anna starrte ihn an. »Du warst doch Freitagnacht mit Stoval auf Weiberjagd. Was aufgerissen?«

»Nein, Baby«, sagte Jordan lahm, der die Sache möglichst rasch hinter sich bringen wollte. Hatte er nicht schon zuviel gestanden? Und waren Freundlichkeiten und Lügen mitunter nicht mehr wert als die Wahrheit? Sein Blick glitt von ihren Augen zu ihrer auf seinem Bauch ruhenden Hand. Ihre Knöchel waren wie die kleinen Wirbel eines Rückgrats, das er zerbrochen hatte.

»Ich hatte gehofft, daß es nicht wahr sein würde.« Anna blickte auf ihre Hand. »Aber ich wußte, daß die Hoffnung vergeblich war.«

»Diese lebende Hand, befände sie sich in der eisigen Stille der Gruft, würde dich heimsuchen an all deinen Tagen«, zitierte Jordan – ein idiotisches Ablenkungsmanöver, »und durchfrösteln deine traumerfüllten Nächte.«

Anna gab ihm eine kräftige Ohrfeige. »Heb dir Keats für ein anderes Opfer auf.«

Er beugte seinen Kopf bis zur Schulter und bezwang den Impuls zurückzuschlagen. Annas Augen brannten, wie er das noch nie gesehen hatte, und er dachte: Das ist Haß.

Sie ließ ihre Beine auf den Fußboden gleiten und bückte sich, um ihre Kleider aufzuheben.

»Laß uns darüber reden. Geh nicht wütend fort. Ich liebe dich.« Während sie sich ihr Kleid über den Kopf zog, stand Jordan auf. »Ich hab' sie gefickt, doch in meinem Herzen bin ich dir nicht untreu gewesen.«

Sie schien etwas sagen zu wollen, lächelte jedoch nur verächtlich und bewegte sich in Richtung Tür.

Jordan verlegte ihr den Weg und versuchte, sie zu umarmen. »Ich liebe allein dich.«

Sie drehte den Kopf zur Seite, schob ihn mit einer Hand von sich und eilte hinaus.

Jordan stürzte zum Sofa, schlüpfte in seine Shorts und rannte hinter ihr her, wobei er vom Treppenpodest bis hinunter auf die Straße jeweils zwei Stufen auf einmal nahm. Es war so schwül, daß ihm das Atmen schwerfiel. Der Asphalt versengte seine Füße. Er erreichte Anna, als sie gerade in ihr Auto gestiegen war. »Bitte, Baby, komm wieder rauf. Laß uns doch darüber reden.«

Anna schloß die Tür und betätigte das elektrische Schloß.

»Tut mir leid. Verzeih mir doch!« schrie Jordan gegen die Glasscheibe. »Warte!«

Anna ließ den Motor an, wandte ihm dann ihren Blick zu. Ihre Augen, traurig jetzt, waren rot und geschwollen, doch ihr Gesicht war trocken. Das Auto rollte langsam vorwärts. Ihre Lippen formten ein Wort: Warum?

Julai 8

Zanifa saß auf der Terrasse des Green Valley mit drei anderen Mädchen in der Schuluniform an einem Tisch. Sie trugen alle kastanienbraune Röcke und gleichfarbige Wollpullis, die sie an den Schultern über ihre weißen langärmligen Blusen geschlungen hatten. Mit Strohhalmen schlürften sie in Flaschenlimonaden und hockten scheu beieinander inmitten von Tischen voller Männer in abgetragenen dunklen Anzügen und bunten Hemden, Händler, die auf die Überlandbusse warteten, die draußen auf dem Platz parkten.

Ernst sah sie als erster, als er aus dem grellen Sonnenschein in den Schatten der Terrasse trat, wobei er mit dem Kopf fast die Bambusdecke streifte. Er blickte hinunter zu dem kleineren Jordan und sagte: »Dort ist dein Girl-Friend.«

»Für dich ist sie wohl zu alt, wie?« Jordan setzte sich an einen Tisch bei der Tür. »Du bist so engstirnig. Vermutlich ist das sehr afrikanisch.«

»Afrikaner sind ganz einfach weniger sexversessen.« Ernst hängte seine Lederjacke über die Rücklehne seines Stuhls. »Ich bin nicht so pervers, wie du glaubst. Ich verführe keine Jungfrauen.«

»Niemals?«

»Einmal. In Holland. Ich war fünfzehn und selbst noch

Jungfrau.« Ernst bestellte zwei Hühnchen mit Chips und Kaffee. Die Kellnerin war eine junge Frau in einem langen weißen Laborkittel. »Was ist an einer Jungfrau schon Besonderes?«

»Das ist eine Frage, die Philosophen schon seit vielen Jahrhunderten Rätsel aufgibt.« Über Ernsts Schulter hinweg blickte Jordan zum Tisch der Mädchen.

»Warum Zeit verschwenden, wo es doch so viele gibt, die bereits wissen, was sie wollen?« Ernst lächelte. »Hat sie dich schon gesehen?«

»Nein.«

»Du willst doch nur, was du nicht haben kannst«, sagte Ernst

»Was?«

»Du bist von Frauen umringt, aber du willst nur die haben, die du nicht haben kannst.«

»Ich *will* sie ja gar nicht.«

»Mach dir doch nichts vor. Du bist besoffen vor Geilheit. Sechs Monate vor dem Ende einer zweijährigen Dürrezeit. Sie ist eine sexy kleine Mulattin. Und es gibt nichts Schöneres als eine *Mzungu*-Afrikaner-Kreuzung«, sagte Ernst, während die Kellnerin eine Thermosflasche und Tassen auf den kleinen Tisch stellte.

»Manchmal haben sie schwere Identitätskrisen, weißt du. Niemals in einer der beiden Kulturen zu Hause. Ach, *bwana*, meine eigenen Kinder, *Yesu Christo*.«

»Deine Kinder sind in Ordnung.« Jordan goß Milchkaffee in die Tassen. »Deine Töchter haben nach abgeschlossenem Studium verantwortungsvolle Jobs im Westen. Was wollen sie mehr?«

»Mit Henry ist es ein Malheur. Er ist in Holland von der Universität abgegangen.« Ernst häufte Zucker in seinen Kaffee wie ein Afrikaner. »Er lebt von der Stütze. Treibt sich immerzu in Rockclubs herum.«

»Das hört sich ziemlich normal an.« Jordan beobachtete Zanifa. »Einige ihrer Gene sind zwar *mzungu*, aber sie ist wie eine Afrikanerin aufgewachsen ohne ein weißes Gesicht weit und breit.« Er blickte wieder zu Ernst. »Eine von ihnen hat uns gesehen.«

Ernst lächelte. Seine Zähne waren so perfekt wie die eines Afrikaners. »Glaubst du denn, daß du für eine tansanische Frau attraktiv bist – außer als reicher *mzungu*?«

»Was?«

»Finden tansanische Frauen dich physisch attraktiv?«

»Was?« Jordan sah, daß außer Zanifa alle St.-Mary's-Mädchen verstohlen zu ihrem Tisch blickten.

»Nach deiner amerikanischen Überzeugung: glaubst du, daß tansanische Frauen …«

»Weiß ich nicht.« Jordan sah Ernst an. »Ich habe irgendwie das Gefühl, auf der High-School zu sein.«

»Ich glaube, daß die fasziniert sind, weil du ein reicher *mzungu* bist. Ich weiß zwar, daß die Leute vom Peace Corps die ärmsten bezahlten Freiwilligen in Afrika sind, aber davon ahnen die Mädchen dort nichts. Physisch, hm …« Ernst ließ seinen Blick langsam am wirren sonnengebleichten sandfarbenen Haar und seinem hageren Gesicht hinuntergleiten zu seiner geflickten und ausgeblichenen Jagdjacke aus Drillichstoff. »Mach dir das folgendermaßen klar: In Amerika finden dich Frauen attraktiv, aber hier bist du nichts als ein knochiges, komisch aussehendes Weißgesicht mit mädchenhaftem Haar.«

»Gut. Genauso fühle ich mich auch.«

»Du siehst wie ein Falke aus«, sagte Ernst, während die Kellnerin zwei Teller auf den Tisch stellte.

»Was?« sagte Jordan und starrte zur anderen Seite des Raums.

»Du hast eine Adlernase. Dein Gesicht hat den Babyspeck verloren. Du bist kein Knabe mehr.«

»Ich habe seit jeher wissen wollen, was es bedeutet, erwachsen zu werden.« Jordan goß glibbrigen, unnatürlich roten Ketchup aus Kenia auf seine Chips. »Was bedeutet es – ein Mann werden?«

»Wenn du das fragen mußt, wirst du's nie wissen«, sagte Ernst.

»Du siehst erschöpft aus.«

»All diese Bauern haben gesehen, wie ihre Nachbarn alle drei Monate fünfzig Kilo Fisch geerntet haben, und jetzt wollen sie plötzlich alle einsteigen.« Jordan stöhnte.

»Ich hatte geglaubt, bis zum Auslaufen meines Vertrags eine ruhige Kugel schieben zu können. Bloß Malen und Pasipo aufziehen. Jetzt muß ich schwerer arbeiten als damals als Anwalt.«

»Aber du tust doch was Gutes.«

»Jaah«, sagte Jordan. »Aber nach einiger Zeit wird das bedeutungslos, weißt du?«

»Du befindest dich in einer zynischen Phase.« Ernst grinste. »Bei dir hat sich viel aufgestaut.«

Jordan blickte zur anderen Seite. »Sie kommen hier entlang.«

Die St.-Mary's-Mädchen schlängelten sich zwischen den Tischen durch, und die Männer gafften sie an.

»Sieh doch nur, wie all die Schweinehunde sie mit den Augen ausziehen.«

»Schulmädchen sind beliebt, weil bei ihnen weniger anzunehmen ist, daß sie die böse Krankheit haben«, sagte Ernst.

»Hallo, Mr. Jol-dan«, sagte das erste Mädchen langsam in englisch.

Zwei der Mädchen kicherten. Zanifa war hinter ihnen nicht zu sehen.

»Hallo, Subira«, sagte Jordan. Er hörte ein leichtes Zittern in seiner Stimme, wußte jedoch nicht, ob es auch für die anderen vernehmbar war. »Wie geht's mit der Schule?«

»Sehr guut«, sagte Subira.

»Kwa moyo.« Jordan zitierte das Motto ihrer Schule in suaheli und in englisch, als Zanifa näher zum Tisch drängte. »Von Herzen.«

Alle Mädchen lachten.

»Dies ist Bwana Van Liere«, sagte Jordan in englisch und erhob sich, kaum noch ein Zittern in der Stimme. »Bwana Bewässerung.«

Ernst sprach zu den Mädchen in Sambaa. Sie fingen an, hysterisch zu lachen. Jordan verstand kein einziges Wort. Er winkte Zanifa zu. Sie lächelte und winkte zurück. Im Haar trug sie ein blaues Band. Ernst wechselte plötzlich zu englisch über. »Möchte eine von euch irgendeine Art Soda?«

Keines der Mädchen gab eine Antwort.

»Seid nicht schüchtern«, sagte Ernst in suaheli. »Setzt euch doch.«

Die Mädchen sahen einander an.

»Sisi sio mumiyani«, sagte Ernst. Wir sind keine Vampire.

Die Mädchen kicherten.

Zanifa blickte zu Jordan und sagte dann leise zu Ernst: »Danke Mr. Van Liere. Ich hätte gern eine Pepsi.«

Im Sitzen zog Ernst mit seinem langen Arm einen Stuhl heran.

»Kommt doch, ihr alle«, sagte Zanifa in suaheli.

Eines der Mädchen flüsterte mit Zanifa. Sie sprachen für einen Augenblick ruhig miteinander, und dann gingen zwei der Mädchen hinaus. Subira und Zanifa und Jordan setzten sich. Ernst rief nach der Kellnerin und sagte zu Zanifa etwas in sambaa. Sie lachte und bedeckte ihren Mund mit einer Hand. Er schien zu Subira dasselbe zu sagen. Ihre Augen weiteten sich, und sie blickte auf ihre Hände.

»Was ist denn so lustig?« fragte Jordan.

»Bwana Bewässerung hat gefragt, ob du wie ein Mädchen aussiehst«, sagte Zanifa.

Die Kellnerin erschien. Auf ihrem langen weißen Kittel war ein großer feuchter Soßenfleck. Zanifa und Subira bestellten Pepsis.

»Meint ihr nicht, er sollte sich die Haar schneiden lassen?« fragte Ernst.

»Ich wünschte, ich hätte solches Haar wie er«, sagte Zanifa. Subira nickte.

»In Lushoto gibt es keinen anständigen Frisör«, sagte Jordan.

»Dann fahr nach Daressalam«, sagte Ernst.

»Zweihundert Meilen wegen eines Haarschnitts?«

»Rasier's ab«, sagte Ernst.

Die Kellnerin kam mit den Pepsis.

Ernst reichte ihr die leere Thermosflasche. »Wie ich höre, pflegst du einen verletzten Falken.«

»Einen Augurbussard.« Zanifa sprach den Namen jetzt völlig korrekt aus. »Ich glaube, sie wird bald wieder fliegen.«

»Safi sana«, sagte Ernst. Sehr cool.

»Subira, was für ein Wissenschaftsprojekt hast du?« fragte Jordan.

»Mais«, erwiderte sie leise.

»Mais?« fragte Ernst. »Was tust du denn mit Mais?«

»Ich experimentiere mit Düngemitteln«, sagte Subira noch leiser in suaheli.

»Ausgezeichnet.« Auch Ernst sprach Suaheli. »Die Landwirtschaft hat Zukunft.«

Subira saugte an ihrem Strohhalm.

Jordan betrachtete Zanifas unschuldiges Gesicht und fragte sich, ob sie sich in der Nacht wohl selbst berührt hatte. Wenn sie wüßte, was sie verlieren würde, so würde sie vielleicht versuchen, Widerstand zu leisten, aber ihre Mutter würde sie wohl auch dann zur Heirat mit Kimweri zwingen. Wurde das *Jando*-Ritual für sie womöglich noch schrecklicher, wenn sie wußte, was man ihr dabei nahm?

Zanifa sah ihn an, die Spur eines Lächelns um ihre geschlossenen Lippen. Sie beugte sich vor und trank durch den Strohhalm ein Viertel der Pepsi.

»Zanifa, was möchtest du mit deinem Leben anfangen?« fragte Ernst.

»Ich möchte Ärztin werden.« Sie blickte Ernst ins Gesicht.

»Ich habe in Afrika noch nie gehört, daß ein Mädchen das gesagt hat«, antwortete er.

»Das wäre eine feine Sache.«

Jordan wollte fragen, ob Kimweri ihr das wohl gestatten würde. »Sie kann das schaffen. Sie ist sehr gescheit.«

Subira flüsterte mit Zanifa.

»Wir müssen nach Hause gehen, bevor es dunkel wird. Wir brauchen eine Stunde.« Zanifa erhob sich von ihrem Stuhl. »Vielen Dank für die Pepsi, *bwana*.«

»Nichts zu danken«, sagte Ernst. »Father Williams möchte, daß ich ein paar Mädchen auf eine Tour des Bewässerungsprojekts mitnehme.«

»Das ist für die älteren«, sagte Zanifa. »Nächstes Jahr gehöre ich auch dazu.«

»*Sawa*, nächstes Jahr.«

»Bwana Joldan, ich komme morgen nachmittag vorbei, um Ophelia zu füttern.« Zanifa lächelte. Subira flüsterte ein Dankeschön und lief von der Terrasse in den Sonnenschein.

»Wir sehen uns morgen«, sagte Jordan.

»Goodbye.« Zanifa lief hinter Subira her.

»Zanifa ist selbstbewußter als die anderen«, sagte Ernst.

»Sie kennt mich. In meiner Gegenwart ist sie nicht nervös«, sagte Jordan.

»Es ist mehr als das.«

»Sie ist ein großes As in ihrer Klasse, weil sie mit einem *mzungu* befreundet ist.«

»Auch das.« Ernst lächelte. Seine blauen Augen schienen zu

funkeln. »Sie ist bereit. Das passiert bei afrikanischen Mädchen über Nacht. Von der Zeit an, wo sie sechs sind, glauben sie, was ihre Mütter ihnen über die Heimsuchung durch Geister erzählen, falls sie mit einem Mann ficken. Dann so mit fünfzehn oder sechzehn geschieht etwas. Für gewöhnlich erzählt ihnen eine ältere Schwester, daß das alles Schwindel gewesen ist und sie etwas verpassen, was wirklich Spaß macht. Am nächsten Tag sind sie bereit, es zu versuchen.«

»Woher weißt du das, wenn du keine Jungfrauen verführst?«

»Was glaubst du denn?« Ernst kippte seinen Stuhl auf zwei Beinen zurück. »Ich habe mit vielen afrikanischen Frauen gelebt.«

»Ich werde sie nicht verführen«, sagte Jordan leise auf englisch in der plötzlichen Sorge, daß irgend jemand zuhören könnte »Ich werde versuchen, mit Kimweri zu sprechen.«

»Sei bitte diplomatisch«, sagte Ernst. »Unterschätze bloß nicht die Kluft zwischen euren Welten. Er sieht das trotz seiner englischen Erziehung nicht so wie du.«

Julai 9

Während er auf den Sultan wartete, übte Jordan seinen Aufschlag. Der Himmel war trübe. Ein riesiges graues Tuch hing über Ostafrika. Öde Julitage, Winteranfang.

Kimweri kam in weißen Sportsachen den Weg zwischen Jakarandabäumen heraufgejoggt. Die Äste waren kahl, und faulende Blüten, so dunkel wie nasses Kreppapier, lagen am Boden. »Tut mir schrecklich leid«, sagte der Sultan. »Ist sonst gar nicht mein Fall, ein solch afrikanisches Zeitgefühl.«

»Hamna tabu«, sagte Jordan, ohne Kimweris Lächeln zu erwidern.

Sie nahmen ihre Positionen an der Grundlinie ein. Jordan warf einen Ball in die Luft und knallte ihn hoch auf Kimweris Rückhand. *Phwock*. Kimweris Return landete im Netz. *Phack!* Jordan schlug den nächsten Ball. Zwanzigmal wechselte der Ball hinüber und herüber, bis Kimweri dann lässig ans Netz vorging, um einen langen Ball in die gegnerische Spielhälfte zu setzen. Jordan ließ seinen Schläger sinken, als ob er den Ball passieren lassen wolle, sah, wie sich Kimweri zu einem Ball im Netz beugte, und knallte den Return im letzten Augenblick mit einer beidhändigen Rückhand zurück. Der Ball sauste über Kimweris Rücken hinweg. Er richtete sich auf und funkelte Jordan an.

»*Samahani*«, entschuldigte sich Jordan. *Das* war gescheit. *Das* war wirklich clever. »Ich hab' so vor mich hin geträumt.«

Phwack! Jordan servierte den Ball hart und flach, ohne Spin, tief in die Ecke, und ging sofort ans Netz. Kimweris Return kam direkt auf ihn zu. Jordan blockte den Ball in aller Ruhe zurück. Eine gute Handbreite vor der Grundlinie und rund fünf Meter vom Sultan entfernt staubte es rötlich auf.

»Mein Satz«, sagte Jordan und beugte sich schwer atmend vor. Kimweri war besser, als er glaubte. Zum erstenmal hatte er versucht, ihn zu schlagen, jedoch nur einen Satz gewonnen. »Ich habe ausgeglichen.«

»Sehr bemüht.« Kimweri ging zu der Bank auf der Seite des Platzes. »Sie haben Ihre Unbekümmertheit verloren. Letztes Mal waren Sie nicht so ehrgeizig. Jetzt wollen Sie gewinnen.«

Jordan griff nach einem Handtuch auf der Bank und wischte sich das Gesicht. »Man spielt und gewinnt. Man spielt und verliert. Man spielt ganz einfach.«

»Da komm ich nicht ganz mit«, sagte Kimweri.

Jordan zuckte mit den Schultern und ging auf den Platz zurück.

Im Schlußsatz wollte weder Kimweri noch Jordan ein Break gelingen. Sie spielten fast wortlos, riefen einander in trockenem Ton den jeweiligen Spielstand zu und kommunizierten mit den Augen, wenn sie die Seiten wechselten oder einander am Netz dicht gegenüberstanden. Bei sechs beide schlug Kimweri einen Tie-Break vor, doch Jordan schüttelte den Kopf, und sie spielten weiter, bis es zehn beide stand.

Jordan lehnte sich gegen den Zaun hinter der Grundlinie. Sein Körper war schweißbedeckt. Während der vergangenen drei Stunden hatte sich das Licht unter dem grauen Himmel nicht verändert. Fünfzig Meter weiter oben, auf der Veranda des Lawns saßen mehrere *Mzungu*-Gäste mit Drinks in den Händen und blickten hinunter auf den Platz. Jordan fragte sich, wie lange sie dort schon sitzen mochten, und dachte: Wenn Kimweri verliert, zumal vor den Mzungu, wird er kaum in der Stimmung sein, über Zanifa zu sprechen. Er rief zur anderen Seite des Platzes: »Dies könnte so weitergehen, bis es dunkel wird. Spielen wir also einen Tie-break.«

»Nein«, sagte Kimweri. »Dafür sind wir mit dem Spiel jetzt zu weit.«

»Ich treffe mich in einer Stunde mit einem Mann an einem Teich.«

»Dies ist Afrika. Er kann warten.«

Jordan verlor das nächste Spiel, weil er versuchte, Kimweris Gewinnschläge abzufangen, statt die Bälle lang oder einfach ins Netz zu spielen. Beim Seitenwechsel bemerkte Jordan, daß Kimweris weiße Tennisschuhe durch den Staub rötlich gefärbt waren. Als er im letzten Spiel drei Matchbälle gegen sich hatte, sah Jordan, daß Kimweri weit hinter der Grundlinie stand. Er servierte ohne Kraft. Kimweri kam herbeigestürmt und erwiderte mit einem weiten Lob. Jordan ließ den Ball auftippen, umlief seine Vorhand und nahm den Ball dann mit einem Rückhand-Smash. *Phwack!* Der Ball sauste in schneller Fahrt über den Platz und landete knapp außerhalb der Grundlinie.

Kimweri starrte Jordan an.

»Ich hab' keine Luft mehr«, sagte Jordan keuchend.

Wie zur Demonstration warf er einen Ball hoch, schmetterte wieder, und der Ball segelte in hohem Bogen über den Zaun hinweg. Dann ging er mit mühsamen Schritten zur Mitte des Platzes. Im Muskel unter dem Narbengewebe der Verletzung auf seinem Unterarm spürte er ein pochendes Pulsieren. Die *Mzungu*-Gäste oben auf der Veranda klatschten, als Jordan und Kimweri sich am Netz die Hand schüttelten.

»Sie sehen uns als ein Emblem für die Begegnung zwischen

ersten und dritten Welten, von Schwarz und Weiß.« Kimweri lächelte und winkte hinauf zur Veranda. Roter Staub bedeckte seinen Arm. Ein Kellner in weißer Jacke und schwarzen Hosen kam mit einem Tablett die Steinstufen herunter. Jordan fand einen Krug mit Wasser auf der Bank beim Tor und schüttete es sich über den Kopf.

»Auf ein denkwürdiges Match.« Der Sultan lächelte und hob einen Bierkrug.

»Sie haben sehr gut gespielt.« Jordan stieß mit einer braunen Safari-Flasche gegen den Bierkrug. Er ließ sich auf dem Gartenstuhl zusammensacken und blickte zu den Bergen.

»Unayo shida gani, bwana? Nini inakula wehweh?« Kimweri beugte sich auf seinem Stuhl vor und nahm Jordans Hand. Seine Augen waren freundlich. Seine Hand war trocken. Jordans Hand fühlte sich feucht an. Worin besteht das Problem. Was haben Sie auf dem Herzen?

»Julian, ich habe gehört, daß Sie wollen, daß Zanifa sich vor Ihrer Hochzeit dem *jando* unterzieht.«

»Haah.« Kimweri lächelte leicht. »Seit Generationen sind die Frauen vom Kilindi-Geschlecht beschnitten worden. Sie sind glücklicher als die meisten Frauen auf der Welt. Sie führen die Traditionen selber fort. Es steht Ihnen nicht zu, das in Frage zu stellen, oder?«

»Dies ist … die moderne Welt«, stammelte Jordan. Er zog seine Hand fort. »Sie sind doch ein gebildeter Mann.«

»Erinnern Sie sich an den Regenzauber?« Kimweri lehnte sich zurück. »Sie mögen ja jene Kräfte nicht respektieren, aber ich tue es. Historisch gesehen leben wir in einer schwierigen Periode. Es wäre eine Beleidigung meiner Kilindi-Vorfahren sowie auch vieler der Ältesten, ein Mädchen zu heiraten, das unrein ist. Das würden mir die Ältesten niemals verzeihen.«

»Unrein?« Jordan atmete langsam ein und kämpfte gegen

seine aufsteigende Wut an. »Hören Sie doch damit auf. *Jando* ist ein Akt der Versklavung. Primitiv. Gefährlich. Sie sind derjenige, der diese Praxis verdammen sollte – beispielgebend für Ihren Stamm.«

»Sie sehen die Welt durch ein Prisma westlicher Vorurteile.« Kimweri sprach mit gesenkter und gesammelter Stimme. »Sie sind ein Fremder, ein Alien, von einem anderen Kontinent, aus einer anderen Welt, verflixt noch mal. Ihr *mzungu* bildet euch ein, uns zeigen zu müssen, wo's langgeht.«

Jordan beugte sich vor und sagte ohne Schärfe: »Verstümmelung bleibt Verstümmelung.«

»Das ist Ihre Ansicht, *mzungu*.« Der Sultan lächelte, als sei Jordan einer seiner Untertanen.

Jordan griff nach Kimweris rechter Hand. »Tun Sie ihr das nicht an!«

»Sie haben hier die Grenze überschritten, Freundchen.« Kimweri schüttelte Jordans Hand gleichsam von sich ab.

Jordan hielt es für zwecklos und riskant weiterzudiskutieren, konnte sich jedoch nicht bremsen. Mit ruhiger Stimme sagte er so beiläufig wie möglich: »Kann bei der *boma* nicht dagegen Widerspruch erhoben werden? Es muß doch ungesetzlich sein.«

»Es ist ganz und gar nichts Ungesetzliches daran.« Kimweri zuckte mit den Schultern.

Jordan zögerte. »Und was ist, wenn ich mich an die Zeitungen wende?«

»Niemand wird Sie ernst nehmen. Es interessiert keinen.« Kimweri goß den Inhalt einer Safari-Flasche in seinen Krug. Seine Augen waren unauslotbar, in seiner Stimme klang eine Spur von Verachtung. »In den Zeitungen bin ich ein Held. Ich bin die große schwarze Hoffnung.«

»Ansichtssache, wie es scheint.« Jordan ließ sich in seinem Stuhl zurücksinken und dachte: Kimweri könnte Zanifa befehlen, dich nicht mehr zu sehen. Er könnte dich aus den Bergen oder sogar aus dem Land rauswerfen lassen. Sicherlich würde er dir nicht weh tun. Ionides kennt sich da aus. »Wissen Sie, ich spiele den Amerikaner, ob ich will oder nicht – irgendwas drängt uns, unsere Ansichten auszusprechen.«

Kimweri taxierte ihn wortlos. Er lächelte und hielt seine Hand hin. »Ich reise morgen für ein oder zwei Wochen nach Dar. Nach meiner Rückkehr werden wir hier ein Dinner haben und über die Rolle der traditionellen Praktiken in der afrikanischen Kultur diskutieren.«

Jordan nahm seine Hand. Er war überzeugt, daß Kimweri seine Ansichten niemals ändern würde.

ANNA VERSCHWAND AUS MEMPHIS. JORDAN NAHM AN, DASS SIE sich in einem der Sommerhäuser ihrer Eltern in den Cumberland Mountains oder in Südflorida aufhielt. Bei seinen Anrufen antwortete nur der Anrufbeantworter. An einem Freitag nachmittag, fünf Tage, nachdem sie aus seinem Appartement gelaufen war, fuhr er sechs Stunden über das Cumberland-Plateau nach Rugby, aber das Haus war leer. In der Dunkelheit ging er über einen Friedhof und betrachtete die Grabsteine mit den kleinen keramischen Photographien der Verstorbenen und stolperte dann durch den Wald hinunter zum Gentleman's Swimming Hole, wo er im Mondschein mitten im Fluß eine Wassermoccasin sah. Er schlief in seinem Wagoneer und fuhr dann am Samstag sechzehn Stunden in Richtung Süden zu einem Hotel in Pensacola.

Am Sonntag morgen sah er dann Annas Eltern. Sie waren für die Kirche gekleidet und standen bei einem weißen Mercedes-Kombi auf dem Fahrweg ihres Strandcottages.

»Guten Morgen«, sagte Jordan und versuchte, seiner Stimme einen fröhlichen Klang zu geben.

»Guten Morgen«, antworteten beide nicht gerade herzlich.

»Was führt Sie hierher, Rut?« fragte Mrs. Demange höflich, doch mit kühlem Blick.

»Das Fischen.« Jordan versuchte zu lachen, brachte jedoch nur ein merkwürdiges Geräusch zustande.

Mr. Demange öffnete für seine Frau eine Tür des Autos. Sie stieg ohne ein Abschiedswort in den Mercedes. Mr. Demange machte die Tür zu. »Wollen nicht zu spät zum Gottesdienst kommen.«

»Wo ist Anna?« Jordan wollte ihn nicht fragen, konnte sich jedoch nicht bremsen.

»Das kann ich nicht verraten, Herr Anwalt«, sagte Mr. Demange und ging um das Auto herum. Er war ein Steueranwalt und hatte Jordan ein paar Jahre zuvor gefragt, ob er nicht in seine Firma eintreten wolle, ein Angebot, das er auf Annas Drängen ausschlug. »Aber Sie befinden sich hier im falschen Staat.« Mr. Demange schloß die Tür, und der Mercedes fuhr eine Straße hinunter, gesäumt von Eichen, die voll waren von spanischem Moos.

Julai 10

Ich kann Schuhe nicht ausstehen.« Zanifa saß am Rand der Veranda und zog ihre weißen Sportschuhe aus, schälte dann die weißen Socken von ihren dunklen Beinen. Sie legte sie sorgfältig zusammen und blickte zu Jordan. »Glaubst du, daß sie fliegen wird?«

»Nein«, sagte Jordan. »Nicht am ersten Tag, wo sie außer Haus ist.«

»Ich denke, sie wird fliegen.« Zanifa ging hinaus auf den umzäunten Hof des Pfarrhauses unter dem grauen Himmel. Sie trug ihre Schuluniform und hielt in ihrer von dem Schweißerhandschuh geschützten Hand ein zappelndes Hühnchen. Jordan sah ihr von der Veranda her nach und fragte sich, ob sie sich inzwischen wohl schon selbst berührt hatte. Fünf Meter von ihr entfernt hockte der Augurbussard auf einer Hockstange im Hof, drehte den Kopf und stieß ab und zu einen pfeifenden, wie fragenden Laut aus: *Piii-ooo.*

»Es wäre humaner, dem Hühnchen den Hals zu brechen, statt es zu ängstigen.«

»Human?« Zanifa sprach das Wort langsam aus. »Wie bei Humanmedizin?«

»Ist wohl dieselbe Wurzel. Human bedeutet, Mitgefühl haben.«

»Was für ein Gefühl?«

»Mit-Gefühl. Mit dem anderen empfinden, nicht gleichgültig gegenüber seinen Schmerzen sein. Halt mitfühlend sein.«

Zanifa wiederholte das Wort. »Mit-fühlend.«

»Genau«, sagte Jordan.

»Ophelia ist einen Monat lang nicht geflogen.« Zanifa gestikulierte mit ihrer freien Hand in Richtung Bussard. »Zu einem toten Hühnchen wird sie vielleicht nicht fliegen. Sie mag sie lebend.«

Jordan entdeckte, daß sich Omali in seinem Mantel außerhalb des Lattenzauns herumtrieb, obwohl er die Anweisung hatte, sich fernzuhalten von der Abrichtung des Falken. Jordan gab ihm Zeichen, er sollte verschwinden.

Zanifa trat von einem Fuß auf den anderen und stützte den behandschuhten Arm mit der linken Hand. Zwölf Minuten vergingen langsam auf Jordans Armbanduhr. Auf dem Hof war es still. Ab und zu drang eine Stimme von dem Weg auf der anderen Seite der Hecke herüber.

»Du hast sie doch nicht etwa heute morgen gefüttert, damit sie still blieb, oder?« Zanifa sah Jordan vorwurfsvoll an.

»Natürlich nicht. Aber ich hatte Lust dazu. Bei Morgenanbruch fing sie an zu kreischen. Pasipo kriegte eine wahre Berserkerwut. Die beiden kreischten wild um die Wette.« Jordan seufzte. »Ich war den ganzen Tag fort. Omali würde sie nicht füttern. Er hält es für ein Verbrechen, einem Tier gutes Fleisch zu geben. Er würde eher selbst ein Stück Fleisch essen und dann behaupten, es an den Falken verfüttert zu haben.«

»*Berserkerwut?*« Zanifa verlagerte ihr Gewicht auf eine Hüfte.

»Rasend vor Wut. *Kitchaa sana.*«

Kau-kau-kau! schrie der Bussard.

»Sie hat sich an das Draußen gewöhnt und ist wieder hungrig«, sagte Jordan.

Ganz auf der anderen Seite spähte Omali um eine Ecke der

Kirchenruine. Jordan rief: »Geh nach Hause, und komm zurück, wenn's dunkel ist!«

Der laute Ruf ließ den Bussard fast von der Hockstange fallen. Jordan richtete seinen Feldstecher auf Zanifas behandschuhte Hand. Das verängstigte Hühnchen, die Augen starr auf dem Raubvogel, zappelte und piepste.

Kau-kau-kau! Der Bussard ging um den Stamm herum und hob seinen roten Schwanz und seine schieferschwarzen Schwingen an. Die Kehle war weiß, die Brust hermelinfarben. Sie starrte Zanifa an aus braunen Augen in einem schwarzen Gesicht.

»Ophelia«, rief Zanifa.

Sie öffnete die Schwingen mit einer Spannbreite von einem Meter und zeigte die weißen Unterseiten. *Kau-kau-kau!* Sie forderte ihr Fressen. *Kau-kau-kau!*

Schließlich machte Ophelia eine Art Hüpfer, schlug unsicher mit den Flügeln und flog zu Zanifas Faust. Sie riß dem Hühnchen den Kopf ab, verschlang ihn mit gegen den Himmel gerecktem Schnabel und verzehrte dann den Körper in kleinen, schnellen Bissen.

»Was machst du jetzt mit ihr?« rief Jordan in suaheli.

»Ich fange auf der Stelle das Hacking mit ihr an«, sagte Zanifa in englisch.

Jordan lächelte unwillkürlich über das »Hacking«, ein uraltes englisches Wort aus der Falknerei mit der Bedeutung, einen Vogel der Wildnis wiederzugeben. Er hatte noch nie gehört, daß es jemand tatsächlich gebraucht hatte.

Zanifa langte in den ledernen Falknerbeutel und zog ein Hühnchen heraus, das sie Ophelia hinhielt. Ophelia hackte mit einer Kralle danach. *Kau-kau-kau!*

»Chukua Mwinyewe.« Zanifa hob ihre behandschuhte Faust hoch über ihre Schulter, während sie sich vorbeugte, um das Hühnchen ins Gras zu setzen. Hol's dir selber.

Das Hühnchen flüchtete über den Hof davon. Ophelia hob vom Handschuh ab, schwang nach unten und packte das Hühnchen im Gras mit einer Kralle. Jordan zuckte zusammen, im Unterschied zu Zanifa, wie er bemerkte. Sie war die prompte Tötung von Tieren gewohnt. Ophelia schwang sich auf einen äthiopischen Flammenbaum hinauf und plumpste fallschirmartig durch das Blattwerk.

»*Safi.*« Zanifa zog den Handschuh von ihrer Faust. Cool. »Ophelia kann fliegen.« Sie ging auf die Veranda zu. »Im Buch steht, daß wir für sie etwas zu fressen hinlegen müssen, bis sie aufhört wiederzukommen. Dann jagt sie allein für sich.«

»Je eher, desto besser.« Jordan lachte. »Das Vogelfutter ruiniert mich.«

Zanifa zog ein weiteres lebendes Hühnchen aus der Tasche. Wie einen Baseball schleuderte sie es den Baum hinauf. Ophelia tauchte von einem Ast herab, packte das Hühnchen beim Flügel und flog zum Baum zurück. Zanifa kam zur Veranda und setzte sich auf einer Bank an der Wand neben Jordan.

»Du bist eine geborene Falknerin«, sagte er. »Du wirst für Kimweri Falken abrichten können.«

»Ich möchte einen Falken haben.« Zanifa ließ ihre Beine hin und her schwingen.

»Welche Art?«

»Einen Feldeggsfalken.«

»Warum?«

»Die sind größer als Wanderfalken.« Zanifa sah Jordan an. »Ich glaube, die wären leichter abzurichten.«

Jordan fand, daß sie seinen Augen jetzt öfter begegnete.

»Jaah, mit einem Wanderfalken wäre es schwerer.«

»Ich möchte einen Feldeggsfalkeneyas.«

»Genau. Ein Nestling wäre das Richtige für dich.« Jordan versuchte, sie möglichst einzustimmen auf das, was er sie fragen wollte.

»So wie bei dir und Pasipo.« Zanifa schlug ihre Beine übereinander, ließ sie wieder schwingen.

»Ja, hör zu, Zanifa ...« Jordan wollte ihr sagen, daß er gestern mit Kimweri gesprochen hatte, fand jedoch, daß eben das seine Sache unterminieren konnte. »Möchtest du ein Sprite?«

»Bitte.« Zanifa stand auf. »Ich hole eins. Auch für dich?«

»Nein, danke.« Jordan dachte: Was hast du eigentlich vor? Kimweri wird sie zu seinem Spielzeug machen, und es gibt nichts, was du tun kannst.

»Hilfst du mir bei der Suche nach einem Falkennest?« fragte Zanifa, aus dem Haus kommend.

»Bila shaka«, sagte Jordan. Ohne Zweifel.

Zanifa setzte sich auf die Bank. Sie schlürfte ihr Sprite und blickte zu Ophelia, einen Schatten im Geäst des Flammenbaums.

»Hast du nachgedacht über das, worüber wir hier an dem Morgen von Mzee Chamshamas Bestattung gesprochen haben?«

Zanifa starrte unverwandt zu dem Baum, wo Ophelia saß.

Jordan wartete darauf, daß sie sprach.

Sie sah ihn an und blickte wieder hinaus zum Falken.

Er fragte sie leise in suaheli: »Hast du dich selbst berührt?«

Sie schaute auf ihre Hände, die die Flasche hielten und flüsterte: »Ja.«

Jordan schwieg eine ganze Minute lang. »Hast du irgend etwas gefühlt?«

Zanifa blieb stumm, saß mit gebeugtem Kopf.

Dies ist wahrscheinlich die Art, wie ein Kinderschänder anfängt, dachte Jordan.

Zanifa sah ihn an. Sie war rot geworden, doch in ihren Augen war keine Angst. Sie sprach jetzt Suaheli, jedoch so leise, daß er sie kaum verstand. »Vorgestern. Vor dem Einschlafen.

Da habe ich mich berührt. Ich fühlte mich sehr … warm … unten … dort unten.«

Jordan beugte sich näher, um sie besser zu verstehen. Er schämte sich, weil das Bild der nackten Zanifa ihn erregte.

»Ich bin zwischen den Beinen ganz feucht geworden. Ich weiß nicht, was geschehen ist«, sagte sie und blickte zu Boden.

»Das ist nur natürlich.« Jordan nahm behutsam eine ihrer Hände, die die Flasche hielten. »Auf diese Weise gibt dein Körper dir Vergnügen.«

»Danach …« Ihr Gesicht war nicht mehr rot. In ihren Augen sah er eine vage Beklommenheit. »Ich hatte Mühe einzuschlafen. Ich lag lange im Bett und dachte, daß ich etwas Schlechtes getan hätte.«

»Nein. Nichts Schlechtes. Das war gut. Du bist dabei, etwas über dich selbst zu erfahren. Über den Körper, den Gott dir gegeben hat. Mach nur weiter. Eines Nachts wirst du etwas mehr empfinden, und danach wirst du müde und glücklich sein. Du wirst auf der Stelle einschlafen.« Jordan streichelte ihre Hand. »Weißt du, Zanifa, nirgends in der Bibel oder im Koran steht, daß Frauen sich dem *jando* unterziehen sollten. Es ist etwas, das Männer vor langer Zeit erfunden haben. Gott will, daß du deinen Körper so erhältst, wie er ist.«

Zanifa sah ihn schweigend an.

Er lächelte, ließ ihre Hand los und stand auf.

Ihr Blick wirkte unsicher.

»*Hodi*«, rief eine Stimme von der anderen Seite des Hofs.

Jordan sah, daß ein Mädchen in Schuluniform draußen vor dem Lattenzaun stand.

»Es ist Subira.« Zanifa trat an das Geländer der Veranda.

»*Karibu*«, rief Jordan.

»*Asante*«, dankte Subira ihm und öffnete das Tor.

»Denkt deine Mutter, daß Subira die ganze Zeit hier mit dir zusammen ist?«

»Ja«, sagte Zanifa bittend. »Sag ihr nicht, daß ich manchmal allein hier bin.«

»Natürlich.« Er sah, wie Subira sich näherte, und dachte: Zanifa wollte ihren *Mzungu*-Freund mit niemandem teilen. Er fragte Zanifa: »Hat deine Freundin einen Boy-Friend?«

»Subira hat einen Boy-Friend, der älter ist. Er studiert an der Universität von Daressalam«, sagte Zanifa leise.

»Hat sie also schon, weißt du das?«

Zanifa wurde rot und blickte fort. »Ja?«

»Möchtest du ein Sprite?« fragte Jordan in suaheli, als Subira die Veranda betrat.

»Nicht heute, danke«, sagte Subira. »Komm, Zanifa. Wir verspäten uns wieder.«

»Sieh doch mal, Ophelia dort oben im Baum!« Zanifa zeigte mit ausgestrecktem Arm.

»Cool«, sagte Subira. »Gehen wir. Ich habe keine Lust, mich von meinem Vater schlagen zu lassen.«

Zanifa griff nach ihrer Tasche, die neben der Bank stand. »Ich komme morgen nach der Schule vorbei, um Ophelia zu füttern.«

»Falls sie noch hier ist«, sagte Jordan.

»Was?« Die bloße Vorstellung schien Zanifa zu schmerzen.

»Ein paar Tage wird sie sicher noch hier herumhängen. Ich meine, wer läßt sich schon freies Futter entgehen?«

»Okay.« Zanifa sah erleichtert aus.

»Twende«, sagte Subira wieder. Gehen wir.

Jordan sah, wie sie davongingen. Am Rande des Hofs waren sie kaum noch voneinander zu unterscheiden. Er fragte sich, ob Ernst wohl recht hatte. Ob Zanifa bereit war für den Übergang.

Julai 11

Jordan stieß mit dem Fuß das Tor auf und fuhr auf den Hof des Pfarrhauses. Vom grauen Himmel fiel Nieselregen. Dreihundert Meter tiefer erhob sich eine obeliskförmige Wolke hinter dem Steincottage, und ihre Spitze krümmte sich langsam über das Blechdach. Jordan suchte die Bäume auf dem Hof mit den Augen ab, konnte Ophelia jedoch nirgends entdecken. Er stieg von seinem Motorrad und ging schwerfällig ins Haus. Neun Stunden lang hatte er zusammen mit einem Fischzüchter einen kaputten Deich ausgebessert. Er war voll Lehm und hatte nur den Wunsch, sich zu duschen und zu schlafen.

Das Haus war halbdunkel. In der Küche machte er auf zwei Kerosinkochern Wasser heiß. Seit Wochen gab es nicht genügend Sonnenschein, um die Solarheizung auf dem Dach zu benutzen. Er sah, daß Pasipo von der Hinterveranda her durch die Drahttür starrte. Während er zu dem Eyas sprach, zog er sich aus und tat die Sachen in einen Eimer, für Omalis Frau.

Quie-quie-quie! schrie Pasipo, als Jordan eine Banane zu essen begann.

»Schon bereit.« Nackt ging Jordan durch die Küche zu dem Plastikbehälter, der mit rohem Fleisch gefüllt war.

Quie-quie-quie!

»Ich höre dich.« Jordan trug die Box hinaus auf die Veranda. Im grauen Licht dehnten sich die flachen Ebenen der Steppe öde bis ins Nirgendwo. Unterhalb des Felsrands schwebten zerrissene Wolken in einem schmalen Band das kahle Escarpment entlang und stiegen langsam auf in einem kalten Wind.

Quie-quie-quie! Pasipo sprang auf eine Sitzstange auf einem Pfahl, der auf dem Boden festgenagelt war. Sie war fast voll erwachsen und maß von ihrer Schwanzspitze bis zu ihrer Krone ein Meter. Ihr Körper war mit Federn sowie stellenweise mit Flaum bedeckt.

Jordan zitterte im Wind und warf ein Hühnerbein zur Sitzstange.

Pasipo fing es mit einer Kralle aus der Luft auf. Sie fetzte das Fleisch vom Knochen, den sie zu Boden fallen ließ. *Quie-quie quie!*

Jordan warf ihr eine Brust zu und flüchtete aus der Kälte ins Haus. Er füllte warmes Wasser in einen Eimer und trug ihn ins Badezimmer. Auf einem Schemel stehend, goß er das Wasser in einen anderen Eimer, der von der Decke herabhing. Das Wasser floß als schwächliche Dusche durch Löcher, die in den Boden des Eimers gebohrt worden waren. Rasch seifte Jordan sein Haar und seinen Körper ein und war mit dem Abspülen im selben Augenblick fertig, als der Eimer leer war. Er schlang sich einen *kikoi* um die Taille, streifte ein Sweatshirt über und ging zurück in die Küche.

Durch die Drahttür sah er, daß Pasipo die Brust gefressen hatte. Ihr Kropf war geschwollen. Sie war ruhig. Ihre Augenlider glitten langsam über ihre graue Hornhaut herab und hingen für einige Sekunden dreiviertellang, bevor sie sich völlig schlossen. Dann schien sie ganz weiße, irislose Augäpfel zu haben.

Jordan nahm eine Handvoll Fingerbananen und legte sich auf die Couch. Zanifa würde in etwa einer Stunde kommen. Er fragte sich, ob sie in der vergangenen Nacht ihren Körper wohl weiter erforscht hatte, ob es richtig war, sie zu drängen, und inwieweit der Antrieb, ihr zu helfen, sexueller Natur war. Primär war das sicher sexuell. Er half ihr, weil er sie ficken wollte. Doch er hatte es nicht getan, und er würde es auch nicht tun. Er sublimierte seinen Sexualtrieb also in ein höheres Motiv. Ein Freudsches Paradigma. Er gähnte und wälzte sich flach auf den Rücken, der vom vielen Schaufeln weh tat. Vielleicht war es das Beste, wenn er die ganze Sache fallenließ, bevor jemand zu Schaden kam. Er schloß die Augen und war gleich darauf eingeschlafen. Eine Hand ruhte auf dem Fußboden, dicht bei einer Wasserflasche.

Jordan träumte, daß er sich in einem großen, altmodischen Seeflugzeug befand, das tief über eine blaue Bucht glitt. Er sprach mit Garret Stoval über Anna. Sie waren unterwegs, um sie und ihren Mann Truman Tharpe und beider Baby zu treffen. Das Flugzeug bereitete sich zur Landung vor. Jordan sprang durch eine ovale Luke ins glitzernde Meer. Er landete unverletzt in sehr flachem Wasser und blickte nach oben. Stoval stand kopfschüttelnd in der offenen Flugzeugluke. Irgend jemand flüsterte und berührte ihn an der Schulter.

»Bwana Joldan.« Zanifa kniete auf dem Boden und beugte sich über den Rand des Sofas. »Ich werde Ophelia füttern.«

»Sawa«, sagte Jordan benommen. Er sah, daß sie ihren Handschuh und ihre Falknertasche hatte. »In einer Minute bin ich soweit.«

»Baadaye«, sagte Zanifa. Später.

Durch die Fenster konnte Jordan sehen, wie sie zur Mitte des Hofes ging und in ihrer behandschuhten Hand ein Hühnchen himmelwärts streckte. Ophelia tauchte aus dem Flammenbaum hervor und schoß auf den Handschuh herab. Jordan stand auf. Von der Küchentür her sah er, daß Pasipo auf ihrer Hockstange schlief. Ihre runden weißen Augenlider gaben ihr das Aussehen eines blinden Propheten. In einem Schrank fand er etwas Brot und Käse und ging wieder ins Wohnzimmer. Draußen schwebte Ophelia von Zanifa zurück zum Flammenbaum.

»Sie war nicht sehr hungrig«, sagte Zanifa, die jetzt durch die Tür hereinkam.

»Sie wird sich selbst was gejagt haben. Du fesselst sie zwischen den Fütterungen besser mit einem Fußriemen an die Hockstange oder gewöhnst dich an den Gedanken, daß sie bald auf und davon ist.«

»Ophelia mag ruhig fortfliegen.« Zanifa legte ihre Falknersachen auf den großen Tisch, wo sie dreieinhalb Monate zuvor Pasipos Nest gebaut hatte. »Am Ende des Schuljahrs werde ich anfangen, mir einen Falken zu suchen.«

»Du hast Glück.« Jordan war zu müde, um Suaheli zu sprechen. »In den meisten Teilen der Welt brüten Raubvögel nur einmal im Jahr, in den Tropen dagegen immerzu.«

»Das habe ich auch gelesen.« Zanifa lächelte.

»Könntest du die Laternen für mich anzünden?« fragte Jordan und rieb sich die Schläfen.

»Aber Nacht ist es doch erst in zwei Stunden.«

»Ja, aber es ist jetzt schon so dunkel hier drin.« Er gähnte. »Und ich fürchte, daß ich einschlafe und dann aufwache, wenn es stockdunkel ist.«

»Du arbeitest zu viel«, sagte Zanifa. Sie bewegte sich im Haus umher, zündete die Sturmlampen an und öffnete die Fenster, damit die Kerosindämpfe abziehen konnten.

Jordan schloß die Augen. Er war überzeugt, daß er direkt bis zum Morgen würde durchschlafen können. Noch zwei Teiche. Vermessen. Ausheben. Für Fischbrut sorgen. Die Fischteichbegeisterung nahm allmählich ab. Wurde auch Zeit. Morgen früh mußte er vor Tagesanbruch losfahren, um gegen Mittag Mlalo zu erreichen und bei Einbruch der Dunkelheit wieder zu Hause zu sein. Bwana Rajabu sollte ja sehen, daß er zur Zeit dort war. Und zwar nüchtern. Jordan waberte am Rande des Bewußtseins. Er wollte mit Zanifa sprechen, aber noch mehr wünschte er sich, dreizehn Stunden lang zu schlafen.

»Aufstehen, *bwana*.« Zanifa weckte ihn, zog an seinen Schultern. »In dieser Jahreszeit gibt es zu viele Moskitos. Du mußt unter deinem Netz schlafen.«

»Ich brauche nichts.« Jordan rollte von ihr fort.

»Doch, *bwana*.« Zanifa packte seinen Arm und zerrte wie wild. »Komm schon.«

»Na, meinetwegen. Ich komm' ja«, sagte Jordan gereizt. Ganz langsam erhob er sich vom Sofa und ließ sich dann von seinen Beinen rasch durch eine Tür in einen dunkleren Raum tragen. Er streckte sich auf einem Bettuch aus, das aus zueinander passenden Kangas zusammengenäht war.

Zanifa lockerte das Moskitonetz, das in einem großen Knoten mitten über dem Bett hing.

Jordan räusperte sich. »Ich habe daran gedacht, mit deiner Mutter zu reden. Ich möchte ihr sagen, daß ich dich in Kenia auf eine Schule und in den Vereinigten Staaten aufs College schicke, wenn du lieber Ärztin werden möchtest als Kimweris Ehefrau.«

Zanifa klemmte das Netz unter die Matratze am Fußende des Bettes. Sie ging herum auf die eine Seite und sah ihn an. »Nein, Bwana, sie wird nicht auf dich hören. Sie würde nicht wollen, daß ich fortgehe. Sie hat mich ja nicht einmal in St. Mary's wohnen lassen, obwohl Father William sagte, das wäre für mich umsonst.«

»Vielleicht, wenn ich's ihr erkläre.« Jordan gähnte. »Wenn du auf gute Schulen gingst und Ärztin würdest, wärst du eines Tages reich. Du könntest sie verwöhnen. Ihr ein Haus und einen Landrover kaufen.«

Während Zanifa das Netz seitlich einklemmte, schüttelte sie

den Kopf. »Es ist ihr Traum für mich, daß ich Sultani Kimweri heirate. Falls du mit ihr sprichst, wird sie mich nicht mehr hierherkommen lassen. Deine Ideen würden ihr angst machen.«

»Willst du denn nicht nach Amerika reisen? Möchtest du denn nicht die Orte besuchen, die du in den Magazinen gesehen hast?« Jordan seufzte. »Wenn du Kimweri heiratest, wirst du niemals von hier wegkommen. Dafür bist du doch zu gescheit. Es wäre eine Vergeudung. Du bist die beste Schülerin in deiner Klasse …«

»Die Zweitbeste.« Zanifa zog das Netz hinter das Kopfbrett. »Es gibt da ein Chagga-Mädchen, das mir in allem überlegen ist. Die Chagga sind klüger als die Sambaa.«

»Zanifa, hör mir zu. Ich biete dir die Chance für eine erstklassige Ausbildung. Ich bin sicher, daß das Chagga-Mädchen sie ergreifen würde, meinst du nicht?«

Zanifa ging um das Bett herum. »Ja. Sie möchte in Europa studieren.«

»Liebst du Kimweri?«

»Weiß ich nicht. Er ist in Ordnung. Er hat mich nur ein paarmal besucht.« Sie begann, das Netz an der noch offenen Seite zu schließen. »Einmal bin ich in seinem Haus gewesen. Aber er spricht meistens mit meiner Mutter.«

»In der modernen Welt müssen Mädchen nicht die Männer heiraten, die ihre Eltern für sie aussuchen.« Jordan fand, daß sie viel gesammelter wirkte als bei ihrer ersten Begegnung. »Du brauchst niemanden zu heiraten, falls du etwas Besseres vorhast.«

»Jede Nacht liege ich im Bett und denke daran fortzugehen«, sagte Zanifa. »Ich weiß nicht. Meine Mutter würde sehr böse sein.«

Jordan begriff, daß Zanifa ihre Situation so klar sah, weil sie als Außenseiterin aufgewachsen war, als jemand, der niemals wirklich zum Clan und zum Dorf gehörte, sondern außerhalb stand. »Deine Mutter wird darüber hinwegkommen. Sie wird immer deine Mutter sein. Wenn du für sie sorgtest, würde sie dich wieder lieben. Du kannst ihr zu einem besseren Leben verhelfen, als sie es als eine von Kimweris Schwiegermüttern hätte.«

»Daran hatte ich nicht gedacht.« Zanifa stand in der schmalen Öffnung, die zwischen dem Netz und dem Kopfbrett geblieben war.

»Ich muß mir etwas Wasser holen.« Jordan bewegte sich auf die Lücke im Netz zu.

»Pumzika tu«, wies Zanifa ihn an und ging zur Tür. Ruh dich nur aus!

Jordan legte ein Kissen an das Kopfbrett und stützte sich darauf. Er hörte, wie Zanifa von der Küche her zu Pasipo sprach. Laß sie in Ruhe! Laß sie einfach fortgehen! Er fühlte sich jetzt hellwach.

Zanifa glitt durch die Schatten herbei und stellte ein Tablett auf den Nachttisch. Aus einem Krug goß sie ein aromatisches Getränk in sein Glas. »Du mußt dir noch die Zähne putzen.«

»Richtig.« Jordan streckte seine Hand durch die Lücke nach dem Glas. »Danke.«

Zanifa füllte ein weiteres Glas und trank einen Schluck.

»Karibu ka.« Jordan klatschte mit der flachen Hand auf das Bettuch. Du bist willkommen, dich hinzusetzen.

Zanifa sah sich im Zimmer um, aber es gab keine Stühle. Sie sah wieder zu Jordan, wurde rot und blickte weg.

Willkommen hier drin, sagte Jordan und reichte ihr sein leeres Glas. *»Karibu ndhani.«*

Sie stellte das Glas hin und glitt aufs Bett. Das Netz bewegte sich in einem feuchten Wind, der durch ein Fenster gegenüber der Felswand hereinkam. Zanifa saß mit dem Rücken zum Netz, die Beine quer übers Bett ausgestreckt.

»Hast du dich wieder selbst berührt?« fragte Jordan.

Zanifa nickte. Sie trank aus ihrem Glas.

»Wie hast du dich gefühlt?«

»Es war wie in der Nacht davor.« Zanifa flüsterte in suaheli und sah Jordan mit ernstem Gesicht an, als spräche sie zu einem Lehrer. »Ich fühlte mich erregt und wurde ganz feucht, und dann tat mein *kisimi* weh, und ich hatte Angst, daß Gott mich bestraft, weil ich das getan hatte.«

»Nein. Das würde Gott niemals tun. Er hat es dir doch zu deinem eigenen Vergnügen gegeben«, sagte Jordan langsam, sich in seine Rolle einübend. »Vielleicht hast du dich ja zu kräftig berührt. Du mußt behutsam sein. Ich sollte es dir beibringen.«

Zanifa lachte. »Wie könntest du es mir denn beibringen?«

»Ich könnte dich berühren und dir zeigen, wie gut du dich fühlen kannst.«

Zanifas Gesicht hatte plötzlich einen unbehaglichen Ausdruck.

Ein Wolkenfetzen schwebte durch das Fenster am Felsen herein und glitt im Halbdunkel durch den Raum und dann hinaus durch das Fenster in den Vorderhof.

»Ist das nicht wunderschön?«

Zanifa nickte.

Jordan fragte sich, ob sie wohl ein Gefühl für die Schönheit der Berge hatte. Sie würde sie zu schätzen wissen, falls sie je von hier fortging. Er nahm ihr das leere Glas aus der Hand und beugte sich über ihre Schulter, um es aufs Tablett zu stellen.

»Ich denke, ich sollte es dir beibringen.« Jordan placierte seine Hand knapp über ihrem Knie.

Zanifa zuckte leicht zusammen und sah ihn unsicher an.

»Du mußt doch wissen, was du verlieren wirst.« Er zog den Saum ihres kastanienbraunen Rocks langsam ihre Beine empor.

Zanifa legte ihre Hand auf seine. »Was machst du, *bwana*?«

»Du weißt doch, daß ich dein Freund bin. Ich würde niemals

etwas machen, das dir weh tut. Ich werde dir immer helfen. Ich werde immer dein Freund sein.«

Auf den Knien bewegte sich Jordan rückwärts zum Fußende des Betts. Er blickte zu ihr auf, als ob er betete. Ihr Gesicht war ohne Ausdruck. Ihre Augen bewegten sich unaufhörlich zwischen seinem Gesicht und dem Fenster hin und her.

»Nur keine Bange. Ich werde dich bloß berühren.«

Zanifa saß ganz still und sah ihn ängstlich an.

Jordan lächelte herzlich. Langsam hob er ihren Rock höher. Zanifas Haut wurde heller, gleichsam lichter, je mehr er sich ihren weißen Baumwollhöschen näherte, und bildete einen deutlichen Kontrast zu ihren dunkler getönten Waden. Jordan hörte ihr Atmen über sich. Langsam streckte er seine Hand höher und zog das Gummiband ihrer Höschen tiefer. Zanifa griff nach seiner Hand.

»Nein, *bwana*.«

»Hab doch keine Angst«, sagte Jordan leise. »Ich werde dir nicht weh tun. Ich bringe dir dies bei, um dir zu helfen.«

»Nein, *bwana*.« Zanifa packte seine Hand mit festem Griff, stieß sie jedoch nicht fort.

»Hab keine Angst.« Jordans Gesicht wirkte zärtlich, mit besorgt gekrauster Stirn. Er schlang einen Arm um ihre Schultern und zog sie behutsam auf das Bett. Dann lag er lang neben ihr und streichelte ihr Haar. »Dies ist etwas, wo du Erfahrungen machen solltest, bevor du einen Entschluß faßt.«

Zanifa gab keine Antwort.

Jordan dachte: Sie wird hin- und hergerissen sein zwischen dem Wunsch zu bleiben und dem Drang zu gehen. Langsam zog er ihre Höschen über die Beine herunter und streifte sie schließlich über ihre Füße. Ihre Zehen und Sohlen waren dick und schwielig vom jahrelangen Barfuß-Gehen. Die Haut ihrer Beine war absolut glatt. Er blickte zu Zanifa.

Ihre Augen waren voll Angst, ihr Gesicht gerötet. Sie schob

ihren Rock zu den Knien zurück und hielt den Saum mit den Fäusten gepackt.

»Es ist okay. Du bist okay.« Jordan ballte seine Hände über ihre Hände und hob sie höher, bis sie den Saum in Taillenhöhe hielten. Wo ihre Beine zusammenkamen, waren keine Haare, nur ein glattes Dreieck, das heller war als die Haut rundum. Jordan erinnerte sich, daß Ernst ihm erzählt hatte, daß Sambaa-Frauen diese Stelle beim Einsetzen der Pubertät rasieren.

»Bora kama lulu.« Jordan zitierte eine Suaheli-Redensart. Schön wie eine Perle.

Zanifa schämte sich offenbar ihrer Nacktheit.

Jordan gab ihre Hände frei.

Sie bewegte sich nicht. Ihre Hände hielten den hochgeschoben Stoff ihres Rocks in Taillenhöhe fest.

»Ich werde dir deine Jungfräulichkeit nicht nehmen«, sagte Jordan. »Ich habe nichts zu ...«

»Bitte, *bwana*, nein.« Die Angst machte ihre Stimme fast tonlos. »Ein andermal. Du wirst es mir ein andermal beibringen.«

»Ich werde dich nicht vergewaltigen.« Jordan sagte es so, daß er es selber glauben würde. Unter seinem *kikoi* hatte er einen Steifen, und er war besessen von der Begierde, ihr Hemd aufzuknöpfen. Er streichelte ihr Gesicht. »Es ist okay.«

»Du sollst es mir ein andermal beibringen.« Sie lachte nervös.

»Nein. Wenn ich dich nicht dazu bringen kann, deine Meinung zu ändern, so wirst du dich dem *jando* unterziehen, und dann ist es zu spät. Es muß heute sein.« Jordan versuchte, ihre Beine auseinanderzuzwängen. »Entspann dich«, wiederholte er in suaheli. *Stareyheh.* Still liebkoste er ihr Gesicht. »Ich bin dein Freund. Ich werde immer dein Freund sein. Ich werde dich nur so berühren, wie du dich selbst berührt hast.«

Zanifa ließ beide Arme seitlich sinken und starrte zu der Scheibe oben im Moskitonetz.

Sie hat sich entschieden, weiterzumachen, dachte Jordan. Sie war dabei, die Schwelle zu überqueren. Er schob ihre Beine langsam auseinander und starrte auf die nackte Vulva. Er küßte die Innenseite ihres Beins. Er placierte seinen Mund und ließ seine Zunge über die beiden kleinen Blütenblätter aus Fleisch gleiten. Stück für Stück schob er seine Zunge hinein, zog sie wieder heraus. Seine Zunge kehrte zurück zu ihrer inzwischen geschwollenen Klitoris. Er wölbte eine Hand um sie und ließ sacht einen Finger hineingleiten, lauschte dabei auf den Rhythmus ihres sich vertiefenden Atems. Er schob seinen Finger tiefer hinein, stieß jedoch gegen den Gewebeschleier, den er noch nie gefühlt hatte. Auf seine Ellbogen gestützt, lag er zwischen Zanifas Beinen. Er ließ seinen Mund lange auf ihr, bis schließlich sein Genick zu schmerzen begann. Dann beschleunigte sich ihr Atmen, schien in ihrer Kehle höher zu steigen. Sein Atem paßte sich ihrem Atem an. Zanifa zog ihre Knie ein wenig höher. Ihr Mund war geöffnet, ihre Augen blickten steil in Richtung Stirn.

Sein Mund war noch auf ihr. Er streckte eine Hand nach unten und fingerte an seinem *kikoi*. Zanifas hastige Atemstöße wandelten sich zu langgezogenen Seufzern. Er gab es auf, seinen *kikoi* aufknüpfen zu wollen und konzentrierte sich darauf, Zanifa sacht mit seiner Zunge zu berühren. Zanifa schrie wie vor Schmerzen auf. Er hielt inne, doch ihr Gesicht war wie entrückt. Er drückte seine Lippen auf ihren Mund. Sein Kinn war naß. Sie machte lange, stockende Atemzüge, schrie dann auf und schob seinen Kopf von sich fort. Er setzte sich rückwärts auf und streichelte ihre Beine. Sie hielt eine Hand zwischen ihren Schenkeln und blickte ihm ins Gesicht, anscheinend ohne ihn zu sehen.

»Du warst dicht dran, aber du hast es nicht gefühlt«, sagte Jordan leise in suaheli. »Es kann viel besser sein. Berühre dich wieder selbst.«

»Ich muß laufen. Subira wird jeden Augenblick hier sein.«

Zanifa schlüpfte in ihre Höschen. In ihren Augenwinkeln bildeten sich Tränen. Sie kletterte aus dem Bett.

Jordan hätte sie am liebsten ins Netz zurückgezogen, um sie fest in seinen Armen zu halten. »Ich werde dich zur Tür bringen.«

»Nein, ich … ich«, stotterte Zanifa und schloß die Lücke. »Ich muß mich beeilen, um sie draußen vor dem Tor zu treffen.« Sie bewegte sich durch die Schatten.

»Nenda salaama«, sagte Jordan. Geh in Frieden.

»Kwa heri«, sagte Zanifa. Meine guten Wünsche.

Jordan legte sich hin. Das Zimmer war jetzt dunkler. Seine Haut fühlte sich feucht an von den Wolken. Er wischte sich mit der Hand über den unteren Teil seines Gesichts und leckte seine Fingerspitzen, ließ seine Hand dann durch die Falten seines *kikoi* gleiten.

JORDAN STAND IN SEINEM BÜRO AM FENSTER UND STARRTE mit einem Fernglas auf Harbor Town.

»Hör auf, das bescheuerte Haus anzustarren.« Vernon Taylors Stimme war auf dem Flur zu hören.

Jordan setzte das Fernglas ab. »Ich kann mich einfach nicht konzentrieren.«

»Du hängst hier nun schon seit zwei Wochen rum. Das kann man nicht mit ansehen.« Vernon schüttelte mitfühlend den Kopf.

»Ich weiß nicht mal, wo sie steckt.«

»Vergiß sie! Sie gehört nicht zu denen, die zurückkommen.«

»Falsche Antwort.« Jordan ließ sich in seinen Sitz fallen.

»Sie meldet sich bei dir, und du überzeugst sie, und sie will dich wiederhaben«, sagte Vernon ganz matt. »Du bist teuflisch überzeugend.«

»Hört sich schon besser an ...«

»Und wenn du nicht gestorben bist ...«, sagte Vernon über die Schulter gewandt. »Fang was mit dir an. Tu was, streich ne Wand oder so.«

Jordan nahm das Fernglas und drehte sich wieder zum Fenster um. Die Stimme seiner Sekretärin tönte aus der Telefonanlage: »Miss Demange auf der Leitung drei.«

Jordans Herz fing an zu pochen. Er nahm den Hörer in die Hand. »Anna – Gott – ich bin fast verrückt geworden. Wo steckst du?«

»Hallo Rutledge.« Ihre Stimme klang müde.

Jordan wartete darauf, daß sie mehr sagte. Sie tat es nicht. Er sagte: »Ich hab' dich so vermißt. Oh, Baby, es tut mir so leid. Es tut mir so leid, was ich gemacht habe. Es tut mir leid, daß ich dich angelogen habe. Ich werd' es nie wieder tun. Nie wieder. Ich weiß nicht, warum ich alles, was wir hatten, aufs Spiel gesetzt habe.«

Anna schwieg.

»Wo steckst du?«

»San Francisco. Ich komme morgen nachmittag um drei mit der Northwest. Kannst du mich abholen?«

»Na klar, natürlich, Baby.«

»Bring bitte mein Fahrrad und meine Bücher und alle anderen Sachen von mir, die in deinem Apartment sind, bei mir vorbei. Ich möchte alles so schnell wie möglich bei mir haben.«

Sie legte den Hörer auf.

Julai 12

Jordan saß auf der Veranda und blickte zu der Kirchenruine unter dem grauen Himmel. An der Lücke in der Hecke lief ein Junge vorbei, der mit Hilfe eines Stocks einen Faßreifen den Weg entlangrollen ließ. Jordan versuchte, eine alte Nummer von *Newsweek* zu lesen, schaute jedoch immer wieder zum Tor. Frauen in Kangas, die von den Feldern zurückkamen, gingen mit Hacken und Körben die Straße hinunter, hinter sich ihren Kinderschwarm. Jordan warf einen Blick auf seine Armbanduhr: Zanifa hätte schon längst da sein müssen.

Eine Stunde vor Tagesanbruch war Jordan mit klarem Kopf aufgewacht. In aller Eile hatte er sich mit Haferschleim und Tee gestärkt und war dann auf der Honda losgebraust. In einem Wahnsinnstempo hatte er die Berge überquert, fest entschlossen, auf der Hin- wie auf der Rückfahrt je eine Stunde herauszuholen, damit er rechtzeitig zurück sein würde, um Zanifa zu sehen. Der Tag war reibungslos verlaufen, ohne irgendeine der typischen Verzögerungen. Es schien beschlossene Sache zu sein, daß Jordan rechtzeitig zu Hause sein würde. Rajabu war nüchtern gewesen und hatte schon eine Stunde vor der verabredeten Zeit in einer Café-Bude an einer Straßenkreuzung gewartet. Die Stelle, die Rajabu für seinen Teich gewählt hatte, lag dicht bei einem Flüßchen und eignete sich ganz hervorragend. Rajabu seinerseits hatte Jordans Anweisungen rasch verstanden. Die Vermessung hatte nur eine Viertelstunde gedauert. Und Rajabu hatte die ersten hundertfünfzigtausend Schaufeln Erde bewegt, bevor Jordan damit fertig gewesen war, seine Gerät auf dem Gepäckständer der Honda zu befestigen. Die Straße war trocken gewesen, und Jordan hatte das Pfarrhaus erreicht, als noch eine halbe Stunde bis zum Eintreffen Zanifas blieb.

Jetzt spürte er am ganzen Körper ein erwartungsvolles Prickeln, an das er sich von jenen Augenblicken her erinnerte, wo er im Begriff stand, Anna zu sehen: damals während der acht Jahre, in denen sie ab und an ineinander verliebt gewesen waren. Es sind nur Chemikalien in deinem Gehirn, dachte er, all diese flüchtigen Liebesgefühle.

Jordan schleuderte das *Newsweek*-Magazin auf die Bank. Er stellte sich vor, daß er sich vor einer Jury verteidigte, und brachte vor, daß in Tansania ein sechzehnjähriges Mädchen im heiratsfähigen Alter war. Somit war sie eine Erwachsene. Mit dem sanften sexuellen Spiel seien beide gleichermaßen einverstanden gewesen. Überdies habe er in ihrem besten Interesse gehandelt ... Er ging ins Haus, um sein Kurzwellenradio zu holen und sich die Zeit mit einem Programm der BBC zu vertreiben, doch als er wieder hinaustrat auf die Veranda, sah er, wie ein Mädchen in einer St.-Mary's-Uniform mit einem Korb durch die Lücke in der Hecke kam. Er spürte eine aufwallende Erregung, die jedoch sofort wieder abebbte, als er erkannte, daß das Mädchen nicht Zanifa war.

»*Jambo, Bwana Joldan*«, rief ihm das Mädchen zu, noch ehe sie das Tor erreichte.

»Hallo, Subira«, sagte Jordan.

»Zanifa hatte noch in der Schule zu tun. Sie hat mich gebeten, heute die Hühnchen zu bringen.« Subira stellte den Korb auf die Veranda und wich zurück.

Jordan blickte zum Korb und dann zu Subira: »Sie läßt sich doch nie die Gelegenheit entgehen, Ophelia zu füttern. Was tut sie denn?«

Subira zögerte. »Sie mußte nachsitzen, um den Tag wettzumachen, den sie wegen der Beisetzung von Mzee Sechonge verloren hat.«

Jordan fragte sich, ob das die Wahrheit war. Er hob den Korb hoch. »Möchtest du nicht hereinkommen und den Adler sehen?«

»Ich muß schnell nach Hause, um Wasser zu tragen.« Subira wrang ihre Hände.

»Okay. Laß mich die Hühnchen in den Verschlag tun.« Jordan ging mit dem Korb um das Haus herum. Subira hatte offensichtlich Angst vor ihm. Als er mit dem Korb zum Vorderhof zurückkam, wartete sie außerhalb des Tores.

Julai 15

Jordan sang »I Can't Get No Satisfaction«, während die Honda unter ihm ihre eigene Musik dazu beisteuerte. Hinter ihm lag ein langer Tag, an dem er für mehrere über die Berge verstreute neue Teiche Kleinstfische geliefert hatte. Noch vor einem Monat hätte er sich daran erbaut, daß seine Arbeit nicht vergeblich gewesen war. Nach anderthalb Jahren hatte die Fischzucht in seinem Bereich quasi Fuß gefaßt. Doch Jordan empfand nichts. Seit drei Tagen war Zanifa nicht gekommen. Er fürchtete, daß er sie verscheucht hatte. Mehr als irgend etwas sonst wünschte er sich, sie wiederzusehen. Während er in den Weg einbog, der zum Pfarrhaus führte, ging ihm durch den Kopf, daß die Ereignisse in seinem Leben schon immer chaotisch zu sein schienen. Jetzt, wo er schon fast dreißig war, zeichneten die Jahre eine deutliche Linie vor. Als Junge hatte er gestaunt, wenn sein Großvater von der Football-Meisterschaft von 36 oder der Dürre von 59 sprach, denn es hatte ihn verblüfft, wie der alte Mann so mühelos die Jahre voneinander unterscheiden konnte. Vielleicht hatte sein Großvater bei seinen einsamen Ausflügen ins Marschland sein Leben in Ordnung gebracht. Jetzt vermochte Jordan die Erinnerungen zu datieren, die während seiner Einsamkeit an die Oberfläche gekommen waren.

Als er vor dem Zaun hielt, um das Tor aufzustoßen, sah er Zanifa in ihrer Uniform. Ophelia hockte auf ihrem Handschuh und fraß.

Jordan ließ die Honda zur Veranda rollen und wußte nicht, was er sagen sollte.

Zanifa lächelte. »Du bist spät dran.«

»Ich habe nicht gedacht, daß du kommen würdest.« Jordan stieg vom Motorrad und ließ seinen nassen und mit Fischen gefüllten Rucksack von seinem Rücken zu Boden gleiten.

»Ich habe nicht gewußt, ob ich ...« Zanifa blickte von dem Vogel zu Jordan. »Ich habe nicht gewußt, was ich wollte.«

Jordan wartete darauf, daß sie weitersprach. »Wie bist du ins Haus gekommen?«

»Ich habe gesehen, wo du den Schlüssel versteckt hast.« Zanifa zeigte ein koboldhaftes Lächeln.

»Mit dem Lächeln würdest du wohl mit allem durchkommen«, sagte Jordan.

Der Augur hob die Schwingen an und rückte ein Stück auf dem Handschuh.

»Du bist gekommen, um Ophelia zu füttern?«

»Jaah.« Zanifa stützte ihren behandschuhten Arm mit ihrer bloßen Hand. »Ich wollte sie füttern.«

»Du hast sie völlig zahm gemacht. Sie will nicht zurück in die Wildnis.« Jordan sagte sich, daß es verkehrt war, sie weiter zu bedrängen, und bewegte sich auf die Veranda zu.

»Ich wollte dich sehen«, flüsterte Zanifa schüchtern hinter ihm.

Jordan blieb stehen und drehte sich langsam um.

Sie murmelte: »Bring's mir wieder bei.«

»Du süßes, schönes Mädchen.« Er streckte den Arm vor und strich ihr mit den Fingern über die Wange. »Laß mich erst duschen. Ich bin dreckig.«

Jordan betrat mit nackter Brust und um die Taille geschlungenem grünen *kikoi* das Schlafzimmer. Seine Haare lagen ganz flach von der Stirn bis in den Nacken.

»Du siehst aus wie eine weiße Frau.« Zanifa kicherte. Sie saß mit gekreuzten Beinen auf dem Bett unter dem Moskitonetz.

»Selbst ohne Brüste?« fragte Jordan, während er in seinem Schrank suchte.

Zanifa lachte.

Jordan zog sich ein Sweatshirt an und kroch durch die Lücke im Netz aufs Bett. Er streckte sich aus und blickte zu Zanifa empor. In ihren Augen sah er Beklommenheit, jedoch keine Angst. Leise sagte er: »Leg dich für eine Minute zu mir. Ich muß still liegen.«

Zanifa ließ ihren Kopf auf seiner Brust ruhen. Beide lagen still, und Jordan fuhr ihr mit den Fingern durch die Haare. Wie ein Kind klammerte sie sich leicht an ihn. Jordan schloß die Augen. Er ließ seine Gedanken ziellos treiben und empfand ein seltenes Gefühl: ruhige Gelassenheit. Nach geraumer Zeit schob er sie sacht von seiner Brust aufs Bett. Er ließ seine Hand von ihrem Hals über ihren Arm bis zu ihrer Taille gleiten. Sie hielt die Augen geschlossen, ihre Hände waren fest geballt. Er schob ihren Rock hoch bis zur Taille. Sie war nackt. Jordan placierte seinen Mund und fühlte, daß sie bereits naß war. Zwischen ihren Beinen liegend, hob er behutsam ihre Schenkel an. Sie zog ihre Knie hoch. Ihr Atem beschleunigte sich. Sie fuhr ihm mit den Fingern durch die Haare. Jordan hob den Kopf, sah ihren verträumten Gesichtsausdruck und machte weiter. Sie setzte sich auf und wölbte ihre Hände um seinen Hals. Ihr Atem blies in warmen Stößen durch seine Haare.

»Hör auf.« Sie schob ihn weg. »Hör auf. Es tut weh.«

»Was tut weh?« Jordan wischte sich den Mund.

Zanifa zog ihren Rock herunter. »Es tut weh … ich weiß nicht … ich weiß es nicht.«

»Ist schon okay.« Jordan richtete sich auf. Dann legte er sich neben sie und zog ihren Kopf wieder auf seine Brust. »Wir müssen langsam machen.«

Zanifa schwieg. Sie klammerte sich sacht an ihn.

Es fiel Jordan schwer, still zu liegen. »Möchtest du Pasipo füttern?« fragte er und spürte seine Erektion.

»Okay«, sagte sie in englisch.

Sie kletterten aus dem Bett und strichen beide ihre Röcke glatt. Jordan folgte Zanifa durch das Haus.

»Ich weiß nicht, ob ich sie jetzt noch ruhig halten kann, sie ist so groß geworden.« Zanifa zog in der Küche ihren Handschuh an.

»Es sollte leichter sein, als einen großen Eimer auf deinem Kopf zu tragen« Jordan gab ihr einen Fisch aus dem Rucksack.

»Das stimmt.« Zanifa lachte und trat durch die Drahttür. *Quie-quie-quie!* kreischte Pasipo, flog von ihrer Sitzstange durch das Zimmer und warf Jordans Staffelei um. Sie prallte von der Drahtsperre an einem Ende der Veranda ab und landete in einer Ecke. *Quie-quie-quie!*

Zanifa streckte den Arm aus und ließ den Fisch in ihrem Handschuh vor- und zurückpendeln.

Pasipo hoppelte durch die Veranda und glitt zwischen den Hüpfern mit ihren Krallen über den Fußboden. Nicht weit von Zanifa kam sie zum Halt. Sie reichte Zanifa bis zur Taille und blickte hoch zu ihrem Gesicht. *Quie-quie-quie!*

»Njoo.« Zanifa forderte sie auf, näher zu kommen. Zu Tieren sprach sie nur in suaheli.

Pasipo sprang auf den Handschuh und fetzte dem Fisch den Kopf ab. Zanifa wich bis an die Steinmauer des Cottage zurück. Sie lehnte sich dagegen und stemmte den Ellbogen ihres behandschuhten Arms gegen die neun Pfund des jungen Adlers. Jordan hatte Geschichten über Eyas-Raubvögel gelesen, die von ihren Erzeuger getrennt und auf unnatürliche Weise großgezogen worden waren; und die sich unversehens gegen ihre Ersatzeltern gewendet hatten. Pasipo sah so aus, als ob sie einem das Gesicht vom Kopf fetzen könne.

»Wie ist es in Amerika?« Zanifa sah Jordan an.

»Du möchtest hin?«

»Alle möchten hin.« Zanifa bückte sich, um aus dem Rucksack noch einen Fisch zu nehmen.

»In das Land, wo alle reich sind?«

»Ja.« Zanifa schwenkte den Fisch vor Pasipos Schnabel.

»So ist es dort aber gar nicht.« Jordans Blick glitt über die Steppe zu einem Saum von Gipfeln, die sich im späten Licht immer deutlicher am Horizont abzeichneten. »Es war einmal ein schönes Land. Aber die *mzungu* töteten riesige Tierherden, holzten die Wälder ab, vergifteten die Flüsse. Jetzt sind die Menschen nicht so glücklich wie die Leute in den Dörfern hier. Man mag nicht dort leben.«

Zanifa setzte Pasipo auf die Hockstange auf dem Pfahl, der auf den Fußboden festgenagelt war. »Warum willst du dann zurückgehen?«

Jordan zögerte. »Ich weiß nicht.«

Julai 23

Unter dem Netz, in den Schatten des Nachmittags, bewegte Jordan langsam seine Zunge. Zanifa schrie auf wie vor Schmerz. Jordan blickte über ihren straffen Bauch zu den Wölbungen ihrer Brüste. Sie starrte an die Decke und machte lange, rasselnde Atemzüge. Sie schob ihre kleinen Hände hinter seine Ohren und zog seinen Mund noch näher zu sich. Sie begann, bei jedem Ausatmen zu stöhnen und schnappte dann geradezu nach Luft. Sie zerrte an seinen Haaren, nahm sein Gesicht zwischen ihren glatten Schenkeln in die Zange und stöhnte noch lauter. Sie schrie auf und stieß ihn fort.

Jordan stützte sich auf seine Arme und fragte leise: »Bist du okay?«

Zanifa hob mit einer Hand sein Kinn an. Sie sah ihm in die Augen und öffnete den Mund, um zu sprechen, sagte jedoch nichts. Sie machte noch ein paar tiefe Atemzüge. »Zuvor habe ich mich jedesmal gut gefühlt, bis es anfing weh zu tun und ich Angst bekam.« Ihre Augen wirkten verändert – weicher, als er sie je gesehen hatte. »Als der Schmerz heute kam, habe ich nicht gesagt, du solltest aufhören. Dann wandelte sich der Schmerz zu etwas Größerem.« Ihre Mundwinkel hoben sich zu einem sanften Lächeln.

Ihr Gesicht wirkte verträumt.

Jordan stützte sich neben ihr hoch und hielt sie an seine Brust gedrückt. Er erwiderte das Lächeln, glücklich, daß er ihr etwas gegeben hatte. »Man nennt es Orgasmus.«

»Orgasmus«, sagte Zanifa langsam. »Orgasmus. Ich kenne das Wort nicht in suaheli.«

»Es gibt kein Suaheli-Wort für den Orgasmus einer Frau.«

Jordan sass beim Flugsteig und wartete auf Annas Flugzeug. In der Nacht, in der sie davongelaufen war, hatte er eine Liste seiner Seitensprünge während der vergangenen drei Jahre aufgestellt und an seinen Kühlschrank geklebt. Sieben Frauen bei neun verschiedenen Gelegenheiten. Er hatte sich weisgemacht, daß er aufhören würde, wenn er Anna heiratete. Taylor und Stoval hatten ihn gedrängt, nichts einzugestehen, und ein Therapeut hatte ihm gesagt, es sei ein Zeichen von Reife, wenn man wisse, was man seiner Partnerin verschweige, um ihr nicht weh zu tun, aber er war sich da nicht so sicher. Vielleicht würde er, wenn er ihr alles sagte, geläutert durch den Schmerz, durch ihrer beider Schmerz, und sie konnten von neuem beginnen.

Er beobachtete die Reisenden, die den Zubringerkorridor entlangkamen, und überlegte, daß er keinesfalls derjenige in seinem Freundeskreis war, der am häufigsten fremdging. Er erinnerte sich an ein Gespräch, das bei einer Hochzeit zwei angetrunkene Makler geführt hatten – der eine war der Bräutigam – über ihren letzten Besuch in einem Bordell auf der anderen Seite des Flusses. Im Vergleich dazu war seine eigene Untreue kaum der Rede wert.

Wenn ihn seine Schuldgefühle besonders schlimm plagten, fürchtete Jordan, er werde ein genauso eingefleischter Schürzenjäger werden wie sein Großvater, der einer reichen Frau wegen während der Depression seine Ehefrau und seine Söhne verlassen hatte; der überdies, nach seiner zweiten Ehe, mit seiner Sekretärin ein uneheliches Kind gehabt hatte. Jordan hatte seine Halbtante nur einmal gesehen, während der College-Zeit, als er von Nashville nach Memphis gekommen war, um seinen Großvater im Haus seiner zweiten Frau, Pauline, auf dem Totenbett zu sehen. Pauline war eine winzige Frau in den Siebzigern und besaß noch immer ein glattes, hübsches Gesicht. Sie hatte ihm in dem dunklen, staubigen Vorderzimmer ihres viktorianischen Hauses im Garden District eine Cola serviert. Durch das Fenster hatten sie schweigend beobachtet, wie ein Kleinlaster hinter Paulines weißem Cadillac gehalten hatte. Der Laster war hinten voll schmutziger Kids in T-Shirts und Jeans gewesen. Pauline war hinausgegangen auf die Veranda und hatte mit einer jungen Frau gesprochen, die etwa im gleichen Alter war wie er. In seiner Erinnerung trug die Frau einen Overall, aber das konnte einfach nicht wahr sein. Pauline hatte ihr Geld gegeben, war dann wieder hereingekommen und hatte zu ihm gesagt, das sei Pat, seine Halbtante gewesen. Pats Nachnamen hatte er nie erfahren. Jordans Vater hatte auf das Verlassenwerden damit reagiert, daß er ein ergebener Episkopale und ein hingebungsvoller Ehemann geworden war. Jordan war davon überzeugt, daß er seine Mutter niemals betrogen hatte, obwohl ihm einer von Vaters High-School-Freunden erzählt hatte, daß dieser sich »gehörig die Hörner abgestoßen« hatte.

Im hellen Licht draußen rollte langsam eine Northwest-Maschine heran. Anna war im Strom der Passagiere eine der letzten, die durch die Tür kamen. Sie war von der Sonne gebräunt und trug schwarze Leggings, ein weißes Hemd und einen Leinen-Blazer. Sie erblickte ihn. Und auf ihrem Gesicht zeigte sich ein Wechselspiel von Lächeln und Heulen. Dann wurden ihre Augen hart, und sie biß sich auf die Lippen. Jordan stürzte auf sie zu und umarmte sie, doch sie stieß ihn zurück.

»Gott, es tut ja so gut, dich zu sehen.« Jordan nahm ihre Tasche.

»Hast du all meine Sachen mitgebracht?« fragte sie, flott ausschreitend.

»Sie sind im Wagen.«

»Ich habe dich nur deshalb gebeten, mich abzuholen, weil ich meine Sachen haben will. Es ist vorbei, Rutledge. Ich kann dir nicht vertrauen.«

Ihre Worte, obwohl nicht unerwartet, überraschten ihn. »Ich habe nicht gewußt, was ich tat. Es war nichts Ernstes – die Mädchen haben mir nichts bedeutet.« Es war ihm so rausgerutscht – oder vielleicht auch nicht. »Die meisten Männer in Memphis haben ihre Frauen betrogen. Jeder macht Fehler.«

»Mädchen?« Anna stutzte. »Ich habe gewußt, daß da noch andere waren. Ich hab' es bloß niemals wahrhaben wollen. Wie viele?«

»Sieben«, sagt Jordan. »Jetzt weißt du alles.«

Anna sah aus, als wollte sie sich übergeben.

»Ich war betrunken …«

»Das ist tröstlich zu wissen.« Sie holte tief Luft und ging weiter.

»Anna, du weißt nicht, wie leid es mir tut, daß ich dir weh getan habe.« Jordan begann zu weinen. »Du weißt nicht, was für Qualen ich durchgemacht habe. Ich werde es niemals wieder tun. Das schwöre ich.«

»Rut – es ist ganz einfach: Einer von uns sagt die Wahrheit, und der andere lügt. Wie kann ich dir auch nur ein Wort glauben?« Ihre Augenbrauen waren zornig erhoben. Sie sah aus, als wollte sie ihn ohrfeigen, aber dann ging sie einfach weiter.

»Ich werde dich niemals wieder anlügen.« Mit eiligen Schritten ging Jordan neben ihr. »Ich liebe dich.«

»Wer braucht schon eine Liebe wie deine?«

»Gottverdammt noch mal, wir sind doch sehr glücklich gewesen. Wir können wieder glücklich sein.«

»Ich war mit einem anderen glücklich. Nicht mit dir. Du bist nicht der, für den ich dich gehalten habe.«

»Bin ich im tiefsten Inneren doch. Ich habe mich nur meinen schlimmsten Instinkten überlassen«, sagte Jordan, während er die Treppe zur Gepäckausgabe hinunterging.

»Warum holst du nicht den Wagen?« fragte Anna und trennte sich von ihm.

»Wie war denn San Francisco? Sind Madeline und Melanie noch dort?« fragte Jordan, als sie den Flughafen im Auto verließen.

»Können wir uns nicht unterhalten?«

Anna funkelte ihn an und drehte dann den Kopf, um durchs Fenster zu blicken.

Für eine Viertelstunde folgten sie schweigend einer altvertrauten Strecke, die am Defense Depot, der Liberty Bowl und den hohen Bäumen und Villen von Mid Town vorüberführte. Jordan erinnerte sich, wie sie das letzte Mal nach einer Woche in Mexiko vom Flughafen fortgefahren waren. Er bog in die Vinton ein und hielt dann auf dem Fahrweg bei einem Bungalow.

»Stell bitte das Fahrrad in die Garage«, sagte Anna und stieg aus. Sie überquerte den Hof und trat durch die Vordertür ein. Jordan öffnete die Rückseite des Wagoneer, hob Annas Stumpjumper heraus und rollte das Fahrrad in die Garage, knapp vorbei an Annas Saab, und stellte es gegen die hintere Mauer. Er nahm einen Karton mit Büchern und Kleidern aus dem Auto und trug ihn hinein. Das Haus war heiß und stickig.

Anna saß auf einem großen Sofa mit einem weißen Schonbezug und sah gerade einen Stapel Post auf einem Glastisch durch. Über ihr surrte ein Deckenventilator, der die Papiere auf dem Tisch bewegte.

»Stell den Karton nur hin.« Anna hob den Kopf. »Danke, Rutledge. Ich wäre dir sehr verbunden, wenn du mich für eine Weile in Ruhe lassen würdest. Ich muß jetzt hinüber zum Haus meiner Mutter. Ich werde dich sicher noch sehen.«

»Ich liebe dich, Anna. Ich liebe dich mehr, als ich je einen anderen Menschen geliebt habe. Das Chaos, das ich angerichtet habe, bringt mich um.« Jordan stellte den Karton auf den Boden und trat auf Anna zu. Es gab andere Mädchen, die er haben konnte, aber er wollte keine andere. Er wollte eine neue Chance. Er war davon überzeugt, daß er ihr treu sein konnte. »Oh, Gott, ich liebe dich.« Er ließ sich neben ihr aufs Sofa fallen. »Ich geh' gleich. Ich möchte dich nur für einen Augenblick halten.«

Anna sah seinen Schmerz, und ihr Gesicht bekam einen weicheren Ausdruck. Sie breitete ihre Arme, und Jordan lehnte sich gegen sie und hielt sie ganz fest. Er begann, an ihrer Schulter zu weinen. Sie streichelte seine Schulter und sagte resigniert: »Du bist ja ein so egoistischer Schuft.«

»Es tut mir leid«, sagte Jordan und bog seinen Kopf zurück, um ihr in die tiefblauen Augen zu schauen. Auf ihrem Gesicht waren Tränen. »Ich möchte von vorn anfangen.«

»Leid tun reicht aber nicht.«

Jordan drückte seinen Mund auf ihre Lippen und spürte, wie die Tränen über die beiden Gesichter liefen. Er bedeckte ihr Gesicht und ihren Hals mit Küssen und begann ihr Hemd aufzuknöpfen, wobei seine Lippen mit jedem Knopf, den er öffnete, tiefer wanderten.

Plötzlich wurde ihr Körper steif, und sie stieß ihn zurück. »Scher dich hier jetzt raus!« sagte sie mit harter Stimme, während sie gleichzeitig schluchzte. Dann schrie sie fast gellend: »Raus!«

Agosti 21

Vom Wohnzimmer aus konnten Zanifa und Jordan sehen, wie Pasipo über die hintere Veranda watschelte. Der Himmelsleopard besaß jetzt ein volles Federkleid. Ihre Schwingen und ihr Kopf waren schwarz, ihre Brust hingegen schneeweiß.

»Im Buch steht, daß sie erst in vier Jahren ihre orangefarbenen und schwarzen Federn bekommen wird«, sagte Zanifa.

»Bis dahin wirst du bereits dein zweites Jahr auf dem College absolvieren.« Jordan schob den Kragen von Zanifas weißer Bluse zurück und schmeckte den Schweiß und den Geruch von Holzrauch auf ihrer Schulter. Sie knöpfte sein Jeanshemd auf. Die Unterseiten ihrer schlanken Finger waren mit dünnen Arabesken von Henna bemalt. Er löste die Schnalle ihres blauen Schulrocks und schob ihn über ihre Hüften. Sie schlüpfte aus ihrer Bluse.

»Gott hat dich perfekt erschaffen.«

»Findest du nicht, daß mein Hintern zu klein ist?« fragte Zanifa in suaheli.

»Nein. Er ist perfekt, so wie er ist.« Sein Abbild in ihren schwarzen Augen betrachtend, trug er sie hinaus auf die hintere Veranda. »Warum küssen Afrikaner nicht?«

Zanifa ließ ihre Zunge in seinen Mund gleiten. Noch in seinen Armen bog sie ihren Kopf zurück und lachte.

»Du hältst dies für ein Spiel.« Jordan kniete nieder und legte sie auf eine Baumwollunterlage.

Zanifa grinste und zog ihn neben sich. Sie küßte ihn sehr fest auf den Mund.

»Weicher. Versuche, weicher zu küssen. So!« Jordan ließ seine Lippen über ihre Lippen gleiten, berührte mit seiner Zunge ihre Zunge.

»Ein Mund muß das weichste Ding auf der Welt sein«, sagte Zanifa. Sie küßte ihn sacht, lenkte dann seine Schultern zu ihrem Bauch.

»Du hast es aber eilig«, sagte Jordan und lachte.

Sie drückte seine Schultern heftiger nach unten, zum erstenmal begierig.

Als sie seinen Mund auf sich spürte, spreizte sie die Beine weiter auseinander und seufzte. Jordan stützte sich bequem auf seine Arme. Zwei Tage zuvor war sie sehr verkrampft gewesen, und er hatte eine Stunde gebraucht, um sie mit seinen Fingern und seinem Mund zu streicheln und zu liebkosen, bis sie endlich gekommen war. Einen Monat lang hatte Jordan sein Versprechen gehalten, ihr nicht ihre Jungfräulichkeit zu nehmen. Jeden Montag, Mittwoch und Freitag, wenn Zanifa kam, um die Hühnchen zu liefern oder vorbeischaute, um sich Notizen über Pasipo und Ophelia zu machen, erwachte Jordan bei Tagesanbruch in hochgemuter Stimmung, und wie im Flug verging die Zeit, wenn er zu den Teichen fuhr. An den Tagen, an denen sie nicht kam, brütete Jordan vor sich hin, und wenn er unter dem grauen Winterhimmel seinen Verpflichtungen nachging, hatte er Tagträume, in denen er es mit einer Jungfrau trieb, und war erfüllt von sehnsuchtsvollen Erinnerungen an Anna.

Nach einigen Minuten fuhren Zanifas Finger ihm rauh über die Kopfhaut, und ihre Beine begannen zu zittern. Die Schnelligkeit, mit der sie sich dem Orgasmus näherte, verblüffte ihn.

Er empfand bereits ein Vorgefühl von Melancholie – bald würde sie aufspringen und zu ihren Kleidern eilen aus Angst, zu spät wieder im Dorf zu sein. Sie stöhnte und preßte sein Gesicht zwischen ihren Schenkeln. Dann war sie plötzlich still, und ihr angespannter Körper erschlaffte. Jordan streckte sich neben ihr lang aus. Sie legte ihren Kopf auf seine Brust.

»Ich bin froh, daß du mir dies beigebracht hast«, sagte sie in suaheli.

Jordan lächelte und strich ihr eine schwarze Locke aus den Augen.

»Das Ding macht mir angst.« Zanifa berührte ihn durch den *kikoi* hindurch. Möchtest du es in mich reinstecken?«

»Ja, aber ich werde es nicht tun. Es wäre nicht richtig.«

»Warum nicht?«

»Weil du eine Jungfrau bleiben solltest.«

»Wieso?«

»Weil du das für den bewahren solltest, den du vielleicht heiratest.«

»Für Bwana Kimweri?«

»Falls er es ist, den du erwählst«, sagte Jordan. Die Phantasie, die wenigen angenehmen Minuten während des langen, einsamen Tages, verblich. Jordan hatte das Gefühl, von den Tatsachen geohrfeigt zu werden. Sie würde eine hübsche Dekoration in seinem Palast sein, eine Sex-Sklavin, die noch jahrelang jung und schön sein würde. Sie konnte Gäste mit ihren Falken unterhalten.

»Dein Gesicht ist traurig.« Zanifa rieb ihre Nase gegen seine.

»Ich habe darüber nachgedacht, daß du dein eigenes Leben für Kimweri aufgibst.« Jordan drückte sie an sich.

Sie bewegte langsam ihre Hand, fühlte durch den Baumwollstoff die Form seines *mboro*. »Manchmal ist es weich. Jetzt ist es sehr hart.«

»Es ist erregt.« Jordan spürte, wie er rot wurde.

»Warum?«

»Weil du so schön bist. Weil ich dich berührt habe.«

»Manchmal reibst du dich selbst so, wenn du mich streichelst.«

Zanifa lächelte.

»Das ist ein sehr schönes Gefühl.« Jordan schloß die Augen.

»Am Mittwoch war ein feuchter Fleck auf deinem *kikoi*, als wir fertig waren.«

»Ich hatte gemeint, das würde dir nicht auffallen.« Jordan machte die Augen auf und sah, daß Zanifa ihre Hand betrachtete.

»War das Pipi?«

»Nein.«

»Das war Samen?«

»Ja.«

»Du hast einen Orgasmus gehabt?«

»Ja.« Jordan lachte. »Ich komme mir vor wie ein Biologielehrer.«

Zanifa sah ihn sehr ernst an, band dann seinen *kikoi* auf und schob den Stoff zurück. Behutsam langte sie nach seinem *mboro*, als wolle sie einen Nestling hochheben. »Es ist sehr häßlich.«

Jordan lachte. »Das habe ich auch gedacht, als ich in deinem Alter war. Jetzt macht es mir nichts aus.«

Zanifa fing an, ihn zu reiben.

»Au! Das ist zu kräftig!«

»Tut mir leid.« Zanifa lachte. »Machen das auch amerikanische Mädchen?«

»Oh ja.« Jordan legte seine Hand auf ihre und bewegte sie langsam. »Amerikanische Mädchen tun ihren Mund darauf.«

Zanifa verzog abgestoßen das Gesicht. »Wirklich?«

»So wie ich es bei dir tue.«

Er spürte, wie sich die Hitze sammelte und beobachtete Zanifas Gesicht, als sie ihn berührte. Ihre Zungenspitze lugte aus dem Mundwinkel hervor. Er stöhnte. Für einen Augenblick hätte er sonstwo sein können. Zanifas Kinnlade sackte herab, und ihre Augen weiteten sich beim Anblick des ruckhaft hervorspritzenden bogenförmigen Strahls.

»Das ist Samen?« flüsterte Zanifa.

»Richtig.« Jordan fühlte sich traurig und irgendwie schmutzig. »Unterricht beendet.«

Zanifa sprang auf und blickte zu Pasipo, die auf ihrer Hockstange über den Felsrand hinausspähte.

»*Kwa heri*, Pasipo.« Zanifa verabschiedete sich. Pasipo drehte den Kopf, als sie ihren Namen hörte. Zanifa lief durch die Drahttür ins Haus und langte nach ihrem Rock. Jordan schüttelte ihre Bluse aus und ließ sie auf ihre Arme gleiten. »Hör zu, Süßes, weigere dich, wenn Kimweri sagt, daß du dich dem *jando* unterziehen mußt.«

Er bewegte sich umher, fing dann mit den Knöpfen an. »Versuche, dich ihm gegenüber zu behaupten.«

Zanifas Augen füllten sich mit Sorge. Angekleidet schien sie ein anderer Mensch zu sein, jünger, wieder ein Schulmädchen.

»Jetzt siehst du traurig aus.« Jordan fragte sich, ob sie wohl irgendwelche Kraft mitnehmen konnte von hier, um ihrer Mutter und Kimweri Paroli zu bieten.

Zanifa trat dicht zu ihm und hielt seine Seiten mit ihren kleinen Händen.

»Hab keine Angst«, Jordan schaukelte sie. »Sei tapfer!«

Agosti 23

Im Morgengrauen lag dunkler Nebel über dem Rasen und verhüllte die Ruine mit Ausnahme des Turms, der wie der Mast eines Geisterschiffs durch das Grau emporragte. Omali kauerte auf der Veranda, wo er sich über einer Holzkohlenpfanne die Hände wärmte. Jordan öffnete die Vordertür und sagte in suaheli. »Was gibt's von der Nacht zu melden, *bwana*?«

»Friedlich«, murmelte Omali mürrisch.

»An einem Zahltag bist du immer wach.« Jordan zitterte in seinem *kikoi* und seinem Sweatshirt. »Eine Nacht im Monat.«

»Ich bleibe jede Nacht wach«, log Omali mit ernstem Gesicht.

Jordan lachte laut. »Und ich bin der Präsident von Tansania.«

Omali lächelte und wechselte das Thema. »Fährst du heute zu den Teichen?«

»Nein. Heute keine Termine.« Jordan zählte vierzig Dollar in Schillingen ab.

»Asante, bwana«, sagte Omali. »Seh' dich am Abend.«

Jordan nickte und sah ihm nach, wie er in seinem Mantel davontrottete. »Versuch, nicht alles auf einmal zu vertrinken.«

»Natürlich, *bwana*«, rief Omali zurück und verschwand im Nebel.

Kau-kau-kau! schrie Ophelia von irgendwoher. *Kau-kau-kau!*

Jordan blickte sich um, konnte den Bussard jedoch nicht sehen. Er ging zurück ins dunkle Haus und fand in der Küche eine rohe Hühnerbrust. Pasipo hockte auf der hinteren Veranda auf der Sitzstange, starrte in den Nebel und lauschte auf die Geräusche unsichtbarer Segler und Raben. Vom Felsrand her blies ein kalter Wind.

»Pasipo«, rief Jordan von der Drahttür her. Sie drehte sich herum und betrachtete ihn stumm. Jordan ließ die Tür aufschwingen und warf Pasipo das Fleisch zu. Sie fing es mit einer Kralle. »Gut gemacht, du As«, sagte Jordan und schloß wieder die Tür. Er machte sich *cafe-au-lait* und einen Topf Haferflocken mit Rosinen und Bananen und trug dann eine Thermosflasche und ein Tablett zur windstillen Seite der Vorderveranda. Der Nebel wurde lichter, wandelte sich von Grau zu Weiß. Jordan streckte sich auf einer Chaiselongue aus.

Kau-kau-kau! Es hörte sich an, als ob Ophelia hoch oben in der Albizea hockte.

Jordan konnte mit Mühe die Umrisse des Baums ausmachen. Er stellte die Schüssel mit Haferflocken auf seinen Schoß und führte einen vollen Löffel an seinen Mund.

Kau-kau-kau!

Jordan schluckte.

Kau-kau-kau! Kau-kau-kau! Ophelia beobachtete ihn und klagte, während er sein Porridge zu Ende aß. *Kau-kau-kau! Kau-kau-kau! Kau-kau-kau!*

Jordan fühlte Gewissensbisse. Er hatte gelesen, daß unerfahrene Falkner ihre Falken manchmal unabsichtlich verhungern lassen, weil sie die Vögel dazu bringen wollen, zum Fressen zu ihrem Handschuh zu kommen. Hier ging es darum, Ophelia für sich selbst jagen zu lassen und sie nur dann zu füttern, wenn ihr der Hungertod drohte. Der Nebel lichtete sich wie ein Vorhang. Ophelia dachte nicht daran, still zu bleiben.

Kau-kau-kau! Kau-kau-kau-kau! Kau-kau-kau! Kau-kau-kau!

»Zanifa bringt mich um, wenn ich dich füttere!« rief Jordan frustriert. Er riß von einer Papierserviette die Ecken ab und rollte sie zu Ohrenstöpseln zusammen. Ophelias Schreie waren gedämpft. Er griff nach einer zerfledderten Taschenbuchausgabe von *Lord Jim*, die er in Daressalam auf der Straße gekauft hatte. Während er die ersten dreißig Seiten las, schrie Ophelia unaufhörlich, und dann sah Jordan, wie sie vom Baum herabgeflogen kam und knapp unter der über dem Hof schwebenden Wolke in Richtung Veranda glitt. Sie sah ihm in die Augen und verschwand um die Ecke.

Jordan las drei Stunden lang, in den Roman versunken, fern von der Gegenwart. Er schlief auf der Chaiselongue ein und träumte von Anna und Zanifa, und wachte um die Mittagszeit auf. Der Nebel hatte sich Hunderte von Metern gehoben und bildete eine Flotte von Kumuluswölkchen unter dem Winterhimmel. Er spielte mit dem Gedanken, in die Stadt zum Postamt zu fahren, aber er wußte, daß seine Briefbox leer sein und er enttäuscht wieder heimfahren würde. Sie wird mir niemals auf meine Briefe antworten, dachte er Tag für Tag und gab die Hoffnung dennoch nicht auf. Auf dem Seitenhof, bei den Hühnerverschlägen, trainierte er mit Hanteln, die er aus Wasserröhren und Zementeimern von unterschiedlicher Größe gebastelt hatte. Er duschte sich, fütterte Pasipo und wärmte das Hühnchen vom vorigen Abend auf. Dann ließ er sich wieder mit *Lord Jim* auf der vorderen Veranda nieder.

»Joldon!« rief Zanifa vom Tor in der Hecke. Sie kam über den Hof gejoggt. Ein ausgeleierter, burgunderfarbener Trainingsanzug von St. Mary's verhüllte ihre Figur.

Jordan trat auf den Hof hinaus. Dunkle Streifen von Himmelsblau zerrissen das winterliche Gewölbe hoch oben in tausend gezackte Stücke, die auf geheimnisvolle Weise in der Nacht wieder zusammenfinden würden.

Jordan küßte sie auf den Mund und drückte sie an sich.

»Jemand könnte uns sehen.« Sie entzog sich ihm und blickte durch die Lücke in der Hecke zurück zur Straße. Sie sah ihn an und grinste. »Joldan.«

»Nenn mich Rutledge.« Jordan ging langsam zum Haus. »Amerikaner reden einander nicht sehr oft mit dem Familiennamen an.«

»Lutledge.«

»Rutledge oder einfach kurz Rut. Meine Freunde rufen mich Rut.«

»Lut.«

»Rut, nicht Lut. Du mußt das R üben.«

»Llut.« Zanifa kicherte. Sie blickte zum Albizeabaum. »Wo ist Ophelia?«

»Mungu anajiua tu.« Jordan zuckte mit den Schultern. Das weiß nur Gott.

Zanifa deutete in Richtung des Escarpments. »Ist sie dort?«

Über zweihundert Meter über dem Felsrand schwebte reglos die schwarze Silhouette eines Falken, der gleichsam auf dem Wind ruhte, der an der Bergwand emporstieg.

»Vielleicht. Sieht aus, als ob sie auf der Jagd ist.«

Rund dreihundert Meter höher segelten zwei Raubvögel auf den einsamen Falken zu, der seine Schwingen nicht bewegte und den Boden unter sich nach Beute absuchte. Das Paar setzte zum Sturzflug an.

»Haah!« hauchte Zanifa.

Die Schwingen seitlich an den Körper gelegt, katapultierten die beiden Raubvögel wie Geschosse herab. Jordan lief zur Veranda, um seinen Feldstecher zu holen. Er richtete ihn auf die herabjagenden Falken. »Es sind Augurs. Das Pärchen, das hier residiert.« Mit dem Feldstecher verfolgte er das Paar am Himmel, und der einsame, noch immer auf der Stelle schwebende Falke kam in Sicht. »Sie attackieren einen anderen Augurbussard. Man nennt das territoriale Aggression.«

»Ophelia«, sagte Zanifa leise.

Der erste Falke traf Ophelia, während er vorbeisauste, und sie schlug eine Art Purzelbaum. Sie gewann ihr Gleichgewicht wieder, sah, wie der zweite Falke auf sie zuhielt und warf sich herum, um ihn mit ihren Krallen zu empfangen. Der erste Augur, jetzt fünfzehn Meter über Ophelia, stieß erneut herab, während sein Gefährte höher stieg, um sich für einen weiteren Sturzflug in Position zu bringen.

»Die werden sie umbringen.« Zanifa sah ihn entsetzt an. Jordan hielt es für möglich, schwieg jedoch. Er legte seinen Arm um sie und fühlte ihren angespannten Körper.

Ophelia flog vom Rand des Escarpments in Richtung Pfarrhaus. Das Augurpärchen griff sie abwechselnd im Sturzflug an. Wenn ihre Angreifer in die Nähe kamen, legte sie sich praktisch auf den Rücken und hieb mit ihren Krallen zu. Die drei Vögel kreischten um die Wette. *Kau-kau-kau. Kau-kau-kau. Kau-kau-kau.*

»Die bringen sie um!« rief Zanifa.

»Sie schafft es.« Jordan drückte ihre Schulter. »Sie machen ihr nur Angst.«

Kau-kau-kau! Kau-kau-kau! Kau-kau-kau!

Ophelia flog über das Pfarrhaus hinweg und landete auf einem tiefen Ast des Albizeabaums.

»Ich werde sie füttern.« Zanifa rannte zur Veranda.

Kau-kau-kau! Das Augurpärchen kreiste zweimal über dem Pfarrhaus. Jordan warf mit Steinen nach ihnen, bis sie weiterflogen, das Escarpment entlang. *Kau-kau-kau!*

Zanifa kam mit einem Fisch im Handschuh aus dem Haus. Sie schaute zum Himmel empor.

»Sie sind jetzt fort. Ich denke, mit Ophelia ist alles in Ordnung.« Jordan folgte Zanifa zum Baum. Er sah, daß sie weinte, und wischte ihr die Tränen ab. »Sie ist in Ordnung.«

»Wir sollten sie dorthin zurückbringen, wo wir sie gefunden

haben.« Zanifa streckte den Handschuh zum Ast empor und blickte zu Ophelia hoch. »In ihr eigenes Territorium.«

»Sie weiß, wo sie hier ist. Knapp auf der anderen Seite des Kamms. Ich habe gestern gesehen, wie sie zurückgeflogen ist. Sie wird zurückkehren, wenn sie bereit ist. Sie ist klug genug, nicht wieder in deren Territorium zu jagen.«

»Du meinst, sie schafft es wieder zurück?« Zanifas Augen waren rot und leicht geschwollen. »Bist du sicher?«

»Ja, aber wir könnten ja an einem Nachmittag mit ihr hinüberspazieren, wenn dich das beruhigt.«

Von ihrem Ast beobachtete Ophelia, wie Zanifa den Fisch in ihrem Handschuh vor- und zurückschwingen ließ. Dann ignorierte sie Zanifa und begann, ihre Federn mit ihrem Kopf und ihren Flügeln zu glätten.

»Okay, Lut. Laß uns Ophelia nächste Woche nach Hause bringen.« Zanifa wischte sich mit dem Handrücken die Augen und lächelte. »Sie hat keinen Hunger.«

»Wahrscheinlich hat sie etwas gefangen, bevor wir sie gesehen haben.« Jordan folgte ihr zum Haus.

Ganz im Westen über der Steppe trieb eine Wolke in südlicher Richtung über den Horizont und enthüllte die tiefstehende Sonne; plötzlich traf im rechten Winkel kräftiges gelbes Licht auf die Veranda, gleich dem Strahl eines Filmprojektors, und warf ein Netz gitterartiger Schatten auf das Pfarrhaus.

»Oh, Gott.« Jordan spannte seinen ganzen Körper und kam auf den Winkel ihres Mundes.

Zanifas Kopf ruckte zurück. Sie spie auf den Fußboden.

»Es ist okay. Es ist nichts Schmutziges.« Jordan wischte ihr mit dem *kikoi* das Gesicht. »Amerikanische Mädchen schlucken das.«

Er lachte. »Manche jedenfalls. Manche mögen das wohl nie.«

»Sperma.« Zanifa kostete ein wenig. »Es ist salzig.«

Jordan hob sie zu sich hoch und umarmte sie. Sie befreite sich aus seiner Umarmung und schlüpfte in ihr Sweatshirt. Jordan zog ihr den oberen Teil über den Kopf.

»Kwa heri, Pasipo«, sagte Zanifa.

Pasipo drehte sich auf ihrer Hockstange.

Zanifa winkte ihr zu.

Die untergehende Sonne hinter sich, zog eine Wolke von der Größe eines Gebirges ein Spinnweb aus goldenem Regen über die purpurfarbenen Ebenen. Weiter südlich bildete sich aus dem Kern einer Nimbuswolke langsam eine massive Pilzwolke, dunkel und von Feuer umlodert.

»Das ist gigantisch, nicht?«

»Safi«, sagte Zanifa. Cool. Sie eilte durch das Haus zur Vorderveranda, um in ihre Sportschuhe zu schlüpfen.

»Wirst du Kimweri sagen, daß du dich nicht beschneiden lassen willst?« Jordan setzte sich neben ihr auf den Rand der Veranda. »Setz dich durch! Sag ihm, daß du eine moderne Frau bist.«

»Ich weiß nicht, ob ich das zu ihm sagen kann. Meine Mutter würde mich schlagen.«

»Denke immer wieder daran.« Jordan griff nach ihrem Knie. »Denke ans Davonlaufen.«

Zanifa holte tief Luft. »Laß uns Ophelia am Sonntag nachmittag nach Hause bringen.«

»Sawa«, sagte Jordan. Okay.

»Dort ist Subira.« Zanifa lief über den Rasen, die Ellbogen abgespreizt wie ein Langstreckenläufer.

Jordan stand auf und winkte Subira zu. Er sah ihnen nach, als sie Hand in Hand davongingen, dicht beisammen, mit vorgebeugten Köpfen, zwei Schulmädchen, die flüsternd Geheimnisse austauschten.

Agosti 25

Am Sonntag morgen fand Jordan zum Lesen keine Ruhe. Bei Kimweri hatte er die allwöchentlichen Tennismatchs abgesagt und behauptet, durch die Arbeit an den Teichen sei sein Tennisarm gereizt. In Lushoto fand er allerdings kaum eine Abwechslung. Während seines ersten Jahres hatte er zusammen mit Ernst im Reservat an den nördlichen Ausläufern der Berge gejagt. Die Jagd mit der Kamera war eine angenehme Ablenkung, doch bei jedem zweiten oder dritten Abstecher schoß Ernst eine Antilope, und der Anblick der verwundeten, sich windenden Tiere erfüllte Jordan mit wachsendem Unbehagen. Nachdem ihm in seinen Träumen die Augen einer verendenden Gazelle erschienen waren, gab er die Sonntagssafaris auf. Bei Lawns würde ihm Ionides eine der hundert Geschichten erzählen, die er alle schon gehört hatte. Einundzwanzig Monate lang hatte er ein Versprechen auf die lange Bank geschoben, das er seinen Eltern gegeben hatte, nämlich einem anglikanischen Gottesdienst beizuwohnen, und so fuhr er auf seiner Honda unter dem grauen Himmel zu einem Hügel, wo eine Steinkirche auf Lushoto hinabblickte.

Die roten Türen der Kolonialkirche waren geschlossen. Jordan parkte bei einem Fahrradstand. Die Gemeinde sang »Amazing Grace« in suaheli zur Begleitung einer elektrischen

Baßgitarre. Jordan öffnete die Tür einen Spaltbreit und schlüpfte hinein. Die Kirchenbänke waren etwa zur Hälfte gefüllt. Ein paar Kinder drehten sich um und sahen ihn an. Er setzte sich in eine der hinteren Reihen. Der Gesang endete.

»Wir heißen einen Fremden, einen Gast willkommen!« hallte die Stimme des Pfarrers in suaheli von der Kanzel. Er sah aus wie ein Dominikaner, klein und dick und grauhaarig mit runden, in Metall gefaßten Brillengläsern. »Sie sind sehr willkommen.«

Jordan wurde rot, als sich ihm die gesamte Gemeinde lächelnd zuwandte. »Bitte, Bwana Gast, stellen Sie sich doch vor.«

»Jina langu ni Rutledge Jordan.« Er räusperte sich. »Ich bin ein Bwana Fisch beim Friedenscorps. Tut mir leid, mein Suaheli ist nicht sehr gut, aber Stückchen für Stückchen füllt man den Topf.« *Haba na haba kujaza kibaba.*

Die Gemeinde brach in Gelächter aus, weil ein *mzungu* ein Sprichwort zitierte.

»Karibu, Bwana Samaki«, hieß ihn der Pfarrer erneut willkommen. *»Karibu sana.«*

Der Pfarrer trat zum Altar und begann mit der Eucharistie. Jordan begriff, daß er kurz vor Ende des Gottesdienstes gekommen war. Der Baßgitarrist spielte eine afrikanische Hymne, und die Gemeinde bewegte sich in langer Schlange auf den Altar zu. Jordan mußte sich anstrengen, die Worte zu verstehen, während gleichzeitig Erinnerungsbilder an den letzten gemeinsamen Kirchenbesuch mit Anna in ihm auftauchten. Er kniete nieder und nahm von dem Pfarrer eine Hostie entgegen. »Lieber Gott«, flüsterte er, »kümmere dich um die Gesundheit von Nanny, Mom, Dad, Sophie, Bob und ihrer Babys. Laß Anna glücklich sein. Hilf Zanifa, eine Ärztin zu werden. Hilf mir, meinen Weg zu finden.« Er tauchte die Hostie in den Becher und schmeckte süßen Wein.

Draußen umringten ihn die Gemeindemitglieder. Ein unverrückbares Lächeln lag auf seinem Gesicht, während er unablässig die Hände der Menschen schüttelte, die jetzt eine lange Schlange bildeten, Frauen in Kangas und Turbanen und Männer in abgetragenen Anzügen und barfüßige Kinder. Am Ende der Schlange wartete der Pfarrer.

»Bwana Jordan, ich bin Safari«, sagte der Pfarrer in englisch und schüttelte ihm die Hand.

»Father Safari, ich freue mich, Sie kennenzulernen. Ich entschuldige mich für mein spätes Kommen.«

»Dies ist Afrika.« Safari lachte. »Sind Sie Anglikaner?«

»Episkopale.«

»Natürlich. Sie sind ein Amerikaner.« Safari hielt seine Hand fest. »Nun, wir gehören beide zur Gemeinde des Erzbischofs von Canterbury. In Tansania gibt es nicht viele von uns.«

»Wir scheinen auch in den Staaten auszusterben«, sagte Jordan.

»Würden Sie zum Lunch in mein Haus kommen?«

»Tut mir leid, Father, aber ich habe eine Verabredung.« Jordan lächelte und befreite seine Hand.

»Kommen Sie wieder«, sagte Safari, als Jordan den Motor der Honda anließ. »*Karibu tena.*«

»Nächsten Sonntag. Ich werde pünktlich sein.«

Zanifa saß auf der vorderen Veranda.

»Du bist früh dran.« Jordan kletterte vom Motorrad.

»Ich habe meiner Mutter erzählt, ich hätte noch Arbeit in der Schule.« Zanifa lächelte und berührte ihn vorsichtig am Arm. Sie trug Jeans sowie einen St.-Mary's-Pulli und Sportschuhe.

»Ich habe dich zu einer Lügnerin gemacht«, sagte Jordan.

»Alle Menschen lügen«, sagte Zanifa.

Jordan lachte traurig. »Woher hast du denn diese Weisheit?«

»Meine Mutter sagt das.« Zanifa kicherte. »Hast du Ophelia heute gesehen?«

»Nein, aber dabei fällt mir ein, daß ich Pasipo füttern muß.«

»Ich habe sie schon gefüttert.«

»Sehr lieb von dir.«

»Wo kann denn nur Ophelia sein?«

»Vielleicht ist sie in ihr altes Revier auf der anderen Seite des Kamms zurückgekehrt«, sagte Jordan und ging zur Tür. »Bist du hungrig?«

»Ein bißchen.«

»Ich werde Pasta machen.«

»Nini?«

»Du weißt doch: Nudeln.«

»Du meinst so wie Spaghetti?«

»Ja. Magst du das?«

Zanifa zog ein Gesicht. »Die Spaghetti in der Cafeteria kann ich nicht ausstehen.«

»Vielleicht schmecken dir ja meine.«

»Es ist sonderbar, wenn ein Mann kocht«, sagte Zanifa. »Tun das alle amerikanischen Männer?«

»Nein. Eigentlich nur die, die allein leben.« Jordan setzte Wasser auf und hackte Tomaten.

Zanifa griff nach seiner Hand. »Ich kann doch nicht einfach so dasitzen und zusehen, wie ein Mann kocht. Das ist nicht richtig.«

»Du bist zu traditionell, Zanifa«, Jordan drehte das Messer in seiner Hand von ihr fort. »Du glaubst, daß Frauen nicht soviel taugen wie Männer. Du meinst, Frauen müßten ihnen dienen. Seit Jahrtausenden haben afrikanische Männer Frauen dazu gebracht, sich selbst als Sklavinnen zu sehen.«

Zanifa setzte sich auf einen Hocker. »Es ist für mich schwer, so etwas zu verstehen.«

»Das liegt daran, daß du in dem Glauben erzogen worden

bist, du seist eine Sklavin. Afrikanische Mädchen fangen mit dem Wassertragen an, wenn sie noch sehr klein sind, die Jungens dagegen müssen das nie tun.«

Zanifa nickte.

»Mzungu-Frauen sind frei. Sie brauchen kein *jando* durchzumachen. Das ist Sklaverei. Du mußt nicht Kimweris Sklavin sein. Du kannst sein, wer immer du sein möchtest.« Jordan gab die Pasta auf zwei Blechteller. »Stell dir doch nur vor, wie es wäre, frei zu sein. Nur das zu tun, was *du* tun willst. Und nicht das, was deine Mutter von dir verlangt oder dein Dorf von dir erwartet.«

Beim Essen saßen sie auf der Chaiselongue auf der hinteren Veranda. Zanifa lehnte sich mit dem Rücken seitlich gegen ihn. Pasipo saß ruhig auf ihrer Hockstange und spähte hinaus über die Ebenen. Tief unten kroch ameisengroß ein Bus lautlos den großen nördlichen Highway entlang.

»Wenn man Autos beobachtet, wünscht man sich, wegzufahren zu etwas Neuem«, sagte Zanifa.

Jordan grinste, denn es war das allererste Mal, daß sie von Fortgehen sprach. »Bei mir sind es die Flugzeuge, die über die Berge hinwegfliegen auf ihrem Weg nach Europa, die in mir den Wunsch wecken, mitzufliegen.«

»Ich möchte auch in einem Flugzeug reisen.«

»Das wirst du eines Tages auch.«

Zanifa stellte ihren Teller hin und küßte Jordan. Er hatte das Gefühl, vielleicht zu weit gegangen zu sein. Man verliebt sich, indem man Liebe macht, hatte eine über vierzigjährige Professorin zu ihm gesagt, mit der er während des Jurastudiums geschlafen hatte.

»Bwana Samak«, rief Omali von Eingang her. *»Hodi. Hodi.«*

»Subiri bwana.« Jordan schrie ihm zu, er solle warten.

»Ich möchte nicht, daß er mich heute hier sieht«, sagte Zanifa.

»Okay.« Jordan sah Angst in ihren Augen. Für einen Augenblick nahm er ihre Hand, dann ging er durch das Haus.

»Bwana.« Omali stand außerhalb der vorderen Drahttür. »Hier ist ein Junge. Er hat einen Falken. Ich glaube, es ist der von Zanifa.«

Jordan lief über den Hof zum Tor. Auf der anderen Seite stand ein Junge, der einen Beutel hielt. Omali kam hinter Jordan herbeigeschlurft, während dieser rief: *»Unayo mwewe?«*

Die Antwort des Jungen bestand darin, daß er den Beutel hochhob. Er schien etwa siebzehn zu sein.

Jordan langte über das Tor hinweg nach dem Beutel. »Wie hast du ihn gefangen?«

»Die hatten ihn mit Steinen beworfen«, sagte Omali. »Er wollte ihre Hühner stehlen.«

Jordan öffnete den Beutel und sah den blutigen Kadaver eines Augurbussards. Er zog ihn heraus und erkannte Ophelia an dem kleinen Metallring an einem ihrer Beine. Jordan funkelte den Jungen böse an: »Du hast sie umgebracht.«

»Sie hat doch versucht, den Leuten Hühner zu stehlen«, sagte Omali.

Jordan schwieg und überlegte, wie sehr dies Zanifa schmerzen würde. Er ging in Richtung Pfarrhaus.

»Bwana Samaki«, sagte der Junge.

Jordan drehte den Kopf.

»Eintausend Schillings.« Der Junge hatte eine Bettelmiene aufgesetzt und streckte seine beiden leeren Hände vor.

»Du bist verrückt, wenn du glaubst, daß ich dich dafür bezahle, daß du meinen Falken umgebracht hast.«

»Das war mein Cousin, nicht ich.«

»Dank dir dafür, daß du ihn hergebracht hast.« Jordan warf ihm den leeren Beutel zu. »Omali, ich werde noch spät auf sein. Du brauchst erst um Mitternacht zu kommen.«

»Sawa, bwana.« Omali hob seinen Stock gegen den Jungen

und sagte ihm, er solle sich davonscheren. *»Nenda bwana. Nenda tu.«* Jordan dachte daran, den Kadaver zu verstecken, überlegte jedoch, daß Zanifa bestimmt erfahren würde, was geschehen war. Er erinnerte sich daran, wie sehr er geweint hatte, als ein Auto seinen Hund überfahren hatte, als er fünfzehn gewesen war. Er trug Ophelia ins Haus und legte sie auf den großen Tisch. Wenn Pasipo den toten Körper sah, würde sie ihn vielleicht für Futter halten. Während er langsam zur Hinterveranda ging, überlegte er, was er sagen sollte. *Hamna maneno*, sagte der Afrikaner immer, wenn jemand starb: Es gibt keine Worte.

Zanifa stand bei Pasipo und erzählte ihr, daß sie im nächsten Monat fliegen würde.

»Zanifa.«

Das Mädchen und der Adler sahen ihn an.

»Komm her.«

Sie ging zu Jordan, der sie fest in die Arme nahm und leise sagte: »Ein paar Jungen haben Ophelia umgebracht. Sie hat versucht, ein Huhn zu rauben.«

»Nini?« Sie sah plötzlich verwirrt aus.

»Ophelia ist tot. Es tut mir leid.« Jordan strich ihr über den Hinterkopf. *»Poleh, Poleh sana.«*

»Wo ist sie?«

»Auf dem großen Tisch.«

Zanifa rannte ins Haus und blieb vor dem Tisch stehen. Behutsam breitete sie die Flügel aus. Ihr Mund war leicht geöffnet, ihre zitternden Lippen formten lautlose Worte. Sie stützte sich auf den Tisch und fing an zu schluchzen.

»Ihr Geist wird im Himmel leben.« Jordan rieb ihre Schultern. Er nahm sie bei der Hand und führte sie zu der Chaiselongue auf der hinteren Veranda. Sie saßen nebeneinander, hinter sich die Steinmauer. Zanifa weinte, atmete stoßweise. Jordan wischte Tränen von ihrem Gesicht. Sie fragte: »Was machen wir mit Ophelia?«

»Ich werde ihren Kadaver heute nacht verbrennen und die Asche in den Wind streuen. Auf diese Weise wird ihr Geist über die Berge hinwegfliegen.«

»Das möchte ich gern sehen.«

»Du wirst zu Hause im Bett liegen. Vielleicht träumst du ja von ihr.«

»Oh, Gott. Oh, Gott.« Zanifa schrie auf, als die Woge in ihrem Körper hochstieg. Das muß sie mir abgesehen haben beim letzten Mal, dachte Jordan. Sie schleuderte ihre Schultern von Seite zu Seite, zum erstenmal wild, von der Traurigkeit. Sie packte seine Haare und schrie, als die Woge brach. Sie zerrte ihn an den Armen, bis er sich zu ihrem Gesicht emporschob. Wie besessen küßte sie ihn, sagte dann: *»Weka ndhani mimi.«*

Steck ihn in mich rein.

Jordan hielt verwirrt inne. Langsam fragte er in englisch: »Was?«

Zanifa beugte sich vor, zog den Reißverschluß seiner Khakis auf und versuchte, die Hose über seine Hüften zu schieben. Sie gab es auf, öffnete die Knöpfe seines Jeans-Shirts und zog es ihm vom Oberkörper. Dann langte sie wieder nach seiner Taille. Seine Phantasie würde Wirklichkeit werden. Sie gab sich ihm hin. Er rollte sich auf den Rücken und ließ sich von ihr seine Kanvasstiefel und seine Hosen ausziehen. Sie nahm ihn in den Mund und bewegte sich nach oben und nach unten, zu hart, zu schnell.

»Poleh. Poleh«, sagte Jordan. Sanfter. Sanfter.

Sie bewegte behutsam ihren Mund und ihre Hand. Jordan lag mit geschlossenen Augen und stellte sich vor, daß er langsam in sie hineinglitt und wie ihr Gesicht sich veränderte, wenn sie ihn zum erstenmal in sich fühlte und der Schmerz sich langsam in Lust verwandelte. Er wollte nicht, daß Kimweri das hatte. Jetzt gehörte es ihm.

Sie blickte zu ihm hoch. »Steck ihn in mich rein.«

Jordan zog sie zu sich empor und küßte sie sanft. »Du bist ein schönes Mädchen. Willst du auch wirklich, daß ich dich ficke?« Er gebrauchte das Suaheli-Slangwort – *kutomba* – um sie abzuschrecken.

Sie bewegte seine Hand ihren Bauch hinab. »*Unitombe.*« Fick mich.

Jordan rollte sie auf den Rücken. Er zog ihr den Pulli aus und öffnete den BH. Er wölbte eine Hand über eine ihrer Brüste und küßte die andere. Sie schob seine Hand weiter ihren Bauch hinab.

»Wird es weh tun?« Zanifa lag absolut reglos mit weit geöffneten Beinen.

»Zuerst. Vielleicht wird es dir beim ersten Mal gar nicht so gefallen.«

Jordan kniete und begann, in sie hineinzugleiten, fühlte das Hymen. »Nein, ich kann nicht.« Er ließ sich seitlich auf die Chaiselongue fallen und legte sich auf den Rücken. Er hielt Zanifas Hand.

»Du willst nicht?« Zanifa legte sich quer über seine Brust. »Ist mit mir irgendwas nicht in Ordnung.«

»Doch. Du bist schön, vollkommen. Es ist einfach nicht richtig. Du bist … ich habe versucht, dir zu zeigen, was du verlieren würdest durch *jando*. Jetzt weißt du es. Du solltest auf jemanden warten, den du liebst.«

»Ich liebe dich«, sagte Zanifa in englisch so mühelos, als hätte sie es geübt.

»Ich liebe dich auch.« Jordan wollte ihr nicht sagen, daß er sie nicht heiraten konnte, bevor sie sich entschlossen hatte, davonzulaufen. »Aber ich bin zu alt für dich.«

»Du bist nicht so alt wie der Sultan.«

»Aber fast. Aber der Punkt ist der, daß du zu jung bist. Du mußt erwachsen werden und dir dann einen Mann aussuchen.«

»Liebst du mich denn nicht?«

»Natürlich liebe ich dich. Deshalb habe ich ja auch angeboten, dich aufs College zu schicken.«

Zanifa nickte und biß sich auf die Lippen. Jordan küßte sie zart auf die Lippen und rieb seine Nase gegen ihre. »Du solltest jetzt gehen. Ich sehe dich morgen.«

»Du fährst nicht zur Versammlung?« Zanifa langte nach ihrem Pulli. »Alle von St. Mary's fahren mit dem Bus hin.«

»Was für eine Versammlung?«

Zanifa öffnete die Drahttür.

Am anderen Ende der Veranda sprang Pasipo von ihrer Hockstange auf den Fußboden und flappte mit den Flügeln.

»Sultan Kimweri stellt *Chama Cha Uhuru* vor.« Im Türrahmen schlüpfte Zanifa in ihre Jeans. Sie sagte in englisch: »Die Freiheitspartei.«

»Ach ja.« Jordan zog seine Khakis an.

»Father William fährt mit der ganzen Schule.«

»*Sawa*, du kannst die Hühnchen ja am Dienstag bringen.« Jordan schob sein Hemd in die Hose und folgte ihr ins Wohnzimmer.

Zanifa stand lange dort und blickte auf den Kadaver. Ihr Gesicht war verzerrt, als ob sie weinte. »Goodbye, Ophelia.«

Sie gingen zum Tor, ohne ein Wort zu wechseln.

»Ich liebe dich«, sagte Zanifa leise und berührte seine Hand.

»Du hast zu viele von diesen illustrierten Romanzen gelesen.« Jordan lächelte. »Du bist zu jung, um dich zu verlieben.«

»Ich möchte dich küssen, aber es könnte uns jemand sehen.«

»Heb's für Dienstag auf.« Jordan verhielt am Tor.

»Wir sehen uns.« Zanifa versuchte, seinen Tonfall nachzuahmen.

»Wir sehen uns bald.« Jordan warf ihr eine Kußhand zu.

»Das ist komisch.« Zanifa lächelte. »Was ist das?«

»Ein heimlicher Kuß.«

Sie gab der Luft einen Kuß und pustete dann, als ob sie die Kerzen auf einem Geburtstagskuchen ausbliese.

Jordan sah ihr nach, wie sie davoneilte. Es erschien ihm unwirklich, daß er vorhatte, Zanifa bei ihrer Flucht zu helfen. Er ging seitlich um das Haus herum, um für Pasipo ein Hühnchen zu holen, und sah zu seinem Erstaunen Omali bei der Hinterveranda, wo er den Hühnerverschlag öffnete.

»Was gibt es heute abend Neues?« fragte Omali.

»Nichts Gutes. Wo doch Ophelia tot ist.«

»Das ist eine schlimme Sache.« Omali warf eine Handvoll Futter in den Verschlag. Die Hühnchen hüpften drinnen herum, gluckten und drängelten nach den Futterkörnern.

»Du hast sie doch schon heute morgen gefüttert.« Jordan versuchte, in Omalis Augen zu lesen.

»Mimi ni pumwabu. Nimesahau.« Omali lachte und machte den Verschlag zu. »Ich bin ein Idiot. Ich hatte es vergessen.«

»Ich hatte dir doch gesagt, du solltest um Mitternacht kommen. Warum bist du noch einmal hergekommen.«

»Ich dachte, ich müßte die Hühner füttern.«

»Bist du gerade erst gekommen?«

»Ja, Bwana.« Jordan wußte, daß er log.

JORDAN BETRAT DIE KIRCHE WÄHREND DES GOTTESDIENSTES. Die Gemeinde stand und sang ein Lied. Ein Platzanweiser geleitete ihn zu einem Platz in der hintersten Reihe. Jordan quetschte sich hinein, kniete nieder, betete um Vergebung und die Gesundheit seiner Familie, erhob sich und griff nach einem Gesangbuch. Ehe er die richtige Seite gefunden hatte, war das Lied zu Ende, und die Gemeinde setzte sich.

»Lasset uns beten«, erklang die Stimme des Pfarrers. Alle knieten, und Jordan fand die richtige Seite im Buch des Gemeinsamen Gebetes und folgte dem Gottesdienst. Er suchte die Kirche nach Annas Hinterkopf ab. Sie war ziemlich nah, nur ein paar Reihen weiter, zusammen mit ihren Eltern.

Die Gemeinde setzte sich. Die Meßdiener bewegten sich langsam von vorn herbei und reichten Messingteller von Reihe zu Reihe weiter. Jordan betrachtete die georgischen Details, das abstrakt bemalte Glas. Hinter dem Altar gab es ein Wandgemälde mit dem Gekreuzigten, auf dem Christus aussah wie ein muskelbepackter Superheld. Wie konnten die Menschen glauben? Jordan konnte sich nicht erinnern, jemals geglaubt zu haben. Vielleicht als Kind. Er erinnerte sich an das Schuldgefühl, das er empfunden hatte, als er mit zwölf in einem Laden Süßigkeiten geklaut hatte, und an die Erleichterung, die mit der Beichte bei einem Priester kam, der zu ihm gesagt hatte, ihm würde vergeben, er habe den Diebstahl ja nur aus Abenteuerlust begangen – als ob das die Sache akzeptabel machte. Abenteuerlust. Derselbe Grund, aus dem er Anna untreu geworden war. Die Gottesfrage hatte ihn erst spät an der High-School und dann auf dem College beschäftigt. Als er in seinem letzten Studienjahr an der Vanderbilt LSD probiert hatte, hatte ihn die Vorstellung eines bedeutungslosen Universums und absoluter Bewußtlosigkeit so entsetzt, daß Anna ihn stundenlang hatte halten müssen, ihn dabei mit Ideen aus ihrer Weltreligionsklasse tröstend. Im juristischen Seminar hörte er auf, über Gott nachzudenken. Er hatte ganz einfach zu viel zu tun. Jordan legte einen Hundert-Dollar-Schein auf den Teller und reichte ihn weiter zu einem dicken, fast glatzköpfigen Mann in einem olivenfarbenen Popeline-Anzug. Der Mann hatte den Schein gesehen und gelächelt.

Als während der Kommunion Sitzreihe nach Sitzreihe in langer Schlange dem Altar zustrebte, hatte Jordan beobachtet, wie ein junges Ehepaar einen kleinen Jungen in Shorts flankierte und ihn bei den Händen hielt. Jordan fühlte, wie eine

Träne seine Wange herabglitt, und dachte, daß er zu leicht weinte. Anna stand in der Schlange hinter ihren Eltern. Als sie zurückging, hielt sie ihre Hände vorn in Taillenhöhe verschränkt und blickte auf ihre Füße. Jesus würde mir vergeben, dachte er – was kannst du denn tun? Bei vertauschten Rollen würde er Anna gewiß vergeben. Er würde sie niemals verlassen. Der Meßdiener stand unmittelbar hinter seiner Bank, und Jordan erhob sich und schritt den Mittelgang entlang, wobei ihm das Geräusch seiner Schuhe auf dem Marmor bewußt war. Als er an Annas Bank vorbeikam, blickte er seitwärts. Anna und ihre Mutter waren ins Gebet vertieft. Ihr Vater sah ihn und runzelte die Stirn. Jordan stieg drei Stufen hoch, ging zwischen Chorstühlen und kniete vorn nieder.

»Der Leib Christi.« Der Pfarrer, im weißen Gewand, reichte ihm eine kleine weiße Oblate. »Das Brot des Himmels.«

Jordan betete, daß Anna und er einander wieder lieben würden.

»Das Blut Christi.« Ein zweiter Geistlicher setzte den Kelch an seine Lippen. »Der Kelch der Erlösung.«

Als Jordan zu seiner Sitzreihe zurückging, begegnete er Annas Blick. Sie schaute fort.

Nach der Kommunion sang die Gemeinde: »For All the Saints«, und die Akoluthen leiteten die Prozession die Mitte entlang mit dem Pfarrer am Schluß, der an der Tür stehenblieb und rief: »Gehet hin in Frieden.« Die Gemeinde antwortete: »Dank sei Gott dem Herrn.« Dann war es einen Augenblick lang still. Alle erhoben sich und begannen zu sprechen, während sie in langer Schlange die Kirche verließen. Jordan trat hinaus in den Sonnenschein und wartete inmitten der auf den Stufen schwatzenden Menge. Anna schüttelte dem Pfarrer die Hand, sah Jordan und trat auf ihn zu.

»Ganz reizend siehst du aus, so im Sonntagsstaat«, sagte Jordan. »Erinnerst du dich noch, wie wir konfirmiert worden sind? Das war das erste Mal, daß ich dich gesehen habe. Gott, sechzehn Jahre ist es her.«

»Wann hast du wieder angefangen, zur Kirche zu kommen?« Annas halbes Lächeln schien zu sagen: Sieh nur, wie tief du inzwischen gesunken bist.

»Es sind dreiundzwanzig lange Tage und Nächte gewesen«, sagte Jordan langsam.

Sie starrte ihn an, und die Härte wich aus ihrem Gesicht.

»Du wirst mit verschiedenen Kerlen in der Stadt gesehen.«

»Na und?« Jetzt waren ihre Augen zornig.

»Es ist einfach schwer für mich. Können wir nicht ein bißchen Zeit miteinander verbringen? Das könnte unsere Wunden heilen.«

»Anna«, rief ihre Mutter von hinten. »Komm her, Liebling. Ich möchte dich mit Mrs. Palmers Enkel bekannt machen.«

»Ich werde dich heute abend besuchen.« Anna berührte flüchtig seinen Arm. »Gönn dir ein bißchen Ruhe. Du siehst furchtbar aus.«

Jordan ging zu seinem Auto. Annas Versprechen wirkte beruhigend. Er fuhr nach Chickasaw Gardens, wo seine Eltern an einem See wohnten. Zwischen seiner Mutter und Anna hatte sich eine enge Beziehung gebildet, und Anna hatte sie nach ihrer Rückkehr aus San Francisco besucht. Jordans Mutter war auf ihren Sohn zornig und hatte ihm das auch gesagt, sich jedoch entschlossen, seinem Vater nicht zu verraten, weshalb Anna Jordan verlassen hatte. Seinem Vater setzte die Flaute auf dem Immobilienmarkt und die Pleite seiner Baufirma schon genügend zu. Auf dem Fahrweg sah er nur den Taurus-Wagen seiner Mutter, und das hieß, daß seine Eltern noch nicht von St. Luke's zurück waren. Also fuhr Jordan die Union Street hinunter zur Tops Bar B Q und überlegte, wie er am besten die Zeit totschlagen konnte.

Anna stand auf dem Treppenpodest und erwiderte sein Lächeln mit einem indifferenten Gesichtsausdruck.

»Danke, daß du gekommen bist.« Jordan beugte sich vor, um sie zu küssen, und erwartete, zurückgestoßen zu werden, doch sie ließ zu, daß er ihre Lippen für einen Augenblick berührte. Plötzlich war er um Worte verlegen. »Möchtest du ein Bier?«

Anna nickte und folgte ihm in die Küche. Jordan öffnete zwei Coronas und steckte eine Zitronenscheibe in jede Flaschenöffnung.

»Hier – auf all die großartigen Jahre.« Anna hob ihre Flasche und musterte ihn aus verengten Augen.

»Gott, Anna, sag mir doch nicht, daß es vorbei ist.«

»Was willst du?« Sie knallte die Flasche auf den Küchentisch. »Du willst alles. Und von mir erwartest du – was? Daß ich dich heirate und einfach aufhöre, mich zu fragen, wen du denn noch so nebenbei fickst?«

»Nein. Es wird keine andere geben. Ich will keine andere.« Jordan spürte, wie es heiß in seinen Augen aufstieg. »Entschuldige, ich bin so eine Heulsuse.« Er riß Papier von einer Rolle. »Jede Nacht wache ich um etwa drei Uhr auf und vermisse dich neben mir ... das Geräusch deines Atems. Ich kann nicht wieder einschlafen.«

»Du mußt müde sein.« Anna lachte. Sie ging ins Wohnzimmer und ließ sich auf die Couch fallen. »Möchtest du ficken?«

Jordan wußte nicht, ob sie es ernst meinte.

»Liebe können wir ja nicht mehr machen.« Anna hatte einen fast spielerischen Gesichtsausdruck, den er bei ihr nicht kannte. »Na, dann laß uns wenigstens ficken.«

Agosti 26

Die Scharen von Frauen, die Körbe voll Gemüse auf ihren Köpfen trugen, zwangen ihn, sich in der Mitte der Asphaltstraße zu halten. Er kam an einem deutschen Schild »Jägertal« vorbei, und passierte dann die Anfahrt, die hügelaufwärts zu den Lawns führte. Bei der Bushaltestelle bog er in eine unbefestigte Straße ein und sah in einiger Entfernung den *soko*, ein großes, wimmelndes Geviert gleich einem Lattenrost mit Unmengen von Frauen und Waren, die auf Matten dargeboten wurden.

Vor dem Saddam-Hussein-Textilien-Shop schloß Jordan seine Honda ab und schob sich zwischen die Reihen kauernder Frauen, tauchte ein in das Sprachengewirr aus Sambaa, Suaheli und Englisch. Er kaufte Bohnen von einem großäugigen, achtjährigen Jungen, der mit der Schnelligkeit eines Bankkassierers Schillingnoten abzählen konnte. Er wandt sich weiter durch das Chaos. Alte Weiber riefen: »Mein Sohn ... Mein Kind ...« Grinsend boten sie Orangen, Mangos, Papayas und Avocados an, die sie mit knotigen Fingern hielten.

Von einem Feld drangen abgehackte Suaheli-Stimmen über den Markt herüber. Die Menge begann, sich von dem *soko* fortzubewegen, die Frauen in bunten Kangas, die Männer in abgetragener amerikanischer Kleidung, viele von ihnen mit weißen

Muslim-Kappen. Jordan hängte sich seinen Rucksack über die Schulter und schlängelte sich zwischen den kauernden Händlern durch.

Bei der BP-Tankstelle traf Jordan den Direktor des deutschen Usambara-Erosionskontrollprogramms. Hans Schäfer hatte eine so steife und kalte Art, daß ihn seine tansanischen Mitarbeiter *Jinamizi* – Alptraum – nannten.

»*Jambo*, Hans.« Jordan schüttelte ihm die Hand und fuhr in suaheli fort: »Lange nicht gesehen.«

Alptraum antwortete widerstrebend: »*Jambo*, Rutledge.«

»Was hältst du von der neuen Freiheitspartei?« Jordan setzte seinen Rucksack ab.

»Was soll da schon anders sein?« Hans blickte zu der vorüberströmenden Menge. »Vielleicht werden die Parteien einen Krieg anfangen, vielleicht entschließt sich aber auch die Armee, selbst die Macht zu ergreifen. Wer kann das sagen?« Er lächelte ominös und blickte beiseite.

»Tansania erscheint zu friedlich, als daß es ein zweites Ruanda werden könnte.«

»Auf diesem Kontinent ist alles möglich.« Hans musterte Jordan mit tiefernstem Blick.

Jordan strich sich das Haar aus den Augen. »Du besuchst die Versammlung nicht?«

»Nein.« Hans überraschte Jordan, indem er ein Friedensabzeichen aufblitzen ließ. »Zurück zum Büro.«

Jordan strömte mit der Menschenmenge vom Markt zum Stadion.

Innerhalb weniger Minuten standen mehrere tausend Menschen dicht auf dem Fußballplatz. Inmitten all der fremden Gesichter blickte Jordan zu den dunklen Berggipfeln rings um die Stadt und sehnte sich nach den grünen Hügeln von Tennessee.

Die Sitzplätze auf der westlichen Seite nahm die herrschende Partei ein. Über den Sitzplätzen auf der östlichen Seite flatterten die Fahnen der Freiheitspartei und zweier kleinerer Parteien. Auf der Anhöhe am offenen Südende des Stadions sah Jordan uniformierte St.-Mary's-Mädchen vor einem grünen Schulbus stehen, doch sie waren zu weit entfernt, um etwas deutlich erkennen zu können.

»*Karibuni watu wote!*« knatterte eine Lautsprecherstimme durch das Stadion. Ein dünner Mann in einem ausgebeulten Anzug rief von der Bühne am nördlichen Ende: »Willkommen, ihr alle! Wir sind heute hier, um einen großen Schritt in der Entwicklung Tansanias zu feiern«, sagte der Mann in suaheli. »Unser geliebter Lehrer persönlich ruft zur friedlichen, offenen *Demokratie* auf. Der Lehrer bittet euch, außer eurer eigenen Partei auch alle anderen Parteien zu respektieren. Denkt an unseren nationalen Wahlspruch – ›Einheit und Fortschritt!‹«

Die Menge jubelte halbherzig. Der dünne Mann stellte den Parlamentsabgeordneten Bwana Cosmos Chamshama vor – einen kleinen, dicken Mann in einem dunklen Anzug. Die Parteimitglieder auf den Sitzplätzen klatschten und riefen. Alte Frauen in *kangas* mit den schwarzen und grünen Parteifarben begannen, auf der Plattform herumzutanzen, wobei sie eine Art Geheul von sich gaben – hohe, tierische Laute. Rings um Jordan, mitten auf dem Feld, prasselte vereinzelt Applaus los. Er drängte sich langsam bis zur Bühne vor.

»Heute bereitet es mir großes Vergnügen, einen Sohn der Usambara Mountains zu begrüßen, Bwana Julian Kimweri von Vooga, den Kandidaten der Freiheitspartei.«

Lautes Beifallsgebrüll stieg in der stehenden Menschenmenge hoch und ging über in anhaltenden Beifall, als der Sultan über die Bühne schritt in einem wallenden weißen *kanzu*, einer bestickten arabischen Weste und einem dazu passenden roten Fez. In einer Hand hielt er einen geschnitzten Stab.

Cosmos Chamshama stand hinter dem Podium. Er gebot

Stille, und die Leute gehorchten. Sein Gesicht war sehr freundlich. »Die Partei der Revolution hat Tansania von den ersten Tagen der Unabhängigkeit an geleitet. Die Partei hat dafür gekämpft, ein Land zu schaffen, wo niemand reich und niemand arm ist.«

»Wo jedermann arm ist«, murmelte vor Jordan ein alter Mann.

»Die Partei hat daran gearbeitet, ein Land zu schaffen, wo jeder Mann sein eigener Herr ist. Sie hat versucht, bei allen Menschen für Erziehung und Gesundheit zu sorgen.«

»In den ganzen Usambara-Bergen gibt es nur ein einziges Regierungskrankenhaus«, sagte ein anderer alter Mann. Er trug ein geflicktes Wolljackett, geflickte schwarze Hosen sowie Sandalen, offenbar gehörte er zur Intelligenzija. Jordan wußte, daß selbst die Bauern, die weit von der Stadt entfernt lebten, über die Idee neuer Parteien beunruhigt waren – wie konnten sie es sich leisten, außer der ersten Partei noch eine zweite zu unterhalten, die sich in ihr Leben mischen wollte? *Demokrasia* war im Busch schwer zu verstehen.

Cosmos Chamshama hielt inne, um sich die Stirn zu wischen. Dann ging er mit der unheilvollen Entwicklung auf dem Weltmarkt ins Gericht, mit den fallenden Preisen für Sisal, Kaffee und Tee.

»Warum laßt ihr uns unseren Tee nicht an private Käufer verkaufen statt an die Regierung?« rief ein hochgewachsener Mann unweit der Bühne. Er besaß die Hauttönung und die Gesichtszüge des Kilindi-Clans – so wie der Sultan und auch Zanifa.

»Schafft den Teeausschuß ab!« rief ein anderer Kilindi.

»Die Lehrer haben seit einem halben Jahr kein Geld bekommen!« Jetzt gab es überall in der Menge Rufe. »Was ist mit dem Geld für das neue Hospital geschehen?«

Cosmos Chamshama ließ die Augen über die mißgelaunte Menge gleiten und änderte seinen Kurs. »*Genossen*, hört zu! Ist es ein guter Zeitpunkt, das Parlament, die Stimme des Volkes, Männern zu überlassen, die nichts vom alltäglichen Geschäft des Regierens verstehen?«

Der alte Abgeordnete hielt inne. Das Stadion war still.

»Wollt ihr Männer wählen, denen es nur darum geht, sich im Land einen großen Namen zu machen? Männer, die unserem Land womöglich ein Blutbad bescheren wie in Ruanda oder Somalia? Der Lehrer hat uns auf einen friedlichen Kurs gebracht.« Chamshama lächelte und hob eine Hand. »Die Partei der Revolution hat Tansania drei Jahrzehnte Frieden beschert. Wir werden das Land in das neue Zeitalter führen.« Er eilte über die Bühne.

Kimweri trat auf der Plattform zum Mikrophon. Er sagte etwas in Sambaa, und die Menge brach in wildes Gelächter aus. Jordan fand es unklug, bei einer öffentlichen Versammlung eine Stammessprache zu gebrauchen. Dann jedoch begann Kimweri langsam in klassischem suaheli. »*Watu wote wanaweza*« – fast jedes Wort war ein Reim mit einem anderen oder bildete eine Alliteration. Der Sultan besaß eine tönende und beschwichtigende Bühnenstimme.

»Der *Ehrenwerte* Bwana Chamshama hat die alte Partei dazu aufgerufen, unsere Nation durch diese Armutskrise hindurchzuführen.« Kimweri stieß seinen Stab krachend auf der Bühne auf. »Aber ich sage euch, meine Brüder und Schwestern, es ist seine Partei, die Partei der Revolution, die diese Krise verursacht hat. Ihr wißt, daß das die Wahrheit ist. Ihr lacht und witzelt jeden Tag auf der Straße darüber.«

Kimweri hielt inne und hob seinen Stab hoch in die Luft. »Die Zeit naht, wo Scherze Veränderung bringen.« Seine Stimme dröhnte: *»Die Zeit naht, wo eure Hoffnungen und Träume Wirklichkeit werden!«*

Kimweri sprach von den Tagen vor der Unabhängigkeit, als Arbeiter sich zwanzigmal mehr Brot und Kerosin und Kleider leisten konnten als heute. In Richtung des alten Abgeordneten gestikulierend, beschuldigte Kimweri die Partei der Revolution. Er forderte ein Ende der Regierungsmonopole. Die Menge war hingerissen. Es war das erste Mal seit Jahrzehnten, daß diese Tabuthemen öffentlich ausgesprochen worden waren.

Kimweri hob beide Fäuste über seinen Kopf. Die wallenden Ärmel seines weißen *kanzu* ließen ihn aussehen wie einen Engel. Seine tiefe Stimme dröhnte: *»Die Zeit für einen Wandel ist gekommen!«*

An einer Wand hinter ihm rollte eine rote Fahne herab und überdeckte langsam die grün-schwarze Fahne der alten Partei. Das Banner war mit Symbolen geschmückt, die Jordan nicht kannte.

Kimweri drehte sich um und zeigte mit seinem Stab. »Dies ist die Fahne der neuen Partei. Und dies sind die alten Zeichen der verschiedenen Stämme. Die Fahne repräsentiert die Einheit aller Stämme, und sie ist der Aufruf, zum Wohlstand der Vergangenheit zurückzukehren.«

»Turude zamani!« rief Kimweri. Laßt uns zu den alten Zeiten zurückkehren! *»Turude zamani!«*

»Turude zamani!« Die Kilindi in der Menschenmenge waren das Echo des Sultans. Der Ruf nahm an Kraft zu, je weiter er sich von der Bühne entfernte. *»Turude zamani!«* In kaum einer Minute schrie die gesamte Menschenmenge wie aus einem Mund. *»Turude zamani!«*

Jordan wurde von hinten gestoßen. Bevor er begriff, was da vor sich ging, wurde er an den Armen durch die Menge geschleppt. Er sah die Gesichter seiner Begleiter: Es waren die beiden Kilindi-Krieger, die ihn auf der Landstraße vor dem Mob gerettet hatten. Beide trugen dunkle Sonnenbrillen und weiße Polohemden. Jordan versuchte, ihnen seine Arme zu entwinden, doch sie packten nur härter zu. Geschickt geleiteten sie ihn durch die jetzt singenden Sambaa, führten ihn um eine Tribüne herum, am Rand von Marschland entlang und unter einen Abschnitt der Sitzplätze. Jordan schrie. Einer der Krieger preßte ihm seine Hand auf den Mund. Die wie abgehackte Stimme des dünnen Mannes, der die Kandidaten vorgestellt hatte, dankte den Zuhörern für ihr Kommen. Auf der anderen Seite der Sitzplätze strömte die Menge aus dem Stadion, und der Sprechgesang und das eigentümliche Geheul wurden leiser.

Die beiden Krieger ließen seine Arme los und stießen ihn zurück in die Schatten.

»Vipi sasa?« Jordan dachte, daß es sich um irgendeinen Scherz handelte. Was ist los?

»Abwarten«, antwortete der eine. Beide behielten ihre Sonnenbrillen auch im Schatten auf.

In den Lichtstreifen unterhalb der Tribünen tauchte, von seinen Leibwächtern flankiert, Kimweri auf. Der rote Fez kippte leicht nach vorn, als er sich bückte, um näher zu kommen. »Wie nett von dir, zum Start meiner Kampagne zu kommen. Findest du, daß er gut verlaufen ist?«

»Absolut. Das Programm ist sehr vernünftig.« Jordan wollte auf Kimweri zugehen. Einer der Krieger riß ihn zurück.

Kimweri kam näher und trat in den Schatten. »Hast du keinen Respekt?« Sein Lachen klang anders als sonst. »Ich gebe zu, daß du sehr clever warst mit deiner Methode, Zanifa herumzukriegen. Aber du hattest vergessen, daß ich dir das Leben gerettet habe, nicht?«

Kimweri bewegte sich vorwärts in einen Lichtstreifen, der seine schwarzen Augen glänzen ließ. »Ich frage mich, wie dir wohl eine Kostprobe deiner eigenen Medizin schmeckt?« Kimweri nahm seinen Fez ab und reichte ihn einem der Wächter. Sein Haar war kurz. »Du bist in Tansania ein Gast, und du mischst dich in ein traditionelles, vieltausendjähriges Ritual ein.« Er gab den Kriegern in sambaa Befehle. Einer drehte Jordan den Arm auf den Rücken, während die beiden anderen seine Beine auseinanderspreizten.

»Sprich nie wieder mit dem Mädchen, unter gar keinen Umständen!« Kimweri beugte sich vor und flüsterte in Jordans Ohr. »Dann wirst du vielleicht am Leben bleiben und nach Amerika zurückkehren.«

Jordan schrie auf, als Kimweri ihm mit harter Hand gegen seine Weichteile schlug.

»Es ist wahr, was man von den *mzungu*-Männern sagt.« Kimweri knetete Jordan mit rauhem Griff. »Da ist wirklich sehr wenig zwischen ihren Beinen.« Er schloß seine Faust.

Jordan schrie gellend.

Die Krieger zwangen Jordan auf die Knie.

Kimweri gluckste. »Dein Leben hat an jenem dünnen Gewebe gehangen. Ich habe sie von einer Hebamme untersuchen lassen. Wenn du sie gefickt hättest, wärst du bereits tot. Der Sultan zog den vorderen Teil seines Gewands bis zur Taille hoch und packte einen harten, unbeschnittenen Penis unten am Schaft. Er massierte ihn zärtlich.

Jordan drehte seinen Kopf zur Seite und versuchte, sich von den beiden Kriegern loszureißen.

»Es ist erregend, Angst zu sehen.« Kimweri lachte. »Das ist es wohl, was einen Vergewaltiger motiviert.«

Jordan sah Kimweri ins Gesicht. »Es tut mir leid, Julian. Ich bin zu weit gegangen, ich ...«

Kimweri schlug ihm mit dem Handrücken quer über die Wange.

»Ich werde dir verzeihen, wenn du mir das Vergnügen bereitest, das du Zanifa bereitet hast.« Kimweri ließ seine Hand am Schaft seines Glieds hinauf- und hinuntergleiten.

»Ich werde mich versetzen lassen.« Jordan machte sich auf den nächsten Schlag gefaßt und hoffte, daß Kimweri ihn nur verprügeln und nicht auch noch vergewaltigen würde.

Er zuckte zusammen, als Kimweri über die rote Stelle auf seiner Wange strich.

Kimweri sagte etwas in sambaa. Einer der Krieger legte Jordan einen Arm um den Hals und packte mit der anderen Hand seine Haare. Er zwang Jordans Kopf nach vorn.

»Wenn du mich mit deinen Zähnen auch nur kratzt, bricht er dir den Hals«, sagte Kimweri und stieß die Eichel seines Penis gegen Jordans vorgewölbte und fest verschlossene Lippen. »Mach den Mund auf.«

Kimweri flüsterte in sambaa. Der Krieger preßte Jordan die Kehle zusammen, bis er keine Luft mehr bekam. Er würgte, und sein Mund öffnete sich.

»Weiter.«

Kimweri schob seinen Penis langsam in Jordans Mund. Jordan versuchte, ihn hinauszudrängen, doch Kimweri stieß ihn tiefer hinein, so daß Jordan nach Luft schnappte. »Weiter.« Der Krieger riß Jordan ein Büschel Haare aus. Er schrie lautlos und öffnete seinen Mund weiter. Kimweri atmete schneller und rammte sein Glied hinten gegen Jordans Kehle. Plötzlich hielt der Sultan inne und zog leicht zurück, wobei die Eichel seines Penis in Jordans Wangen ruhte. Jordan fühlte das Pulsieren des Penis, und warmer, salziger Samen füllte seinen Mund. Kimweri zog sein Glied ganz zurück. Jordan würgte und spie auf den Boden. Der Krieger ließ ihn los.

»Reizender Junge. Mit all dem Haar könntest du als Mädchen durchgehen.« Kimweri wischte seinen Penis an Jordans Hemd ab und ließ sein Gewand dann herabfallen. »Eine Versetzung – das ist ein gescheiter Gedanke. Aber laß uns noch ein letztes Match bei den Lawns spielen, bevor du verschwindest.«

Jordan spuckte und rieb sich den Hals.

Kimweri sagte etwas in sambaa. Lachend und ohne zurückzublicken zogen sich der Sultan und sein Gefolge aus dem durchbrochenen Licht unterhalb der Tribüne zurück und ließen Jordan allein in dem Schatten des leeren Stadions zurück. Er bemühte sich, jedes bißchen Feuchtigkeit aus seinem Mund zu spucken.

Ionides saß auf zwei Kissen, ganz vorn auf seinem Sitz vorgebeugt, und doch reichten seine Beine kaum bis zu den Pedalen, und sein Kinn befand sich nicht weit über dem Lenkrad seines Landrovers. In hohem Tempo fuhr er die steile Landstraße hinunter und bog im letzten Augenblick um die Ecken. Die Reifen kreischten.

»Sie werden uns noch umbringen«, sagte Jordan. »Warum lassen Sie nicht mich fahren?«

»Ich gestatte niemandem, meinen Landrover zu fahren. Ich bin seit 1952 ein Landrover-Mann«, knurrte Ionides. »So habe ich's seit jeher gehalten.«

»Wenn's keine Servolenkung gäbe, könnten Sie das Lenkrad nicht einmal drehen«, rief Jordan.

Ionides brummte. »Sie sollten direkt nach Daressalam fahren. Heute nacht kommen fünfzig Busse durch Mombo.«

»Das Peace Corps würde mich niemals wieder nach Lushoto zurückkommen lassen, wenn ich denen sagen würde, warum ich geflohen bin. Und ich kann Pasipo jetzt nicht allein lassen. Sie ist noch nicht bereit für die Freiheit.« Jordan berührte die brennende Stelle auf seinem Kopf.

»Wenn Sie Ihr Versprechen wegen der Versetzung nicht halten, bringt er Sie um. Vergessen Sie den blöden Vogel. Verziehen Sie sich in die andere Seite des Landes!«

»Ich werde Kimweri in einem Brief mitteilen, daß ich meine Versetzung beantragt habe und alles daransetze, den Adler so bald wie möglich freizulassen«, sagte Jordan. »Er sollte das verstehen. Er hat einen Green-Peace-Aufkleber an seinem Auto.«

»Sie sind verrückt.«

Die Straße löste sich von einer Kammlinie und zielte gleichsam hinab in eine tiefe Schlucht. Es gab einen weiten Ausblick auf Schirmakazien, die dreihundert Meter tiefer die Savanne bestückten.

»Wie oft habe ich Sie gewarnt, sich nicht mit diesem Mädchen einzulassen?« krächzte Ionides. »Sie müssen die Ohren voll Wachs haben. Glauben Sie, ich habe hier fünfzig Jahre umsonst gelebt?«

»Es muß Omali gewesen sein. Dieser dreckige Saufbold. Ich habe ihm nie getraut.«

»Omali wird gar nicht erst kommen, wenn er sieht, wen Sie als Ersatz für ihn angeheuert haben.« Ionides schaltete, um das Tempo zu verlangsamen. »Die Massai haben vor dreihundert Jahren angefangen, Sambaaweiber und -rinder zu rauben. Sie sind noch immer Viehdiebe.« Ionides Lachen war hoch und heiser. »Die Sambaa haben Angst vor ihnen.«

Schweigend passierten sie die Abzweigung nach Vooga. Ein schwarzer Bus mit dem Namen Death Row kam die Straße heraufgeschnauft, hinter sich eine Wolke aus schwarzem Dieselrauch.

»Miserable Kolbenringe«, murmelte Ionides. »Verdammte Afrikaner.«

Sie bogen um eine Kurve und sahen Mombo, eine dreieckige Ansammlung aus Straßen und gleißenden Blechdächern. Es lag dort, wo das Anschwemmland der Berge und die flache Ebene der Massai-Steppe einander begegneten. Zu beiden Seiten der Stadt bildeten ordentliche Sisalreihen ein perfektes, hundert Hektar großes Rechteck entlang des Nord-Süd-Highways. Sie passierten ein verlassenes fensterloses Straßenzollhäuschen und fuhren einen steilen Hang hinunter in die Stadt.

Bei der Caltex-Tankstelle schwankten hohe Palmen im heißen Wind. Vor der California Bar sah man Check Bobs, junge Männer mit Sonnenbrillen und engen Hosen, die sie oberhalb der Fußknöchel abgeschnitten hatten, um ihre feinen Schuhe und Stiefel sehen zu lassen; sie tanzten wirbelnd umher. Ionides fuhr langsam durch die Stadt, bis er drei Massai-Cowboys entdeckte, die rote römische Tuniken trugen und an der Hüfte Schwerter in Scheiden. Ihre Speere staken im Boden bei einem Tisch mit einem Cinzano-Sonnenschirm vor dem pinkfarbenen Zementbau des New Paris Hotel.

Ionides parkte das Auto und stieg langsam aus, wobei er seine kurzgeratene Gestalt mit einem Ächzen auf die Straße herunterließ. Der alte Grieche watschelte in seinem Safari-Anzug auf den Tisch zu. Jordan folgte. Ionides begrüßte die Männer in Massai. *»Entasoba!«*

»Ebe!« antworteten sie wie im Chor.

Ionides nahm auf einem Stuhl am Tisch Platz und sprach lange in Massai. Jordan stand ein Stück hinter ihm, hörte zu, verstand nur *shillingi* – Schillinge. Nach seinem Eintreffen in Tansania war Jordan darüber schockiert gewesen, daß sich die *mzungu* zu Sklavenlöhnen viel afrikanisches Personal hielten. Er hatte sich rasch daran gewöhnt und war jetzt froh darüber, daß das Peace Corps für »Sicherheitspersonal« zahlte.

Die drei Krieger begannen hastig miteinander zu tuscheln. Ionides hörte zu, blickte dann zu Jordan. »Zuerst haben sie geglaubt, daß ich scherze – fünfzig Dollar im Monat, das ist doppelt soviel wie das Gehalt eines Regierungsbeamten. Ich hätte weniger bieten sollen.«

Jordan schwieg. Ihm ging durch den Kopf, ob Kimweri ihn mit Aids infiziert haben konnte. Er tastete mit seiner Zunge in seinem Mund nach verletzten Stellen.

Einer der Krieger erhob sich. Er hatte ungefähr Jordans Alter und Größe – Ende zwanzig, über einsachtzig, Gewicht rund 75 Kilo. Das Haar war zu langen, dünnen Zöpfen geflochten, und in einem Loch in seinem Ohrläppchen trug er eine kleine Filmkapsel aus Plastik. Er schüttelte Jordan schlaff die Hand und sagte in suaheli: »Nenn mich Shabu.«

»Ich bin Jordan.«

Er drehte sich zu Ionides herum und fragte, ob seine Freundin zu Besuch kommen könne.

»Natürlich«, antwortete Jordan. »Und deine Kumpels sind gleichfalls willkommen.«

»Wie viele Monate?« Der Krieger sah Jordan an.

»Vier«, sagte Jordan. »Dann kehre ich in meine Heimat zurück.« Er wies über die hohen Bäume hinweg zu den kahlen grauen Felsen, die bis zu einer Höhe von tausend Metern emporstiegen. »Du kannst mein Haus ein paar Meilen weiter nördlich am Rand des Berges sehen. Siehst du die alte Kirche auf der Spitze?«

»*Ndiyo.*« Shabu nickte.

»Genau dort.«

»Es gibt eine Viehfährte, die über die Felsen dort bis nahe zu deinem Haus führt.« Shabu wies auf eine dünne Zickzacklinie.

»Ja. Deine Freunde können diesen Pfad benutzen.« Jordan ließ seine Hand los. »Aber du fängst heute nacht an.«

Shabu steckte seine roten Zöpfe oder Flechten unter ein schwarzes Barett und zog seinen Speer aus dem Boden.

Agosti 27–Septemba 8

Im zweiten Mond der Trockenzeit entzündeten die Afrikaner überall dort Feuer, wo sie Mais pflanzen oder Vieh weiden wollten oder wo immer Kinder – von kollektiver Pyromanie erfaßt – den Busch in Brand setzten. Zahllose Rauchsäulen stiegen auf, gleich weißen Fäden von den Berghängen und dem Flachland der Steppe. Ein totes Meer aus Luft senkte sich auf das Land, und eine gelbe-braune, mehrere hundert Meter dicke Schicht trieb über die Savanne, die die fernen Gipfel verschleierte und das Licht zu blutigroten Sonnenuntergängen brach. Nachts waren die Feuer weit über die Schwärze tief unten verstreut und sahen aus wie Sternbilder aus glühender Holzkohle.

Jordan fühlte sich außerhalb des Pfarreigeländes nicht mehr sicher. Er schickte Shabu in die Stadt, um einen Brief an Kimweri aufzugeben. Er bat um die Benennung einer Frist für seine Versetzung und die Freilassung des Adlers und versicherte, er werde Zanifa meiden. Die Vormittage verbrachte Jordan mit Lesen, und nachmittags rauchte er *bhangi*. Er griff nach Romanen wie *Wem die Stunde schlägt* und anderen Taschenbüchern, die vom College übriggeblieben waren, kam über den Anfang jedoch nie hinaus. Die Erinnerung an das Stadion verfolgte ihn bis in seine Träume, und er erwachte nachts und ging mit Shabu im Hof umher, um Stolperdrähte zu spannen. Shabu wollte zum Massai-Land laufen und mehr Krieger holen, aber Jordan war zu besorgt, um auch nur für ein paar Tage allein bleiben zu wollen. Als von Kimweri keinerlei Antwort kam, steigerte sich das Gefühl der Unsicherheit in ihm bis zu dem Punkt, wo er nachts bei jedem Geräusch aufwachte.

Tagsüber erprobte Pasipo ihre Flügel, sprang von der Rückenlehne des Stuhls auf die Tischplatte, sprang auf das Geländer der Veranda, von dort auf das Gras auf dem Hof zwischen Pfarrhaus und Kirche und dann zurück ins Haus. Shabu saß in seiner roten Tunika, flocht Glasperlen in die Enden seiner mit Ocker gefärbten Haare oder las in letztjährigen Ausgaben des *Mfanyakazi* – des *Arbeiters* – einem Suaheli-Blatt. Er behielt den Himmelsleoparden im Auge, wann immer Pasipo sich im Freien bewegte. Er hatte sich mit ihr angefreundet und fütterte sie, wenn Jordan zu lethargisch oder bekifft war oder schlief.

Eines Morgens erwacht Jordan spät und ging hinaus auf die Veranda. Auf dem Hof des Pfarrhauses graste ein halbes Dutzend magere Rinder. Unter ihrem schlaffen Fell zeichneten sich ihre Rippen ab, ihre weit auseinanderstehenden Hörner waren an den Spitzen nach oben gebogen.

»*Umeamkaje, bwana?*« Shabu, in roter Tunika, mit einem um die Schultern gelegten karierten Tuch, fragte ihn, wie er geschlafen hatte.

»*Vizuri.*« Jordan rieb sich die Augen. Gut.

Hinter Shabu standen ein Krieger, gleichfalls in roter Tunika, und zwei Mädchen mit rasierten Köpfen in entsprechenden blauen Tuniken mit Gürteln aus Glasperlen. Shabu stellte seine Freundin, Kisene, vor, die sich mit abgewandtem Gesicht vorbeugte, als sie seine Hand mit ihren Händen schüttelte. Shabu hatte Jordan erzählt, daß die Armbänder und Halsketten, die er jeden Tag trug, Geschenke von Kisene waren. Sie war seit einigen Jahren seine Freundin, aber jetzt, mit dreizehn, würde sie bald den *jando* durchmachen müssen, um dann, im Tausch gegen zehn Kühe, mit einem älteren Mann verheiratet zu werden. Der andere Krieger, Lesuyu, hatte sie und seine eigene Freundin, Malamai, von ihrem Dorf herbegleitet, das achtzig Meilen weiter westlich in der flachen Steppe lag.

»Sie sind gekommen, um für zwei Tage zu bleiben«, sagte Shabu zu Jordan. »Dann müssen sie die Kühe meines Vaters zurückbringen. Auf deinem Hof gibt es nicht viel zum Grasen, und die Samba wollen uns nicht auf ihrem Land grasen lassen.«

»Karibu sana«, sagte Jordan, sie willkommen heißend.

Shabu schoß aus einer Entfernung von einem halben Meter einen Pfeil in eine dicke Halsader einer jungen Kuh. Blut spritzte aus der Wunde und wurde von einem der Mädchen in einer Art Kürbisgefäß aufgefangen. Kiseme mischte das Blut in eine Holzschüssel, die sie mit frischer Milch gefüllt hatte, und bearbeitete die Flüssigkeit, indem sie zwischen ihren Händen einen Stab rasant hin- und herrollte, bis sich oben in der Schüssel rosafarbener Schaum gebildet hatte. Das Mädchen bot Jordan den Massai-Milchshake an, doch er lehnte an. Shabu schüttelte traurig den Kopf.

Später am Tag beschloß Jordan, für seine Gäste ein Fest zu feiern, und gab ihnen eine Ziege. Shabu und Lesuyu schnitten ihr den Hals durch und ließen sie ausbluten. Als diesmal Jordan von Lesuyu eine dampfende Schale angeboten wurde, nahm er einen Mundvoll. Es schmeckte nach Menschenblut und Ziegenfleisch. »Jetzt bist du ein Massai«, sagte Shabu, lehnte sich gegen ihn und schlang einen Arm um seine Schultern. Die Krieger zerlegten die Ziege, und die Mädchen bereiteten die Stücke an Holzspießen zu, die inmitten eines Festfeuers auf dem Rasen staken. Fleisch war für die Massai eine seltene

Köstlichkeit, und sie schmausten vergnügt, lachten und scherzten, während Jordan stumm an einem Bein nagte und sie um ihr einfaches Vergnügen beneidete. Nach Einbruch der Dunkelheit erschienen die Mädchen mit seltsamem Halsschmuck. Sie trugen Scheiben aus Glasperlen, die größer waren als Schallplatten. Sie standen gegenüber den Kriegern, und die Scheiben wippten auf und nieder, während sie auf der Stelle tanzten und alle im Singsang: »Yah, yah, yah, yah!« riefen. Die Krieger bewegten sich im gleichen Rhythmus und sangen: »Wir sind hier, ihr schönen Mädchen.« Die Mädchen sangen: »Ihr habt uns zu gemeinsamem Spiel gerufen. Springt, und ich werde einen von euch wählen, um ihn zu lieben.« Lesuyu machte einen Satz auf die Mädchen zu und sprang hoch in die Luft. »Yah, yah, yah, yah!« Shabu sprang noch höher, riß dann Jordan von seinem Platz beim Feuer hoch und zog ihn mit hinein in das Treiben. Jordan konnte nur halb so hoch springen, doch alle Massai jubelten ihm zu, und er tanzte und sprang im Schein des Feuers, für einige Stunden hochgemuter Stimmung, bis die Massai der Nacht plötzlich ein Ende setzten und er allein zu seinem Schlafzimmer ging.

An dem Tag, an dem die drei Gäste davonzogen, kam Pasipo ins Wohnzimmer gehüpft und schrie: *Quie-quie-quie!*

Jordan blickte vom Sofa auf. »Hast Hunger, wie?«

Quie-quie-quie! Pasipo sprang vom Fußboden hoch und schlitterte über die Tischplatte. *Quie-quie-quie!* Sie sprang vom Tisch herunter, prallte von der Wand zurück und landete in einem Lehnstuhl. Mit ihrem Schnabel riß sie ein Loch ins untere Polster und schleuderte Teile der Kapok-Füllung auf den Fußboden. *Quie-quie-quie!*

Jordan drückte einen Joint aus, ging dann in die Küche und kam mit einer Hühnerbrust zurück. Während er sich nach dem Beizhandschuh umsah, machte Pasipo einen Satz durchs

Zimmer und bohrte ihre Krallen in die Hühnerbrust. Als sie mit dem Fressen fertig war, lockte er sie auf den Handschuh und fesselte sie mit einem Fußriemen sorgfältig an die Hockstange. Er beschloß, sie an diesem Tag nicht noch mal zu füttern und am nächsten Tag mit dem Abrichten zu beginnen.

Langsam zerbrach der trübe Winterhimmel wie Packeis, und durch die Risse hindurch zeigte sich ein Himmel von gleichsam elektrischem Blau. Jordan beobachtete den Wandel während der langen Stunden, in denen er Pasipo abrichtete. Zwei Tage gingen dafür drauf, mit einem Fisch in der Sonne zu stehen, ehe der Adler endlich herangelockt werden konnte; mit Hilfe einer langen Leine, die an einer seiner Beinfesseln befestigt war, leitete Jordan ihn über den Hof hinweg, hin zum Handschuh. Am Tag darauf erhob sich Pasipo auf eigenen Schwingen über den Hof, zwölfmal bei Sonnenaufgang und sechzehnmal bei Sonnenuntergang, wobei sie Biß für Biß ihre Mahlzeiten erhielt. Am folgenden Tag flog sie zwanzigmal von der vorderen Veranda zum fünfzehn Meter entfernten Lattenzaun und noch einmal zwanzig Meter entlang der Seitenmauer der Kirche, wo Jordan auf einem breiten Weg stand. Am Abend befestigte Jordan ihre Fußfesseln an einer Hockstange auf der Hinterveranda, um sie davon abzuhalten, die Hauseinrichtung zu zerstören. Über die Möglichkeit einer Flucht mit Zanifa nachgrübelnd, spähte Jordan in der ersten Sternennacht seit Monaten durch seinen Nikon-Feldstecher und verfolgte die Bahn der blau-weißen Venus und des bernsteinfarbenen Mars. Und plötzlich ertappte er sich, wie er das Massai-Lied sang: »Springt, und ich werde einen von euch wählen, um ihn zu lieben ...«

Septemba 9

»*Bwana, njoo sasa!*« rief Shabu vom Hof her.

Jordan legte den Joint auf den Tisch und erhob sich langsam. Sein Blick glitt über die Wände des Wohnzimmers, die mit Aquarellen von Pasipo bedeckt waren, und er versuchte, sich zu erinnern, was er hatte tun wollen, ehe er den Joint kiffte – den Adler malen.

»*Njo sasa hivi!*« rief Shabu. Komm auf der Stelle! Jordan trat ins Freie, in Khakis und Ledersandalen, ohne Hemd.

Shabu war dabei, über die hohe Hecke zwischen dem Hof und einem Maisfeld zu klettern, wobei unter der Tunika sein nackter Hintern sichtbar wurde, während er seinen Speer auf der Innenseite der Hecke gegen den Zaun stützte.

»*Pasipo ametoka!*« Shabu ließ sich hinunterfallen ins Maisfeld.

»Wie ist sie entkommen?« schrie Jordan und rannte zur Hecke.

»Sie hat ihre Fußfessel gelockert.« Zwischen verwelkten Maisstielen sprang Shabu auf den Rand des Felsens zu.

Jordan hätte Shabu am liebsten verwünscht, doch fiel ihm ein, daß er selbst es ja gewesen war, der Pasipo an ihre Hockstange gefesselt hatte. Vom oberen Teil der Hecke aus konnte er sehen, daß Pasipo dreißig Meter vom Rand des Felsens entfernt war. Falls sie wieder abhob, konnte es geschehen, daß sie tausend Meter tiefer im Waldgelände landete. Es würde ihr unmöglich sein, wieder hinaufzufliegen. Jordan rief Shabu zu, er solle sich vor ihr halbkreisförmig hin und her bewegen. Er rannte zurück zur Veranda, um Handschuh und Falknertasche zu holen, und stürzte wieder hinaus zur Hecke.

Pasipo saß im rissigen Ton nahe der Felswand und spähte hinaus in den Dunst. Zwischen ihr und dem Rand befand sich Shabu, auf Händen und Knien, so daß er aus der Perspektive eines Adlers weniger wie ein bedrohlicher Riese wirkte, und kroch auf sie zu. Jordan lief durch den trockenen Mais hinter ihr. Er kniete nieder und hielt den Handschuh vor Pasipo, offerierte ihr ein großes Hühnchen. »Pasipo!«

Der Adler ruckte den Kopf um 120 Grad herum. *Kio kio*.

Jordan schob sich auf den Knien langsam näher und schwenkte das Hühnchen im Handschuh, um ihre Aufmerksamkeit zu erregen. Ihre Augen waren dazu gemacht, winzige Bewegungen wahrzunehmen.

»Pasipo.« Jordan schwenkte das Hühnchen.

Der Adler breitete die Schwingen und sprang über Shabu hinweg.

Flügelflappend hielt sie im Bogen auf den Felsrand zu, ungeschickt und ungeübt manövrierend.

Jordan hatte ein leeres Gefühl in der Magengrube, während er sich vom Boden hochstützte.

Pasipo schwankte und wackelte über den Felsrand hinaus und verschwand.

Jordan und Shabu liefen zum Rand. Es gab keinen Wind. Pasipo, bereits mehrere hundert Meter entfernt, glitt auf die Savanne zu. Jordan fluchte leise. Der Massai blieb stumm.

Pasipo schwebte in einer Art Spirale hinunter in Richtung des trockenen Dornenwalds auf dem Ausläufer des Berges.

»Es wird unmöglich sein, sie dort unten aufzuspüren«, sagte Shabu. »Aber ein *fungo* wird sie bald finden.«

Sie starrten ihr hoffnungslos nach, bis Pasipo zu klein war, um sie vor den Baumwipfeln eine halbe Meile tiefer noch auszumachen.

»Gottverdammt noch mal«, sagte Jordan.

Shabu sagte ruhig in suaheli: »Ich werde eine Wasserflasche und eine Taschenlampe nehmen und hinunterlaufen, um den Himmelsleoparden zu suchen. Aber das ist, als ob man in einem Dornenbusch nach einer Glasperle sucht.« Er wartete auf Jordans Antwort.

Jordan starrte hinaus in den Smog, drehte sich dann um und sah Shabu an. »Vielleicht sollte ich ja gehen.«

Der Massai wartete.

Jordan blickte hinunter auf die dunklen Schirme der Akazien auf dem Vorhügel. Knapp oberhalb der Baumwipfel konnte er den Raubvogel kreisen sehen. Offenbar nutzte er einen Aufwind.

»Es ist dein Himmelsleopard«, sagte Shabu.

»Bist du sicher?« Jordan spähte aus verengten Augen.

»*Utaona*«, sagte Shabu vergnügt. Du wirst ja sehen.

Ihre schwarzen Flügel schwangen auf und nieder. Ihr Körper, nur mühsam unter Kontrolle, sackte vor und wieder zurück. Aus den Tiefen kreiste sie höher. Jordan starrte unentwegt, fühlte sich jedoch ruhiger, während sie immer höher kletterte, und bewunderte ihre instinktive Fähigkeit, in einer unsichtbaren thermischen Strömung zu navigieren. In einem Abstand von rund dreißig Metern erreichte sie die Höhe des Felsrands und stieg in gleichmäßiger Spirale noch weiter empor. Die Männer konnten die weißen Unterseiten ihrer Schwingen und die schwarzen und weißen Streifen ihres Schwanzes sehen.

»Pasipo!« Jordan winkte mit dem großen Hühnchen in seinem Handschuh.

Pasipo blickte zu ihm, fiel dann seitwärts in der Turbulenz

ihrer thermischen Strömung, richtete sich wieder gerade und schrie: *Koi-koi-koi*!

Dann sah Jordan, wie die residierenden Augurbussarde der Linie des Felsrands hundertfünfzig Meter oberhalb des Eyas folgten. Jordan machte sich auf die Sturzflugattacken gefaßt. Die Flugbahnen der Bussarde bekamen etwas Wellenförmiges, als sie in die thermische Turbulenz gerieten. Sie legten ihre Flügel an und tauchten durch die Strömung, und zwar dreißig Meter oberhalb von Pasipo, die beobachtete, wie sie ihre Flügel nach Beendigung dieser Phase wieder öffneten. Entlang der Linie des Felsrands hielten sich die Bussarde weiter in südlicher Richtung und schienen den anderen Raubvogel gar nicht zu gewahren. Pasipo ihrerseits lernte von ihnen. Sie legte ihre Schwingen an und tauchte hinaus aus der Thermik.

»Pasipo!« Jordan schwenkte den Handschuh.

Gleich einem schwarzen Keil schoß das Eyas herab, auf den Felsrand zu. Sie breitete ihre Schwingen zu einer Spanne von nicht ganz zwei Metern und streckte ihre gelben, handgroßen Krallen vor.

Jordan zuckte zusammen, als der Himmelsleopard wie ein befiederter Pfeil herbeikatapultiert kam.

Pasipo prallte gegen den Handschuh wie ein Stein, so daß Jordans Arm hinter seine Schulter gerissen wurde. Er fiel rückwärts, während Pasipo sich auf der Tonerde überschlug. Sie raffte sich hoch und blickte zu Jordan. Er stand auf und zögerte, bevor er ihr den Handschuh hinhielt, in dessen Mitte der schlaffe Kopf des Hühnchens mit himmelwärts gerichtetem Schnabel lag. Er atmete tief durch. Pasipo hüpfte leichtfüßig auf den Handschuh.

EIN LEICHENBERG IN BOSNIEN UNTER GRAUEM HIMMEL. EINE brünette Nachrichtensprecherin. Afrikanische Kinder mit großen Köpfen, geschwollenen Bäuchen und skelettartigen Gliedern. Geräuschlos blitzten Bildschirmbilder vorüber. Jordan hatte einen trockenen Mund.

In seinem Kopf pochte es leicht, nachdem er mit Vernon Taylor ein paar Drinks gekippt hatte. Er lag auf der Ledercouch und wünschte sich mit aller Kraft Anna herbei. Sein Magen knurrte. Seit dem Morgen hatte er nichts mehr gegessen. Auf dem Bildschirm drangen Bulldozer tiefer ins Amazonas-Gebiet ein und mähten Bäume nieder wie Streichhölzer.

Das Geräusch eines Schlüssels im Schloß. Dann kam Anna. Ihr Haar war nach hinten gekämmt, und sie trug das braune zweireihige Kostüm, das sie getragen hatte, als sie und Jordan im vorigen Herbst in Nashville seine Urgroßmutter zum Abendessen ausgeführt hatten. Jordan war stiller Zuschauer gewesen, während die beiden sich über Gärten und Politik unterhielten und miteinander lachten. Als Anna für ein paar Augenblicke fort war, hatte Nanny sich über den Tisch gebeugt, ihre welke, runzlige Hand auf seine gelegt und gesagt: »Anna hat Mumm. Die weiß, wie man sich zurechtfindet. Das solltest du zu schätzen wissen. Du kannst wirklich von Glück sagen.«

»Heh«, Anne stellte eine Ledertasche bei der Tür ab.

»Ich habe dich mindestens zehnmal angerufen.« Während sie das Zimmer durchquerte, stützte Jordan sich auf einen Ellbogen hoch »Zwölfmal.« Anna legte sich neben ihn.

»Warum hast du denn nicht zurückgerufen?«

»Warum sollte ich? Worüber sollten wir sprechen?« Sie zog an seiner Krawatte, um sie zu lockern, machte sich dann an die Knöpfe.

»Über die Nächte, in denen du kommst.« Jordan fühlte sich versucht, vom vergangenen Sonntag zu sprechen, an dem vermutlich ein Rekord aufgestellt worden war: Oder hatte irgendein anderer es schon geschafft, sie dreimal nacheinander zum Orgasmus zu bringen? Es gab jetzt keinen anderen Maßstab für das, was sich zwischen ihnen abspielte. Als sie Sonntag nacht gegangen war, hatte sie ihn gebeten, sie nicht zur Straße zu begleiten. Durch das Küchenfenster hatte er gesehen, daß sie weinte, als sie in ihr Auto stieg. Mit dem kleinen Finger strich er die Linie ihrer Lippen entlang. »Die Leidenschaft ist noch da.«

»Du bist viel aufmerksamer. Du versuchst, dich festzuklammern«, sagte Anna, keineswegs unfreundlich.

»Es ist keine Zärtlichkeit mehr vorhanden, wenn wir Liebe machen«, sagte Jordan. »Bestrafst du mich, oder schüttelst du mich ab oder beides?«

»Was würdest du denn gern von mir hören?«

»Daß du vorbeikommst, weil du hoffst, daß wir eine gemeinsame Zukunft haben.«

»Ich weiß nicht, ob ich das sagen kann. Das braucht Zeit. Ich weiß nicht, wie lange es dauern wird, bevor ich dir wieder vertraue. Du hast etwas in mir zerbrochen. Ich fühlte mich verbraucht.«

»Es tut mir leid, daß ich dir weh getan habe.« Jordan zog sie an seine Brust. »Ich habe dir niemals etwas Böses antun wollen. Ich fühle mich wie ein Schwein.«

»Sei nicht so hart mit dir selbst. Ich weiß sehr wohl, daß es viele Menschen gibt, in denen nicht einmal halb soviel Gutes steckt wie in dir.« Sie lachte traurig. »Sex ist ein Trost. Wir haben immer großartigen Sex gehabt. Aber ich weiß nicht, wie lange das so bleiben wird.«

Septemba 25 – Oktoba 5

Von Süden her heulte ein trockener Sturm, der mit achtzig Stundenkilometern die Bergwand entlangtoste. Er wusch das Gelbbraun aus dem Himmel und blies den Dunst nach Norden über Kenia. Den ersten Tag des Sturms – es war genau einen Monat her, seit er Zanifa zum letztenmal gesehen hatte – verbrachte er damit, Shabu im Wohnzimmer das Backgammonspiel beizubringen. Schweigend spielten sie Stunde um Stunde. Zanifa schien fern, gleich einem Traum, eine Romanze, die eine gefährliche Leidenschaft gewesen war. Er beschloß zu vergessen. Als es dunkel wurde, erhob sich Shabu vom Tisch, um die Laternen anzuzünden. Jordan blickte zum Bücherregal, außer dem Schlaf das sicherste Mittel, um allem zu entkommen. Er las wieder, verschlang Romane während der Zeit, wo er nicht mit dem Abrichten Pasipos beschäftigt war oder einen der wenigen Termine an einem der Teiche hatte. Er seufzte und klappte den Backgammon-Kasten zu.

»Bwana, dieser Wind wird drei oder vier Tage lang blasen. Niemand wird kommen, während ich fort bin.« Shabu stellte eine Lampe auf den Tisch.

»Was?« Jordan nahm ein Buch vom Regal.

»Ich werde nach meinen Rindern sehen. In ein paar Tagen bin ich mit ein paar Freunden wieder da.«

»Deine Freundin sollte sie doch herschicken«, sagte Jordan.

»Sie sind nicht gekommen. Ich werde sie selbst holen.«

»Ich möchte nicht allein bleiben. Kimweris Krieger könnten kommen und mich umbringen«, sagte Jordan. Eine Antwort von Kimweri war bislang ausgeblieben, und so hatte Jordan sich nur dann hinausgewagt, wenn einer der ehrlich bemühten Farmer ihm eine Einladung hatte zukommen lassen.

»Ah, bwana. Du hast zuviel Angst. Die Sambaa sind doch Feiglinge.« Shabu lachte und legte einen Arm um Jordans Schultern. »Bei einem Sturm kommen die doch nicht. Sie sind bislang nicht gekommen. Und jetzt kommen sie auch nicht.«

»Ich bezahle dich, damit du hierbleibst, bis ich nach Amerika zurückkehre.«

»Ich bin mit ein paar Freunden bald wieder da.« Shabu griff nach seinem Speer und zeigte damit zur Tür. »Ich lasse dies hier bei dir. Ich muß nach meinen Rindern sehen, bwana.«

»*Sawa*«, gab Jordan nach. Er zog die Filmkapsel aus Shabus Ohrläppchen und schüttete sich eine Prise Schnupftabak auf seinen Daumen. Er sog ihn in die Nasenlöcher, die wie verteufelt brannten, während sein Hirn ins Nichts zu katapultieren schien.

Shabu beobachtete ihn grinsend, nahm dann selber eine Prise.

Der frühe Morgenhimmel war klar, und der Wind heulte. Shabu, in seine karierte Decke gehüllt, stand auf der vorderen Veranda.

»Beeil dich mit dem Zurückkommen. Vergeude keine Zeit!«

»Drei Tage. Und keine Sorge, es wird niemand kommen, während ich fort bin.«

»Ich hoffe nur, daß du nicht zurückkommst und entdecken mußt, daß ich weg bin.«

Shabu lachte und klatschte ihm auf die Hand. In Massai sagte er auf Wiedersehen: »*Sere.*«

»Sere.« Jordan sah, wie er zwischen den Bäumen auf der einen Seite des Hofes davontrabte. Er holte seinen Feldstecher vom Bücherregal und trat dann auf die Hinterveranda, von wo er Shabus Zickzackfährte verfolgte, die zwischen Riesensteinen zu einem Felsvorsprung führte, der in Richtung Ebene abfiel. So halb und halb erwartete er, daß Shabu hinuntergeweht werden würde vom Felsen. Dreihundert Meter tiefer, nur noch ein Strichmännchen, verschwand der Massai an der am weitesten vorspringenden Stelle des Felsens. Auf der Hinterveranda schwebte Pasipo bewegungslos fünf Zentimeter über ihrer Hockstange, festgehalten von den Lederriemen, im Wind balancierend. Das Blechdach des Pfarrhauses hob sich mit den starken Windstößen und senkte sich wieder, wenn das Heulen nachließ. Jordan sagte zu Pasipo: »Nur zu dir kann ich jetzt noch sprechen. Ich möchte mal wissen, wie Zanifa den Sturm übersteht. Denkst du, daß sie heute in der Schule ist?«

Ihren Schnabel strikt im Wind ließ sich Pasipo wieder auf der Hockstange nieder, ohne ihn auch nur anzusehen.

Der Sturm trug Jordan acht Jahre zurück zu einem Taifun vor den Azoren. Während der ersten Tage hatte der Wind die Wellen zu wahren Bergen hochgepeitscht. Als er eine Geschwindigkeit von achtzig Knoten erreichte, machte er die riesigen Wogen dann buchstäblich platt und verwandelte den Atlantik in eine Art Glasscheibe mit stiebendem Gischt. Jordan erinnerte sich, wie er und Anna während des Sturms in ihrer Kabine einander angeschrien hatten, während der Kapitän und seine Frau auf Wache waren.

Anna hatte ihr Haar nach hinten gekämmt. Sie trug ein Bikini-Oberteil und abgeschnittene Jeans. Sie legte sich neben ihn auf die Koje, war zum Schlafen jedoch zu wütend und hielt ihn die Nacht wach, bis er an der Reihe war, nach oben zu gehen. Worüber sie sich gestritten hatten, wußte Jordan nicht mehr.

Er ging ins Haus, legte sich aufs Sofa und beobachtete, wie sich das Dach wie eine große Lunge hob und senkte. Er kramte in seinen hohen Flechtkörben, die voller Briefe und alter Magazine waren, bis er ein Kuvert mit Fotos fand, die Anna nackt an einem menschenleeren Strand zeigten. Er fragte sich, warum sie ein Jahr lang seine Briefe unbeantwortet gelassen hatte. Was mochte der wirkliche Grund dafür sein? War er ihr absolut gleichgültig? Oder hatte sie ihm nicht geschrieben, um ihn zu vergessen und aus ihrer Erinnerung zu tilgen? Mit ein paar dünnen Blättern Luftpostpapier und einer Füllfeder setzte er sich an den Tisch.

Liebe Anna,

»Ich werde dich immer lieben«, hast Du versprochen, und dann hast Du mich vergessen.

Er legte die Feder aus der Hand. Es gab keinen Grund anzunehmen, daß sie ihm diesmal schreiben würde, nachdem sein letztes Dutzend Briefe unbeantwortet geblieben war. Mit einer Tube Hautcreme streckte er sich auf der Couch aus. Er berührte sich selbst, betrachtete dabei die Fotos, doch seine Gedanken wanderten zu Zanifa. Sie mußte große Angst gehabt haben, als die Hebamme, die die Beschneidung vornehmen würde, ihre Beine auseinanderspreizte, um sie für Kimweri zu untersuchen. Wo hatten sie das gemacht? In Vooga oder in Lushoto? Er blickte auf seine Hände, wischte die Lotion von seinem Schenkel und griff nach einem Roman.

Während der letzten fünfzig Stunden des Sturms fütterte Jordan Pasipo jeweils in der Morgen- und in der Abenddämmerung, wobei er sie während der Mahlzeit wieder und wieder zwang, rund drei Meter durch das Zimmer zu seiner Faust zu fliegen. Jordan glitt in eine Traumzeit aus Dösen und Erwachen, um dann beim Schein der Laterne die Nacht hindurch ein zerfleddertes Taschenbuch erneut zu lesen. Er aß ein- oder zweimal pro Tag und war häufiger damit beschäftigt, sich zu den Fotos von Anna und ebenso vagen wie wirren Erinnerungsbildern früherer Geliebter einen runterzuholen, wobei er jedesmal bedauerte, Zanifa niemals nackt photographiert oder gezeichnet zu haben. Durch seinen Feldstecher beobachtete er den Pfad, der die Bergwand heraufführte, und fragte sich, ob Shabu wohl zurückkehren werde.

Purpurfarbenes Licht glühte durch die Fenster. Jordan setzte sich im Bett auf, ohne zu wissen, ob die Sonne gerade aufoder unterging. Aus irgendeinem Grund empfand er Beklommenheit. Er kroch unter dem Netz hervor und begriff, daß dieses Gefühl durch die Stille verursacht wurde. Der Wind hatte aufgehört. Er fütterte Pasipo und malte dann auf der hinteren Veranda, wobei er sich immer wieder die Zeit nahm, die Felsenseite mit dem Feldstecher abzusuchen. Am späten Nachmittag erschien tief unten eine dreiköpfige Gruppe.

Eine Stunde später hatten sie das Escarpment zur Hälfte erklommen, ihre Speere waren deutlich zu erkennen. Jordan stieß einen Jubelschrei der Erleichterung aus und stellte sich vor, wie sie mit ihren Speeren Kimweris Leibwächter samt deren Polohemden durchlöcherten. Mit den dreien würde es eine sichere Sache sein, bis zum Ende seines Vertrags zu bleiben. Und mit ein bißchen Glück würde Pasipo, wenn er mit dem Abrichten gut vorankam, schon am 1. Dezember selbständig jagen können.

»*Entasoba*«, rief Jordan ihnen zu, als sie auf den Hof kamen. Pasipo ruckelte auf seinem Handschuh, blieb jedoch ruhig.

»*Eba*«, riefen sie.

»Shabu, Lesuyu, seid mir wieder willkommen.«

Sie rasteten, auf ihre Speere gestützt, wobei sie mit ihren Händen den Schaft unmittelbar unterhalb der Klinge gepackt hielten. Der dritte Masai grinste und blickte zum Adler. Laut stellte er Jordan irgendeine Frage.

»Ich spreche nicht Massai«, sagte Jordan in suaheli.

»Er spricht nicht Suaheli«, sagte Shabu. »Sein Name ist Parmet.«

Parmet schüttelte ihm schlaff die Hand.

Jordan sagte: »Mein Haus ist dein Haus.«

»Was ist mit dem Geld?« fragte Lesuyu.

»Du bekommst genausoviel wie Shabu. Ich werde euch am ersten Tag des neuen Mondes bezahlen.« Jordan fragte sich, ob ihm Ernst oder Ionides wohl das Geld leihen würde und wie er es ihnen zurückerstatten sollte. »Ich habe den Hof seit Tagen nicht verlassen. Shabu, würdest du mit mir kommen?«

»Sawa«, sagte Shabu und lächelte: okay.

Draußen auf dem Weg kamen Omalis Töchter herbeigestürzt, bremsten jedoch zwei Meter vor dem Adler ab. Pasipo gab ihren schrillen territorialen Ruf von sich. *Koi-koi-koi.*

Die Kinder machten kehrt und liefen in ihr Haus zurück.

»Du hältst dich wohl für wichtig, wie?« fragte Jordan das Eyas. Als sie an Omalis Haus vorübergingen, spähte Jordan durch die Tür und fragte sich, ob Omali drinnen war.

Koi-koi-koi! Pasipo kreischte drei Frauen an, die Wasser auf ihren Köpfen trugen.

»Habt keine Angst. Ich halte sie fest.« Jordan lächelte und winkte mit seiner freien Hand.

Koi-koi-koi!

Die Frauen, auf der Hut vor dem Adler und dem Massai, wichen auf den Rand des Weges aus.

»Pasipo, du mußt die Klappe halten!« sagte Jordan. Sie gingen vorbei an Gruppen dürrer Akazien und Feldern mit verkümmertem Mais, weil der Boden durch jahrelangen Raubbau ausgelaugt war. Auf aufgegebenen Feldern schob sich niedriges, rauhes Gestrüpp vor, das den Boden für größere Bäume düngte. Nach und nach begann Pasipo die Menschen auf der Landstraße zu ignorieren. In einem urtümlichen Waldstück bündelte sie ihre ganze Aufmerksamkeit auf einen Clan von Meerkatzen. Lautlos studierte sie die Affen, während diese von Ast zu Ast hüpften.

Jordan überging Pasipos Frühstück und sagte Shabu, er solle sie auf keinen Fall füttern, auch wenn sie noch so schreien mochte. Am Nachmittag band Jordan auf einem verlassenen Feld, während Lesuyu aus einiger Entfernung zusah, eine Leine an einen von Pasipos Fußriemen und setzte sie auf einen Baumstumpf. Er schritt rund dreißig Meter ab, rollte die Leine aus. Dann winkte er mit einem langen Stück Rindfleisch, und das Eyas flog über das Feld und setzte wie schwerelos auf seiner Faust auf. *»Safi sana«*, schrie Lesuyu. Sehr cool. Jordan setzte sie auf einen Felsblock, entfernte sich etwas weiter von ihr und rief. Sich tief über dem Boden haltend flog sie in gerader Linie zu seiner Faust. Sie flog zwölfmal, wobei sie insgesamt eine halbe Meile zurücklegte, bis sie genug hatte. Zwei Tage später legte sie zwanzigmal eine Entfernung von zweihundert Metern zu Jordans Faust zurück, bevor sie vom Fliegen genug hatte. Jordan befand, daß sie weit genug war, um ohne Leine zu fliegen.

Oktoba 13

Jordan öffnete die Augen. Die Matten, die an den Fenstern als Vorhänge dienten, waren umrahmt von heißem weißem Licht. Im Haus war es still. Er lag und wartete auf eine Phalanx von Kriegern, die jeden Augenblick durch die Tür hereinstürmen würde, ein wiederkehrender Alptraum, den er seit einigen Tagen hatte. Wäre er jetzt in Memphis, ging es ihm durch den Kopf, würde er sich an eine der Hilfsgruppen für Vergewaltigte wenden. Von der hinteren Veranda kamen Pasipos Schreie. Der Vogel schrie ohne Unterbrechung. Jordan lag eine halbe Stunde einfach so da und scheute sich, sein Netz zu verlassen. Pasipo schrie und schlug mit den Flügeln gegen das Gitterwerk, wahrscheinlich, um vorüberfliegende Krähen zu vertreiben. Die Vorstellung, wie er den Sultan per Exorzismus bannen könne, ließ ihn unwillkürlich lächeln.

Er hörte die drei Massai auf der Vorderveranda lachen, ging zur Küche und fand etwas Porridgebrei, den sie für ihn übriggelassen hatten. Dann nahm er eine Kokosnuß und ging zur Hinterveranda. Die Sicht über die Massai-Steppe war an diesem Tage unbegrenzt, sie reichte zum Gipfel des Kilimandscharo. Während Pasipo auf der Rücklehne eines Stuhls auf der anderen Seite des Tisches hockte, schlug Jordan mit einem Hammer und einem Schraubenzieher zwei Löcher in eine Seite der Kokosnuß und noch einmal zwei, diesmal dichter beieinander in die unten besonders harte Schale. Pasipo sah aufmerksam zu und fing dann an zu schreien. *Kiu-kiu-kiu!*

Jordan ging zur Vorderveranda und begrüßte die Massai. Aus einem Stück Holz schnitzte er einen gleichmäßigen Keil, den er zusammen mit einem Nagel auf die Kokosnuß hämmerte. Aus dem Leder eines alten Safari-Stiefels schnitt er zwei ovale Stücke, von denen er je eines seitlich auf die Kokosnuß nagelte. Für die Lippen mischte er schwarz und purpur.

Kiu-kiu-kiu! schrie Pasipo von der Hinterveranda. *Kiu-kiu-ki*

Jordan durchwühlte seine schmutzige Wäsche, bis er einen Trainingsanzug fand. Jacke und Hose stopfte er mit trockenen Bananenblättern vom Hof aus. Mit Angelschnur nähte er die Hosen an das Hemd, nähte außerdem die Enden der Ärmel und der Hosenbeine zu. Rings um den Hals machte er in das Hemd vier Löcher, durch die er Sisalschnur führte. Er schnitt den Boden aus einer Margarinedose und führte die vier verschiedenen Sisalschnüre durch das Blech und durch die Löcher unten in der Kokosnuß. Schließlich zog er einen roten Fez über den Schädel des Kokosnußkopfes.

»Was tust du da, bwana?« fragte Shabu.

»Wirst du schon sehen«, sagte Jordan und setzte die Nachbildung in einen Stuhl. Er ging auf den Hof, führte die Angelschnur durch eine große Scheibe und spannte die Schnur dann zwischen zwei Bäume mehrmals hin und her, wobei er sie so umeinander drehte, daß sie einen kräftigen Strang bildete. Er band die Figur an die Scheibe und befestigte mit Hilfe von Sicherheitsnadeln vorn und hinten am ausgestopften Hemd je ein Stück Sisalschnur. Dann rannte er durch den Hof und zog an dem Strang. Ein Betrunkener mit einem nudelartigen Hals schwankte und torkelte von Baum zu Baum. Jordan schnitt von magerem Rindfleisch Streifen ab, die er über den Augen und dem Mund des Kokosnußkopfes befestigte.

Kiu-kiu-kiu! Auf der Hinterveranda starrte Pasipo ihn unverwandt von ihrem Platz auf der Rücklehne des Stuhls an. Jordan streifte sich den Handschuh über, und schon segelte Pasipo auf seine Faust herab. Sie suchte im Handschuh nach Fleisch und schrie wieder.

Auf dem Hof richtete Pasipo ihre Aufmerksamkeit sofort auf den roten Fez, die ungewohnt grelle Farbe irritierte ihre empfindlichen Augen. Sie hob ihre Krone und zischte. Die rote Kopfbedeckung ähnelte dem Haarkranz eines roten Colobusaffen und weckte die genetische Erinnerung an eine bevorzugte Beute. Jordan zog an einer der Sisalschnüre. Der Kokosnußmann katapultierte auf sie zu.

»*Piga!*« schrie Jordan. Getroffen! Er schleuderte den Himmelsleoparden auf die herbeiwippende Puppe zu. Pasipo schwang ihre mächtigen Schwingen und schoß geradezu über den Hof. Der Zusammenprall war weithin hörbar. Pasipo hockte sich auf den Kokosnußkopf, so daß der Angelschnurstrang unter ihrem Gewicht tiefer sackte und fetzte die Fleischstreifen von den Augen und dem Mund, verschlang sie rasch, wobei Hals und Schnabel himmelwärts zeigten. Die drei Massai auf der Veranda jubelten laut.

Jordan flüsterte ihren Namen, und mit wenigen Flügelschlägen war sie bei ihm und ließ sich sacht auf seinem Handschuh nieder. Jordan fesselte den Adler mit Hilfe der Fußriemen an das Geländer der Veranda und befestigte weitere Fleischstücke auf dem Gesicht. Er zog die Puppe zu einem Baum nahe dem Haus, ging dann mit Pasipo zum anderen Ende des Hofs und trat hinter einen Busch. Er ruckte die Puppe über die Linie. Als sie auf halbem Wege war, sprang er hinter dem Busch hervor und schrie: »*Piga!*«

Pasipo preschte von seinem Handschuh und prallte gegen den Kopf.

Parmet stieß einen Kriegsschrei aus.

Jordan wiederholte die Übung von verschiedenen Punkten rings um den Hof, wobei er manchmal mit dem Rücken zur Puppe stand und dann herumwirbelte, um den hungrigen Raubvogel loszulassen. Er übte wieder und wieder und befestigte nur noch kleine Stückchen Fleisch am Kopf, damit Pasipo scharf blieb. Und er beschloß aufzuhören, solange sie noch hungrig war, und trug sie zum Haus.

Die Massai lachten und klatschten auf seine Hand, in ihren Augen zeigte sich Respekt. Jordan brachte Pasipo zur Hinterveranda und wartete auf die Dunkelheit.

»Du bist ein Schamane mit Adler«, sagte Lesuyu und biß in ein Stück Fleisch.

Shabu stimmte zu und dolmetschte für Parmet, welcher nickte.

»Danke.« Jordan rülpste so laut wie ein Massai.

Pasipo schrie hungrig von der Veranda her.

Parmet räumte die Teller vom Tisch.

»Ich zeige euch gleich einen neuen Zauber.« Jordan stand auf und ging in sein Schlafzimmer. Dort hob er ein Dielenbrett hoch, unter dem er Ausrüstungsgegenstände vom Peace Corps aufbewahrte: die große Erste-Hilfe-Box und eine unheimlich starke, wasserdichte Maglite. Jordan bewunderte diese Taschenlampe, die schwer genug war, um auch als Waffe benutzt zu werden, und deren Lichtstrahl weitaus stärker war als der eines Autoscheinwerfers. Aus welchem Grunde sie zur Ausrüstung gehörte, wußte er nicht, und unwillkürlich stellte er sich vor, wie überall in der Dritten Welt Friedenscorps-Freiwillige etwaige Angreifer blendeten und mit den Taschenlampen totschlugen oder aber zwölf Stunden lang durch die allerschwärzeste Finsternis kriechen mußten. Er nahm die Maglite aus dem Loch und ging zur Hinterveranda, um Pasipo zu holen.

»Los, komm«, sagte Jordan und ging mit dem Adler durch das Haus.

Die drei in ihre karierten Decken gehüllten Massai folgten ihm hinaus auf den Vorderhof. Es gab keinen Wind, der die Dunkelheit der Lichtung bewegte. Der Mond wurde von den Wolken verdeckt. Jordan fühlte den Adler schwer auf seiner Faust. Jordan richtete den schmalgestellten Strahl der Taschenlampe für Shabu auf die Sisalschnur auf dem Hof und sagte zu dem Massai, er solle sie nehmen und sich hinter einem Busch verstecken.

Die Puppe schlitterte über den Boden, schien zu verharren, schlitterte weiter.

»Piga!«

Der Adler flog den konzentrierten Strahl hinunter, ein Artist, der ein Spotlight hinabrutscht. *Thwap!* Sie knallte gegen den Kopf, obwohl dort kein Fleisch lockte.

Die Massai jubelten. Jordan machte das Licht aus, fest davon überzeugt, daß der Tagraubvogel in der Dunkelheit absolut bewegungslos verharren würde. Er richtete die Taschenlampe auf seine Faust, knipste sie an und hörte das Schlagen von Adlerschwingen. Aus der Dunkelheit schwebte Pasipo ganz behutsam nieder.

»Du bist wirklich ein Schamane«, rief Lesuyu.

Noch zweimal jagte der Adler den kraftvollen Strahl der Taschenlampe hinunter und attackierte Fleischstücke am Kokosnußkopf, ehe er satt war. Jordan gab Shabu den Handschuh und bat ihn, Pasipo wieder zu ihrem Hocksitz zu bringen. Zu Lesuyu sagte er, er solle den Kürbis auf der Vorderveranda anstecken. Dann fiel er auf sein Bett.

Oktoba 18

Im Halbschatten unterhalb der Bäume gingen Jordan und Shabu einen Weg mit schulterhohen Kaffeebüschen entlang. *Whuusch. Whuusch.* Von hinten näherte sich ein Geräusch wie von großen Blasebälgen. Pasipo strich wenige Zentimeter über Jordans Kopf hinweg und entschwand dann weiter unten. Als Jordan um eine Krümmung des Weges bog, sah er sie im Schatten sitzen, gut verborgen auf einem zehn Meter hohen Ast. Sie stieß zu ihm herab, streifte mit ihren gekrümmten Krallen sein Haar und kurvte dann, vom Schwung getragen, in einem Winkel von huntertundachtzig Grad herum, folgte der Fährte.

Jordan trat hinaus in den hellen Sonnenschein und war für einen kurzen Augenblick geblendet. Er spähte zu einem niedrigen Busch voll pelziger Schoten. »Dies ist eine Nesselbohne«, hatte Zanifa zu ihm gesagt und auf den Busch gedeutet. »Der Saft dieser Bohne kann einen solchen Juckreiz auslösen, als ob du von ganzen Ameisenarmeen überfallen würdest. Ich habe gesehen, wie Leute darüber gestrichen haben, und eine Stunde später kratzten sie dann ihre Haut mit Messern ab.« Sie hatte sehr sachlich gesprochen, in der Art einer Musterschülerin. »Im Tiefland glauben die Leute, daß es kein Mittel dagegen gibt und man eine Woche warten muß, bis das Jucken aufhört. Aber meine Urgroßmutter hat mir ein Kraut gezeigt, das der Qual ein Ende macht.«

Zanifa hatte einen Lederbeutel aus ihrer Tasche gezogen. Ihre schwarzen Augen wirkten älter als ihr übriges Gesicht.

»Ich brauche ein Kraut, das mich vergessen läßt.«

»Vergessen läßt, was denn?« hatte Zanifa ernst gefragt.

»Herzenskummer.«

»Ich kenne keine Kräuter gegen Krankheiten des Herzens«, hatte Zanifa gesagt und sich abgewandt.

Jordan streichelte den Lederbeutel, der bei seinem Massai-Schwert hing und spielte mit dem Gedanken, seine Hand in den Busch zu stecken, um das Pulver auszuprobieren. Er versuchte, den Monat zu bestimmen, in dem Zanifa ihm den Busch gezeigt hatte … Es war der Juni gewesen, ehe er sie verführt hatte.

Ki-ki-ki-ki! Ki-ki-ki-ki!

Eine Gruppe von Meerkatzen tauchte in einem Albizeabaum auf, der oberhalb des Blätterdachs wie ein Pilz auseinanderging. Schwarze Gesichter, gestützt von dünnen Ärmchen, spähten vom Wald hinaus in ödes Land. Plötzlich kletterten alle in dem Baum höher, verhielten sich still und begannen dann wieder zu schwatzen. Jordan ging den Hang unterhalb des Baums hinunter und blickte hoch zu den dürren grünlichweißen Affen. Einer von ihnen zog eine getrocknete Samenhülse hervor. Mit einem leisen Rasseln fiel sie durch die Luft und landete zu Jordans Füßen. Eine weitere wurde ungefähr in seine Richtung geschleudert. Meerkatzen kamen aus dem Wald heraus, um Mais zu stehlen und sich dann wieder in ihr Sanktuarium zu flüchten. Jordan hatte gesehen, wie Gruppen von Meerkatzen und von Schulkindern einander hänselten. Eine weitere Meerkatze schwenkte ihren Steiß über den Ast. Jordan sprang beiseite. Samenhülsen regneten von den Ästen herab und prasselten rings um ihn auf den Boden. Irgend etwas Warmes, Dickes und Feuchtes spritzte gegen sein Genick. Von Meerkatzen hieß es, daß sie ein Dutzend tödlicher Krankheiten übertrugen. Mit plötzlich ganz steifem Rücken kam er unter dem Baum hervor und sah sich nach einem Stein um. Shabu trat ein Stück vom Baum zurück und lachte.

Durch das Geschwätz der Affen hindurch hört Jordan das Geräusch eines Geschosses, das ein Loch durch die Luft schnitt, und eine gedämpfte Explosion von Blättern hoch oben auf der anderen Seite des Baums. Pasipo erschien. Mit langsamen Flügelschlägen stieg sie hinter dem Baum höher. In ihren Krallen baumelte eine Meerkatze. Sie ruderte über den Baum und auch den Bergkamm in Richtung Pfarrhaus.

JORDAN PARKTE VOR DEM MEMPHIS AMERICAN MUSEUM OF Art auf einem Platz voller Mercedes, Lexus und Cadillacs. Das Museum war einer italienischen Renaissancevilla nachempfunden, die vor einem düsteren Wall aus Bäumen unter einem trüben Herbstsonnenuntergang kauerte. Er zeigte seine Einladung einem Wächter hinter den Glastüren. Ein heller Korridor führte, an dunklen Galerien vorbei, zur Rotunde, wo zweihundert Gäste auf Klappstühlen saßen.

»... Thomas Hart Benton, Edward Hopper, Georgie O'Keeffe. Die permanente Kollektion im MAMA kann es jetzt mit Museen in Houston, Miami und Atlanta aufnehmen.« Das schwarze Kostüm, in dem Anna auf dem Podium stand, hatte er ihr im Frühjahr bei einer gemeinsamen Reise nach New York gekauft. Ihre Stimme hallte vom Marmorfußboden und den Kalksteinwänden wider. »Sie haben einen bleibenden Beitrag für die Stadt Memphis geleistet.«

Kurze Stille folgte, dann erhob sich von der vordersten Reihe eine Woge von Applaus, die sich durch den ganzen Raum fortsetzte, jedoch abebbte, als ein Streichquartett zu spielen begann. Jordan nahm vom Tablett eines Kellners ein Glas Weißwein und sah, wie Anna lächelte und Hände schüttelte. Wenige Schritte hinter ihr bemerkte er Truman Tharpe, einen orthopädischen Chirurgen, der an der Uni von Washington und in Lee in den Footballteams gespielt hatte. Wenn du dem eine langst, dachte Jordan, dann demütigt er dich vor allen. Er leerte sein Glas. Anna würde nie wieder mit dir reden. Vielleicht würde sie aber auch begreifen, wie sehr ich sie liebe. Bei einem anderen Kellner bediente er sich erneut.

»Hallo, Rut.«

Jordan drehte sich um und sah Jody Simpson, einen ehemaligen Mitschüler von der High-School, und versuchte, einen heiteren Ton anzuschlagen: »Hätte nie geglaubt, daß du ein Förderer der schönen Künste bist.«

»Sissy hat mich hierher abkommandiert.« Jody zuckte unter seinem Jackett mit seinen Schultern. »Du bist der einzige, von dem ich weiß, daß er aus freien Stücken herkommt. Ich will nur rechtzeitig zum Spiel nach Hause.«

»Spiel?« fragte Jordan und blickte beiseite.

»Noch nie von dem Football-Abend am Montag gehört?« Jodys Augen folgten Jordans auf Anna gerichteten Blick, dann legte er seine Hand auf Jordans Schulter.

Jordan sah den bekümmerten Ausdruck. »Später, alter Junge.«

Sich durch die Menge schlängelnd, versuchte er, bekannten Gesichtern auszuweichen. Von einem vorüberschwebenden Tablett nahm er ein weiteres Glas Wein, schluckte und spürte tief in der Kehle einen leicht galligen Geschmack. Seit Anna ihn nicht mehr besuchte, hatte er sich angewöhnt, viel zu trinken, um einen Gedanken zu betäuben, der ihn unaufhörlich verfolgte: Er hatte Anne für immer verloren wegen einiger Nächte, an die er sich kaum noch erinnern konnte. Es war ein

Fehler gewesen, ihr alles zu beichten. Gleich damals war alles aus gewesen. Eine Rückkehr gab es nicht. Jordan kippte den Rest des Weins runter.

Er mischte sich unter die Menge und stand dann, in der Nähe des Podiums, nur ein paar Schritte von Anna entfernt, und wartete darauf, daß sie ihre Unterhaltung mit einer älteren Lady beenden würde. Sein Bauch fühlte sich an wie gebläht durch den Wein. Über die Schulter blickte er zu Truman Tharpe.

Tharpe grinste ihn an.

Jordan näherte sich Anna von der Seite. Er lächelte die Lady an. »Verzeihung.«

Anna sah überrascht aus, machte ihn dann mit der Lady bekannt.

»Nett, Sie kennenzulernen«, sagte Jordan, sah dann zu Anna. »Kann ich dich einen Augenblick sprechen. Jetzt gleich?«

»Machen Sie nur«, sagte die Frau. »Ich muß meinen Mann suchen. Er scheint verschwunden zu sein. Jede Wette, daß er in irgendeinem Winkel schlummert.«

Anna blickte zu Tharpe und zuckte die Schultern. Er lächelte wohlwollend.

Jordan nahm Annas Arm und führte sie eine breite Treppe hinauf, die sich um die Rotunde krümmte.

»Gratuliere zum Timing«, sagte Anna auf halber Höhe der Treppe. »Das war ja ein toller Schachzug. Bist du betrunken?«

»Ein bißchen.« Jordan legte seinen Arm um ihre Taille und zog sie an sich.

»Bewahre dir ein Gefühl für Anstand«, sagte Anna.

Jordan ließ sie los.

Sie erreichten den Balkon, und Anna fragte. »Was willst du denn? Ich muß wieder nach unten.«

»Was ich will?« sagte Jordan leise. »Ich will dich.«

»Das ist es also? Du hast mich hier heraufgeschleppt, um

mir das zu sagen?« Dann verlor sich der Sarkasmus aus ihrer Stimme. »Wir haben uns geliebt. Wir werden uns immer lieben.«

»Dieses alte Klischee«, sagte Jordan niedergeschlagen.

»Ich habe nur gemeint, daß nichts an der Tiefe dieses Gefühls etwas ändern kann.«

Jordan machte tiefe, langsame Atemzüge, um den Druck in seinem Bauch zu mildern.

»Geht's dir gut?« Anna berührte seine Schulter.

»Mit meinem Bauch ist etwas nicht in Ordnung.« Jordan beugte sich über das Geländer, leicht belustigt bei dem Gedanken, daß er sich auf die Köpfe dort unten erbrechen werde.

»Trink nicht soviel.« Anna legte ihren Arm um seinen Rücken und führte ihn, an Glasschränken mit südamerikanischen Masken vorbei, zu einer Bank.

»Weißt du noch, wie ich dich das erste Mal gebeten habe, mich zu heiraten?« Jordan saß mit vorgebeugtem Oberkörper und konzentrierte sich auf seine Atmung.

»Ich habe ja gesagt, und es war mir Ernst damit.« Sie lächelte traurig, schien den Tränen nah. »Du hast mich zweimal täglich gefragt. Das ist es, was so tragisch ist. Die Qualität der Liebe ...«

»Wärst du nicht für ein Vierteljahr nach London zurückgegangen, hätten wir geheiratet.«

»Vielleicht war das vorher für dich eine eindeutige Angelegenheit. Doch als ich zurückkam, fühltest du dich nicht mehr gebunden. Ich frage mich, ob du jemals wirklich so empfunden hast.«

»Jetzt tue ich's.«

»Du törichter Junge.« Sie schlang ihren anderen Arm um seine Brust und drückte sich von der Seite an ihn.

»Du fickst jetzt Tharpe, wie?«

»Rutledge«, sagte sie leise.

Jordan ächzte und ließ sich gegen die Rücklehne der Bank sacken. In der Kuppel der Rotunde konnte er Szenen aus der Geschichte von Tennessee sehen. »Wo sind die Irokesen und die Sklaven?«

»Geschichtsklitterung«, sagte Anna und lachte leise. Mit einer Cocktailserviette wischte sie sich die Augen. »Baby, du mußt besser auf dich aufpassen. Ich habe nicht aufgehört, dich zu lieben. Du weißt, daß ich dich immer geliebt habe.« Sie küßte ihn auf die Wange und ging den Balkon entlang.

»Hübscher Hintern«, rief Jordan.

Anna lächelte über ihre Schulter und stieg die Treppe hinab.

NOVEMBA 3

Malayka, nakupenda malayka. Engel, ich liebe dich, Engel. Eine tiefe Stimme und die blechernen Klänge einer afro-karibischen Steelband dröhnten aus Lautsprechern, die von dem Strohdach an den Ecken eines Patios herabhingen. Das Lied, ein melancholischer Hit aus den 50ern und in Ostafrika noch immer sehr beliebt, zog Tanzwillige von den Tischen rings im Patio an, und auch die Menge an der Bar nahm merklich ab. Im Lied war die Rede von der Not eines jeden jungen Mannes, der zu arm war, seine wahre Liebe zu heiraten, die an einen reichen alten Mann verkauft werden würde.

Am Ende der ersten Strophe war die Tanzfläche überfüllt mit Männern, die zu zweit oder zu dritt gleichsam auf und ab wippten, wobei sie kaum ihre Füße hoben, sondern aus den Kniegelenken federten. Die Disco war an diesem Abend so voll, weil es ein *siku kuu* war, ein großer Tag, und dieser galt dem Andenken der Gründung der ersten afrikanischen politischen Partei in den 50ern. Ernst war hinausgefahren zu Jordans Haus und hatte ihn in die Stadt geschleppt. Der Holländer, in Bluejeans und Lederjacke, überragte die Tansanier.

Alle paar Minuten blitzte es von einer behelfsmäßigen Rotationskugel auf und enthüllte das betrunkene Lächeln des Holländers, dessen Augen auf seine Partnerin gerichtet waren, eines der wenigen Mädchen auf der Tanzfläche, eine Kenianerin mit *matiti mzigo*, »Titten wie Koffer«, einer schlanken Sanduhrfigur und falschen Flechten, die wild hüpften, wenn sie ihr Becken schwenkte – eine Veteranin von kosmopolitischen Discos in Nairobi und Mombasa.

»Komm.« Rose sprach ein Englisch, das steif und leicht feindselig klang. »Du tanzt mit mir, Baby.«

Jordan sah Rose an, die jüngere Schwester von Ernsts Geliebter, mit der sie identisch schien, nur daß sie, passend zu ihren Flechten, ihr Haar hennarot gefärbt hatte. Jordan wunderte sich über die Herkunft der orangefarbenen Fasern. Rose lächelte und zupfte ihn am Ärmel. Jordan lächelte verlegen und schüttelte den Kopf.

»Kidege wasumbuwa loho yangu«, säuselte der Sänger zur sorgenvollen Begleitung eines Xylophons.

»Diese Vögel verwunden mein Herz«, übersetzte Jordan und blickte Rose in die braunen Augen. Sie lächelte und ließ ihre Hand über seinen Schenkel gleiten. Lächelnd zog er ihre Hand von seinen Lenden fort und legte sie sacht auf den Tisch. Irgendwie fand er es komisch, daß sowohl in suaheli als auch in englisch die Männer Frauen als Vögel bezeichneten. Plötzlich fühlte er sich an Pasipo erinnert und hörte verwirrt auf zu lächeln.

Rose lachte hölzern. Ihre lange schwarze Hand mit der rosaweißen Innenfläche krümmte sich um ein Glas mit Pflaumenwein. »Du tanzt nicht gern?«

»Nicht, ehe ich nicht betrunken bin.« Jordan kippte einen klaren Konyagi und spülte mit Sprite nach.

Ein treibender Disco-Beat – Trommel und Synthesizer-Baß – unterbrach die verklingende Melodie von »Malayka«. Ein pulsierender Sechstakter wurde mehrere Male dramatisch wiederholt und führte zu Michael Jacksons Sopranstimme. Die jungen Männer auf der Tanzfläche fuhren mit dem Hüpfen aus den Kniegelenken fort – mit Ausnahme eines Teenagers, der über den Boden wirbelte, wobei er seine Arme an seinen Körper legte und sie dann gleichsam in den Weltraum streckte.

»Kijana huyu anaweza kucheza«, sagte Jordan zu Rose. Der Junge kann tanzen.

»Er hat sich Michael-Jackson-Videos angesehen.« Rose weigert, sich, in suaheli zu antworten, eine kenianische Eigentümlichkeit.

»Woher weißt du das?«

Rose zündete sich eine Sportsman an. »Wie sonst sollte er das lernen?«

Jordan nickte und nippte aus einem Glas Konyagi.

»Steh auf und tanze, Mann«, rief Ernst, der sich, den Arm um Roses Schwester, Beatrice, dem Tisch näherte. *»Vipi?* Ich habe ja schon viele depressive amerikanische Freiwillige in Afrika gesehen, aber *du* bist ein klinischer Fall.«

»Auf den glücklichen Holländer.« Jordan hob die Konyagi-Flasche.

»Du wirst niemals wissen, wie glücklich er ist«, sagte Ernst.

Jordan setzte das Glas mit dem Konyagi an seine Lippen und zwang sich, die brennende Flüssigkeit zu trinken, bis das Glas leer war. Sein Magen zitterte und drohte zu revoltieren. Ernst hieb ihm lachend auf den Rücken. Jordan spürte den bitteren Nachgeschmack und den aufsteigenden Brechreiz und langte nach der grünen Flasche mit Sprite. Der gnadenlose Beat wurde lauter. Nach all dieser Zeit, nach den Tausenden von Stunden, die für die Fischteiche draufgegangen waren, nach der Rettung des Adlers fragte sich Jordan, ob er sich verändert hatte. Er hatte nicht das Gefühl einer Absolution. Anna würde ihm niemals vergeben. Er war für sie jetzt nicht mehr wichtig. Zanifa würde bald von vier Hebammen festgehalten werden, während die älteste Hexe sie mit einem Rasiermesser beschnitt.

»Spielen die denn nie etwas Langsames?« rief Jordan und stützte sich sicherheitshalber auf den Tisch.

»Nur ›Malayka‹«, lachte Ernst. »Die Sambaa sind zu schüchtern, um auf Tuchfühlung zu tanzen.«

»Ich glaube, ich muß mich übergeben«, sagte Jordan und stand auf. Er lächelte und schob sich durch die Menge, wobei er sich an den Rand der Tanzfläche hielt. Er überquerte ein dunkles Rasenstück, das erhellt wurde von gelblichem Licht, das aus der offenen Tür des *choo* fiel. Der Fußboden war von einer Lache bedeckt, und so zog er sich hinter einen Busch zurück und spie einen Schwall von Konyagi aus.

Langsam ging er wieder in Richtung des Lärms und blieb dann mitten auf dem Rasen stehen, um emporzublicken zu einem sternenlosen Himmel. Er atmete tief. Ein neuer Song begann. Die Melodie war vertraut. Jordan näherte sich den blitzenden roten und grünen Lichtern und versuchte, die kraftvolle weibliche Stimme zu erkennen. Beim Gehen wiegte er sich leicht im Rhythmus der Musik. Tina Turner sang: »What's Love Got to Do with It.« Jordan gelangte zu einer leeren Stelle auf der Tanzfläche, zwischen den wippenden, hüpfenden jungen Männern. Als sie zum Refrain kam, sang Jordan mit. Seine Augen waren geschlossen, und seine Füße bewegten sich nicht, während sein Oberkörper vor und zurück wippte, und er wurde durch die Macht der Musik und die unablässig wiederholte Bewegung zurückgerissen in die Vergangenheit, bis er für ein paar Sekunden irgendwo in South Carolina mit Anna tanzte. Sie schwitzte und war betrunken und sang sehr laut.

Der Congo-Bongo-Mann unterbrach Tina Turner mitten im Song. Jordan wurde in die Gegenwart zurückgeschleudert und genehmigte sich einen weiteren Konyagi samt Sprite. Er blickte über die Tanzfläche zu Ernst und den beiden Kenia-Mädchen. Sofort kehrte er um, drängte sich durch die Menge und flüsterte laut mit Anna. An der Bar fand er einen Platz, der gerade groß genug war, um sich seitlich hineinzuquetschen. Die Bedienung hinter der Bar, eine korpulente Frau mit einem gelben Turban, watschelte davon, und Jordan lehnte sich mit dem Rücken gegen die Bar. Mit mürrischem Blick sah er sich in der Disco um und schluckte mit angewidertem Gesicht immer wieder Konyagi. Durch die Tür kam eine Gruppe von jungen Mädchen in St.-Mary's-Pullis und Jeans, angeführt von einer jungen Lehrerin in einer Windjacke und einem Kleid. Jordan spürte, wie sein Puls unwillkürlich zu rasen begann, fühlte in der Brust die Vibration seines Herzens.

Endlich trat auch sie ein. Sie unterhielt sich gerade mit einer zweiten Lehrerin, einer ziemlich hellhäutigen Frau in den Dreißigern, die Jeans anhatte.

Die erste Lehrerin führte die Mädchen an der Wand entlang in Richtung der Tanzfläche. Es gab nur einen einzigen unbesetzten Tisch, den ein älterer *mzungu* in einem Tweed-Blazer reserviert hielt, der dort stand und winkte. Alle paar Sekunden sah man im Schein der blitzenden Lichter Father William, den Schulleiter. Die hellhäutige Lehrerin, ein Mischling, war vermutlich eine der Töchter des Mönchs.

Jordan entfernte sich von der Bar und arbeitete sich durch die hüpfenden Tänzer hindurch. Bob Marley machte Paul Simon's Africa Band Platz, und ein Song handelte davon, wie die Erde aussah, von fernen, sterbenden Sternbildern aus betrachtet. Zanifa saß mit seitlich gebeugtem Kopf und schien sich auf den Text zu konzentrieren. Jordan lauschte der amerikanischen Stimme, mit der er gleichsam aufgewachsen war, und begriff, daß nur eine Handvoll der Menschen hier die Worte verstand. Zanifa bewegte zum Text ihre Lippen und beugte sich, als der Song endete, über den Tisch zur Lehrerin. Aus den Lautsprechern dröhnte jetzt Synthesizer-Beat und die Stimme einer deutschen Sängerin. Jordan näherte sich dem Tisch.

Zanifa sah ihn, als er noch fünf Meter entfernt war. Ihr Gesicht änderte seinen Ausdruck, der jedoch von Schatten verdunkelt wurde. Jordan trat näher. Zanifa hob ihre Hand von der Tischplatte, während ihr Arm darauf liegenblieb. Sie schüttelte sacht den Kopf und blickte dann wieder zu ihrer Lehrerin. Jordan änderte seinen Kurs und mischte sich unter die Menge.

»Verdammt soll sie sein«, murmelte er und pochte mit dem leeren Schnapsglas auf die Theke. Er lauschte auf seine Stimme, als sei es die eines anderen, und studierte im Spiegel über den Flaschen das lange sandfarbene Haar, die tiefe Sonnenbräunung und die hellblauen Augen, als gehörten sie einem Fremden.

»Entschuldigung«, rief jemand von der Seite her durch die Musik hindurch.

Jordan drehte sich langsam um und sah ein Mädchen in einem blauen St.-Mary's-Pulli. Es war Zanifas Freundin.

Subira lächelte und starrte auf ihre Füße.

»Möchtest du einen Drink?«

Subira blickte mit ernstem Gesicht auf und sagte in englisch: »Nein. Die Vorschriften von St. Mary's verbieten Alkohol.«

»Das war auch nur ein Scherz«, sagte Jordan. »Allerdings überrascht es mich, daß Father Williams euch überhaupt hierherkommen läßt.«

»Eine unserer Mitschülerinnen wollte am Tanzwettbewerb teilnehmen. Father William sagt, daß sie individuelle Initiative zeigt und daß wir sie unterstützen sollten.« Subira stand mit hängenden Armen.

Jordan lehnte sich gegen die Bar, empfand plötzlich Überdruß. »Father William ist ein weiser Mann.«

»Bwana Joldon, ich soll dir von Zanifa ausrichten, daß es hier gefährlich ist. In der Disco sind viele Kilindi.« Subira reckte sich auf die Zehen, um nahe an Jordans Ohr heranzukommen.

»Wenn sie dich und Zanifa miteinander reden sehen, könnte es großen Ärger geben.«

Jordan seufzte und wandte ihr sein Gesicht zu. »Hab' schon verstanden.« Er winkte der Barfrau, die ihn jedoch ignorierte und weiter mit einem hochgewachsenen Mann in einem schwarzen Anzug flirtete. Jordan knallte das Schnapsglas auf den Tresen und rief in englisch: »Bitte!« Die Barfrau musterte ihn kalt, sagte irgend etwas über unhöfliche *mzungu* und bewegte sich dann zum anderen Ende der langen Bar.

»Bitte, hör darauf, *bwana*«, sagte Subira.

Jordan drehte sich zu ihr herum. »Du bist noch da? Möchtest du eine Coca?«

»Mlevi sana.« Subira kicherte. Was für ein Trunkenbold. »Zanifa und ich werden meine Schwester besuchen. Sie ist die Telephonistin. Triff uns in einer Stunde hinter der *posta*. Paß auf, daß dir niemand folgt!«

Jordan brauchte eine volle Sekunde, um zu begreifen.

Die Dunkelheit außerhalb der Disco war absolut. Straßenlampen in einem Abstand von einer Viertelmeile erhellten einzelne Nebelschwaden, und in den langen Abschnitten der Dunkelheit überholte Jordan körperlose Stimmen, die fröhlich in suaheli schwatzten, und hörte die bedrohlichen Schritte einzelner Fußgänger. Allmählich beschleunigte er sein Tempo, bis er schließlich wie blind auf den gelben Lichtkreis einer beschädigten Straßenlampe zulief. Vom Boden der Landstraße erhob sich irgend etwas, und er stürzte nach vorn, auf Dreck und Kies. Auf den Knien hockend, ließ er seine Fingerkuppen über die Risse in seinen Ärmeln und die aufgeschürften Unterseiten seiner Unterarme gleiten; kroch dann zurück zu einem kalten, schweren und runden Gegenstand – einem Autoreifen. Er ging weiter, spürte ein starkes Pulsieren in den Schienbeinen.

Als er die Landstraße erreichte, wurde die Welt unterscheidbar. Das Licht der hohen Straßenlampen verwandelte das Schwarz des Straßenbelags in ein dunstiges Weiß und warf einen grauen Schein über die Hecken und Feldsteinmauern, hinter denen man die Dächer von Kolonialhäusern sehen konnte, die ein Stück von der Straße entfernt standen. Jordan fühlte sich an das mitternächtliche Tanger erinnert, wo er mit Anna einen späten Spaziergang gemacht hatte, Händchen haltend – einerseits weil sie Angst hatten, andererseits aus Vorfreude auf das sichere Bett. Die Erinnerung und der Alkohol ließen seinen Kopf schwirren.

Eine Menschengruppe stand vor der Bar bei der BP-Tankstelle. Jordan stellte seinen Kragen hoch, duckte leicht seinen Kopf und überquerte die Straße zur anderen Seite. Hundert Meter weiter, an der Ecke eines kleinen Friedhofs von deutschen Siedlern, tauchte er in die Schatten und kletterte unsicher über eine niedrige Steinmauer. In der Dunkelheit lehnte er sich mit dem Rücken gegen einen Grabstein und beobachtete die Landstraße. Nach fünf Minuten verließ er den Friedhof durch den Hintereingang und tastete sich wie blind zwischen Bäumen durch, bevor er das schwache Licht fand, das aus den vergitterten Fenstern auf der Rückseite des Postamts fiel.

Jordan warf einen Blick auf seine Armbanduhr und erkletterte das Steinfundament, wobei er sich mit den Fingerspitzen an den Ziegelsteinen festhielt, und schaute durch ein Fenster auf eine uralte hölzerne Telephonvermittlungstafel, wo Dutzende schwarzer Kabel zwischen Reihen von Steckern baumelten. Auf der anderen Seite des Raums saßen Subira und ihre Schwester an einem Tisch, tranken Tee und gestikulierten lautlos.

Hinter ihm lachte jemand.

Jordan stieß sich von der Mauer ab und wirbelte herum,

während er auf den Boden sprang. Benommen lehnte er sich gegen das Gebäude.

Zanifa steckte ihre Arme unter seinen durch, klatschte ihm hart auf den Rücken und preßte ihr Gesicht an seine Brust. In suaheli sagte sie: »Du hast mir gefehlt.«

»Ich denke jeden Tag an dich.« Jordan drückte sie fest an sich, schmiegte sein Gesicht in die Kurve von Hals und Schulter, fühlte den Rhythmus ihres Atmens. Zanifa schwieg. Jordan zog sie an den Schultern zurück, bis er ihr Gesicht im Lichtschein der Fenster sehen konnte.

»Wie geht's Pasipo?« fragte sie in englisch. Sie weinte.

»Gesund. Jagt Affen.« Jordan fand keine Worte, um sie zu trösten, auch nicht für das Gefühl ihrer Wärme nach so langer Zeit. Er drückte sie wieder an sich. Tränen verschmierten auf seinem Hals. Sie schluchzte, und er vernahm seine eigene kratzige Stimme, die aus der Ferne zu kommen schien. »Wein doch nicht.«

Zanifa löste sich von ihm und wischte sich mit dem Knöchel ihres Daumens eine Träne aus dem Auge. Sie fragte in englisch: »Sie fliegt an einer Leine?«

»Sie folgt mir bei Spaziergängen durch den Wald.«

»Cool«, sagte Zanifa, ein Wort, das sie von ihm aufgeschnappt hatte. Das Lachen blieb ihr in der Kehle stecken.

Er ließ seine Hände hinabgleiten unter ihre Jeans und umfaßte ihre Hinterbacken. Zanifa seufzte und drängte gegen ihn.

Jordan hob ihre Beine über seine Hüften und stolperte in die Dunkelheit, spähte in die Nachtschwärze. Ihre Beine kreuzend, nahm Zanifa seine Taille spielerisch in die Zange. Sie kamen durch eine schwarze Lücke in der Hecke. Jordan schlurfte langsam vorwärts, einen Arm um ihren Rücken gelegt, den anderen ausgestreckt, zwischen Kiefern tastend, von unsichtbaren Ästen gestreift. Auf dem schwammigen Boden sank er auf die Knie und versuchte, Zanifa behutsam auf den Belag aus Kiefernnadeln herabzulassen, doch sein Gleichgewichtsgefühl war gestört, und sie landete ungeschickt.

»Es ist zu dunkel«, sagte Zanifa in englisch. »Ich möchte dein Gesicht sehen.«

Jordan senkte blind sein Gesicht.

»Dein Atem ist nicht gut.« Zanifa steckte ihre Zunge in seinen Mund.

»Willst du ihn heiraten?«

»Ich ... nein ... ich weiß nicht«, flüsterte sie.

Jordan stöhnte und zog ihre Bluse aus dem Rock. Er ließ seine Lippen über ihren nackten Bauch gleiten, bis er ihre nackte Brüste fand. Sie streichelte ihm den Kopf. Seine Hand glitt über ihr Höschen, fühlte ihre Feuchtigkeit. Sie begann zu summen und löste seinen Gürtel.

»Lauf davon. Laß uns nach Kenia gehen.« Jordan zog ihr Sandalen und Jeans aus. Sie öffnete ihre Beine. Er schmeckte sie und streckte eine Hand hoch, um ihren Hals zu streicheln. Er leckte ihren Kitzler und konnte einfach nicht anders: Er stellte sich einen Klumpen aus Narbengewebe vor. Ihr Körper entspannte sich, und sie stöhnte leise. Jordan hielt inne und küßte sie.

»Jetzt ist keine Zeit.« Zanifa schob sacht seine Schultern hoch und sagte drängend. »Ich möchte dich heute nacht lieben. Subira wartet.«

Jordan spürte mit seinen Fingerkuppen den Linien ihres Gesichts nach. »Du darfst dich von denen nicht beschneiden lassen.«

»Meine Mutter hat mir gesagt, daß sie noch immer etwas empfindet.« Zanifa ruhte ihren Kopf an seiner Hand. »Es wird nur anders sein.«

»Sie machen Gehirnwäsche mit dir.«

»Gehirn... was?«

Jordan sah ein Schimmern in der Dunkelheit und glaubte, das müsse ihr Mund sein. »Gehirnwäsche.« Eine Erklärung war jetzt zu schwierig. Er wollte nicht reden. Er wollte sie wieder für sich haben. »Täuschung.«

»Was?«

»Sie belügen dich, bis du ihre Lügen schließlich glaubst.«

»Subira und ich müssen zur Disco zurück.« Zanifa setzte sich auf und zog ihre Bluse und ihren Pulli bis zur Taille.

»Warte nur noch ein paar Minuten.«

»Ich kann nicht. Es ist keine Zeit.«

Einer ihrer Füße strich über sein Gesicht, als sie sich auf ihre Knie herumdrehte. Jordan berührte ihre Hüfte, fühlte, daß sie im Begriff war aufzustehen, erhob sich auf seine Knie und schlang seinen Arm um ihre Taille. Er zögerte kurz, kämpfte gegen das Aufwallen betrunkener Lust, zog sie dann herunter, wobei er das Fallen mit einem Unterarm abfing. Zanifa lag gespreizt und mit dem Gesicht nach unten auf den Kiefernnadeln, die Beine bis zum Saum ihres Pullis entblößt. Jordan schob seine Knie zwischen ihre Beine. Mit jetzt voll geweiteten Pupillen konnte er den leichten Schimmer ihrer Schenkel und Waden sehen und das dunklere Schwarz des Pullis.

»Nicht das. Dann weiß er doch. Und er wird uns beide bestrafen.«

Jordan spuckte auf seinen Daumen, fand ihren Schließmuskel und strich mit dem Finger über den Rand. Zanifa wand sich unruhig, und so ließ sich Jordan mit der Brust auf ihren Rücken fallen.

»Laß mich's zu Ende bringen«, flüsterte er ihr ins Ohr.

»Bitte, laß mich los«, flüsterte Zanifa.

»Tu dies für mich.«

Zanifa lag still.

Jordan rieb sein Glied mit Speichel ein und versuchte, die Eichel hineinzustoßen.

Zanifa keuchte tief und sagte in suaheli: »Du tust mir weh.«

Irgend etwas drängte Jordan dazu, sie zu ignorieren.

»Es tut weh«, sagte Zanifa in englisch. »Es tut weh.«

Jordan zog zurück, ohne eingedrungen zu sein, und beritt ein paar Sekunden lang trocken die Furche ihrer Pobacken, dann stöhnte er und ejakulierte auf ihren Rücken.

Zanifa blieb stumm.

Jordan wischte ihr den Rücken mit seinem Hemd ab. Er hörte, wie sie sich herumdrehte. Ihre Hosenbeine schabten über Kiefernnadeln. Sie atmete schwer, als sie ihre Beine in die Luft hob und die Jeans bis über ihre Hüften zog. Der Haken schnappte zu

»Tut mir leid. Ich bin betrunken. Tut mir leid ...« Jordan zog ihr die Sandalen an. Zanifa schwieg. Er wußte nicht, ob sie weinte. Er schloß seinen Gürtel und folgte ihr durch die Bäume.

»Zanifa«, rief Subira vom Fenster her, »wo bist du? Wir müssen gehen.«

Verzeih mir, sagte Jordan. *»Nisa mehi.«*

Ohne sich umzublicken eilte Zanifa vom Kiefernhain in das Haus.

NOVEMBA 4

Eine kiesbestreute Auffahrt führte durch das Steintor mit dem schmiedeeisernen Schild von St. Mary's in Form einer Schriftrolle, wand sich um einen steilen baumbewachsenen Hang und endete auf einem Platz zwischen einem imposanten Herrenhaus und zwei neuen Gebäuden im Tudorstil. Der Hof war leer, aber durch die Fenster der Klassenzimmer konnte Jordan die Mädchen sehen. Er parkte beim Haus und trat durch die Bogentür ein. Hinter einem Schreibtisch erhob sich eine afrikanische Nonne. Jordan tauschte mit ihr die üblichen Suaheli-Begrüßungsworte und bat dann, den Direktor sprechen zu dürfen. Die Nonne wies ihm den Weg: über Treppen drei Stockwerke hinauf zu einer kleinen Bogentür.

»*Hodi*«, rief Jordan.

»*Karibu*«, sagte eine fröhliche Stimme.

Jordan betrat eine runde Bibliothek. Ein afrikanisches Kruzifix hing an einem großen, gewölbten Fenster, das einen Ausblick auf Baumwipfel, weiße Wolken und den blauen Himmel gewährte. Father William trug ein Drillichhemd, eine blaue Krawatte und Jeans.

»Mein amerikanischer Landsmann …« Father William lächelte breit. Es war das selige Lächeln eines Mannes, der seinen Nächsten genauso liebt wie sich selbst.

Jordan trat zum Schreibtisch.

»*Habari za siku nyingi?*« Aus Father Williams Mund klang Suaheli, als sei es seine Muttersprache. Noch immer lächelnd wollte er wissen, was es denn Neues gäbe von vielen Tagen.

»*Salaama.*« Jordan erwiderte den festen Händedruck des Mönchs, der etwa eine Handbreit größer war und dessen Gesicht so friedvoll wirkte.

»Es ist Monate her. Ihr Vertrag muß schon bald auslaufen.« Father Williams Neu-England-Akzent war unüberhörbar. Mit einer Geste bedeutete er Jordan, auf einem Sofa mit abgewetztem rotem Brokat Platz zu nehmen.

»Zu Weihnachten bin ich ein freier Mann.« Jordan sah, daß er mit seinen Schuhen den Orientteppich schmutzig gemacht hatte, einstiger Besitz der englischen Erbin, die sechzig Jahre zuvor das Herrenhaus hatte bauen lassen.

Father William schwenkte wie fragend seine Hand. »Tee?«

»Bitte.« Jordan zog sein Jackett aus und setzte sich. »In Tennessee wird man mir nicht zehnmal am Tag Tee anbieten.«

»Sie müssen traurig sein. Niemand geht gern von Tansania fort.« Father William goß Tee aus einer Thermosflasche in Wedgewood-Täßchen, die auf einem niedrigen Tisch vor dem Sofa standen.

»Ein Ende ist immer traurig.« Jordan seufzte. »Natürlich fehlt mir meine Familie.«

Father William setzte sich in einen Ohrensessel. »Sind Ihre Angehörigen nicht im vorigen Jahr zu einer Safari herübergekommen?«

»Mein Vater liebte die Serengeti. Meine Mutter war über die Vorstellung entsetzt, daß ein Löwe in ihr Zelt kommen würde.« Jordan tat Milchpulver in seinen Tee.

Der Mönch lachte. »Das war bei meiner Mutter genauso. Es ist schwer, sie davon zu überzeugen, daß so etwas einfach nicht passiert.«

Jordan schlürfte den Tee und beobachtete eine Wolke, die draußen auf die Baumwipfel zu sank. Er wußte nicht, wie er anfangen sollte. Er spürte den sonderbaren Drang zu beichten, was gestern nacht zwischen ihm und Zanifa vorgefallen war. »Wir haben nie einen Fischteich für die Schule gebaut.«

»Ich habe Sie seit zwei Monaten erwartet. Sie hatten gesagt, daß wir Ende August anfangen würden.« Father William lächelte, während er sprach. »Wenn der Boden nach den langen Regenfällen wieder trocken wäre.«

Jordan überlegte, ob er ihm sagen sollte, daß er sich zurückgezogen hatte, daß er voller Depressionen war und so von Angst erfüllt, daß er kaum sein Haus verließ, aber er fand, daß es sicherer war, zu lügen. »Ich hatte viele Farmer oben am nördlichen Ende des Gebiets. Vier Stunden pro Tag bin ich mit dem Motorrad unterwegs gewesen, außerdem mußte ich den Adler aufziehen. Es tut mir leid. Aber es bleibt noch Zeit. Wir können nächste Woche anfangen.«

»Das wäre großartig. Phantastisch für die Schule.« Noch immer trug Father Williams Gesicht eine Spur des Lächelns. »Wie geht's dem Himmelsleoparden denn?«

»Kommen Sie, und sehen Sie sich an, wie er fliegt. Es wird Sie umhauen.« Jordan lächelte zurück. »Ich lasse ihn bald frei.«

»Ich habe die Adler nur in Büchern und auf Ihren Bildern gesehen. Zanifa Hering hat sie mir gezeigt. Es war nett von Ihnen, ihr mit ihrem Projekt zu helfen«, sagte Father William mit einem Ausdruck der Bewunderung.

»Sie ist ein intelligentes Mädchen.« Jordan langte nach einem Keks.

»Sehr intelligent.«

»Sie möchte Ärztin werden.« Jordan sah ihm ins Gesicht.

»An Ärzten herrscht hier ein nachhaltiger Bedarf.« Father William wartete darauf, daß Jordan fortfuhr.

»Sie wird bald Julian Kimweri heiraten.« Jordan fand, daß

seine Stimme allzu drängend klang. »Glauben Sie, daß er sie studieren lassen wird?«

»Ich weiß nicht.« Father William stellte seine Tasse auf den Tisch.

»Ich hoffe doch.«

»Er wird eine Konkubine aus ihr machen«, sagte Jordan leise.

»Ganz gewiß billige ich die Polygamie nicht. Und es ist mir zuwider, wenn ich sehe, daß Mädchen so jung verheiratet werden. Father William lehnte sich in seinem Sessel zurück. »Aber das ist ein Teil der islamischen Kultur in Tansania.«

»Kimweri will, daß sie sich dem *jando* unterzieht.«

»Haaah.« Der Mönch drückte Verwunderung auf die gleiche Weise aus wie ein Tansanier. »Das hat mir niemand gesagt.«

»Wir können doch nicht einfach dasitzen und Däumchen drehen – oder?« Jordan beugte sich so plötzlich vor, daß Tee auf seine Hose schwappte.

Father William reichte ihm eine Stoffserviette. »Was schlagen Sie vor?«

»Ich habe daran gedacht, in Kenia ein Internat zu finden und ihrer Mutter zu versprechen, daß ich dafür sorgen werde, daß Zanifa in Afrika, vielleicht sogar in Amerika Medizin studieren kann.« Jordan war froh, daß seine Stimme ruhig klang, obwohl ihm die Worte über die Lippen stürzten. »In den Staaten gibt es für Afrikaner garantiert Stipendien. Auf jeden Fall kann ich es mir leisten, sie auf die Universität von Daressalam zu schicken.«

Father William musterte Jordan. »Haben Sie ein romantisches Interesse an Zanifa?«

»Nein.« Jordan lachte. »Ich möchte nur nicht mitansehen, wie ihr Leben ruiniert wird.«

Father William nickte. »Warum nicht Kimweri dazu überreden, ihr das zu ersparen?«

»Das habe ich schon versucht.« Jordan lehnte sich auf dem Sofa zurück. »Ich würde lieber mit Mama Zanifa sprechen.

Kennen Sie irgendwelche Schulen in Kenia? Ich meine, wir sollten ihr einen Platz weit weg von Lushoto sichern, ehe ich mit ihrer Mutter rede.«

»Sind Sie denn sicher, daß Zanifa mit allem einverstanden wäre?« Father William sah Jordan unverwandt an.

»Ich weiß, daß sie Ärztin werden möchte.« Jordan mußte sich zwingen, dem prüfenden Blick nicht auszuweichen. »Ich habe nicht die Gelegenheit gehabt, sie wegen eines Internats zu fragen. Aber sie beneidet die Schülerinnen, die in St. Mary's leben.«

»Meinen Sie nicht, daß sie das Recht hat, für sich selbst zu entscheiden?«

»Natürlich. Genau das ist für mich der Punkt. Aber ich habe nicht mit ihr reden können.« Jordan legte die feuchte Serviette auf den Tisch. »Kimweri hat ihr verboten, mich zu sehen.«

»Wieso denn das?«

»Weil ich versucht hatte, sie davon zu überzeugen, sich nicht dem *jando* zu unterziehen.« Jordan schlug seine Beine übereinander und versuchte, in Father Williams Miene zu lesen.

Der Mönch nickte ruhig. »Warum rufen wir Zanifa nicht herein?«

Er ist im Bild, dachte Jordan. *»Sawa.«*

Father William trat an den Schreibtisch und griff zum Telephon. Außerhalb des Fensters kreiste ein Falke vor den Wolken. Der Mönch kam zurück und nahm einen Schluck Tee. »Es wird nicht leicht sein, eine Schule zu finden, die sie mitten im Jahr aufnimmt.«

»Wenn Sie mir eine Liste guter Schulen geben, werde ich sie aus Dar anrufen. Ich bin schon auf dem Weg.«

»Es wäre besser, wenn ich sie direkt anschriebe.«

»Ein Brief braucht Wochen. Dafür ist keine Zeit.«

»Wir dürfen nichts überstürzen. Es wäre mir allerdings zuwider, wenn das Mädchen beschnitten würde ...«

»Verstümmelt trifft's genauer.«

»Ich möchte nicht, daß das geschieht. Aber wir haben keine rechtliche Handhabe, uns einzumischen.« Father William zog die Stirn in Falten und zuckte die Schultern.

»Dann geben Sie mir wenigstens die Namen einiger Schulen.«

Es klopfte an die Tür. *»Hodi.«*

»Karibu.« Father William erhob sich.

Zanifa trat ein. Sie blieb unmittelbar vor dem Teetisch stehen und verschränkte ihre Hände, so daß sich die weiße Bluse über dem burgunderfarbenen Rock etwas bauschte. »Guten Morgen, Father.« Sie verbeugte sich leicht. »Guten Morgen, Mr. Joldon.«

»Hallo.« Jordan fürchtete, daß die Peinlichkeit, sie jetzt bei Tageslicht zu sehen, sich auf seinem Gesicht spiegeln würde.

»Setz dich, Zanifa.« Father William deutete aufs Sofa.

Zanifa setzte sich auf das andere Ende des Sofas.

»Zanifa, ich habe mit Mr. Jordan über deine Zukunft gesprochen«, sagte Father William. »Er ist darüber besorgt, daß du deine Ausbildung nicht fortsetzen wirst, wenn du Mr. Kimweri heiratest. Wie fühlst du hinsichtlich deiner Hochzeit?«

»Meine Mutter will, daß ich ihn heirate«, sagte Zanifa so leise, daß Jordan sich nach vorn beugen mußte, um sie zu verstehen

»Dann ist es vielleicht das Beste ...« Father William erhob sich aus seinem Sessel.

»Zanifa, was ist, wenn ich dich in einem Internat unterbringen könnte?« Jordans Stimme klang belegt. »Den Schulabschluß kannst du in Kenia machen. Ich werde dir helfen, auf die Universität zu kommen. Ist das nicht das, was du willst?«

»Ja ... aber ...« Zanifa starrte auf den Orientteppich. »Ich weiß nicht.«

»Ich fahre für ein paar Tage nach Dar. Ich werde einige Schulen anrufen und nach einem Platz für dich fragen.« Jordans

Stimme klang wieder normal. »Überleg mal. Vielleicht können wir deine Mutter und Bwana Kimweri ja überzeugen.«

»Okay.« Zanifas Gesicht war leer. Sie blickte zum Direktor und dann zur Tür.

»Dies ist Mr. Jordans Idee. Ich bin mir nicht sicher, ob es für dich das Beste ist.« Father William sprach sorgfältig in englisch, wobei er zuerst Jordan und dann Zanifa ansah. »Sag deiner Mutter, sie möchte mich morgen besuchen.«

»Meine Mutter ist in Moshi, um Hühner zu kaufen.« Zanifas Stimme war jetzt etwas lauter. »Sie wird morgen abend mit dem Bus zurück sein.«

»Sag ihr, sie möchte kommen, sobald sie wieder da ist.« Father William lächelte Zanifa zu. »Du kannst jetzt in deine Klasse zurückgehen.«

Zanifa warf Jordan einen Blick zu und eilte aus dem Zimmer. Was hatte der Blick ausgedrückt? Angst? Oder eine flehende Bitte?

»Ich denke, Sie sollten Ihren Plan aufgeben«, sagte Father William. »Sie ist minderjährig. Sie kann eine solche Entscheidung nicht für sich selbst treffen. Ich begreife nicht, warum Sie dies tun wollen.«

»Ich kann nicht glauben, daß sie zulassen, daß sie sich dem *jando* unterzieht«, antwortete Jordan, seinen Zorn beherrschend. »Auch ich habe Angst vor Kimweri, aber wir können uns nicht einfach zurücklehnen ...«

»Sie sind noch nicht sehr lange im Lande, Rutledge. Und Sie gehen bald fort. Vergessen Sie, daß wir hier nur Gäste sind?!«

»Ich will nur ganz einfach die Möglichkeit erkunden, sie in einem Internat unterzubringen. Danach spreche ich mit ihrer Mutter.«

»Rutledge, warum tun Sie das alles?«

»Das habe ich Ihnen doch gesagt. Ich will nicht zusehen, wie Zanifa diese Folter durchmachen muß. Genügt das nicht?«

Jordan nahm sein Jackett vom Sofa. »Würden Sie mir bitte die Namen einiger Schulen geben?«

Father William wölbte die Lippen vor.

»Am besten frage ich da wohl bei der International School in Dar nach«, sagte Jordan. »Die müßten das wissen.«

»Ich werde Ihnen die Mühe abnehmen«, sagte Father William. »Wenn Sie versprechen, mir zu sagen, was Sie beschlossen haben, bevor Sie Zanifas Mutter besuchen.«

»Okay, Father.« Jordan schlüpfte in sein Jackett. »Und ich bitte Sie, nichts Kimweri gegenüber zu erwähnen, bis ich zurück bin und wir miteinander gesprochen haben.«

»Ich werde ihn sicherlich gar nicht sehen«, sagte Father William und ging zum Schreibtisch. Er blätterte in einem Merkbuch und schrieb zwischendurch auf einen Schreibblock. Jordan bewegte sich langsam auf das große Fenster zu. Der Mönch riß ein Blatt vom Schreibblock ab.

»Danke, Father.« Jordan warf einen Blick auf die Namen und Telephonnummern.

»Wir reden, wenn Sie von Dar zurück sind.« Father William lächelte. »Fahren Sie vorsichtig.«

»Danke. Ich sause sofort los.« Jordan schüttelte ihm die Hand.

»Passen Sie gut auf Ihre Mädchen auf!«

Der Himmel war ein tiefes, brennendes Blau. Jordan folgte auf seinem Motorrad der serpentinenförmigen Landstraße, wobei die Fliehkraft seinen Körper in den Kurven bald auf diese, bald auf jene Seite drückte. Der Wind und das hohe Tempo fegten seinen Gehirnkasten gleichsam leer und füllten ihn statt dessen mit dem Gefühl, immer schneller zu fahren. Zweihundert Meter vor der Savanne hörte die kühle Luft plötzlich auf und erhitzte sich von warm auf heiß, während er den letzten Teil der Landstraße auf die Dächer und die hohen

Palmen von Mombo zusauste. Er hielt an der Kreuzung des Nord-Süd-Highways und blickte hinauf zu der Kirchenruine hoch über dem Felsrand und hoffte, die Massai würden sich um Pasipo kümmern.

Bei der Caltex-Tankstelle lungerten Check Bobs mit Sonnenbrillen und hohen Cowboystiefeln herum. Jordan füllte den Tank der Honda und fuhr Richtung Süden. Buntscheckige Busse, die mit farbigen Lichtern und grellen Bildern geschmückt waren, säumten die Ränder des Highways. In der Ferne waberte die Hitze der Steppe wie in riesigen Tümpeln. Jordan gab unentwegt Gas und überließ sich ganz der zügigen Fahrt auf der offenen Landstraße. Die hochragende Wand des Usambaragebirgszugs – graue, von dichtem Laub bedeckte Felsen – krümmte sich ostwärts und verlor sich in tiefen Wolken über der Küste.

Zwei Stunden später war der Motor der Honda am Rand der Überhitzung. Ein Thermometer gab es nicht, doch Jordan konnte die Hitze auf seinen Schienbeinen fühlen. Er ließ den Gashebel los und fuhr nur noch gleichmäßig 50 km/h. Die Landschaft kroch vorüber. Beim ersten Dorf am Straßenrand parkte er im Schatten eines Affenbrotbaums. Aus einiger Entfernung schien der Baum unter seiner schweren Krone zu kauern, die aus Ästen bestand, die wie Geweihe hochgebogen waren. Aus der Nähe war der graue Stamm so dick und so hoch wie ein Silo. In der reglosen Hitze saß Jordan unter dem schmalen Schilfdach des Top Clubs an einem Tisch, der mit feuchtem Reis und winzigen Teepfützen besprenkelt war. Ein Mädchen mit toten Augen nahm seine Bestellung wortlos entgegen und kam mit einem schmutzigen Glas und einem Sprite zurück. Obwohl er wußte, daß es noch zu früh dafür war, befühlte er nach dem letzten Schluck den Motor, versengte sich fast die Hand und überlegte, daß die Essenz der amerikanischen Philosophie fatalistische Ungeduld war im Gegensatz zur fatalistischen Geduld des Afrikaners. Als er auf den Anlasser der Honda trat, fühlte er sich schwach in der Hitze und beschleunigte rasch, hinein in den Wind und den zurückweichenden Horizont.

Die Straße führte in stetem Auf und Ab durch öde Hügel mit dichtem braunem und olivfarbenem Buschwerk. Jordan fuhr Stunde um Stunde ohne irgendwelches Wild zu sehen, und er erinnerte sich daran, daß Ionides erzählt hatte, vor dreißig Jahren hätten hier Nashörner vorüberfahrende Autos attackiert. Er kam durch Dörfer mit rostigen Blechdächern, deren Tönung eigens den rotbraunen Wänden der Lehmhütten und dem harten Ton der Höfe angepaßt schien. Mitunter gab es statt des Kiesbelags schlaglöcherübersäte Abschnitte auf der ungeteerten Straße. Jordan vertrieb sich die Zeit damit, im Kopf eine Liste der Busse aufzustellen – City Guy, Computer, Fax Machine, Air Daressalam – und ihrer Slogans – *Hakuna Kama Mungu*: Nichts gleicht Gott –, die an ihm vorüberdonnerten und ihn in kleinen Staubwolken erstickten. Der endlose Busch flachte ab zu einer weiten Ebene mit grünschimmernden Reisfeldern. Die Straße stieg aus der Ebene in rollende Hügelgelände mit Maniokstäuchern und Bohnenfeldern. In einer tiefen Mulde zwischen Hügeln lag ein umgekippter Laster und blockierte die Straße. Es war die sechste Unfallstelle, die Jordan seit dem Morgen gesehen hatte. Der Erdboden am Straßenrand bestand nicht länger aus rotem Ton, sondern aus leichtem braunem Sand. Immer öfter kam er an Tankstellen, Restaurants und Läden vorüber. Sieben Stunden, nachdem er aufgebrochen war, befand sich Jordan an der Peripherie der Hauptstadt. Von einer Hügelhöhe mit Blick auf die schmale Küstenebene konnte er den dünnen blauen Dunst des Indischen Ozeans sehen und auch die verstreuten Wolkenkratzer von Daressalam, dem Hafen des Friedens.

Lange rote Busse donnerten durch die wimmelnde Ballung von University Road, Nelson Mandela Boulevard und Western Highway. Die Busse sahen aus wie hoch aufgebockt, ihre Fenster waren rußverschmiert, und an den Türen hingen Männer und Frauen, die sich an Griffen festklammerten, während ihre Hemden sich im Winde bauschten. Mit angehaltenem Atem manövrierte Jordan zwischen schwarzen Wolken aus verbranntem Diesel. In einem Gebiet namens Soweto, das nach der berüchtigten südafrikanischen Township benannt war, ballten sich die Menschenscharen so enorm, daß es einen Verkehrsstau gab, doch Jordan konnte in den Zwischenräumen langsam vorankommen. Dann bewegte sich der Verkehrsstrom wieder auf einem Damm, der über einen Sumpf führte, und danach kletterte die Straße auf einen Hügel, von wo sie abfiel zum City Centre, dessen Rand markiert wurde von einem Saum halbkreisförmiger Hochhäuser aus Beton, mit vielen Balkons und einer weißen und rosa Tönung. Die obersten Stockwerke waren bemalt mit Riesenreklamen für Duracell, Kellogg's, Pepsi und Cola.

Die Kotzerei begann am Morgen um etwa zehn Uhr, als Jordan schleunigst einen leichten Brechreiz loswerden wollte, der ihn schon seit Tagen ständig begleitete. Jetzt kam auf einmal alles hoch, und er mußte aus seinem Büro zur Toilette stürzen.

Nachdem er seinen Magen entleert hatte, lag er auf dem Kachelboden und atmete vorsichtig, bis dem Übelkeitsgefühl eine Art Schluckauf folgte. Auf die Schulter seiner Sekretärin gestützt, konnte er zu einer Couch gehen. Vernon fuhr ihn nach Hause und kaufte unterwegs noch Mylanta und Excedrin. Vernon war davon überzeugt, daß Alkohol die Ursache war.

Allein in seinem Appartement, wankte Jordan mehrere Stunden lang zwischen seinem Bett und dem Sofa beim Fernseher und einer Badewanne mit heißem Wasser hin und her, auf der verzweifelten Suche nach irgendeinem Platz, wo der Brechreiz verschwinden würde. Der trockene Schluckauf schien alle Viertelstunde zu kommen. Am Nachmittag erschien Vernon und brachte ihn zum Baptist-General-Krankenhaus, wo zwei Ärzte eine Nahrungsmittelvergiftung vermuteten. Zwischen den Schluckaufs entnahmen sie Blut-, Stuhl- und Urinproben, und eine Schwester führte ein Zäpfchen ein, das den Brechreiz bis zu einem erträglichen Grade minderte. Vernon bestand darauf, Jordan zu seinen Eltern zu bringen.

Seine Mutter öffnete die Haustür. Die Kraft und die Schönheit ihres zweiundfünfzigjährigen Gesichts wirkten auf Jordan stärker als gewöhnlich. Sie erklärte, er sei eine getreue Kopie seines Großvaters am Ende einer Zechtour. Das Zäpfchen hatte eine so positive Wirkung, daß Jordan sich nicht mehr erbrach, bis sein Vater nach Hause kam. Seine Mutter erzählte seinem Vater nur, was der Arzt gesagt hatte. Sein Vater kam herauf zu Jordans altem Zimmer, wo er inmitten der Schätze seiner Jugend lag. Der Vater war jetzt sechzig, und sein ehemals schwarzes Haar war nun schneeweiß. Er erzählte Jordan einen neuen Juristenwitz, aber Jordan lachte nicht.

Der Brechreiz machte ihn wach. In der Dunkelheit konnte Jordan fühlen, wie sich der Reiz steigerte, und er hoffte, das Bewußtsein zu verlieren. Aber dann wurde sein Körper von einem Würgeanfall geschüttelt, und er knipste endlich das Licht an, sah, daß es halb fünf war und fand auf dem Nachttisch ein Zäpfchen.

Er ging im Zimmer umher, griff nach High-School-Jahrbüchern und Cross-Country-Trophäen, nach Photoalben über die Rucksacktouren, die er mit seinem Vater in den Appalachen und den Rockies unternommen hatte. Er kroch hinaus auf den Flur, fühlte sich auf allen vieren irgendwie weniger übel, gelangte hinunter zum Zimmer seiner Schwester, einem weiteren Museum der Jugendzeit; vier Jahre war sie älter als er, und ihr Zimmer bot eine bessere Darbietung der alten High-School-Zeit, weil Sophie seither wenig Zeit in Memphis verbracht hatte. Sie hatte an Orten wie Nantucket studiert, ihren Abschluß an der Duke University gemacht, war ihrem Freund nach Boston gefolgt, hatte geheiratet und ein Kind bekommen. An den bastfarbenen Wänden hingen drei ausgeblichene Poster – sie zeigten einen jungen Mick Jagger, James Dean und ein Bild aus dem Film *Romeo und Julia*, auf dem sich das Liebespaar küßte. Um ungefähr halb sechs hörte er, wie sein Vater das Haus verließ, um seinen täglichen Fünf-Meilen-Lauf zu absolvieren. Bei Tagesanbruch fand seine Mutter Jordan völlig außer Atem im oberen Badezimmer. Erst nach weiteren zwei Tagen voller Schluckauf – Jordan war abgemagert, dehydriert, an ein Bettmonitorgerät angeschlossen – dachten die Ärzte daran, seinen Magen zu röntgen, weil sich niemand vorstellte, daß ein Achtundzwanzigjähriger ein Zwölffingerdarmgeschwür haben konnte, jene Art, die von Streß und Diät kommt – die Art, die man sich selbst bescherte.

»Oh, Rut«, sagte Anna, als sie in der Tür stand. Sie trug einen Blazer und Bluejeans. »Ich bin sofort gekommen, als ich's gehört habe.«

»Ich habe mich gefragt, ob du überhaupt kommen würdest.« Jordan drückte auf den Knopf, der den Kopfteil des Bettes anhob.

»Du hättest mich anrufen können.« Anna überquerte das Linoleum. Sie trug ein Vier-Liter-Gefäß aus Plastik. »Ich habe gehört, daß du hier bist, und gedacht, daß du vielleicht einen Unfall gebaut hast. Dann habe ich deine Mutter angerufen.«

»Du warst der erste Mensch, den ich anrufen wollte. Dann dachte ich, daß ich mich vielleicht schlechter fühlen würde.«

»Möchtest du, daß ich gehe?« Anna stellte das Gefäß auf einen Tisch beim Bett.

»Teufel, nein. Mach's dir bequem. Was ist denn das?«

»Aloe-Vera-Saft. Hat mein Akupunkteur empfohlen.«

»Das war sehr aufmerksam. Danke. Wer hat's dir erzählt?«

Anna zog die Stirn in Falten und setzte sich auf den Rand des Bettes.

»Tharpe, oder? Ich dachte mir, daß er vielleicht hier arbeitet.«

»Sweetheart, du mußt dich in den Griff kriegen.« Anna wischte ihm die Haare aus den Augen und ließ ihre Hand auf seiner Wange ruhen. »Es ist doch nicht das Ende der Welt.« Sie lachte. »Es gibt viele Frauen, die froh darüber sind, daß du wieder zu haben bist.«

»Ich will keine andere.« Jordan legte seine Hand auf ihre und preßte sie fest gegen sein Gesicht. »Bitte, laß es uns noch einmal versuchen.«

Anna schüttelte langsam den Kopf. Sie schien Tränen zurückzuhalten. »Da ist zuviel, das weh tut.«

»Ich könnte es bei dir wiedergutmachen.«

»Dafür ist es jetzt zu spät.« Sie umarmte ihn. »Wir müssen beide weiterleben.«

»Das hast du mir angetan, flüsterte ihr Jordan ins Ohr. »Du hast mich in dieses Scheißhospital gebracht.«

Anna ließ ihn los und setzte sich zurück. Für einen Augenblick schien sie verwirrt, dann wütend. »Nein, Rut. Dies hast du dir selbst angetan.« Sie stand auf und wich vom Bett zurück. »Du hast dafür gesorgt, daß ich mich schlecht fühlte, und ich habe mich nicht zu Tode getrunken. Jetzt ist die Reihe an dir, dich schlecht zu fühlen. Du hast recht. Ich hätte nicht kommen sollen.«

Jordan sah ihr nach, als sie hinausging. Er rief hinter ihr her: »Anna, komm zurück. Es tut mir leid.« Er stieg aus dem Bett, löste den Infusionsschlauch und lief hinaus auf den Flur. Doch sie war nicht mehr zu sehen.

NOVEMBA 5

Jordan wurde wach durch den Lärm der Laster unten auf der Straße und das unablässige Geratter der alten Klimaanlage und trat hinaus auf den Balkon des Hotels Mawenzi. Ein Strom von Lastern dröhnte die Maktaba Street entlang, vorbei an der Kuppel der anglikanischen Kathedrale. Vor der langen Kolonnade des Hauptpostamtes entströmten ihnen Passagiere aus benachbarten Shanty-Towns. Seit er das letzte Mal in Dar gewesen war, hatten die Japaner die Straßen der Innenstadt aus einem Gewirr von Schlaglöchern wunderbarerweise in glatte Asphaltbänder verwandelt. Er duschte und rasierte sich, zog sich ein sauberes Paar Khakis und ein Safari-Shirt an und trat hinaus auf einen hellgrünen Korridor, wo die Luft um mehr als zehn Grad heißer war als in seinem Zimmer. Er begegnete einer in einen Sari gehüllten Inderin mit nacktem braunem Bauch und einem roten Punkt auf der Stirn und eilte eine Terrazzotreppe hinunter, aus dem Hotel auf die Straße.

Die feuchte Hitze war wie ein nasser Wollumhang. Jordan ging die Maktaba Street entlang. Nach wenigen Minuten klebten ihm sein Hemd und seine Hosen schweißgetränkt auf der Haut. Beim Büro der British Airways riefen Check Bobs mit dunklen Brillen laut auf englisch: »Heh, Mann, du wechseln Geld? Guter Kurs.« »Pssst!«

»Hallo, Bruder, du möchten Abenteuer-Safari?«

»Nach Sansibar segeln?«

»Banghi?« flüsterte einer.

Fußgänger drängten sich auf den Gehsteigen und sickerten dann über die Samora Machel, eine der Avenues, die nach afrikanischen Diktatoren benannt waren. Eine Sauna, diese morgendliche Rush-hour, dachte Jordan, stell dir nur den Nachmittag vor. Waisen, obdachlose Großmütter, Leprakranke von unbestimmbarem Geschlecht hockten wie zusammengeklumpt im Schatten unter den langen Dachrinnen eines dreistöckigen Gebäudes aus der deutschen und englischen Kolonialzeit. Jordan verteilte ein paar Dollar in Schillingen und wandte seine Augen ab.

Er erstand ein lädiertes Exemplar des *Economist* sowie die Lokalzeitung an einem Stand vor dem Salamander Café. Die Tische unter den Ventilatoren draußen waren von weißen Reisenden in Sandalen und Shorts besetzt. Die sogenannten Expatriates, die hier lebten, trugen nach afrikanischer Sitte Schuhe und lange Hosen. Jordans Augen suchten die Veranda automatisch nach weißen Frauen unter den langhaarigen Deutschen und Australiern ab. Während sein Blick durch das Gleißen der Straße zum milderen Licht der Veranda glitt, sah Jordan eine Blondine mit einem roten Oberteil mit Trägern und Leggings mit Leopardenflecken. Sie lächelte und blickte fort. Am Buffet wählte er ein Stück Mango-Pastete, eine würzige Kartoffelkugel, einen Passion-Juice und einen Espresso.

»Zweihundert Schillings«, sagte die Bantu-Kassiererin. Einen halben Dollar.

Jordan ging mit seinem Tablett auf die Blondine zu, die sich durch das Bogenfenster hindurch mit jemandem unterhielt. Plötzlich war ihm nicht mehr so gesellig zumute, und er setzte sich auf einen Sitz direkt unter einem der Deckenventilatoren. Während er an seinem Espresso nippte, überflog er die

Schlagzeilen der *Daily News*: FLÜCHTLINGE AUS RUANDA ÜBERFLUTEN LAKE DISTRICT ... ESEL FRISST HÜHNER. Der Ventilator blies die feuchte Hitze von seiner Haut. 3 MÄDCHEN GETÖTET UND HUNDERTE VERGEWALTIGT BEI DER RASEREI IN SCHULE. Er las einen Bericht über eine von der katholischen Kirche und der Regierung gemeinsam betriebene High-School in Kenia, wo die Jungen den Schlafsaal der Mädchen belagert hatten. Drei Mädchen waren niedergetrampelt worden, als die Jungen in das Gebäude eingedrungen waren, und mehrere Hundert hatten sie vor dem Eintreffen der Polizei vergewaltigt. »Mädchen werden individuell auf regulärer Basis vergewaltigt«, wurde die Direktorin zitiert. »Das ist Teil der Kultur. Doch ein Verhalten wie dieses kann nicht toleriert werden.« Jordan zog Father Williams Liste von Boarding Schools hervor, die in seinem Taschennotizbuch steckte und machte Kreise um die Namen der privaten Institute. Er nahm den *Express* zur Hand, ein Wochenblatt, das erschien, wenn die Partei ihre Pressezensur milderte. FREIHEITSPARTEI FINDET IM GANZEN LAND UNTERSTÜTZUNG. In der Titelgeschichte wurde Julian Kimweri ausführlich zitiert. Der indische Journalist nannte ihn den »Sultan des Wählerumschwungs«.

Jordan warf einen Blick durch das Bogenfenster. Die Blondine war verschwunden. Er schlug den Anzeigenteil auf und las die Autoangebote. Er stellte sich vor, wie er mit Zanifa in einem Range Rover über die Ebenen der Serengeti brauste, begleitet von mitgaloppierenden Zebras und Giraffen. Er fing sich und schämte sich seiner Tagträumerei. Als er am Morgen aufgewacht war, hatte ihn der Gedanke an seinen Plan erregt, doch jetzt war er zerknirscht, weil er begriff, daß er in Zanifa ein Mittel zum Zweck gesehen hatte – ein Mittel gegen die Einsamkeit und gegen Schuldgefühle, eine Art Droge.

Es waren nun weniger Menschen unterwegs zur Arbeit, so daß man überall an den Mauern die Bettler sah. Jordan bog von der Salamander Street in eine Seitenstraße, die zu einem Boulevard am Hafen führte. Die Skyline wurde von den hellrosa und pfefferminzgrünen Fassaden der indischen Gebäude gebildet. Daressalam glich einer verschmutzten Version von Miami Beach. In der heißen Luft über den Dampfleitungen zwischen den Dächern schwebten schwarze Papierdrachen, urbane Raubvögel. Einer sauste herab und stahl einem wütenden Afrikaner eine Scheibe gegrillter Cassaya. Der Gedanke an Pasipo kam Jordan, und er fühlte sich wie eine Mutter, die sich Sorgen machte um ihr Kind. Inderinnen in wallenden Gewändern und Schleiern glitten die Straßen entlang, dünne braune Kinder in Schuluniform im Schlepptau. Manchmal sah man eine junge Frau im langen Gewand ihrer Vorfahren, die flott und entschlossen ausschritt, die feinen Gesichtszüge unter einem Schleier verborgen; sie erschien, verschwand.

Jordan näherte sich einem tristen modernen Gebäude mit einem Schild, auf dem stand: *»Uhamiaji.«* Vom dritten Stock bis zum obersten Geschoß waren die Fenster der Immigrationszentrale zerbrochen, und die Fassade war rußgeschwärzt. Einige Monate zuvor hatte ein Feuer die oberen Stockwerke zerstört, möglicherweise das Werk eines »Kunden«, dem es darum ging, Unterlagen zu vernichten. Wenige Minuten nach der Öffnung herrschte drinnen das Chaos. Die uniformierten Beamten hinter dem langen Tisch an einer Wand wurden von der Menschenmenge bestürmt. Jordan drängte sich durch eine Gruppe von Somali-Frauen nach vorn. Weil er weiß war, protestierte niemand. Er lächelte eine Frau in einer blauen Uniform an und legte zwei fast identische Fotos von Zanifa, auf Paßphotogröße zurechtgeschnittene Schnappschüsse, auf den Tisch und außerdem einen Brief, den er auf Briefpapier des Peace Corps getippt hatte. In suaheli erklärte er, daß Zanifa eine Studientour in Kenia gewonnen hatte und gleich heute einen Reisepaß brauchte.

Die Frau warf einen Blick auf den Brief. »Die Bearbeitung dauert mindestens zwei Wochen.« Sie reichte ihm ein Formular.

»Aber die Tour beginnt schon in drei Tagen.«

»Tut mir leid, bwana. So sind die Vorschriften.« Über seine Schulter blickte sie zu einer Somali-Frau, die einen gelben Schal auf ihrem Kopf trug.

Jordan beugte sich vor und flüsterte: »Ich möchte nicht, daß meine Freundin die Tour verpaßt. Für eine sehr schnelle Bearbeitung will ich gern bezahlen. Würden hunderttausend Schillinge es Ihnen ermöglichen, die Bearbeitung zu beschleunigen?« Er bot ihr eine Summe in Höhe von vier Monatsgehältern, aber wahrscheinlich vermutete sie nichts Illegales, da die meisten *mzungu* ja Millionäre waren.

Die Frau lächelte und zeigte eine Lücke zwischen ihren Vorderzähnen. »Füllen Sie das Formular aus, und kommen Sie um drei.«

In dem heißen grünen Korridor klopfte Jordan an die Tür von 101. Er wartete eine Minute, klopfte abermals. *»Hodi. Hodi.«*

»Nan upo?« rief eine rauhe Stimme.

»Rutledge.«

»Es ist gegen meine Prinzipien, mich in meinem Zimmer stören zu lassen.« Die Stimme sprach englisch mit griechischem Akzent.

»Kommen Sie, Paul, machen Sie auf!«

Die Stimme fluchte leise.

Die Tür schwang auf, und ein kalter Luftstrom quoll heraus. Paul Ionides, in einem gelben Bademantel aus Seide, stand dort mit wirrem grauem Haar und hängendem langem Schnurrbart und musterte Jordan von oben bis unten durch dicke rosa getönte Brillengläser. Seine finstere Grimasse wandelte sich zu einem freundlichen Lächeln, bei dem er einige lange, verfleckte Zähne zeigte. »Da Sie meine Morgengymnastik unterbrochen haben, können Sie auch genausogut hereinkommen.« Der alte Mann drehte sich um und schlurfte davon ins Halbdunkel des kalten Zimmers. Jordan konnte auf dem Doppelbett drei Gestalten ausmachen.

»Versuchen Sie, ganz Daressalam zu kühlen?« schrie Ionides »Machen Sie die Tür zu!«

Die Gestalten auf dem Bett kicherten, als Jordan die Tür schloß.

»Setzen Sie sich. Setzen Sie sich. Kaffee? Tee? Ich werde den Room Service rufen«, sagte Ionides großmütig und langte nach dem Telephon auf dem Nachttisch.

»Nein, danke.«

Die kichernden Mädchen schienen in Zanifas Alter oder jünger zu sein.

»Nun, was fehlt meinem Bruder denn?« Paul Ionides zog für Jordan einen Stuhl herbei. »Trinkt er zuviel? Ist er im Hospital? Haben die Afrikaner ihn endlich zurechtgestutzt?«

»Es geht ihm gut«, sagte Jordan. »Er ist seit zwei Monaten trocken.«

»Er ist ein Bastard. Ein verrückter alter Bastard. Der alte Mann sank auf das Bett. Eines der Mädchen, in einer blauen *kanga*, erhob sich von der Matratze auf die Knie und begann, Ionides' Haar einzuölen. »Wie geht's mit Ihrer Arbeit?«

»Ich komm voran.« Komm zur Sache, dachte Jordan.

»Sie leisten etwas Hervorragendes. Sie helfen den Armen.« Ionides kippte seinen Kopf zurück, während das Mädchen ihm die Haare kämmte. »Die Armen brauchen das. Der Rest – scheiß auf sie!«

»Was ist mit dem Harem?«

»Meine *Zungu-zungu*-Mädchen.« Kaum zu übersetzender Slang, der ursprünglich junge Wächterinnen bedeutete. Ionides' Lachen war hoch, wie das seines Bruders. »All die jungen Mädchen in der Stadt gehen jetzt auf die Straße wegen

Sex. Ihre Mütter schicken sie, damit es fürs tägliche Brot reicht. Sehen Sie, zu meiner Zeit gab es diese Tragödie nicht.« Mit gerunzelter Stirn zog Ionides ein Päckchen Rothmans aus der Tasche seines Bademantels. »Jetzt schert sich die jüngere Generation einen Dreck um Moral. Sie können diesen Mädchen von morgens bis abends predigen. Sie können sie bitten, nach Hause zu gehen und dort zu bleiben. Sie können ihnen Geld und den Fahrpreis für den Bus geben.« Er zündete eine Zigarette an, blies Rauch von sich. »Aber sie gehen nicht.«

Jordan sah zu den halbbekleideten Mädchen. Sie wandten ihre Augen ab oder beobachteten Ionides. Jordan hatte das unbehagliche Gefühl, Mitverschworener zu sein.

»Sie sagen …« Ionides' Stimme hob sich. »Nein, Baba, wir möchten bei dir bleiben. Wenn du uns nicht aufnimmst, so tut es ein anderer. Wir möchten nicht mit Afrikanern gehen. Sie belästigen uns. Sie tun uns weh. Du bist so freundlich, so sanft. Wir wollen bei dir bleiben und dir die moderne Sexualität zeigen.«

Die Mädchen lachten über seine Imitation, ohne ein Wort zu verstehen, und Ionides stimmte mit ein. Jordan lächelte höflich.

»Die Mädchen bekommen viel Zuspruch, viel zu essen, keinen Alkohol, aber sie wollen enorm viel ficken.« Ionides seufzte und schüttelte den Kopf. »Das ist das Problem.«

»Wie werden Sie damit fertig?«

»Ein halbes Kilo frischer Zwiebeln pro Tag. Und dein verdammter Schwanz legt sich nie zur Ruhe. Außerdem vernichten die Zwiebeln Amöben, und das größte Geheimnis« – Ionides beugte sich flüsternd vor – »Zwiebeln neutralisieren die meisten afrikanischen Gifte.« Er wurde ernst. »Was hat Sie denn aus dem Busch hierhergebracht? Wild auf Kicks? Sie würden doch wegen der Kicks unter einem Vollmond ficken. Neuankömmlinge in Afrika sind nun mal komisch. Alles was sie sehen, ist in ihren Augen außergewöhnlich.« Der alte Mann lachte.

»Nicholas hat gesagt, daß Sie wieder einen Kurier brauchen.«

»Mungu ameniberi.« Ionides lächelte. Gott hat mich gesegnet. Er starrte Jordan durch seine dicken Gläser an. »Nikos hat mir gesagt, Sie seien nicht interessiert.«

»Ich hab's mir anders überlegt.« Jordan rutschte auf seinem Sitz hin und her und fragte sich, ob es vielleicht zu spät war. »Er sagte, Sie hätten einen Kurier verloren.«

»Einen Check Bob. Er sitzt in Sambia im Gefängnis. Er war blöd«, sagte Ionides. »Aber Sie brauchen sich keine Sorgen zu machen.«

»Wie lange muß er sitzen?«

»Wer weiß«, sagte Ionides durch einen halbzerissenen Rauchschleier. »Aber Sie werden einfach über die Grenze kommen. Sie sind weiß. Ein Amerikaner. Ein Freiwilliger. Herrgott noch mal.«

»Nikos sagte, daß Sie jetzt fünftausend Mäuse zahlen.«

»Das Gesetz von Angebot und Nachfrage«, sagte Ionides. »Diesmal geht es allerdings auch wieder retour.«

»Ich brauche sechstausend.« Jordan schaffte es, ein Pokergesicht zu bewahren. »Klarer Fall, im voraus.«

»Sie sind ein Pirat.« Der alte Mann hustete. »Das ist doppelt soviel, wie Sie letztes Mal bekommen haben.«

»Da ging's auch nur in eine Richtung.«

»Sawa«, sagte Ionides und pochte mit seiner Zigarette auf den Rand eines geschnitzten Tabletts, das wie ein *shetani* geformt war, ein Teufel mit höhnischem Grinsen. Eines der Mädchen hielt es ihm hin. »Sechstausend. Die *Hälfte* im voraus.«

»Hapana.« Jordan sagte nein. »Ich brauche in Mombasa mehrere Tausend, außerdem möchte ich Geld haben, um mich loskaufen zu können, falls ich geschnappt werde. Sechstausend im voraus.«

»Fünftausend im voraus. Der Rest bei Lieferung. Ich brauche etwas Sicherheit.« Ionides drückte die Zigarette auf dem Bauch des Teufels aus. »Wenn Sie sich beeilen, können Sie den Nachmittagsexpreß nach Mombasa kriegen. Diese Lieferung ist schon um Wochen verspätet.« Der alte Mann stützte sich auf das Bettgestell und erhob sich steif. Paul war größer und dünner als sein älterer Bruder, jedoch weniger agil, weil Nikos in den Bergen lebte und das Hotel und eine Farm betrieb. Paul schlurfte über den Teppich zu einem Schrank, den er aufschloß, um aus dem untersten Regal einen blauen Kleidersack zu ziehen. Jordan wußte, daß über einem gepolsterten Gepäckteil ein falscher Boden eingenäht war.

»Wenn Sie den Vier-Uhr-Expreß schaffen, sind Sie gegen zehn in Mombasa.« Ionides durchquerte das Zimmer. »Liefern Sie's morgen bei Hatam Patel ab. Erinnern Sie sich an seinen Laden?«

»Den werde ich niemals vergessen.« Jordan nahm den Sack.

»Er wird Ihnen einen identischen Kleidersack geben. Den bringen Sie mir.« Ionides straffte den Gürtel um seinen Seidenmantel. »Sie sollten morgen bei Sonnenuntergang wieder hier sein.«

Jordan wog den Sack mit einer Hand. Er war nicht ungewöhnlich schwer. »Was ist da drin?«

»Rubine, Diamanten, Tansanite.«

»Und was bringe ich zurück?« Jordans feuchte Kleidung war kalt geworden.

»Eine Summe.« Ionides hustete. Er zählte einundfünfzig Hundert-Dollar-Scheine ab. »Die Reisekosten tragen Sie.«

Jordan steckte das Geld in seinen Rucksack und den Rucksack in den Kleidersack.

»Kaufen Sie in Mombasa ein, zwei Flaschen Whisky und kubanische Zigarren.« Ionides folgte Jordan zur Tür.

»Was bin ich eigentlich?« fragte Jordan. »Ihr Laufbursche?«

»Kaufen Sie etwas, damit es so aussieht, als ob Sie einen Grund gehabt hätten, für eine Nacht die lange Fahrt nach Mombasa zu machen. Jack Daniel's ist meine Marke.«

»*Sawa.*« Jordans Gesicht war sehr ernst.

»Machen Sie sich keine Sorgen!« Ionides schlug ihm auf den Rücken. »Sie werden durch den Zoll spazieren wie ein Diplomat.«

Im Korridor war es stickig. Wenige Meter von der Tür stieß er gegen einen muskulösen Afrikaner in grauen Freizeithosen und einem schwarzen Hemd, das mit einem Muster aus übergroßen weißen Dollarscheinen bedruckt war. Ein Stockwerk höher, in 203, bestellte er eine Pilz-und-Käse-Pizza, duschte sich und zog ein anderes Paar Khakis und ein sauberes Peace-Corps-T-Shirt an. Er telephonierte mit der Rezeption, erkundigte sich nach einer Nummer in Nairobi und verfrachtete das Geld in einen Geldgürtel aus Leinen. Die erste Pizza, die er seit neun Monaten sah, kam auf einem Tablett mit einer eiskalten Dose Heineken. Jordan war mit der Pizza fast fertig, als das Telephon läutete.

»Bleiben Sie dran für Ihren Anruf in Nairobi«, sagte ihm die Vermittlung.

Er hörte eine Menge Knistergeräusche, dann eine schwache Stimme: »Boma School.«

»Ich möchte sobald wie möglich eine Studentin anmelden. Ist da jemand, mit dem ich sprechen könnte?« Jordan preßte die kalte Bierdose gegen seine Stirn.

»Sie sollten mit der Direktorin sprechen. Einen Augenblick bitte.«

Das Knistern in der Leitung wurde lauter. »Hier Pamela Calloway. Wie kann ich Ihnen helfen?«

»Guten Tag! Ich rufe aus Dar an. Ich bin beim Peace Corps«, rief Jordan. »Ich möchte bei Ihnen ein sechzehnjähriges tansanisches Mädchen anmelden, das in der St. Mary's in Lushoto die Klassenbeste ist.« Er war froh, daß die Geräusche in der Leitung die Nervosität in seiner Stimme verdeckten. »Father William, der Direktor, hat mir empfohlen, Sie anzurufen.«

»Wenn Sie uns ihren Antrag schicken, reservieren wir für Sie einen Platz im Januar.«

»Ihre Familie steckt mitten in einer Krise«, fuhr Jordan ruhiger fort. »Sie möchte das Mädchen so schnell wie möglich aus Lushoto weghaben.«

»Ich bitte Sie, unsere Schule ist kein Zufluchtsort für Angehörige von Problemfamilien.« Die Frau lachte leichthin. Der Stimme nach war sie Engländerin und in mittlerem Alter. »Doch wir versuchen zu helfen. Wir würden uns freuen, sie mit entsprechenden Unterlagen aufzunehmen und für Kost und Logis zu sorgen.« Jordan lächelte darüber, wie leicht es doch war, für Zanifa eine Lösung zu finden, und versprach, die notwendige Summe am nächsten Tag zu überweisen. Als sie ihn wegen der Beziehung zu der Studentin befragte, rief Jordan durch das Knistern und Knacken, er sei ein Freund der Familie, und Father William würde bald nach Zanifas Eintreffen mit der Direktorin Kontakt aufnehmen. Mrs. Calloway überließ ihn ihrer Sekretärin wegen der genauen Summen und der Kontonummer der Boma School. »Sie haben eine Chance, Miss Zanifa«, murmelte Jordan, während er noch den Telephonhörer hielt, und vergaß seine düsteren Morgengedanken.

Jordan trug den Kleidersack nach unten, beglich an der Rezeption seine Rechnung und ging hinaus in die Hitze. Am Straßenrand parkte ein Dutzend weißer ramponierter Taxis. Er stieg in einen alten Peugeot und sagte zu dem Fahrer: »Immigration.« Als das Taxi in die Maktaba Street zurückstieß, sah Jordan den Mann mit dem Dollarnoten-Hemd, der gerade in ein Taxi stieg.

Nach drei Minuten im Peugeot hatte Jordan das Gefühl, dringend unter die Dusche zu müssen. Er blickte über die Schulter, konnte das Dollarhemd jedoch nirgends im Verkehr entdecken. Bei einer Verkehrsinsel mit der Bronzestatue eines Tanganjika-Soldaten aus dem Zweiten Weltkrieg beugte sich Jordan über den Vordersitz, gab dem Fahrer ein paar Schillings und sagte ihm, er solle warten, während er zu einem Geschäft im Parterre eines der drei Wolkenkratzer von Dar lief, ein vierzigstöckiges Gebäude, das durch Schimmel dunkelbraun verfleckt war. Als das Taxi hielt, schleuderte er den Kleidersack über die Schulter und sprintete durch die gleißende Helle eines betonierten Hofs mit toten Palmen in eine kühle, schattige Apotheke. Er kaufte dreißig Valium und eine große Flasche Antiacid und rannte zum Taxi zurück.

»Twende«, sagte er zu dem Fahrer. Los. Während sie sich wieder in den Verkehrsstrom einordneten, sah Jordan das Dollarhemd in einem geparkten Toyota. Er schraubte den Verschluß der Antiacidflasche ab und spülte eine Valium mit einem Schluck der kreidegleichen Flüssigkeit runter. Um nicht aufzufallen, stützte Jordan seinen Kopf auf den Handteller und spähte mit einem Auge durch das hintere Fenster. Der Toyota lag zwei Autolängen zurück. Er folgte Jordan die Maktaba Street hinunter auf den Harbor Drive, jetzt dichtauf. Jordan sprang vor dem ausgebrannten Immigration-Gebäude aus dem Taxi und stürmte hinein, um in der Menschenmenge unterzutauchen. Den Kleidersack mit einem Arm gegen seine Brust drückend, drängte er sich zu dem Tisch durch, wo die schwergewichtige Frau in der blauen Uniform saß. Sie lächelte und bedeutete ihm, ihr zu folgen. Sie durchquerten den Raum. Am Ende öffnete sie eine Tür, und er folgte ihr in ein Büro mit einem Tisch und zwei Plastikstühlen.

»Es ist fertig«, sagte die Frau und reichte ihm ein schlecht getipptes Dokument, das an drei Stellen gestempelt war. In der rechten oberen Ecke klebte ein Foto von Zanifa. Jordan las das Dokument rasch durch. Es hatte eine einjährige Gültigkeit für Reisen zwischen Tansania und Kenia.

»Asante sana.« Jordan dankte ihr und steckte das Papier in eine Seitentasche des Kleidersacks. Er gab der Frau zwei Hundert-Dollar-Scheine. *»Asante, mama.«*

»Der Reisepaß kostet zehntausend Schillinge«, sagte sie in suaheli.

»Sawa.« Jordan gab ihr den entsprechenden Betrag in Form vor zwanzig Dollar.

Sie reichte ihm eine Quittung.

»Es ist vorne so überfüllt«, sagte Jordan zu ihr. »Gibt es hier keine Hintertür?«

»Ndiyo, bwana. Njoo.« Sie verließ das Büro und ging den Korridor hinunter zu einer offenen Tür auf der Rückseite des Gebäudes.

»Ninashukuru.« Jordan dankte ihr wieder und lief zu einer Lücke in einem Metallzaun.

»Karibu tena«, rief die dicke Beamtin hinter ihm her. Kommen Sie wieder.

Jordan gelangte durch die Öffnung in die Kibo Street und fragte sich, wo das Dollarhemd sein mochte, ob der Kerl ihm tatsächlich gefolgt war. Er warf einen Blick auf seine Armbanduhr: 3.28. In einer halben Stunde legte das Schiff ab. Er würde schneller sein, wenn er die Stadt zu Fuß durchquerte. Fast im Laufschritt hastete er im indischen Viertel durch die kleinen Straßen und Gassen, kam an weißen Hindu-Tempeln vorbei und an vergitterten Schaufenstern, wo aus Japan importierte Gebrauchtwagen verkauft wurden. Er eilte vorüber an Discos und Bordellen, die von griechischen Seeleuten frequentiert wurden, und dann, im arabischen Viertel, an hohen

Appartementhäusern vorbei, die mit Balkonen gespickt waren. Seine Kleidung war völlig durchnäßt, sein Magen brannte. Zweimal blieb er stehen, um Antiacid zu schlucken.

Jordan erreichte die Vorderfront eines weißen Deco-Gebäudes, wo »United Nations« im obersten Stockwerk in riesigen blauen Lettern aufgemalt war. Er konnte das Fenster eines Büros sehen, das im vergangenen Jahr Daniela gehört hatte, einer einsamen grünäugigen Römerin, die einzige Frau, mit der er vor nunmehr sechzehn Monaten in Afrika eine ganze Nacht verbracht hatte. Er nahm wieder einen Schluck Antiacid und lief einen schattigen Boulevard entlang in Richtung Hafen, der farblos in der Nachmittagssonne schimmerte. Über Steinstufen gelangte er zum Ufer und geriet in eine laute Menge von Passanten, hilflosen Gepäckträgern und auffällig gekleideten Check Bobs vor dem Büro des *Zanzibar Express*. Am Ende der Pier lag das schlanke russische Tragflächenboot tief im Wasser, vom Bug bis zum Heck etwa dreißig Meter lang. Der Ticket-Schalter war in die Vorderfront eines Lagerhauses eingebaut. Hinter dem zerkratzten Plexiglasfenster saß eine Sansibar-Frau, die den *mzungu* musterte und fragte: »Erste Klasse?«

»*Ndiyo*«, bestätigte Jordan. »Mombasa und zurück.«

»Einhundert Dollar und Ihren Paß«, sagte die Frau in englisch.

Jordan reichte ihr einen knisternden Geldschein.

Die Frau hielt den Schein gegen das Licht, rieb ihn mit ihrem Daumen und ließ ihn durch einen kleinen elektronischen Kasten gleiten. Sie sagte Jordan, er solle warten und entschwand durch eine Tür. Jordan schlürfte Antiacid und fragte sich, ob Ionides ihm Falschgeld gegeben hatte.

Die Frau kam mit einem Sansibar-Mann in einem blauen Hemd und mit schwarzer Krawatte zurück. Sie sprachen miteinander, aber Jordan konnte die Worte nicht durch das Schalterfenster verstehen. Der Mann betrachtete den Geldschein, ließ ihn durch das Gerät gleiten. Er sah Jordan an und ließ den Schein erneut durchlaufen. Er blickte zu Jordan, griff dann nach dem blauen amerikanischen Paß. Jordan überlegte, ob er flüchten sollte. Der Mann reichte den Paß der Frau und ging hinaus, nahm den Geldschein mit. Die Frau stempelte ein Ticket und steckte es in den Paß, den sie Jordan durch die Öffnung im Fenster reichte.

»Danke«, sagte Jordan.

Die Frau blieb stumm.

Jordan ging langsam um das Lagerhaus herum und fragte sich, ob der Mann den Geldschein mitgenommen hatte, um den Zoll zu alarmieren. Er konnte die Schlagzeile in den *Daily News* sehen: PEACE-CORPS-FREIWILLIGER BEI DIAMANTENSCHMUGGEL ERWISCHT. Und er dachte, daß ein tansanisches Gefängnis schlimmer sein würde, als er sich das vorstellen konnte.

Das Lagerhaus lag im Halbdunkel, es war ofenheiß, die Luft zum Schneiden. Eine Gruppe von Zanzibaris und ein paar Hippie-Touristen bildeten eine Schlange vor dem Immigration-Tisch, der mit zwei Beamten in blauer Uniform bemannt war. Während sich die Schlange voranbewegte, füllte Jordan ein Formular für den Zoll aus, wobei er ein Magazin als Schreibunterlage benutzte. Zu seiner Erleichterung sahen alle verschwitzt und leicht kränklich aus.

»Shikamoo.« Jordan erbot sich, dem Beamten die Füße zu küssen, und trat an den Tisch.

»Marahaba«, sagte der Beamte. Erfreut. Er blätterte Jordans Paß durch. »Sind Sie ein Lehrer?«

»Ich lehre Farmer, Fischteiche anzulegen«, sagte Jordan in suaheli. »In Lushoto.«

»Bwana Samaki.« Der Beamte lächelte. Mr. Fisch.

Jordan nickte.

»Sie sind ein guter Mann, daß Sie aus Ihrem reichen Land nach Tansania kommen«, sagte der Beamte freundlich. Er stempelte den Paß, blickte auf. »Impfungen?«

Jordan wollte ihm seine gelbe Karte reichen.

»Ist schon okay. Gehen Sie nur.« Der Immigration-Beamte wandte sich dem Zollbeamten an einem Nachbartisch zu. In suaheli sagte er: »Laß ihn durch. Er ist vom Peace Corps.«

Der fette Mann mittleren Alters in der bräunlichen Uniform musterte Jordan finster und bedeutete ihm mit einem Kopfnicken, er solle weitergehen.

Im selben Augenblick, in dem Jordan das V-förmige Erster-Klasse-Abteil im Bug betrat, ließ der Kapitän des Nebelhorn ertönen. Er nahm auf einem Sitz bei einem Bullauge Platz neben einer schwergewichtigen Muselmanin, die einen schwarzen *shuka* und Schleier trug. Er quetschte sich vorbei, verstaute den Kleidersack unter dem Sitz und ließ sich in den gepolsterten Sessel fallen, kippte den Kopf zurück und versuchte, das geschmolzene Blei in seinem Magen wegzumeditieren. Der *Zanzibar Express* verließ das ruhige Wasser des Hafens und hielt mit beschleunigtem Tempo auf die entgegenkommenden Wellen zu. Jordan öffnete die Augen. Ein Film aus Salzwasser verfleckte die Bullaugen. Der Himmel schien gelb zu sein, die See fast schwarz. Bei fast vierzig Knoten Fahrt erhob sich das Schiff auf seine Tragflächen, und die Nase ragte vier Meter aus dem Wasser. Die Luft in der Kabine war kühl und roch überwältigend nach Nelke und Kardamom. Jordans Schläfen begannen zu schmerzen, doch er spürte die entspannende Wirkung des Valiums. Ein Zanzibari bot in durchsichtigen Bechern braune, klare und orangenfarbige Softdrinks an. Die schwergewichtige Frau in Schwarz nahm von jedem eines. Jordan hielt sich an Orange. Das Getränk war lauwarm. Er sah sich in der Kabine um und spürte, wie sich plötzlich sein Magen zusammenkrampfte: Dollarhemd saß zwei Reihen weiter auf der anderen Seite des Ganges.

Jordan verfolgte einen indischen Kung-Fu-Film auf einem Bildschirm im Bug. Der Film war synchronisiert. Es wurde Englisch mit asiatischem Akzent gesprochen, was jedoch fast unhörbar blieb wegen der Maschinengeräusche und der Wellen, die gegen den Bug klatschten. Wäre Dollarhemd ein Cop gewesen, so würde er Jordan zweifellos im Hafen gestellt haben.

Es sei denn, er wollte in Erfahrung bringen, wohin die Edelsteine gingen.

Jordan warf rasch einen Blick in seine Richtung. Dollarhemd verfolgte den Film. Vielleicht war er ja vor seiner Reise eher zufällig bei der Immigration-Behörde vorbeigekommen.

Und warum hatte er vor der Apotheke gewartet?

Nach einer Dreiviertelstunde, auf der halben Strecke nach Sansibar, trieb ein südlicher Wind eine unablässige Folge von Wellen herbei, die gut anderthalb Meter hoch waren und sich in der Breite über dreißig Meilen erstreckten. Diese Wellen trafen das Schiff auf der Steuerbordseite und ließen es hin und her schwanken. Jordan empfand ein Gefühl von Übelkeit. Alle paar Minuten rülpste neben ihm die dicke Frau. Langsam atmend, um einen Brechreiz zu unterdrücken, stand Jordan auf, quetschte sich an der Verschleierten vorbei und schwankte zweimal gegen ihren weichen Bauch, bevor er den Gang erreichte. Er flüchtete aus der Kabine 1. Klasse und schleppte den Kleidersack durch die laute Kabine 2. Klasse, schwankte hin und her im rollenden Schiff, und während tief in seiner Kehle ein gallenbitterer Geschmack brannte, manövrierte er sich an Kisten, Hühnern, Passagieren vorbei. Schließlich stolperte er durch eine Öffnung hinaus auf ein Deck am Heckende.

Jordan stellte seinen Kleidersack dicht an die Reeling und beugte sich vor, um seinen Magen ins Kielwasser zu entleeren.

Hinter ihm lachten ein paar Männer. Jordan stützte sich auf

die Reeling und ließ seinen Kopf auf seinem Arm ruhen. Die See war von einem Blau, das unter der Oberfläche zu glühen schien. Die afrikanische Küste war nicht mehr zu sehen, aber wenn er sich über die Reeling beugte und in östlicher Richtung am Bug vorbeispähte, konnte er die Insel Sansibar ausmachen, die gerade ein Stück über den Horizont ragte.

»Macht die See dich krank?« fragte einer der Männer. Alle drei trugen Anzüge und rauchten. Alle drei hatten eiförmige Köpfe und die rotschwarze Haut der Zanzibaris.

»In meinem Land bezeugen wir dem Gott des Meeres auf diese Weise unsere Achtung.« Jordan setzte sich auf eine Bank. Er atmete tief und spürte, wie der frische Wind das Pochen in seinem Kopf abklingen ließ.

»Kommst du aus England?« fragte einer der Zanzibaris lächelnd.

»USA.« Jordan schloß die Augen.

»United States«, sagte der Mann enthusiastisch. »Nummer eins Superpower.«

»Heutzutage kommen viele Touristen nach Sansibar«, sagte ein anderer. »Es wird dir gefallen. Du wirst viele Europäer treffen.«

»Mein Freund hier arbeitet beim Zoll«, sagte der erste Mann, der die Hand des Beamten hielt. »Du wirst bei der Einreise keine Probleme haben.«

»Danke, aber ich reise weiter nach Mombasa«, sagte Jordan und beugte sich wieder über den Bug.

Jordan blieb draußen auf Deck, in die Kabine zurückzugehen, war ihm zu riskant. Da er die zuletzt genommene Valium wahrscheinlich erbrochen hatte, schluckte er eine mit dem kreidig schmeckenden Antiacid und beobachtete, wie die Insel immer größer wurde. Das Schiff verlangsamte die Fahrt, senkte den Bug. Der Hafen war umgeben von Stone Town, einem Labyrinth aus Moscheen und hohen Häusern: Die Küstenlinie wurde von der reich verzierten Fassade des früheren Palastes des Sultans von Sansibar dominiert, der um die Jahrhundertwende einer der reichsten Männer der Welt gewesen war. Jordan erinnerte sich an ein Wochenende mit Daniela unter einem Moskitonetz auf einem überbreiten Zanzibari-Bett. Er dachte an Anna und Zanifa und überlegte, ob er nicht so eine Art romantischer Narr war. Der Wellengang ließ nach, während das Wasser von tiefem Blau zu einem leuchtenden Grün wechselte. In der Nähe des Piers nahm der Kapitän alle Fahrt raus, und wenige Sekunden später stieß das Schiff sacht gegen einen Pfeiler.

Vom Heck aus beobachtete Jordan, wie die Passagiere von der Hauptkabine jeweils zu zweit eine Planke hinuntergingen. Dollar-Hemd konnte er nicht sehen, doch im ungewissen Licht des Abends ließ sich nur die Hälfte der an Land gehenden Leute ausmachen. Nachdem sämtliche Passagiere aufs Pier entschwunden waren, kam aus der 1.-Klasse-Kabine ein französisches Paar in Safari-Sachen durch die Öffnung auf das hintere Deck. Sie blickten zu Jordan und begannen, laut zu streiten. Jordan streckte sich auf einer Bank aus, mit dem Kleidersack unter dem Kopf, und sah, wie die Sonne ins Meer sank, eine wäßrige rote Scheibe, die in zwei dünne goldene Ströme schmolz, welche nördlich und südlich am purpurfarbenen Horizont entlangliefen. Er drehte seinen Kopf hoch und beobachtete, wie am dunkelnden Himmel ein Stern nach dem anderen erschien.

Die Maschinen machten noch zwei Umdrehungen und ließen dann ein stetes Rumpeln hören. Jordan war allein an Deck. Er setzte sich auf und blickte zu den Lichtern von Stone Town. Seine Armbanduhr zeigte 10.11. Der *Express* hatte sich um eine Stunde verspätet.

Jordan zuckte zusammen, als ein Mann vom Dach des Schiffes auf das Schandeck herabsprang – eine Silhouette, deren Füße in Höhe seiner Taille landeten. Jordan packte seinen Kleidersack und stürzte zur Reeling am Heck. Dort drehte er sich um, um zu sehen, ob es Dollarhemd war.

Die Silhouette stand reglos, mit an den Seiten baumelnden Armen, hielt irgend etwas in einer Hand.

Kampf oder Flucht? dachte Jordan. Du hast noch nie mit irgend jemand gekämpft. Du könntest über die Reeling ins Wasser springen oder in die Kabine rennen. Der Mann beugte sich vor, zog an einer Falleine, warf sie dann aufs Pier.

Der *Express* manövrierte rückwärts davon, eine Wolke aus Dieselrauch blähte hoch und trieb über das Heck.

Mit rotem Gesicht trat Jordan durch eine Öffnung in die Hauptkabine, die nur halbgefüllt war und, jetzt ohne all das Viehzeug, fast still wirkte. Auf den Bankreihen saßen, in deutlich abgegrenzten Gruppen, Araber, Afro-Araber, Suahelis, Bantus, Goaner, Hindus und ein paar deutsche Jugendliche, deren Geschlecht auf dem schaukelnden Schiff schwer zu bestimmen war; alle hatten lange Haare, psychedelische Leggings, fluoreszierende Rucksäcke.

In der 1.-Klasse-Kabine saß Dollarhemd hinter einer Gruppe vor Zanzibari-Geschäftsleuten in Anzügen, mit dem französischen Paar auf der anderen Seite des Gangs, und las eine Sportseite. Im übrigen war diese Kabine leer. Das leise Brennen in Jordans Magen flammte auf zu einem wütenden Feuer. Er wählte einen Sitz in der Nähe des Ausgangs, so weit weg von den anderen wie nur möglich, nahm einen Softdrink vom Steward und stopfte den Kleidersack unter den Sitz. Er schluckte eine halbe Valium mit Antiacid, leerte dann den Plastikbecher. Der indische Kung-Fu-Film begann. Jordan beobachtete den Hinterkopf von Dollarhemd.

Novemba 6

Durch ein Fenster konnte Jordan Lichter vom Festland Kenias sehen. Mondschein schimmerte auf dem Wasser. Der *Express* glitt in die Öffnung eines Kanals, der zu den hochragenden Kränen eines Tiefwasserhafens führte und dann der Küstenlinie der Insel Mombasa folgte: ein dunkler Golfkurs. Ein Strand wurde durch einen großen modernen Hotelbau erhellt, der hoch oben von elektrischen Lettern gekrönt war: »Casino«. Ein Park schwarzer Baobabbäume. Das Schiff bog in die Mündung eines zweiten Kanals unter der dunklen Silhouette von Fort Jesus, einer vierhundertjährigen portugiesischen Ruine. Unter einer Skyline, die gezackt war durch die Minarette des alten Quartiers. Der *Express* legte im alten Hafen an, zwischen kleinen rostigen Frachtern, die beladen waren mit Schrott aus Somali und für Pakistan bestimmtem Tee.

Zehn Minuten nach Mitternacht blickte Jordan von seiner Armbanduhr zu Dollarhemds Hinterkopf. Er lag auf der Schulter, als ob er schlafe. Jordan trug den Kleidersack aus der Kabine. Durch ein Fenster in der Ausgangstür konnte er sehen, wie Hafenarbeiter Seile vom Pier zum Schiff schleuderten. Hinter sich hörte er das französische Paar, dann die Stimmen der Zanzibari-Geschäftsleute. Draußen hoben die Hafenarbeiter eine Rampe zur Reeling hinauf und ließen die Tür aufschwingen. Mit raschen Schritten ging Jordan unter dem schwachen Licht der wenigen hohen Lampen die hölzerne Pier entlang. Er brachte es nicht über sich, einen Blick zurückzuwerfen. Nach dem klimatisierten Schiff wirkte die Luft klamm und stickig. Er sprang die Betonstufen hinauf in ein hohes Zollbüro, das aus der Jahrhundertwende stammte.

Deckenventilatoren quietschten in einer Höhe von zehn Metern. Jordan, am Immigrationstisch der erste in der Schlange, hielt seinen Paß an der Stelle mit dem Vielfach-Visum von Kenia geöffnet. Der Beamte blätterte zu einer leeren Seite zurück und stempelte sie. Als Jordan das längliche Lagerhaus zu einer Zollbude beim Ausgang durchquerte, begann der leere Raum widerzuhallen von dem Lärm, den die Passagiere der Zweiten Klasse und die Hafenarbeiter machten, die Schwergepäck trugen. Hinter sich hörte er das französische Paar. Eine Frau in einem roten Blumenkleid besetzte die andere Seite des Zolltischs.

»Habari za usiku, mama«, sagte Jordan und lächelte, als er den Kleidersack auf den Tisch legte. Was gibt es heute nacht Neues?

»Salaama«, antwortete die Frau schläfrig. Sie zog den Reißverschluß des Kleidersacks auf und durchforschte sorgfältig seine Kleider und seine Bücher, ohne irgend etwas in Unordnung zu bringen.

Der Franzose blieb unmittelbar hinter Jordan stehen. Dollarhemd war noch ein Stück entfernt, überholte gerade die Zanzibaris. Die Frau warf einen Blick auf das Peace-Corps-T-Shirt und sagte in suaheli: »Willkommen in Mombasa.«

Jordan rannte aus dem Gebäude und durch ein Tor.

»Lassen Sie mich Ihren Beutel nehmen!« Ein Check Bob langte nach dem Kleidersack.

Ein anderer rief: »Brauchen Sie ein Taxi?«

Der erste hielt den Kleidersack dicht an seiner Brust.

»Wo sind die Taxis?« Jordan riß dem Mann seinen Kleidersack weg.

»Eins ist dort«, antwortete ein dritter in suaheli und deutete auf in einiger Entfernung sichtbare Scheinwerfer. »Das Schiff hatte Verspätung. Die sind weg zum Abendessen.«

Jordan stand am Bordstein und blickte zu dem Licht, das aus der Tür des Zollgebäudes fiel. Das französische Paar trat heraus und wurde von den Check Bobs angesprochen.

»Verpiß dich!« sagte der Franzose zu einem und schwenkte seine Brille gegen den Mann. Einer der Check Bobs spuckte ihm vor die Füße. Dollarhemd kam aus der Tür.

Ein neues schwarzes Londoner Taxi hielt vor ihm. Jordan sprang hinten hinein. *»Twende, bwana, haraka sana«*, drängte er den Fahrer. »Manor Hotel.« Das Taxi fuhr los, und Jordan sah durch die Heckscheibe, daß sich Dollarhemd vor das französische Paar drängte und einem Taxi winkte. *»Haraka, bwana.«*

Die Straßen wanden sich um die Insel, abgeschirmt von den Stein-und-Stuck-Gebäuden des alten Viertels. Vor den Bars wimmelte es von Menschen, und vor dunklen, durch Gitter geschützte Läden hatten Straßendirnen Tische besetzt. Das Taxi bog in eine vierspurige Straße, die nach dem Präsidenten benannt war.

»Moi Avenue«, sagte Jordan und beugte sich durch das Fenster beim Kopf des Fahrers. »Was halten Sie von ihm?«

»Er saugt die Armen aus.« Der Fahrer drehte den Kopf herum und lächelte. »Er hat das Land aufgefressen.«

Das Taxi erreichte das Manor Hotel, ein dreistöckiges Relikt aus der Kolonialzeit, das sich hinter einer weißen, von hohen Palmen gesäumten Mauer erhob. Auf der schlecht beleuchteten Veranda ging es laut zu. Britische und amerikanische Seeleute mischten sich mit *malaya* in engen Kleidern und mit falschen Flechten; Kellner in weißen Uniformen servierten Drinks. Jordan ging die Terrazzostufen hinauf in eine schmale

Lobby mit hoher Decke, dunkler Täfelung und ausgeblichenen Wandgemälden, die Dorfszenen und Wildtiere zeigten. In einem kleinen Raum bei der Lobby meldete er sich an. Benommen vom Valium, zahlte er vierzig Dollar, wechselte weitere fünfzig in Kenia-Schillinge ein und folgte einem alten Hoteldiener die Treppe hinauf zu einem Anbau des Hauptflügels.

»Arbeiten sie schon lange hier, Großvater?« fragte Jordan.

»Hab angefangen, bevor Ihr Vater geboren wurde.« Der Hoteldiener bog oben in einen Korridor ein. »Sie kommen aus Tansania? Dort spricht man ein reines Suaheli.«

»Wie Sie«, sagte Jordan, während der alte Mann die Tür zu einem Zimmer mit üppigem Zanzibari-Doppelbett samt Moskitonetz öffnete.

»In Mombasa gibt es echte Suahelis«, sagte der Alte. Er schaltete die Klimaanlage ein und sprühte das Zimmer mit einem nach Blumen duftenden Insektizid. Jordan gab ihm einen Dollar in Schillingen, der Alte verbeugte sich und schlurfte hinaus.

Jordan schloß die Tür und hörte, wie draußen ein Preßlufthammer ratterte. Durch das Fenster sah er, wie ein Arbeitstrupp von einer BP-Tankstelle auf der anderen Straßenseite das Pflaster aufbrach, und ihm war klar, daß sie die ganze Nacht gearbeitet hatten. Er stellte den Fernseher an. Auf einem Kanal gab es eine amerikanische Seifenoper, und eine Frau mittleren Alters fragte eine ältere Frau: »Wann wird Donna endlich begreifen, daß ein Junge, in den sie sich mit achtzehn verliebt, nicht die Art von Mann ist, den sie mit einundzwanzig oder fünfundzwanzig lieben wird?« Auf dem anderen Kanal sprach ein afrikanischer Evangelist im Anzug zu einer großen Zuhörerschaft von Kenianern: »Dies sind die Letzten Tage, und ihr müßt erfüllt sein vom Heiligen Geist. Verneigt euch jetzt mit geschlossenen Augen. Wir beten in der Gegenwart Jesus. Betet dieses Gebet aus eurem Herzen. Sprecht: ›Herr Jesus, ich bin ein Sünder. Ich bitte um Vergebung. Ich bin wiedergeboren.‹« Auf den anderen Kanälen gab es nichts.

Jordan ging nach unten. Dicht an den Wänden versuchte er, sich im Schatten zu halten, und suchte die vier Bars des Manor nach Dollarhemd ab. Die letzte hieß The Men's Lounge, ein schmaler Raum mit Parkettfußboden und schwarzer Täfelung, die vollgehängt war mit gerahmten Karikaturen berühmter Kolonisten. Die Bar war leer. Jordan kaufte eine Flasche Wasser und stieg rasch die Treppe hinauf. In dem langen Korridor zu seinem Zimmer hörte er Schritte hinter sich und blickte über die Schulter zurück. Aber da war niemand.

Jordan schloß die Tür ab und nahm ein Valium mit einem Schluck aus der Wasserflasche, schälte sich dann aus seinen Kleidern und kroch ins Bett, neben seinem Kopf den Kleidersack. Der Lärm der Preßluftbohrer durchdrang das Summen der Klimaanlage. Er starrte zum Dach des Moskitonetzes und dachte an Zanifa, wie sie nackt dasaß, ihre braune Haut vor dem weißen Netz. Er versuchte sich an etwas Konkretes zu erinnern, was die frühere Liebe zwischen ihm und Anna betraf. In seiner langen Einsamkeit waren nur noch die letzten Tage seiner Romanze mit Anna lebendig. Er war außerstande, sich an die Liebe zu erinnern, an das, was er empfunden hatte. Die wenigen Augenblicke, die noch blieben, schienen bei jedem Erinnern weiter zu schrumpfen; es war, als rufe er sich nicht das Erlebnis als solches zurück, sondern nur eine Kopie der letzten Erinnerung. Vielleicht trübten sich die Erinnerungen ja, weil er sie nie geliebt hatte. Vielleicht war er zu selbstsüchtig gewesen, um irgendwen zu lieben. Möglich auch, daß Liebe als solche mit der Zeit ihre Bedeutung verlor. Eine Zeitlang hatte er geglaubt, daß die Rettung Zanifas eine Art Sühne für Anna sei. Eine absurde Idee.

Er wischte sich mit der Hand über den Mund und lachte.

Graues Licht von den abgedunkelten Fenstern erleuchtete schwach das Zimmer. Benommen und außerstande, ganz aufzuwachen, tastete Jordan nach dem Kleidersack neben seinem Kopfkissen. Er streckte sich und kroch unter dem Netz hervor. Das Zimmer war sehr kühl. Sein Inneres fühlte sich wund an. Durch eines der Fenster konnte er die Blechdächer und die hohen Balkone des alten Viertels sehen, auch die hohen Gebäude der neuen City. Auf der Moi Avenue zog ein barfüßiger alter Suaheli, der nur einen *kikoi* um die Taille und auf dem Kopf ein Käppchen trug, einen Eselskarren mit Kokosnüssen. Jordan versuchte, sich an einen Traum zu erinnern. Er hatte zum erstenmal Suaheli gesprochen und über die Berggipfel hinweg Zanifa zugerufen, während Anna mit traurigem Gesichtsausdruck neben ihm stand. Er trank den letzten Rest des Antiacids, dann duschte und rasierte er sich und zog ein Paar saubere Khakis und ein T-Shirt vom Tansania Wildlife Fund an. Der Verkehrslärm von der Moi Avenue wurde jetzt, bei Tageslicht, lauter. Jordan packte den Kleidersack und ging nach unten. Auf der einen Seite des riesigen Speiseraums gab es bogenförmige Öffnungen mit Blick auf Palmen und freiem Zugang für den Seewind. Der Raum war leer bis auf einen ältlichen *mzungu* in einem weißen Anzug und mit einem Panamahut auf dem Tisch neben seinem Kaffee. Jordan wählte einen Tisch, der fast versteckt war hinter der Säule einer Bogenöffnung. Ein Kellner reichte ihm ein Exemplar der *Daily Nation* und nahm seine Bestellung auf zwei Schälchen mit Haferbrei entgegen. Die Hauptstory auf der Vorderseite lautete:

MANN HACKT DREI KINDER TOT. »Ein Mann, der nach einem Streit mit seiner Frau seine drei Kinder tothackte, wurde von zornigen Mitgliedern der Öffentlichkeit gestellt, als er Selbstmord begehen wollte.« DROGENSCHMUGGLERN DAS HANDWERK GELEGT. »Zollbeamte entdeckten mehrere hundert Pfund Alraune unter einem falschen Bett in einem

Lastwagen, der in Sambia registriert ist und von Somalis gefahren wird. Die Schmuggler entkamen zu Fuß in der Dunkelheit nach einem Feuergefecht, bei dem zwei Polizeibeamte verwundet wurden.«

Jordan blickte von der Zeitung auf und sah, wie Dollarhemd in den luftigen Raum geschlendert kam. Er trug ein grünes Batik-Shirt und knallige karierte Hosen. Zum erstenmal sah Jordan ihn klar: groß und muskulös, vierzig Pfund schwerer als er selbst. Dollarhemd lächelte und näherte sich dem Tisch. Jordan mußte an sich halten, um nicht die Flucht zu ergreifen.

»Jambo, Bwana Jordan.« Dollarhemd ließ sich auf den Stuhl auf der anderen Seite des Tisches sacken. Er hatte perfekte Zähne, seine Haut war dunkel-schwarz, fast blau. Es war schwer, sein Alter zu schätzen.

»Salaama, bwana.« Jordan versuchte zu lächeln.

Der Kellner stellte zwei Schalen mit Porridge und eine Schal mit Obst vor Jordan hin.

»Kahawa.« Dollarhemd bestellte Kaffee. Der Kellner entfernte sich.

»Jem unataka nini, bwana?« Jordan fragte ihn, was er wollte.

Die Hitze des Tages schien im selben Augenblick einzutreten, wo die Sonne hoch über der Stadt stand und heißes Licht sich durch die Bogenöffnungen ergoß, das die Schwüle intensivierte.

»Sie bringen mich zu Ihrer Mombasa-Connection«, sagte Dollarhemd in englisch und streckte seine langen Arme über den Tisch, um nach einer Schale zu greifen. Er trank daraus, zog eine angeekelte Grimasse. »Dies ist kein Mais. Was für eine Art *uji* soll das sein?«

»Hafer«, sagte Jordan. »Ich weiß nicht, wovon Sie reden.«

»Edelsteine.« Dollarhemd schob die Schale über die weiße Tischdecke zurück. »Was ist los? Mögen Sie auch kein Haferzeugs?«

Jordan schlürfte Eiswasser. Die Veranda begann sich mit Touristen zu füllen; ein Gewirr aus Italienisch, Deutsch und Französisch verbreitete sich gedämpft.

»Sie sind ein flinkes kleines Karnickel. All dieses Gehüpfe von einem Ort zum anderen ist lästig. Heute morgen werden Sie mich dorthin mitnehmen, wo Sie hingehen. Ich habe eine Botschaft für diesen Freund von Ionides. Danach – wer weiß?« Dollarhemd schwieg, während der Kellner ein Kaffeegedeck auf den Tisch stellte. Als der Kellner wieder fort war, sagte er in suaheli: »Ich könnte Sie jederzeit töten, doch Sie sind beim Peace Corps. Es würde eine Untersuchung geben. Mein Direktor meint, es lohnt sich nicht. Das macht mich sehr traurig. Ich habe noch nie einen *mzungu* umgebracht.« Dollarhemd lächelte. »Vielleicht geben Sie mir ja eine Chance.«

Jordan hob einen Löffel hoch, legte ihn wieder hin, griff abermals danach.

»Eine Firma kontrolliert die Rubine in Ostafrika«, sagte Dollarhemd in geläufigem Englisch, während er in einer Kaffeetasse Zucker häufte. Er schüttelte den Kopf. »Das weiß doch jeder. Ionides ist ein törichter alter Mann. Und Sie – Sie sind ein Kind.«

Jordan begann, das Porridge hinunterzuwürgen, um so die Säure abzumildern, die sich in seinem Magen gebildet hatte.

»Sie sind ein Glückspilz von einem *mzungu*.« Dollarhemd schaltete zurück auf Suaheli. »Dem letzten Kurier habe ich den Schwanz abgeschnitten und in den Magen gesteckt, um's aussehen zu lassen wie den Zauber eines Medizinmannes.«

Jordan zerschnitt eine Scheibe Papaya und zerkaute langsam die Stücke, um Zeit zu gewinnen: um einen Ausweg zu finden.

»Twende, sungu kidogo«, sagte Dollarhemd. »Gehen wir, kleines Karnickel.« Er legte ein paar Scheine auf den Tisch und zog Jordans Stuhl zurück. Jordan stand auf, griff nach dem Kleidersack. Dollarhemd steuerte ihn am Ellbogen über die Ter-

rasse. Dollarhemd öffnete die Tür eines ramponierten Peugeot, dessen Fenster mit roten Fransen gesäumt waren. Aus dem Radio plärrte Sitarmusik.

»Einsteigen, Karnickel.«

Jordan blickte zum Hotel zurück und überlegte, ob er die Straße hinaufsprinten sollte; aber er wußte, daß Dollarhemd ihn mühelos einholen würde. Dollarhemd drehte Jordan den Arm auf den Rücken und drückte ihn hoch, so daß es schmerzte. Jordan stieg ein. Ein afro-arabischer Fahrer mit einem Käppchen grinste mit fauligen Zähnen. *»Wapi?«*

Jordan sagte. »Barclay's Bank, dann zum alten Viertel.«

Der Fahrer wartete, bis Dollarhemd nickte, und lenkte das Auto dann auf die Moi Avenue, hinter einem Minibus mit sieben Afrikanern pro Sitz. »Scud Warrior« war auf der Rückseite über das primitive Bild einer Rakete gemalt.

»Ein Bankangestellter wird mir genau sagen, wohin ich zu liefern habe.« Jordans Stimme zitterte leicht bei der Lüge.

Dollarhemd legte seine Hand auf den Kleidersack zwischen ihnen.

Das Auto fuhr unter den zehn Meter hohen metallenen Stoßzähnen eines Elefanten durch, welche die Avenue überwölbten, und hielt dann.

»Der Angestellte wird mir nichts sagen, wenn ich nicht allein bin.«

»Dann nur zu, laufen Sie«, sagte Dollarhemd, während er ihn bis zur Tür der Bank begleitete. »Enttäuschen Sie mich nicht!«

Drinnen in einer Schlange wartend, zog Jordan sein T-Shirt hoch und zog den Reißverschluß des Geldgürtels auf. Hinter dem Schalter stand eine Inderin mittleren Alters. Er bat sie um ein Überweisungsformular und gab ihr vierzig Hundert-Dollar-Scheine.

Jordan sah, daß Dollarhemd auf der anderen Seite des

Raumes war, und fand es ratsam, mit der Inderin ein paar Worte zu wechseln. »Ich habe eine Schwester, die auf die Boma School geht. So eine Art Schwester. In dem afrikanischen Sinn.«

Die Frau lächelte. »Eine Kusine?«

»Dort, wo ich herkomme, würde man sie eine Kußkusine nennen.« Jordan lachte nervös.

Sie schob ihm die Quittung über den Schaltertisch zu, als sei es irgend etwas Schmutziges.

Jordan nannte dem Fahrer eine Adresse im alten Viertel. Dollarhemd nahm Jordans Hand und starrte nach vorn, während er über einen Suaheli-Sender die Fußballergebnisse verfolgte. Jordan versuchte, ihm seine Hand zu entziehen, aber Dollarhemd packte sie mit festem Griff und fragte fast liebenswürdig. »Welches ist Ihr Team?«

»Ich habe keins«, sagte Jordan. »Welches ist Ihrs?«

»Ich habe für Simba gespielt.«

»Die sind die Besten, nicht?«

Grinsend tippte Dollarhemd Jordan über dem Herzen sacht gegen die Brust, als wolle er ihm klarmachen, daß er ihm das Herz am liebsten aus der Brust herausgeschnitten hätte. »Kleines Karnickel, du weißt überhaupt nichts, stimmt's?« Der Peugeot hielt vor einem Schild, auf dem in blauem Neon »Prestige Electronics« stand. In den Schaufenstern waren Stereoanlagen, Kameras, Fernseher und Videogeräte ausgestellt. Jordan bekam seine Hand frei. Dollarhemd wischte den Schweiß auf Jordans Hose ab und nahm den Kleidersack. Er schob Jordan aus dem Auto und sagte zu dem Fahrer, er solle warten. Die Luft in dem Geschäft war kühl. Indisches Verkaufspersonal stand hinter gläsernen Verkaufstischen. Jordan sprach eine Frau mit einem roten Punkt auf der Stirn an. »Hatam Patel.«

»Die Tür hinten bitte.« Die Frau blickte nervös zu Dollarhemd und hob den Hörer eines Telephons hinter ihrem Tisch ab.

»Lassen Sie zuerst mich mit ihm reden.« Jordan griff nach dem Telephon. »Hatam. Ich bin's, Jordan.«

Dollarhemd nahm Jordan den Hörer aus der Hand und sprach in Gujarati, Patels indischem Dialekt. Er brach ab, rief dann etwas in die Muschel und ließ den Hörer auf den Tisch fallen. Er steckte eine Hand in eine Hosentasche.

Jordan dachte, er wolle eine Pistole hervorziehen, aber Dollarhemd kratzte sich nur die Hoden.

»Mpaka tutapigana tena«, sagte Dollarhemd im Check-Bob-Slang. Bis wir wieder miteinander kollidieren.

Jordan starrte benommen, und Dollarhemd ging hinaus durch die Tür, den Kleidersack an einem Gurt über seiner Schulter.

Durch die Glasscheibe sah Jordan, wie er wieder ins Taxi stieg. Ein Sikh in einem Trainingsanzug und mit weißem Turban rannte durch die Vordertür hinaus und lief hinter dem Taxi her.

»Mr. Jordan!« Bei der hinteren Tür stand ein schlanker, weißhaariger Inder in einem cremefarbenen Leinenanzug. »Treten Sie doch ein.« Hatam Patels Stimme klang eisig.

Jordan bewegte sich langsam an den flüsternden Angestellten vorbei. Er folgte Patel in ein Büro, das mit kostbaren Hölzern getäfelt und mit Teppichen ausgelegt war. Bei einem Ledersessel vor einem Schreibtisch sah Jordan auf dem Fußboden einen blauen Kleidersack. Eine Art Glasvitrine enthielt die ausgebleichten Knochen eines Warzenschweins, die so rekonstruiert waren, als ob sich das Schwein in gestrecktem Galopp voranbewege. An der orangefarbenen Kampfertäfelung hingen große Knochencollagen, Werke desselben Künstlers.

»Das war ein bedeutender Verlust«, sagte Patel kühl. Er spie

Betelsaft in einen Messingspucknapf auf dem Fußboden. »Sie haben ihn direkt hierhergeführt.«

Jordan sank in den Sessel. »Niemand hat mir gesagt, daß ich damit rechnen mußte, beschattet zu werden.«

»Wo sind Sie diesem Mann begegnet?« fragte Patel, seinen Zorn nicht länger verbergend.

»Er ist mir vom Mawenzi Hotel gefolgt. Zum erstenmal gesehen habe ich ihn direkt vor Ionides' Zimmer. Ich habe dutzendfach versucht, ihn abzuschütteln. Heute früh hat er mich im Manor ausgemacht.« Jordan zog die Flasche mit Valium aus seiner Tasche »Er sprach Gujarati wie ein Inder. Wer ist er?«

»Ein beauftragter Koreaner.« Patel spie wieder in den Spucknapf und zuckte mit den Schultern. »Es gibt noch viele andere Edelsteine.«

»Koreaner?«

»Wie sagen Sie doch noch ...« Er brach ab, deutete auf eine Wandkarte von Ostafrika. »Die Rubin-Mafia.«

Der Sikh, der hinter dem Taxi hergerannt war, kam herein und sprach in Gujarati mit Patel.

»Grewal, hier, ist von Ihrem Mann abgehängt worden. Aber das macht nichts. Wir wollen mit den Koreanern keinen Krieg anfangen.« Patel lächelte grimmig. Grewal hörte aufmerksam zu. Er war ungefähr in Jordans Alter. Seinen schwarzen Bart trug er zusammengerollt unter seinem Kinn, seine Haare waren unter dem Turban verborgen.

Ein Suaheli-Boy brachte ein Tablett mit Drinks herein. Jordan wählte ein großes Perrier.

»Es gibt Gerüchte, wonach die im Hafen Hunde einsetzen werden, aber vorläufig sind wir sicher.« Patel rollte einen Füllfederhalter mit einer goldenen Feder zwischen den Daumen und den Zeigefingern seiner manikürten Hände.

»Hunde?« sagte Jordan. »Wovon sprechen Sie? Was bringe ich zurück?«

»Hat Ionides Sie nicht informiert?« Patel sah ihn an. »Nein? Nun, ob ein Mann Diamanten oder Kehrichtschaufeln verhökert, er ist ein Geschäftsmann. Ähnlich verhält es sich mit einem Kurier.«

»Was ist in dem Kleidersack?«

Patel spielte mit seinem Füllfederhalter.

»Das hat nicht zur Vereinbarung gehört.« Jordan erhob sich.

»Seien Sie nicht melodramatisch.« Patel lächelte. »So neu ist das für Sie doch nicht.«

Jordan wollte zur Tür, doch der Sikh verstellte ihm den Weg.

»An einem bestimmten Punkt ist eine Umkehr nicht mehr möglich.« Patel spuckte einen dünnen Strom Betelsaft in den Spucknapf. »Diesen Punkt haben Sie bereits überschritten.«

Jordan starrte auf das Nike-Zeichen auf Grewals Trainingsanzug. Grewal lächelte ihn an. Grewal lächelte, als gehörten sie beide zum selben Team.

»Grewal wird Sie begleiten. Er ist ein Experte in den Kampfsportarten.« Patel betupfte seine Lippen mit einem Taschentuch. »Ein exzellenter Safari-Gefährte.«

»Ihr Arschlöcher.« Jordan spürte seinen aufmuckenden Magen. »Warum kann er die Sache nicht selbst durchziehen?«

»Man wird ihn durchsuchen.«

Jordan kippte das Perrier, um den brennenden Schmerz in seinem Bauch zu lindern. Er setzte sich wieder in den Sessel und atmete tief.

Der Inder strich sich mit einer Hand über sein weißes Haar, unter der Manschette wurde eine Rolex sichtbar. »In Kenia gibt es pro Tag zehn Überfälle auf Autos. Direkt vor dem Norfolk Hotel in Nairobi oder an irgendeiner Verkehrsampel. Nirgends ist man mehr sicher. Die Kikuyu und die Massai kämpfen im Landesinneren. Die Moslems versuchen, an der Küste einen Krieg anzuzetteln. In fünf Jahren wird es Zeit sein, das Land zu verlassen.«

»Und so quetschen Sie soviel wie möglich heraus, bevor Sie sich davonmachen?« fragte Jordan.

»Sie sind ein *mzungu*. Sie sind in Afrika sicher. Die Afrikaner mögen Sie, und Sie können jederzeit zu Ihrer Botschaft laufen und in Ihr Land zurückreisen.« Patel stützte seine Ellbogen auf den Schreibtisch und legte wie im Gebet die Fingerspitzen gegeneinander. »Für den Asiaten aber gibt es keinen Ort, wohin er laufen kann. Er wird von den Afrikanern verachtet. Wenn Unruhen ausbrechen, werden die sich als erstes Asiaten vornehmen.«

»Man muß doch nicht gleich den Teufel an die Wand malen, Patel«, sagte Jordan.

»Wenn Sie sich jetzt aufmachen, können Sie das Schiff um elf erwischen.« Patel lächelte gönnerhaft. »Wünsche eine gute Reise.«

Jordan stemmte sich hoch und griff nach dem Kleidersack.

»Ich könnte Sie nächsten Monat für eine Kurierfahrt in die Schweiz gebrauchen«, sagte Patel. »Ich würde Ihre Bezahlung verdreifachen.«

Ohne ein weiteres Wort ging Jordan hinaus. Draußen in dem Lärm und in der Hitze folgte Grewal ihm zu einer Apotheke. Jordan kaufte wieder Antiacid. An offenen Ständen entlang der Straße kaufte er ein halbes Dutzend Kikois in verschiedenen Farben sowie ein Safarihemd und stopfte alles in den leeren Kleidersack. In einem gutbestückten Spirituosengeschäft fand er kleine Flaschen Jack Daniel's. Grewal drängte ihn zur Eile und winkte ein Taxi herbei. Auf der Straße zum Hafen gab es einen zehnminütigen Verkehrsstau. Grewal blickte immer wieder auf seine große Taucherarmbanduhr und verfluchte die Suahelis, die mit ihren Eselskarren die Straße verstopften. Er sprang aus dem Taxi und bahnte sich einen Weg zwischen den Karren.

Das Taxi nutzte die freie Bahn und jagte dann durch das alte

Viertel, wobei Jordan und Grewal gegeneinandergeschleudert wurden, wenn es um Ecken ging. Vor dem Tor des alten Hafens kam der Wagen quietschend zum Halt. Jordan glitt durch Zoll und Immigration, ohne den Kleidersack zu öffnen. Hinter ihm ließen die Zollbeamten Grewal seine Fila-Tragtasche auspacken. Jordan ging allein die Pier entlang. Er dachte daran, den Kleidersack ins Wasser zu werfen, doch er brauchte den Rest des Geldes. Er ging an Bord der *Zanzibar Princess*, ein Tragflächenboot von derselben russischen Machart wie der *Express*. Es roch nach Schimmel und Nelken. Er wählte einen Sitz unter einem Ventilator, verstaute unter sich den Kleidersack und schluckte ein halbes Valium mit etwas Antiacid. Eine Gruppe von Afrikanern in Anzügen drängte in die Kabine. Für einen Augenblick glaubte Jordan, der letzte in der Reihe sei Dollarhemd, aber dann sah er, daß es jemand anderes war.

Grewal saß beim Ausgang und schaute den Kung-Fu-Film, in dem Sikhs gegen Chinesen kämpften. Die Sikhs schienen zu gewinnen, doch gab es auf beiden Seiten zahlreiche Verluste. Gegen Steuerbord hin war der Himmel wolkenlos. Auf der Backbordseite näherte sich von Osten her eine Sturmlinie, dunkles purpurnes Gewölk, das einen schwarzen Vorhang über die See schleppte, während es sich durch den blauen Himmel voranwälzte. Die *Princess* durchschnitt auf ihren Tragflächen parallel zur schwarzen Sturmfront mit dreißig Knoten die Wellen. Die Monsunwinde trieben den Sturm in Richtung Hinterland. In wenigen Stunden würde es in den Bergen regnen. Der erste Sturm der kurzen Regenzeit würde die Vereinigung bald segnen. Jetzt konnte es jeden Tag geschehen, daß Zanifa sich dem *jando* unterziehen mußte, damit sie sich zur Hochzeitsnacht vom Eingriff erholt hatte.

Durch das Fenster sah Jordan, wie sich die Wellen höher türmten, während der schwarze Vorhang den letzten Streifen blauen Himmel verdeckte. Das Schiff schwankte hin und her. Der Kapitän verlangsamte die Fahrt und senkte den Bug zurück in den Ozean. In einer Art Zickzackkurs manövrierte er das Schiff durch die Wogen.

Plötzlich begann der Regen heftig auf die Kabine zu trommeln. Die Princess bewegte sich krebsartig, stürzte sich südostwärts in einen Brecher und eilte dann im Wellental in südlicher Richtung und wandte sich wieder südostwärts, um dem nächsten Wellenkamm zu begegnen. Jordan schluckte Mylanta.

Er hörte, wie sich in der Kabine Passagiere übergaben, und roch Erbrochenes. Ein junger Zanzibari-Steward hüpfte herum, verteilte Tüten, sammelte sie wieder ein. Jordan nahm eine. Grewal beobachtete ihn und grinste.

Nach einer Stunde hörte das Trommeln des Regens auf. Durch das Fenster konnte man sehen, daß der Himmel gegen Süden klar war. Die Wellen wichen ruhigem Seegang. Die *Princess* erhob sich auf ihre Tragflächen und legte ihr höchstes Tempo vor. Jordan ging auf die Steuerbordseite der Kabine und beobachtete die Küstenlinie. Dünne Stämme und dürre Äste von einem Mangrovesumpf. Ein Regenwald mit tausenderlei Grün. Auf Grasland weidendes Vieh. Ein Fischerdorf mit Kanus aus ausgehöhlten Baumstämmen, die dreieckige Segel hatten. Mit Palmenblättern gedeckte Hütten. Die arabische Festung bei Bagamoyo. »Bury my Heart«, der letzte Punkt von Afrika, den Hunderttausende von Sklaven gesehen hatten, bevor sie verschifft worden waren nach Sansibar und dann weiter nach Arabien. Eine stillgelegte Fischfabrik. Eine Reihe von Ferienorten mit wenigen Weißen am Strand. Eine Zementfabrik mit hochsteigendem Rauch. Vorortcharakter. Ein Jacht-Club. Imposante Herrenhäuser, erbaut von griechischen Sisal-Baronen und jetzt bewohnt von Gesandten der industriellen Welt. Die Skyline von Daressalaam.

Jordan spürte eine aufsteigende Nervosität, als die *Princess* das große weiße State House passierte, das versteckt lag hinter hohen Palmen und Mauern voller Bougainvillea. Das Schiff bog in eine schmale Bucht. Jordan stellte sich den fetten Zollbeamten vor und nahm ein Valium. Das Schiff fuhr langsam an den säulenbestückten Ministerien aus der Kolonialzeit vorbei. Entlang des Harbor Drive wimmelte es von Passanten. Hoch oben auf Gerüsten sah Jordan schwarze Gestalten, die den Turm der lutheranischen Kathedrale strichen, dann hielt das Schiff auf das Hafenbecken zu, und Jordans Blick richtete sich wieder auf die Hafeneinfahrt.

Jordan wartete, bis sich die Kabine zur Hälfte geleert hatte. Grewal saß auf einem Sitz neben ihm. Er lächelte und fragte: »Welches ist die beste Disco?«

»Florida 2000.« Jordan nannte den Namen eines Clubs, der von Check Bobs frequentiert wurde, die Asiaten haßten. Er stand auf und stützte sich auf eine Rücklehne. Vom Valium waren seine Beine schwach. Dann ging er zum Ausgang. Grewal folgte ihm dichtauf. Draußen fühlte er sich in der plötzlichen Hitze und Schwüle wie benommen. Die Passagiere drängten eine kurze Planke hinunter und eilten dann über die Pier, wobei einige vorausliefen. Die beiden Schiebetüren des Lagerhauses waren so weit geöffnet wie bei einem Hangar. In der stickigen Luft drinnen erkannte Jordan an einem Klapptisch den Immigrationsbeamten vom letzten Mal wieder. Er lächelte Jordan an und sagte in suaheli: »Was gibt's Neues von Ihrer Safari, Bwana Fisch?«

»Alles friedlich.« Jordan reichte ihm seinen Paß. »Glauben Sie, daß die kurze Regenzeit gekommen ist?«

»So Gott will.« Der Beamte blickte mit einem Lächeln auf.

»Die Farmer werden sich freuen«, sagte Jordan. »In den Bergen befürchteten sie eine weitere Dürre. Voriges Jahr ist die kurze Regenzeit ausgeblieben.«

»Alle werden sich freuen, wenn die Regen kommen.« Der Beamte stempelte den Paß. »Gute Heimfahrt.«

Am Zolltisch standen zwei beamtete Personen, ein dünner Mann und eine schwergewichtige Frau, beide in bräunlichen Uniformen. Die Schlange bei dem Mann war kürzer. Jordan reihte sich hinten ein und sah, wie der Uniformierte den Koffer einer Frau auf eine Tischplatte kippte. Er fragte sie, warum sie zwanzig neue Ausstattungen Unterwäsche hätte und erklärte, sie müsse fünfzig Prozent Zoll bezahlen, weil sie die Sachen offensichtlich verkaufen wolle. Die Frau schrie ihn an, sprach jedoch zu schnell, als daß Jordan etwas verstanden hätte.

»Bwana Amerikani«, rief eine mürrische Stimme. Sie gehörte dem fetten Beamten vom Tag zuvor, der auch diesmal finster blickte. *»Njoo.«*

Jordan löste sich zaghaft aus seiner Schlange.

»Njoo«, bellte der Offizier und winkte ihn zum entfernteren Ende des Tischs.

Jordan bewegte sich unsicher. Er erbot sich, dem Älteren die Füße zu küssen. *»Shikamoo, mzee.«*

Der Beamte bedeutete ihm, den Kleidersack abzusetzen und knurrte in englisch: »Irgendwas zu verzollen?«

Jordans Arme schienen sich in Zeitlupe zu bewegen. Der Beamte nahm die zwei Flaschen aus dem Beutel, stellte sie auf den Tisch und wühlte dann mit beiden Händen in den *kikois*. Jordan versuchte, entspannt zu erscheinen. Er blickte zurück und sah Grewal hinter sich in der Schlange.

»Geben Sie mir eine Flasche, Sie brauchen keine zwei«, sagte der Beamte in suaheli.

Jordan zögerte. Der Beamte legte seine Hand auf eine.

»Tut mir leid. Ich brauche das.« Jordan nahm dem Beamten

die Flasche aus der fetten Hand und steckte sie in den Kleidersack. Er entfernte sich von dem Tisch und ging auf das Licht zu, das hinten durch eine offene Tür fiel. Draußen, in der glutheißen Helligkeit, stieg Dampf vom nassen Pflaster hoch.

»Bwana Amerikani«, rief der Beamte. »Kommen Sie zurück!«

Jordan drehte sich um.

Grewal stand vor dem Tisch des fetten Zollbeamten.

»Nini?« fragte Jordan. Was?

»Njoo!«

Jordan blickte über seine Schulter. Auf einem Hocker bei der Tür saß ein Soldat mit einer Maschinenpistole, der wegen des grellen Lichts draußen kaum zu erkennen war. Der Soldat schien ihn zu beobachten.

»Njoo sasa«, sagte der Zollbeamte. Kommen Sie jetzt.

Langsam bewegte sich Jordan zu dem Zolltisch zurück. Grewal sprach mit dem Beamten. Jordan fühlte sich schwindlig bei dem Gedanken, daß er in eine Falle geraten war. Der fette Beamte musterte Jordan mit finsterem Blick. Grewal mied Jordans Augen. Von der anderen Seite des Lagerhauses beobachtete der Immigrationsbeamte die Szene.

»Nini?« fragte Jordan. Fieberhaft sann er auf einen Ausweg.

Der fette Beamte drehte den Kopf und sprach mit seiner Kollegin.

Jordan stellte den Kleidersack auf den Tisch und fragte in englisch. »Was ist denn?«

»Sie haben Ihre Zeitung vergessen.« Der Beamte reichte ihm ein zusammengerolltes Exemplar der *Nation* und lachte. »Bitte, Bwana, kann ich eine Flasche haben? Man zahlt uns so wenig.«

»Sie können die Zeitung haben.« Jordan lachte nervös.

Er ließ sich gegen die Bretterwand eines Kiosks oben auf dem Ufer sacken. Grewal schlenderte um die Ecke des Zollgebäudes. Er lächelte Jordan zu und sprang die Betonstufen herauf.

»Höchste Zeit!« Grewal streckte seine Arme über den Kopf und wartete.

Jordan starrte ihn an, deutete dann zu einem wartenden Taxi. Er raffte sich hoch und folgte Grewal auf den Rücksitz eines aufgemotzten Peugeot 504. Ein Strom von braunem Wasser spülte Harbor Drive herab, durch weitere Zuflüsse aus den Nebenstraßen verstärkt. Er überforderte die neuen japanischen Abflußrohre, und das Wasser überflutete die Rinnsteine. Das Taxi fuhr mit einer Art Kielspur die Avenue entlang.

Jordan klopfte unmittelbar unter der aufgemalten Zahl 101. »Mach auf, Paulos.«

Die Tür schwang zurück, und dort stand Ionides in einem frisch gebügelten bräunlichen Anzug. Er lächelte. »Wie war die Reise, gut oder nicht so gut?«

Jordan stieß ihm mit dem Kleidersack gegen die Brust. »Sie Arschloch.«

Ionides stolperte rückwärts, hielt sich am Kleidersack fest, gewann das Gleichgewicht wieder, hustete.

Grewal packte Jordans Arm von hinten. Jordan schüttelte ihn ab.

»Tür zu«, schnarrte Ionides und ließ den Kleidersack auf den Fußboden fallen.

Grewal schloß behutsam die Tür. Plötzlich hatte Jordan Angst, daß sie ihn nicht gehen lassen würden.

»Was ist denn los?« Ionides ließ sich langsam auf den Bettrand sinken. Mit einem Arm wies er auf die beiden Stühle im Zimmer.

Jordan blieb stehen.

»Ich bin im Bild«, sagte Ionides. »Ich habe heute früh mit Patel gesprochen. Es hat doch geklappt. Sie sind hier.«

»Von Kokain hatten Sie nie etwas gesagt.«

»Was macht das schon für einen Unterschied?« Ionides steckte sich eine Zigarette an.

»Geben Sie mir nun mein Geld. Ich habe eine lange Fahrt vor mir.«

»Wir haben heute viel Geld verloren.« Ionides blies einen Strom von Rauch von sich. »Ihnen ist schon mehr gezahlt worden, als Sie verdienen.«

»Was?«

»Sie werden noch einmal den Kurier machen müssen.« Ionides streifte die Zigarettenasche im Teufelsaschenbecher ab.

»Sie sind wahnsinnig.« Jordan bewegte sich auf Ionides zu.

Grewal stellte sich ihm in den Weg. Er grinste leicht, und seine Augen sagten: Wag's nur.

»Geben Sie mir mein verdammtes Geld!« Jordan schrie es fast.

»Oder was?« Ionides lachte. »Grewal, bring ihn hinaus.«

»Gehen wir, *bwana.*« Grewal nahm ihn beim Ellbogen.

»Rutledge, kommen Sie wieder, wenn Sie zu einer weiteren Kurierfahrt bereit sind«, sagte Ionides.

»Moment. Lassen Sie mich meine Sachen rausnehmen.« Jordan bückte sich zum Kleidersack, zog den Reißverschluß auf und holte die Kikois und den Whisky heraus. »Hier«, sagte er, stand auf und warf Grewal eine Flasche zu.

Grewal hob beide Hände, um sie aufzufangen.

Die andere Flasche schwang Jordan mit einer Art zweihändigen Rückhand gegen Grewals Schläfe.

Die Flasche zersplitterte, Bourbon sprühte hervor. Grewal fiel auf den Teppich.

Jordan hob die andere Flasche auf, um wieder zuzuschlagen, falls Grewal sich bewegte. Auf dem Turban über seinem Ohr breitete sich ein roter Fleck aus. Die Brust unter der Trainingsjacke hob und senkte sich.

Ionides erhob sich von seinem Bett.

»Ich habe Ihnen gesagt, daß ich das Geld brauche.« Jordan atmete schwer.

»Das war ein Fehler.« Ionides bewegte sich auf die Kommode zu.

Jordan stieß ihn auf das Bett zurück. »Geben Sie mir den Schlüssel für den Schrank«, sagte er und stieß ihm mit der kantigen Flasche gegen die Schulter.

Ionides langte in sein Jackett und gab ihm den Schlüssel. Grewal stöhnte leise. Jordan kippte eine Kommode um und klemmte Grewals Beine darunter ein.

»Sie sind ein toter Mann«, sagte Ionides, als Jordan den Schrank öffnete.

»Sie hätten mich bezahlen sollen.« Jordans Hände zitterten, als er ein dickes Bündel Geldscheine in den Gürtel unter seinem T-Shirt stopfte.

»Für einen Sikh spielt das kaum eine Rolle.« Ionides hustete und steckte sich wieder eine Zigarette an.

»Sie können das Kokain behalten.« Jordan stieß den Kleidersack mit dem Fuß zum Bett. »Damit wären wir quitt.«

Grewal stöhnte. Mit zitternden Lidern öffneten sich in dem braunen Gesicht die schwarzen Augen.

»Rache ist ihre Religion.« Ionides blickte zu Grewal und schüttelte den Kopf.

Jordan öffnete die Tür und trat hinaus auf den Korridor. Unwillkürlich erwartete er, Dollarhemd zu sehen. Die Zeit raste so schnell, daß ihn nichts überraschen würde.

»Wenn Sie das Geld hierlassen, kann ich die Sache mit Patel regeln«, sagte Ionides, sich vom Bett erhebend. Grewal stöhnte und berührte seinen Kopf.

Jordan schloß die Tür und betätigte den Riegel. Dann rannte

er die Treppe hinunter und gelangte durch eine Glastür zur Rezeption. Er bat die Angestellte dort um seinen Helm und seinen Regenschutz. Während sie die Sachen aus einem Schrank holte, behielt er die Treppe durch die Glastür im Auge.

»Dies sind die Schlüssel des alten Herrn.« Er ließ sie auf den Tisch fallen.

Die Frau lachte. »Er hat gerade angerufen und Ersatzschlüssel verlangt. Sagte, er hätte sich eingeschlossen, und auf dem Fußboden liege ein Mann, der verblute. Ich dachte, er wäre betrunken.«

»In seinem Zimmer stinkt es nach Whisky. Am besten schicken Sie jemand hinauf.«

JORDAN FUHR ÜBER DEN FLUSS VIERZIG MEILEN IN DEN BUNdesstaat Arkansas hinein zu einem Jagdcamp, das der Großvater seiner Mutter in den zwanziger Jahren erbaut hatte. Von der Veranda der Haupthütte auf einem bewaldeten Hügel mit Blick über ein weites Marschgelände versuchte Jordan, die ersten Spuren des Herbstes zu malen, doch dachte er dabei immerzu an die Chemiefabriken am Mississippi und an die zur Hälfte fertiggestellten Müllverbrennungsanlagen sowie an die neuen industriellen Katfischfarmen, die er bei der Herfahrt gesehen hatte. Eine Redewendung seines Großvaters fiel ihm ein: »der Moloch des menschlichen Fortschritts«. Als er mit neun Jahren das erste Mal allein mit seinem Großvater bei einer Entenjagd dabei gewesen war, hatten die Flinten wie Geschütze gedonnert, und Enten waren vom Himmel gefallen, und er hatte über das Gemetzel geweint. Sein Großvater hatte das keinem erzählt. Als sich am nächsten Samstag in der Morgendämmerung sein Vater und seine Onkel und Cousins wieder zur Jagd aufmachten, hatte sein Großvater ihm einen Satz

Wasserfarben und ein Buch mit Audubon-Drucken gegeben und ihm vorgeschlagen, im Camp zu bleiben und den Sonnenaufgang zu malen. Zu den anderen hatte er gesagt, daß wenigstens einer aus ihrem Clan etwas Höheres anstreben sollte als das Töten von Wild.

Die hundertfachen Aktivitäten, mit denen wir unsere Zeit ausfüllen, lenken uns von der Tatsache ab, daß wir nur eine Spezies sind, die auf einem Planeten lebt, der in einer Milliarde Jahre von der Sonne verbrannt werden wird. Jordan überlegte, worüber Henry Malone Rutledge wohl nachdenken mochte, und stellte sich den alten Mann vor, wie er auf das dauernde Knarren des Schaukelstuhls lauschte, während sein Blick über das Marschgelände schweifte und er aus einem Zinnbecher Maisschnaps schlürfte, die offene Flasche neben sich auf dem Fußboden. Unsere Arbeit und unsere Vergnügungen halten uns davon ab, zu lange über den Tod und die Sinnlosigkeit des Lebens nachzudenken. Tagelang schaukelte und grübelte und trank er und verwandelte sich in ein böses, gemeines Schatten-Selbst. Nach zwanzig Litern oder mehr pflegte sein Inneres dann zu rebellieren, und er krümmte sich vor Schmerzen, und der dunkelhäutige Pfleger setzte ihn draußen vor einer Klinik in Little Rock ab.

Jordan hatte seinen Großvater niemals betrunken gesehen. Er war mit ihm mitgefahren, um Säcke mit Lebensmitteln zu Familien zu bringen, denen es dreckig ging. Seine Mutter hatte ihm erzählt, wie sein Großvater während der Depression seinen Beruf als Anwalt aufgab, nachdem er einen Schwarzen verteidigt hatte, der, um seine Familie zu ernähren, auf der Plantage, wo er arbeitete, drei Buchsbäume gestohlen hatte und im Gefängnis gelandet war. Die sanfte Seele, an die Jordan sich erinnerte, paßte nicht zu den Geschichten von seinen Sauftouren, die alle paar Jahre wiederkehrten, wenn er seine

Frau prügelte und seine Kinder terrorisierte. Jordan hatte ihn einmal gefragt, warum er immer wieder zur Flasche griff. »Die Welt tut einem zu weh«, hatte Großvater Rutledge gesagt. Im Schaukelstuhl des Toten schaukelnd, suchte Jordan mit einem Feldstecher den Himmel nach Vögeln ab. Er erinnerte sich an Flirts mit einem Dutzend Frauen in einem Dutzend Bars, und es schauderte ihn bei dem Gedanken, was für eine Sorte von Mann er geworden war. Irgendwo hinter dem Horizont lag Memphis, das ihm etwa so verlockend erschien wie das Brushy-Mountain-Staatsgefängnis. Jordan wollte nicht zu seinem alten Leben zurückkehren, und er wollte kein neues Leben nach altem Muster anfangen, ganz gleich, ob in Atlanta oder in New Orleans.

NOVEMBA 7

Unter den Sturmwolken war die Nacht makellos schwarz. Das schwache Scheinwerferlicht der Honda reichte kaum aus, um die schmale Asphaltstraße zwischen der Bergwand auf der einen und der Schlucht auf der anderen Seite zu erhellen. Auf der anderen Seite der Schlucht zeigten ein paar Lichtpunkte meilenweit entfernte Bergdörfer an. Nach zehnminütiger Fahrt von der Savanne die steile Straße hinauf wurde die Luft plötzlich kalt. Nebel verschluckte das Scheinwerferlicht. Zitternd zog Jordan den Reißverschluß seiner Schutzkleidung bis zur Kehle hoch und betete, daß es nicht wieder regnen würde.

Als Jordan zwischen hohen Pinien in einen Fahrweg einbog, sah er erleichtert, daß in dem Log-und-Stuck-Haus noch nach Mitternacht Lichter brannten. Unter einem Regendach waren ein BMW-Motorrad und ein Nissan-Kleinlaster geparkt. Jordan stellte den Motor ab und brachte die Honda vor der Veranda zum Halt. Ächzend schwenkte er sein Bein über sein Motorrad und beugte sich dann vor, um seine Zehen zu berühren.

»*Habari, bwana*«, rief ein Wachmann, der unter einem Vordach kauerte und sich die Hände über einem Holzkohleofen wärmte.

»*Salaama.*« Jordan trat in das Licht der Veranda.

Noch bevor er anklopfen konnte, öffnete Ernst die Tür, spielte den Überraschten und schrie fast: »Rut!«

»Heh, Ernst.« Jordan gähnte und bewegte sich auf die Tür zu.

»Du siehst geschlaucht aus, *bwana.* Wo bist du gewesen?«

»Mombasa.« Jordan spürte, wie sein Rücken schmerzte.

»Auf dem *pikipiki*?«

»Mit dem schnellen Boot von Dar.« Jordan folgte ihm in einen länglichen Raum mit Parkettfußboden und Deckengebälk.

»Du bist aus der Disco verschwunden«, sagte Ernst. »Rose war enttäuscht. Sie ist heute abgereist. Wahrscheinlich ist sie auf der Straße an dir vorbeigefahren.«

»Liebe ist eine Rose«, sagte Jordan in Erinnerung an ein Volkslied aus seiner Kindheit. »Aber man pflückt sie nicht. Sie gedeiht nur an der Pflanze.«

»Was?« Ernst lachte und nahm zwei Tuskers aus einem runden Holz-Cooler am Ende einer Ledercouch. Ein Video von *Until the End of the World* lief im Fernseher neben einem Steinherd. Jordan schlüpfte aus seiner Schutzkleidung und ließ sich auf die Couch fallen. Am liebsten wäre er sofort eingeschlafen, doch er wollte unbedingt nach Hause fahren, um sich wegen Pasipo und dem Massai zu vergewissern.

»Die kurze Regenzeit ist da.« Ernst ließ sich in einem Sessel nieder. »Schlechte Nachricht für Zanifa.«

Jordan trank und starrte in das Feuer.

»Machst du dir ihretwegen noch immer Sorgen?«

Jordan drehte sich zu ihm herum. »Kann ich mit deinem Motorrad nach Nairobi fahren?«

»Nein.« Ernst nahm einen Schluck vom Tusker.

»Fünfhundert Dollar.« Jordan streckte die Arme und gähnte. »Leicht verdientes Geld.«

Ernst musterte Jordan, als könne dieser es unmöglich ernst meinen. »Seit wann bist du reich?«

»Ich habe für Ionides noch einmal Kurier gespielt«, sagte Jordan.

»Weshalb willst du denn unbedingt nach Nairobi?«

»Ich bringe Zanifa zur Schule.« Jordan trank vom Tusker.

»Ihr Scheißamerikaner.« Ernst musterte Jordan amüsiert und lachte dann. »Du rettest sie, weil du nicht willst, daß sie ein anderer fickt.«

»Ich rette sie, weil *ich* sie nicht ficken will«, sagte Jordan so leise, daß Ernst ihn nicht verstehen konnte.

»Was?« fragte Ernst, noch immer lächelnd.

»Ich werde das Motorrad beim Haus deiner Frau lassen.«

»Jaha.« Ernsts Gesicht verlor seinen belustigten Ausdruck. »Komm besser nicht zurück!«

Die Halogenscheinwerfer der BMW-Paris-Dakar-Rennmaschine erhellten die Straße wie eine Filmkulisse. Die Stadt war dunkel und leer. Einige Straßenlampen warfen gelbliche Lichttümpel auf die uralten BP-Pumpen und die Vorderfront der Polizeiwache. Niemand war zu sehen. Jordan parkte vor dem altmodischen Postamt, richtete die Scheinwerfer auf die Veranda und stützte das Motorrad bei laufendem Motor auf seinen Ständer.

Er öffnete seine Box. Auf der Rückseite einer Postkarte (die einen Alligator zeigte, der einer vollbusigen Frau das Unterteil ihres Bikinis herunterzog) hatte Garret Stoval geschrieben: »Deine Briefe werden immer absurder. Bist Du total meschugge, oder neigst du jetzt zur Pädophilie? Das Mädchen auf dem Foto ist zwar okay, aber wohl kaum Miß Tansania. Du siehst klapperdürr aus. Hast Du die Vitamine bekommen? Wie geht's Deinem Bauch? Sieh zu, daß Du heil nach Hause kommst!« Auf einem Kuvert erkannte Jordan die Handschrift seiner Mutter. Er riß den Umschlag auf und las, während das leise Rumpeln des BMW-Motors die Geräusche der Nacht übertönte. »Heute abend ist Nanny gestorben, nach einer Woche Krankenhaus. Großmutter, Deine Schwester und Deine Cousinen waren alle dort. Nanny fragte nach Dir und sagte, wir sollten beten, damit Dir kein Unheil geschieht. Sie war so edel und so tapfer. Sie sagte, sie sei bereit, davonzugehen … die Beerdigung wird in einer Woche stattfinden, am 7. …« Jordan lehnte sich heftig atmend gegen die Mauer. Einhundertjährig. Das Begräbnis war heute, dachte er mit einem aufwallenden Schuldgefühl.

Im Licht der Scheinwerfer stand der Massai auf der Veranda, in einer Hand den Speer und seine *shuka* wie einen Schal um die Schultern geschlungen. Die Fenster des Hauses waren zerschmettert.

»Shabu, was ist passiert?«

»Ich bin mit Pasipo früh zu einem Spaziergang aufgebrochen und bei Sonnenuntergang zurückgekehrt. Ich habe niemand gesehen.«

»Wo sind Parmet und Lesuyu?« Jordan nahm Shabu die Maglite-Taschenlampe aus der Hand.

»Ein Bruder ist gestorben. Sie sind nach Hause zurückgekehrt.«

»Oh, Scheiße«, sagte Jordan in englisch, dann in suaheli: »Ich habe sie dafür bezahlt, hierzubleiben.«

»Ein Bruder ist gestorben. Sie werden in ein paar Tagen zurück sein.«

»Ein Bruder oder irgendein Cousin?«

Shabu lächelte und murmelte etwas vom Bruder des Mannes von Parmets Schwester.

Jordan betrat das infernalisch stinkende Pfarrhaus. Das Summen von Fliegen bildete eine Art Hintergrundgeräusch für das Pochen von Regentropfen auf dem Blechdach. Sämtliche Möbel waren umgekippt worden. Auf dem Fußboden, auf dem Sofa, auf den Tischen waren Haufen menschlicher Scheiße, eine alte Schmähung bei afrikanischen Kriegertrupps. Grüne Fliegen schwirrten. Die Aquarelle von Pasipo waren von den Wänden gerissen und bedeckten, zu Konfetti zerfetzt, den Fußboden.

»Sultan Kimweri«, sagte Jordan.

Sie folgten dem Lichtstrahl ins Schlafzimmer. Das Moskitonetz hing in Fetzen von der Decke herab, die Matratzenfüllung lag verstreut herum. Sich mit einer Hand die Nase zuhaltend, ging Jordan durch das Wohnzimmer zur Küche, wo der Fußboden mit zerbrochenen Tellern bedeckt war. In der Mitte des Tischs lag, gleich einer perfekten Taurolle, eine Wurst aus Scheiße.

Auf der Hinterveranda schlief Pasipo auf ihrer Hockstange.

Shabu schleppte die zerbrochenen Möbel zum einen Ende des Zimmers. Jordan sagte zu ihm, er solle seine Bettrolle hereinbringen, aber der Massai bestand darauf, vorne zu schlafen, für den Fall, daß die Krieger zurückkehrten. Er ging ins Haus und erschien wieder mit einem brennenden Holzkohlenbrenner; seine Hände schienen völlig unempfindlich gegen das heiße Metall. Er stellte den Ofen hin und zog unter seinem Ledergürtel ein Kuvert hervor. »Ein Mädchen hat dies heute bei Sonnenuntergang gebracht.«

Im Schein der Taschenlampe las Jordan, was da in suaheli stand.

Die Handschrift war groß und mädchenhaft. Shabu ließ ihn allein, während er den Brief laut ins Englische übersetzte:

Friede, Bwana Jordan,

heute morgen nach der Versammlung kam Bwana Kimweri nach St. Mary's. Er nahm Zanifa mit. Sie weinte. Sie wollte nicht gehen. Gestern abend kam Father William in unser Dorf und sprach mit Mama Zanifa. Auf dem Weg zur Schule erzählte mir Zanifa, daß Father William zu ihrer Mutter gesagt hatte, daß sie heiraten muß. Sie wollte nach der Schule zu Deinem Haus kommen und Dich bitten, sie fortzubringen.

Gruß, Subira

Jordan war müde, jedoch zu angespannt, um schlafen zu können. Er fand etwas Wäsche, die beim Pfarrhaus auf einer Leine hing, und sagte Shabu, er solle die Ziege schlachten und das Fleisch für eine lange Fahrt am Morgen packen. Er ging mit der Taschenlampe durchs Haus, konnte jedoch nichts finden, das er mitnehmen wollte. Um ungefähr vier Uhr früh fing der Regen an, auf das Blechdach zu trommeln. Jordan lag im Dunkeln auf der Couch, lauschte auf den Wind, der die Felsen entlangröhrte, und ertappte sich dabei, wie er mit den Fingern trommelte und lautlos ein Lied aus seiner College-Zeit sang: »Should I Stay or Should I Go.« Er erinnerte sich, daß er Anna beim ersten Date im College dieses Lied vorgesungen hatte, als er angetrunken war. Er war geblieben. Wenn er dem Peace Corps meldete, daß Kimweris Leute sein Haus zerstört hatten, würde man ihm die letzten sechs Wochen seines Vertrags erlassen, ihm jedoch die vollen fünftausend Dollar geben und ihn nach Hause fliegen. Er flüsterte: »Wie ich, der keine Liebe hat, die dieser wilde Regen nicht aufgelöst hätte.«

Im Morgennebel fuhren sie auf der BMW: Jordan am Lenker in seiner grünen Schutzkleidung und dem schwarzen Helm, Shabu gegen den Wind eingehüllt in eine karierte, leuchtend rote Massai-Decke, mit langen wehenden Flechten, in einer Hand einen Speer, klirrende Reifen am Handgelenk, und Pasipo, mit Fußfesseln an den Gepäckständer gebunden, eine Haube über dem Kopf, die Fast-zwei-Meter-Schwingen gespreizt. Jordan mied die Hauptstraße und machte lieber Umwege. Er fuhr konzentriert und versuchte, die Hände am Gas und an der Bremse, Rinder und Kinder vorauszuahnen. Shabu blieb stumm. Pasipo kreischte jedes Mal, wenn die Maschine in eine Kurve bog.

Jordan war besorgt wegen der Richtung. Alle paar Minuten blickte er auf den Kompaß, der am Benzintank befestigt war. Die Nadel schweifte stur nach Osten. Jordan verlangsamte das Tempo und hielt Ausschau nach jemandem, den er fragen konnte. Der Nebel verschwand, doch von einem Bergkamm trieb langsam eine weitere Nebelbank herbei. Shabu deutete auf Frauen, die in einem Maisfeld arbeiteten. Jordan beschleunigte kurz und hielt dann bei dem Feld. Die Frauen drehten sich zu ihnen herum. Jordan schob das Visier seines Helms hoch und schickte sich an, die Frauen zu befragen. Sie ließen ihre Hacken fallen und rannten kreischend den Berghang hinauf.

Von einem Berggipfel aus studierte Jordan das Dorf durch einen Feldstecher. Vooga lag mehrere Meilen entfernt auf einer etwas niedrigeren Berghöhe – eine Insel, die sich heraushob aus dem weißen Ozean einer kompakten Wolkenbank, welche gleichsam die Berge beleckte und sich bis zum fernen Horizont der Massai-Steppe erstreckte. Auf drei Seiten war der Palast von Häusern umgeben, doch auf der Rückseite gab es nur Bananenbäume. Er reichte Shabu den Feldstecher. Der Massai betrachtete Vooga mehrere Minuten lang. Er sagte: »Wir gehen hinauf durch die Bananen und die Dornenmauer.« Er trank aus einer Kürbishälfte, die er dann Jordan hinhielt.

»Was ist das?«

»Kriegsmedizin. Sie macht dich so zornig, daß dir die Arme beben.« Shabus Augen hatten einen besessenen Glanz. »Dir ist alles gleichgültig. Du hast keine Angst zu sterben.«

»Davon könnte ich etwas brauchen.« Jordan schluckte den nach Metall schmeckenden Tee.

Am Rand der Bananengärten hatten sie Mühe, das schwere Motorrad durch weichen schlammigen Untergrund in eine dichte Baumgruppe zu schieben. Jordan befestigte seine Schutzkleidung auf dem Gepäckständer und nahm Pasipo auf den Handschuh. Pasipo schrie, und Jordan gab ihr eine Scheibe Ziegenfleisch aus der Falknertasche, um sie ruhigzustellen, und stülpte ihr dann die Haube über. Sie gingen durch das trübe Licht unter den Bäumen. Je höher es hinaufging, desto dünner wurde der Nebel. Als Jordan die Hecke erreichte, begann sein Herz wie wild zu hämmern. Bis hierher hatte er alles geplant. Shabu lief den Dornenwall entlang und verschwand.

Als er zurückkam, wirkte sein Gesicht begierig und seine Augen noch besessener. »Ich habe einen Weg hinein gefunden«, flüsterte er. Gebückt trabte er an der Dornenhecke entlang zurück. Jordan sah, wie er gleichsam schrumpfte, und folgte ihm in genau dem Augenblick, wo er nicht mehr zu sehen war. Er erreichte Shabu, der in einem Loch in der Hecke auf Händen und Knien lag. Der Massai senkte den Kopf und blickte durch seine Beine zu Jordan.

»Es ist niemand draußen. Ich gehe als erster.« Shabu kroch in den Busch.

Auch Jordan kroch in den Busch, keuchend, den Adler mit der Haube haltend.

Die Sonne schien. Auf dem Hof waren Rechtecke aus Kreide aufgemalt. Jordan sah ein niedriges Netz. Hier übte Kimweri seinen Aufschlag. Vier Lehmhütten versperrten den Blick auf den Gebäudekomplex. Nur die Spitzen des Palastdaches waren sichtbar. Die Fenster der Hütten waren klein, die Fensterläden verschlossen: die Quartiere der Dienerschaft. Auf der anderen Seite des Hofs befand sich die Ruine des Gerichtsgebäudes von Kimweris Vater. Raben mit weißen Hälsen schwangen sich in ein Loch im Dach.

»Wohin jetzt?« flüsterte Shabu.

Jordan blieb stumm.

»Wir müssen weiter, sie werden uns sehen.«

Jordan atmete wieder schwer.

»Denk nie an den Löwen, ehe du ihn vor dir hast«, sagte Shabu.

In einer der Dienerhütten bellte ein Hund. Shabu lief in die andere Richtung, auf die Ruine zu. »Nein«, flüsterte Jordan. »Hier entlang.«

Während Shabu und Jordan einen Bogen um die Bedienstenquartiere machten, begannen mehrere Hunde gleichzeitig zu bellen. Draußen vor den Hütten standen nackte Kinder. Dreißig Meter weiter gab es bei einer von Dornenhecken gebildeten Ecke einen Ring aus runden Lehmhütten, jede mit einem halboffenen Fenster und einem konischen Schilfdach. Die Vorderseite des Palastes, wo bei dem überdachten Gehweg Autos parkten, konnte Jordan nicht sehen.

Shabu hinter sich, lief er los in die andere Richtung zu einer dunklen Gasse, die von der Rückseite des Palastes und der hohen Hecke gebildet wurde. Gebückt liefen sie unterhalb der Fenster, bis sie einen Türeingang erreichten.

»Wie sieht der Plan aus?« fragte Shabu. »Wo befindet sich das Mädchen?«

Angst schnürte Jordans Kehle zu. Er brachte kein Wort heraus. Hätte ich doch nur mehr von dem Tee getrunken, dachte er.

»Da drin?« Shabu langte nach der Klinke.

»Okay«, flüsterte Jordan. »Drinnen.«

Die Tür führte in einen schmalen Korridor zum Atrium, wo Flammen- und Jakarandabäume zwischen Fliesen hervorwuchsen. Durch das Geäst eines Flammenbaums entdeckte Jordan Kimweri am anderen Ende des Gartens bei einem Springbrunnen. Er trug einen westlichen Anzug und einen roten Fez und unterhielt sich mit einem Mann, der gleichfalls einen Anzug trug. Hinter ihnen unter dem überdachten Steg stand, ihnen den Rücken zukehrend, ein Krieger in weißem Hemd und schwarzen Hosen und blickte zu den bellenden Hunden. Jordan und Shabu schlichen näher und blieben dann am Rand der Bäume und Topfpflanzen stehen. Zehn Meter entfernt sah Jordan, wie das Gesicht einer Frau hinter Fensterblenden erschien.

Die Augen starrten Jordan an.

Pasipo bewegte sich auf dem Handschuh.

Die Frau schrie. Der Kilindi-Krieger rannte vom überdachten Steg in den Garten. Das wilde Gebell der Hunde draußen hallte über das ganze Gelände.

»Aaheeee!« Seinen Speer mit beiden Händen von der Hüfte nach vorn haltend, stürmte Shabu aus den Bäumen hervor und stoppte ein, zwei Schritt vor dem Kalindi-Krieger.

Kimweri und sein Gast erhoben sich hastig. Die Miene des Sultans war verwirrt, bis er hinter einem Jarakanda Jordan sah; dann grinste er. Jordan warf einen kurzen Blick hinter sich und bewegte sich dann vorwärts. Kimweri lachte.

»Was für ein unerwartetes Vergnügen.« Kimweri langte in sein Jackett.

»Wo ist Zanifa?«

»Sie ist dabei, sich zu erholen«, sagte Kimweri mit einem albernen Lachen und zog eine kleine Silberpistole aus seinem Jackett. »Sie kommen zu spät.«

»Zanifa!« schrie Jordan und duckte sich hinter den Springbrunnen. »Zanifa!«

»Atcha mkuki!« Kimweri zielte mit der Pistole auf Shabu. Laß den Speer fallen. Er sagte etwas in Sambaa, und der Kilindi wich vor Shabu zurück. Kimweri zielte mit beiden Händen.

Shabu stürzte zu den Bäumen.

Kimweri schwenkte seine Arme in ebenmäßiger Linie.

Jordan riß die Haube von Pasipos Kopf; die Augen des Adlers hefteten sich auf den roten Fez.

Ein Schuß hallte auf dem Hof, und Jordan schrie: *»Piga!«*

Shabu rollte über die Steine.

Wie ein Blitz durchmaß Pasipo das Atrium und prallte mit einem dumpfen, doch lauten Schlag gegen den roten Fez. Sie drückte Kimweris Kopf tiefer.

Shabu, wieder auf den Füßen, rief laut und deutete mit seinem Speer auf den Kilindi, der hinunterstarrte zu Kimweri.

Pasipo riß ihren Schnabel über Kimweris Gesicht.

»Njoo«, rief Jordan dem Adler zu und bewegte sich vorwärts. Er bückte sich und hob die Pistole auf. Komm. *»Pasipo, njoo.«*

Der Kilindi-Krieger und der Fremde standen wie erstarrt. Drei Frauen in bunten Kangas kamen auf den Hof gestürzt und blieben ein kurzes Stück vor dem auf dem Boden liegenden Körper stehen.

Pasipo hielt eines von Kimweris Augen in ihrem Schnabel. Sie kippte ihren Kopf und schluckte. Das Auge verschwand in ihrem Kropf.

Die Frauen schrien und begannen zu wehklagen.

Während Jordan bei Kimweris Körper kniete, hob Pasipo ihre weißgerandete Krone und spreitzte ihre Schwingen, eine territoriale Geste. Sie blickte zu dem Fleisch im Handschuh, drehte dann den Kopf und hackte in die blutige Augenhöhle. Jordan hielt seine behandschuhte Hand zitternd gegen ihre Beine und versperrte ihr den Blick auf Kimweris Gesicht, bis sie auf den Handschuh trat. Er stand mit dem Adler auf der Faust.

»Joldon ...« Zanifa erschien unter dem überdachten Steg vor dem Palast und rannte auf Jordan zu. Ihre Augen waren weit aufgerissen, ihr Mund angstverzerrt. Sie hatte Jeans und einen St.-Mary's-Pulli an und trug an der Hüfte eine Sisalreisetasche.

Eine der Frauen lief schreiend auf das große Tor zu, vor dem sich eine Menschenmenge angesammelt hatte.

»Renne!« Zanifa blieb dicht vor ihm stehen. »Diese Hexe wird den Leuten sagen, daß sie dich umbringen sollen.«

»Geht's dir gut?«

»Ja. Komm doch.«

»Sie haben doch nicht ... du hast doch nicht ...«, stammelte Jordan in englisch.

»Was?« Zanifa spähte voll Angst an ihm vorbei. »Bitte! Wir müssen rennen!«

»Bwana.« Shabu zog Jordan an der Schulter. »Verschwinden wir.«

Der Kilindi-Krieger und der Fremde standen noch immer beieinander. Geschockt starrten sie auf Kimweris Gesicht.

»Steht da nicht einfach herum!« rief Jordan. *»Kuma mayo!«* Die Votze eurer Mutter. Er schwenkte die Pistole. »Schafft ihn zum Hospital!« Die beiden Männer traten eilig zum Sultan.

Eine Menschenmenge begann durch das Tor hereinzuströmen, einige Jungen rannten an der Spitze voraus. Jordan lief hinter Zanifa und Shabu her, über den Hof und zurück in den schmalen Korridor, hinaus auf die Gasse und dann die Hecke entlang zum Loch. Sie krochen durch die Dornen in die Bananengärten und sprangen in großen Sätzen den Berghang hinunter, wobei sie im Nebel rutschten und stolperten. Jordan fesselte Pasipo an den Gepäckständer. Die Schreie der Menge kamen näher.

»Von hier an bin ich zu Fuß am sichersten.« Shabu lächelte. »Sie werden dem Motorrad in die Berge folgen, während ich durch die Schlucht auf der anderen Seite nach Hause zurückkehre.«

Von den elftausend Dollar, die er Paul Ionides vor dreiundzwanzig Stunden abgenommen hatte, nahm Jordan jetzt fünfzehnhundert. »Nun kannst du dir zehn Kühe kaufen. Genügend, um zu heiraten.«

»Ich werde meinen ersten Sohn Jordan nennen.« Shabu klatschte ihm auf die Hand und lachte.

Jordan spähte hangabwärts in den Nebel und überlegte, daß möglicherweise unten auf der Straße nach Kombo die Polizei warten würde. Er sah zu der hinter ihm sitzenden Zanifa. Ihre Augen hinter dem Visier des schwarzen Helms, der schief auf dem kleinen Kopf saß, waren nicht zu sehen. Pasipo schwang ihre Flügel und zerrte an den Fußfesseln, versuchte zu fliegen. Jordan wischte sich den Dunst vom Gesicht und lenkte die Maschine hügelaufwärts zur Asphaltstraße.

Während der Fahrt, die weiter hinaufführte, passierten sie Sabaafrauen, die auf ihren Köpfen Gemüse und Holzkohle trugen, bis Jordan eine hinter hohem Gras verborgene Abzweigung entdeckte. Über einen kahlen Bergkamm zog sich eine unbefestigte Straße zum Rand eines Passes, der im Zickzack die Felsen des Escarpment hinunterführte. Der Paß war hundert Jahre zuvor von den Deutschen gebaut worden, die eine drei Tonnen schwere, mit Holzkohle betriebene Säge von tausend Afrikanern in den Regenwald hatten hinaufschleppen lassen. Die Straße hatte pro anderthalb Meilen ein Gefälle von rund eintausend Metern. Im ersten Gang rollten sie langsam tiefer. Zanifa erschrak, als das Motorrad nahe dem Rand eines milchigen Abgrunds durch den Kies schlitterte. Auf halbem Weg nach unten kamen sie aus dem Nebel heraus. Gegen Süden hin wurden die über die Massai-Steppe verstreuten Berggipfel durch die Wolkenbank abgetrennt, doch nördlich vom Usambaragebirge war der Himmel offen und klar. Je tiefer sie gelangten, desto heißer wurde es. Die endlose Steppe lag düster im grauen Licht.

Am Fuß der Berge nahmen sie eine Sandstraße zwischen den

hohen Pflanzen einer Sisalplantage. Auf dem Highway bogen sie nach Süden in Richtung Mombo, doch eine Meile außerhalb der Stadt fuhren sie westwärts über die grasbewachsene Start- und Landebahn der nicht mehr existierenden African Airways. Dann, auf der langen, flachen Straße in Richtung Mafi Mountain, steigerte Jordan das Tempo auf siebzig Meilen pro Stunde. Der Berg mit seinen dunklen Umrissen erhob sich vor ihnen wie ein Vulkan.

Ein spätes Licht färbte die Wolkendecke sanft rötlich und ließ die unzähligen Grünschattierungen des Blätterdachs des Bergwaldes deutlich hervortreten. Jordan fuhr langsamer und bog in eine Straße ein, die allmählich und in gerader Linie mehrere Meilen hinaufführte in Anschwemmland, das sich in Richtung der Basis des vereinzelten Berges erstreckte. Verkehr schien es in letzter Zeit auf dieser Straße nicht gegeben zu haben. Klumpen stachliger Sensivera betüpfelten den flachen Hang. Oben auf dem Anschwemmland führte die Straße über eine Holzbrücke, danach begann ein steiler Anstieg. Große Felsstücke blockierten die Straße, und die Kurven waren vom Regen ausgespült und für Autos zu schmal. Oben auf dem Paß ließen sie das Dämmerlicht hinter sich und gelangten in einen dunklen, kühlen Wald. Jordan richtete die Halogenscheinwerfer auf Baumstümpfe von enormer Größe und auf borkenbedeckte Ranken, so breit wie Wasserrohre, die sich hundert Meter und mehr hinaufwanden in die Dunkelheit.

Sie hielten und stiegen vom Motorrad herunter.

»Geht es dir gut?« fragte Jordan auf englisch.

Zanifa begann zu schluchzen und schluchzte immer heftiger, bis sie kaum noch Luft bekam.

»Es wird schon wieder«, sagte er lahm und drückte sie fest an sich.

Sie wich vor ihm zurück und entschwand in die Dunkelheit. Im trüben roten und gelben Licht hinten am Motorrad schnallte Jordan die Taschen auf. Ohne sie sehen zu können, fragte er: »Möchtest du etwas essen?«

»Nein.«

Im Licht der Scheinwerfer erkletterte er einen glatten Stamm, den er mit Armen und Beinen umspannte, und gelangte zu einem über fünf Meter hohen Ast. Aus einem Plastikbeutel holte er große Stücke Ziegenfleisch, die er an dem Ast befestigte. Dann ließ er sich hinabgleiten und wischte die Hände am silbrigen Stamm ab. Seine Augen mit einer Hand beschattend, ging er durch das grelle Licht zum Motorrad zurück, wo Zanifa auf dem Sitz saß und an einem Apfel knabberte. Sie zeigte auf die Krone eines umgestürzten Baums, der im Scheinwerferlicht zu sehen war. »Diese Pflanze mit roten Stielen, die oben auf Bäumen wächst, hält dich wach.«

»Khat.« Jordan war erleichtert, daß sie gesprochen hatte.

Zanifa sagte nichts weiter. Sie rutschte von der Maschine herunter und ging von ihm fort, ins weiße Licht. Jordan trank eine halbe Flasche Antiacid, schnitt dann eine Mango in Scheiben und sah zu, wie Zanifa im liegenden Baum Stiele sammelte. Anmutig bewegte sie sich durch wirres Unterholz und kam dann zur Straße zurück. Jordan legte seine Hand auf ihre Schulter. Sie entzog sich ihm und ging auf die andere Seite des Motorrads.

Jordan schaltete die Scheinwerfer aus und richtete seine Taschenlampe auf Pasipo. Sie wandte ihre grauen Augen vom Licht und hob ihre gefiederte und jetzt voll ausgewachsene Krone mit den weißen, rund acht Zentimeter langen Federn, deren Spitzen schwarze Dreiecke trugen. Jordan beugte sich vor und durchschnitt mit seinem Taschenmesser die Lederfesseln an Pasipos Beinen. Er atmete tief, während sich in seinen Augenwinkeln Hitze intensivierte, und richtete den Lichtstrahl auf das am Ast befestigte Fleisch. *»Piga!«*

Pasipo schwamm gleichsam den Lichtstrahl zum Ast hinauf.

Jordan gab Zanifa die Taschenlampe und bat sie, den Lichtstrahl auf den Vogel gerichtet zu halten. Er schnallte die Taschen wieder auf den Gepäckständer. Sie beobachteten, wie Pasipo sich über einen Ziegenschenkel hermachte.

»*Kwa heri, Pasipo*«, sagte Zanifa. Good-bye.

»Knips die Taschenlampe aus«, flüsterte Jordan.

Sie waren umgeben von einer Schwärze, die kompakt zu sein schien.

Mit sicheren Schritten ging Zanifa in der Dunkelheit voraus, während Jordan die schwere Maschine langsam die Straße entlangschob. Nach zwanzig Minuten kamen sie aus dem Wald heraus. Von der Paßhöhe konnten sie unten auf der Steppe ein paar verstreute Feuer sehen. Jordan schwang sein Bein über den breiten Sitz und schaltete die Scheinwerfer an.

Zanifa kletterte auf das Motorrad. Sie schluchzte lautlos.

»Hier wird es Pasipo gefallen. Es ist perfekt für einen Himmelsleoparden. Viel Wild.« Jordan spürte ihren Körper ganz eng an seinem Rücken, während sie ihre Arme um seine Taille schlang. Sie schwieg.

In einiger Entfernung zeigten die Scheinwerfer einen reglos dastehenden, riesigen Raubvogel. Er hatte eine Krone.

»Ist das Pasipo?« flüsterte Zanifa.

Unsinnigerweise hoffte Jordan, daß es so war, während er auf einer steilen Steigung bremste.

Der Raubvogel rührte sich nicht, als die Räder über den Kies knirschten. Zwei Ohrbüschel ragten zu beiden Seiten des runden Kopfes hoch.

»Usambara-Adlereule«, sagte Jordan leise zu Zanifa. Die Adlereule wirkte groß genug, um einen schlafenden Colobusaffen zu erbeuten.

Ooop-oop. Die Adlereule breitete ihre grauen Schwingen und flog in die Dunkelheit. *Ooop-oop.*

Zanifa lehnte ihren Kopf gegen seinen Rücken. »Was ist, wenn sie Pasipo findet?«

Sie ließen die Wolken hinter sich, als sie das Mkomazi Gap erreichten, das Krüppelpflanzenland, das die Usambara Mountains vom Pareh-Gebirgszug trennte, ein Orientierungspunkt auf der alten Sklavenroute, die von den großen Seen zur Küste führte. Auf dem asphaltierten Highway fuhr die BMW 110 Meilen pro Stunde. Seine Augen schützte Jordan mit einer Sonnenbrille, aber sein Gesicht wurde von Insekten zerstochen. Der Scheinwerferstrahl erfaßte einen achtzehnrädrigen Lastwagen, der seitlich umgekippt zu sein schien. Jordan nahm die Hand vom Gasgriff. Der Motor heulte, während sich die Fahrt verlangsamte. Der Laster war kein Laster, sondern eine Herde roter Elefanten, die den Highway überquerte.

»*Tembo*«, sagte Zanifa. »*Haah*. Habe ich noch nie gesehen.«

»Sie sind von rotem Ton gefärbt.«

Als die Elefanten verschwunden waren, fuhren sie weiter. Im hellen Scheinwerferlicht schienen Nachtschwalben zu erstarren, flatterten jedoch noch rechtzeitig beiseite. Jordan kaute *khat* und fuhr langsam. Eine Warzenschweinfamilie rannte am Straßenrand entlang, in komisch steifer Haltung mit steil hochragenden Schwänzen. Das Licht des Mondes beleuchtete die langen Hälse von Giraffen, die sich über die Wipfel ferner Bäume emporreckten und so wirkten wie eine Gruppe von Loch-Ness-Ungeheuern, die aus der Tiefe ihres Sees hervortauchten.

Das Wild verschwand auf der anderen Seite des Mkomazi Gap, und Jordan beschleunigte auf 80 Stundenkilometer, wobei er sich in der Mitte des leeren Highways hielt, direkt auf den hundert Meilen nördlich liegenden Kilimandscharo zu. Das Licht des Mondes ließ den knapp sechstausend Meter hohen Gipfel des erloschenen Vulkans glänzen, dessen Kappe aus weißem Eisen seitlich am Kegel heruntertropfte. Sie fuhren entlang des Pareh-Gebirgszugs, ein gezacktes schwarzes Gebilde vor dem Sternenhimmel. Bis zum Morgen, schätzte Jordan, würde die Polizei sämtliche Grenzposten über Funk verständigt haben.

NOVEMBA 8

Jordan spürte, wie Zanifas Körper an seinem Rücken hin und her rutschte. Im Rückspiegel konnte er gegen die Dunkelheit kaum mehr ausmachen als den schwarzen Helm, der auf ihrem Hals hin und her kippte. Er klatschte ihr auf den Schenkel, spie einen Klumpen durchgekautes *khat* aus und hörte auf, Gas zu geben. Als er bremste, wurde Zanifa mit einem Ruck wach. Ihre Stimme war ein heiseres Flüstern. »Wo sind wir?«

»Etwa vier Stunden von der Grenze entfernt.« Jordan kletterte vom Motorrad, stützte sich auf ihre Schulter. Das *khat* hatte ihn in einen gereizten Zustand versetzt. Am liebsten wäre er eine Meile den Highway entlanggerannt oder hätte eine Halbliterflasche Safari geleert. Er ging um die BMW herum, trat gegen die Reifen, spürte die Hitze, die von den großen Zylinderköpfen kam. Zanifa nahm den Helm ab und schüttelte ihre Haare im Wind. Sie lehnte sich auf dem langen Sitz weit zurück und ließ zu beiden Seiten des Benzintanks ihr Beine baumeln. »Du wirst mich niemals verlassen?«

»Liebes Mädchen, ich werde ein Fels sein, auf dem du stehen kannst.« Jordan stürzte zu ihr und sah ihr ins Gesicht. *»Nitakuwa kaka kwako.«*

»Du wirst mein Bruder sein«, übersetzte sie ausdruckslos, und ihr Gesicht war ein schwarzes Gebilde in der Nacht.

Mit einem wie zischenden Geräusch stießen Fledermäuse herab und fingen Insekten, die das Scheinwerferlicht angezogen hatte. Zanifa legte ihre Hände um Jordans Hals und zog seinen Kopf zu sich. Sie schloß die Augen, und ihre Lippen teilten sich.

Jordan hielt sein Gesicht eine Handbreit von ihr entfernt und wartete darauf, daß sie die Augen öffnete. Dann sagte er behutsam: »Nein. Nicht mehr.«

Sie ließ ihre Hände an seinem Hals. »Wo werden wir leben?«

»Die Boma School wird dir gefallen. Scheint ganz toll zu sein. Du wolltest ja immer in St. Mary's wohnen.« Falls wir es nach Kenia schaffen, dachte Jordan. Er richtete sich auf. »Hier. Zieh meinen Pulli an.«

»Der ist zu groß.«

»Ich weiß.« Jordan tippte mit den Fingern gegen den großen Benzintank. »Ich werde die Ärmel um meine Taille wickeln – dich an mich binden, damit du nicht runterfällst.«

Zanifa hüpfte vom Motorrad herunter und trat ins Scheinwerferlicht. »Mit zwei Pullis wird es zu warm sein.« Sie zog sich ihren Pullover samt T-Shirt über den Kopf. Jordan sah ihre Brüste in einem BH und blickte zum Himmel.

»Du wirst mich verlassen«, sagte sie und schlüpfte in seinen Pulli.

»Nicht für immer«, sagte Jordan beschwichtigend und griff nach ihrer Schulter.

Zanifa lächelte. Da war etwas Neues in ihrem Gesicht, vielleicht die ersten Anzeichen von Arglist, als sei sie sich jetzt der Macht bewußt, die ihr Körper auf Männer ausübte.

»Kimweri und die Polizei werden bald nach mir fahnden.« Jordan umkreiste das Motorrad mit raschen Schritten, erregt, daß er bis hierher gekommen war, und daß es um so viel ging – um alles.

»Warum hast du Kimweris Pistole weggeworfen?«

»Vielleicht war das *wirklich* dumm von mir«, murmelte er, und empfand plötzlich nicht mehr die Spur von Euphorie. »Ich muß mit dem ersten Flugzeug von Nairobi nach Europa und dann zurück in die Staaten.« Er öffnete seinen Rucksack auf dem Gepäckständer und tastete darin nach einem Umschlag.

»Wirst du mich nach Amerika holen?«

»Eines Tages. Natürlich. Wir müssen dir einen Paß beschaffen«, sagte er mit vergnügter Stimme, besorgt, er könne sie mit seiner Angst anstecken. Er zählte siebentausend Dollar ab und steckte sie in den Umschlag. »Hier ist genug für nächstes Jahr. Ich werde dafür sorgen, daß du die High-School absolvierst. Da sind eintausend Dollar extra für Kleidung oder Notfälle. Wir werden sie bei der Schuldirektorin hinterlegen. Aber es ist dein Geld. Falls du beschließt, nach Lushoto zurückzukehren, gehört es dir auch.«

»Mimi siwezi kurudi«, sagte Zanifa leise. Ich kann nicht zurück. Erst nach kurzem Zögern nahm sie den Umschlag. »Für lange Zeit werde ich nicht zurückkehren. Ich werde meiner Mutter etwas von diesem Geld schicken, damit sie mich besuchen kommen kann.« Sie wischte sich eine Träne von der Wange und umarmte Jordan.

Sie schlief ein, und er spürte ihren Helm an seinem Genick. Um sich den schwirrenden Insekten zu entziehen, zog er sein Kinn in den hohen Kragen seiner Schutzkleidung. Er kaute unaufhörlich *khat,* und wie in Trance behielt er den Orion im Auge, bis der Jäger hoch über ihm zurückblieb und er im Rückspiegel sah, wie der Stern über dem Horizont nach Süden zu sank. Er sah, wie Pasipo Kimweris Kopf zu Boden ritt. Und den Augapfel aus seiner Höhle riß. Jordan hatte das Gefühl, daß etwas Kaltes und Seelenloses in ihn eindrang, wie ein anderes Wesen. Es schien ihn anzulächeln, als wolle es sagen, daß es da war, um zu bleiben. Er dachte daran, wie Pasipo den Lichtstrahl emporflog, und fragte sich, ob der Adler aus eigener Kraft überleben würde, oder wie lange es dauern mochte, bis Pasipo verhungert war. Die Narbe an seinem Unterarm pochte, und seine Arme schmerzten vom ständigen Halten des breiten Lenkers. Er malte sich aus, wie er Kimweri an der Grenze traf, der Sultan mit einem Fez und einer Augenklappe. Er betete zu Gott, daß er Zanifa heil ans Ziel bringen würde.

Die Straße war gerade und eben. Verkehr gab es nicht. Jordan beobachtete, wie aus dem Norden Polaris heraufstieg. Er peilte den Nordstern an und schaute alle paar Minuten von der Mittellinie hoch, bis der Stern verschwand, als der schwarze Rand des östlichen Horizonts sich in ein feurigflüssiges Purpur verwandelte. Jordan schätzte, daß es noch etwa eine halbe Stunde bis zum Sonnenaufgang war.

Ein silberner Obelisk glänzte im letzten Licht des Mondes. Unter dem massiven Granitgipfel waren die Lichter von Namanga.

»Aufwachen, meine Kleine«, rief Jordan durch den Wind und tätschelte ihren Schenkel.

»Sisi wapi sasa?« fragte Zanifa schläfrig.

»Die Grenze.«

»Binde mich bitte los«, sagte Zanifa in suaheli. »Meine Arme sind stocksteif, und mein Magen grollt wie ein Leopard.«

»Wir werden in Kenia frühstücken.« Jordan schaffte es, den Pulli mit einer Hand zu lösen. Zanifa streckte sich und gähnte. Als sie in die Stadt kamen, schmiegte sie sich gegen seinen Rücken und beobachtete eine Seite der Straße. Es ging vorbei an einer Reihe dunkler Stände, an blechüberdachten Bar-Hotels, an einer BP-Tankstelle. Jordan parkte mitten auf einem schwach beleuchteten Parkplatz vor dem gelben Zementgebäude von Zoll und Immigration. Zanifa sprang vom hinteren Sitz herunter. Jordan ließ die BMW auf ihrem Ständer ruhen und schnallte Zanifas Beutel und seinen Rucksack ab.

»Das ist Kenia?« Zanifa deutete auf das dunstige Land hinter einem Kettenzaun.

»Ganz recht.« Jordan strich sein schweißverflecktes Peace-Corps-T-Shirt glatt. »Ein anderes Land.«

»Sieht genauso aus wie Tansania.«

»Gott hat die Welt erschaffen, und Menschen haben Linien darüber gezogen.« Jordan gähnte.

»Ich hatte mir das anders vorgestellt.« Zanifa wirkte enttäuscht.

»Das wird es auch sein.« Jordan nahm ihre Hand. »Wenn wir dort hineingehen, tu genau, was ich dir sage, okay?«

»Affen sehen, Affen tun.« Zanifa kicherte.

»Kinehora.« Flüsternd wünschte er Glück, als sie eintraten in das fluoreszierend weiße Licht der Regierungsstelle. An einem Ende des Raums stand ein junger Immigrationsbeamter an einem Tisch. Auf der entgegengesetzten Seite schlief ein älterer Beamter hinter einem Tisch in einem Sessel.

»Jambo, mzee.« Jordan sprach den jungen Beamten mit »verehrter Älterer« an. »Was sind die Neuigkeiten der Nacht?«

»Alles sauber«, sagte der Beamte schläfrig. »Was gibt's Neues von Ihrer Safari?«

»Friedlich.« Jordan wünschte, daß der Beamte sein Lächeln erwidern würde.

»Shikamoo«, sagte Zanifa. Ich küsse Ihre Füße.

»Erfreut«, knurrte der Beamte. »Wo kommt ihr her?«

»Lushoto. Es ist eine lange Safari gewesen.« Jordan legte ihre beiden Pässe auf den Tisch. »Sie hat gerade ein Stipendium in Kenia gewonnen.«

Der Beamte reichte ihnen gelbe Ausreiseformulare.

»Darf ich bitte Ihren Stift benutzen?« fragte Zanifa in suaheli.

Der Beamte nahm den Stift aus dem Mund und gab ihn ihr, mit dem feuchten Ende voran.

»Habarizenu.« Lächelnd trat ein Lastwagenfahrer herein, der die gleiche unterwürfige Strategie benutzte wie Jordan. Was gibt's Neues bei allen?

»Sauber«, murmelte der Beamte. Er entfaltete Zanifas Reisepapiere und überprüfte die Angaben. In suaheli sagte er: »Dieses Mädchen, Zanifa Hering, ist noch nicht volljährig. Sie kann nicht ohne einen Elternteil reisen.«

»Ich habe einen Brief vom Peace Corps, in dem alles erklärt wird.« Jordan fand den Brief in seinem Rucksack.

Der Beamte warf einen Blick auf den Brief. »Warum hat ihr Vater keine Freistellung unterzeichnet? Eine Freistellung ist obligatorisch.« Der Wechsel zur Bürokratensprache war ein schlechtes Zeichen.

»Mein Vater ist tot«, sagte Zanifa in suaheli und sah den Mann an. »Meine Mutter ist geschäftlich auf Reisen.«

»Sie werden zurückkehren müssen, um eine von Ihrem Dorfsekretär abgestempelte Freigabe von einem Familienangehörigen zu besorgen«, sagte der Beamte.

»Bis nach Lushoto braucht man einen Tag«, sagte Jordan.

»Es ist eine gesetzliche Bestimmung«, sagte der Offizier halb dösend.

Der Lastwagenfahrer füllte am einen Ende des Tisches eine gelbe Karte aus. Jordan beugte sich vor und flüsterte: »Ich zahle Ihnen einhundert Dollar Überstundenzuschlag.«

Der Beamte schwieg. Seine Augen waren ausdruckslos.

Jordans Magen begann zu brennen.

»Zweihundert«, sagte der Beamte.

»Sollten wir nach draußen gehen?« Jordan blickte zu dem Lastwagenfahrer.

»Nein. Hier.«

Jordan schob die beiden Geldscheine über den Tisch und sah, wie er Zanifas Reisepaß und seinen amerikanischen Paß stempelte. Sie gingen hinüber zu dem schlafenden Beamten hinter dem Zolltisch.

»*Namanga. Sisi ni Arusha, unasema*, over?« Durch eine Tür in der Mitte der Wand zwischen den beiden Tischen drang eine Art Radiostimme; offenbar handelte es sich um Sprechfunk.

Der ältere Beamte erwachte, funkelte Jordan an und rief in englisch durch den Raum: »Wo ist Leutnant Mbele?«

»Schläft hinten«, erwiderte der Immigrationsbeamte in suaheli. »Hat sich mit seiner Hure auf der Kenia-Seite betrunken und kam vor ungefähr einer Stunde hereingeschwankt.«

»*Namanga, namanga*, verstehen Sie, over?«

Jordan spürte plötzlich einen Druck auf seiner Brust. Seine Handflächen begannen zu schwitzen.

»Er ist verrückt – dieser Polizist.« Der Immigrationsbeamte stieß einen Pfiff aus. »Er sagt, bei seiner Hure benutzt er kein Kondom, weil sie wie eine Ehefrau ist. Er schläft nur mit ihr.«

»*Namanga, namanga,* kommen, over.«

Der Zolloffizier bedeutete Zanifa, ihre Tasche auf den Tisch zu stellen. Er gähnte laut, streckte die Arme.

Zanifa zögerte, blickte zu Jordan.

»Stell sie auf den Tisch«, flüsterte Jordan in englisch. »Sag ihm, daß du nichts zu verzollen hast.«

Zanifa sah den Beamten an. »Ich habe nichts zu verzollen.«

»*Namanga, namanga,* kommen, over.«

»Schläft sie mit anderen Männern?« Der graubärtige Beamte blickte über Zanifas Kopf durch den Raum.

»Was tut eine Hure nachts?« gab der Immigrationsbeamte zurück, während er die Reisepapiere des Lastwagenfahrers stempelte. »Sie sagt, bei anderen Männern benutzt sie immer Socken.«

»Glaub das ja nicht. Die meisten Männer weigern sich, bei Huren Socken zu benutzen«, sagte der Graubart. »Sie haben das Gefühl, irgendwie um was betrogen zu werden. Männer sind Dummköpfe. Hat Mbele einen Test gemacht?«

»Keiner von uns hat einen Test gemacht«, sagte der jüngere Mann. »Wer will's schon wissen?«

»*Namanga, namanga.* Verstehen Sie? Over.«

Jordan gab sich alle Mühe, nicht zusammenzuzucken. Er fürchtete, sich zu verraten. In seiner Hosentasche fingerte er an einem Stengel *khat*, und ihm fiel ein, daß das Zeug ja verboten war.

»*Namanga, namanga.* Hier ist Arusha. Hören Sie? Over.«

»Die scheinen wütend zu sein. Wir sollten ihn aufwecken«, sagte der Graubart.

Der jüngere Mann überlegte einen Augenblick.

»Bitte, wir sind in Eile, *mzee*«, sagte Jordan. Er legte die BMW-Papiere auf den Tisch.

»Nur einen Augenblick«, erwiderte der Beamte. Er blickte zur anderen Seite des Raums. »Geh und weck ihn auf! Er ist dein Freund.«

Jordan hatte Kopfschmerzen, einen starken Druck hinter den Augen. Er blickte zu Zanifa und sah, daß er sie mit seiner Nervosität angesteckt hatte.

»*Namanga, namanga*, kommen. Over.«

»Mbele wird mich ausschimpfen, denn die werden ihn zusammenstauchen, weil er zum Morgencheck nicht auf seinem Posten am Funkgerät ist«, sagte der jüngere Mann hastig in suaheli. »Er wird sich bei denen um die Mittagszeit melden und ihnen sagen, der Empfang sei zu schlecht gewesen.«

»Es gibt keinen Stolz mehr im öffentlichen Dienst«, sagte der Graubart leise in englisch. »Das war anders, als ich für die Briten gearbeitet habe.« Er blickte auf Zanifas Sisaltasche und sagte: »Gehen Sie weiter.«

Zanifa griff nach ihrer Tasche und eilte durch die Tür hinaus. Der Graubart nahm das BMW-Fahrtenbuch.

»*Namanga, namanga …*«

Jordan beobachtete den Beamten. Er fürchtete, der Mann könne über den Tisch hinweg seinen Schweiß riechen.

»*Mzungu!*« rief der Immigrationsbeamte von der anderen Seite her.

Jordan versuchte zu lächeln.

»Ihre Freundin ist frisch. Bei der brauchen Sie sich wegen *ukimwi* keine Sorgen zu machen.« Er zwinkerte. »Liefern Sie sie ja nicht mit einem dicken Bauch in ihrer Schule ab. Die würden sie rausschmeißen.«

»… kommen. Over.«

Der Graubart stempelte das Fahrtenbuch.

Jordan dankte ihm und blickte zu dem Immigrationsbeamten, lächelnd, fast schon am Rand eines hysterischen Gelächters. »Machen Sie sich ihretwegen keine Sorgen. Sie wird zurückkommen und eine Frauenpartei gründen! Überall im Land werden sich Frauen weigern, Wasser zu tragen!«

Die Beamten lachten und schlugen auf ihren Tisch. »Das ist das Schärfste, was ich gehört habe, seit all diesem Geschwätz von Demokratie«, sagte der Graubart in suaheli. »Verrückt.«

Jordan ging hinaus in den klaren frühen Morgen. Zanifa saß auf dem Motorrad und krempelte ihre Jeans hoch. Der Himmel vor dem Granitgipfel und den endlosen Ebenen mit grünem Dornengestrüpp war ein tiefes Meeresblau. Er küßte sie auf die Wange und drückte sie an sich; wollte ihr sagen, daß er sie liebte, fürchtete jedoch, sie würde ihn mißverstehen. Er schwang sein Bein über den Sitz und betätigte den Anlasser. Sie fuhren über den Parkplatz zu einem Tor, das von einem einzigen Stück Metallröhre gebildet wurde. Ein müder Soldat in ausgeblaßter Drillichkleidung ließ es aufschwingen, und sie fuhren hinüber nach Kenia.

Novemba 9

Ein Geräusch schreckte Jordan aus tiefem Schlaf. Die schweren Vorhänge und der Teppich wirkten fremd. Szenen von Pferderennen auf der Tapete riefen ein Hotelzimmer in Louisville in Erinnerung, wo er nach einer langen Nacht bei einem Derby-Weekend darauf gelauscht hatte, wie Anna im Schlaf sprach. Er setzte sich im trüben Licht auf und ächzte leise, sein Rücken war steif, seine Schultern wund. Es klopfte leise an die Tür, und dann ertönte, vom Korridor her, Zanifas Stimme: *»Hodi, hodi.«*

»Karibu.« Jordan schlang einen *kikoi* um seine Hüften und öffnete die Tür.

Sie trug gebügelte Jeans und ihren St.-Mary's-Pulli. »Bist du krank? Du hast zwölf Stunden geschlafen. Ich war besorgt, daß du krank bist.«

»Nein. Nur ausgepumpt.«

Zanifa drängte an ihm vorbei und ließ sich auf das Bett fallen. »Dies sind die besten Matratzen.«

»Wir müssen heute vormittag etwas zum Anziehen kaufen.« Jordan schlüpfte in ein schmutziges Paar Khakis, die er unter den *kikoi* schob.

»Ich habe im Zentralmarkt eine *duka* gefunden, wo sie amerikanische Kleidung verkaufen.« Zanifa rollte auf ihren Rücken und ließ ihre Beine über den Bettrand baumeln. »An den Wochenenden wollen alle asiatischen und europäischen Mädchen hübsche Kleider haben.«

»Du bist heute früh ausgegangen?«

»Nein, gestern abend.« Zanifa lächelte verschmitzt.

»Zum Zentralmarkt? Allein? Du hättest ausgeraubt oder vergewaltigt werden können. Ich hab' dir doch gesagt, du solltest im Hotel bleiben.«

»Du hast geschlafen«, sagte Zanifa mit ernstem Gesicht in suaheli. »Auf den Straßen waren viele Menschen. Es ist nicht gefährlich. Außerdem bin ich mit einem Dienstmädchen aus dem Hotel ausgegangen. Sie ist eine Chagga aus Kilimandscharo.«

»Du hast bereits eine Freundin gefunden.« Er lachte über seine Verärgerung.

Jordan folgte Zanifa durch das Buffet und summte, während sie beide Obst, Eier und Pasteten auf ihre Teller taten. Der große Speisesaal war besetzt von einer Touristenarmee in Safarikleidung, die den langhaarigen weißen Mann in schmutziger Kleidung anstarrten, der das afrikanische Mädchen an ihren Tischen vorbeiführte.

»Weshalb tragen die Weißen Uniformen?« flüsterte Zanifa in suaheli.

»Das ist die Mode für Besuche in Wildparks.«

»Sie *wollen* sich alle gleich kleiden? Wenn ich mit der Schule fertig bin, werde ich nie wieder eine Uniform tragen.«

»Was ist mit Jeans und Pullis? Das ist doch auch eine Uniform.« Jordan fand einen Tisch bei einer Glaswand mit Blick auf den Hof.

»So habe ich das noch nie gesehen.« Sie blickte zu einem großen Vogelkäfig im Freien. »Glaubst du, Pasipo geht es gut?«

»Natürlich.« Er lächelte und begann, sich Eier in den Mund

zu schaufeln, besann sich dann jedoch. Er gab ein schlechtes Beispiel ab. Ein Kellner brachte Tee. Betont langsam leerte Jordan seinen Teller und beobachtete das Kommen und Gehen der Touristen.

»Du bist glücklich heute morgen.« Zanifa saß sehr gerade auf ihrem Stuhl. »Du hast gesungen, als wir aus deinem Zimmer raus sind.«

»So? Das war ein Lied in der Kapelle, als ich in deinem Alter war. Die Worte weiß ich nicht mehr.«

»Ich kenne es.« Zanifa summte.

»Du bist aber doch eine Muselmanin.«

»Jeder muß zur Kapelle.« Mit klarer Sopranstimme sang Zanifa leise:

Joy-ful, joy-ful, we adore thee, God of glory, Lord of love;
hearts unfold like flowers before thee, praising thee, their above.
Melt the clouds of sin and sadness; drive the dark of doubt away;
giv-er of im-mor-tal gladness, fill us with the light of day.

»Ich bin sehr stolz auf dich.« Jordan lächelte. »Du wirst eines Tages große Dinge vollbringen. Da bin ich mir sicher.«

»Das war wunderschön«, sagte eine Frau von einem benachbarten Tisch. »Hallo, ich bin Flo. Ich finde es wunderbar, daß es in Afrika so viele Christen gibt.«

»Oh, ja, Ma'am«, sagte Jordan. »Hier gibt's mehr als irgendwo sonst auf der Welt.«

»Sie klingen nach Südstaatler. Wo sind Sie her? Wir sind aus Dallas. »

»Memphis.«

»Sie sehen so aus, als ob Sie hier leben«, sagte der Mann an dem Tisch. »Wissen Sie, wie man Geld auf dem Schwarzmarkt wechselt?«

»Nein, Sir.« Jordan unterschrieb den Scheck und stand auf.

»Ich würde eine Bank benutzen.«

»Was tun Sie hier drüben?«

»Ich bin ein Missionar. Wünsche Ihnen allen einen guten Tag.« Jordan nahm Zanifas Hand und ging davon, wobei er Beethovens Ode »An die Freude« summte.

Draußen war die Luft kühl und vibrierte vom Verkehrslärm.

Zanifa ging durch die Straßen von Nairobi, den Kopf im Nacken und starrte mit offenem Mund hinauf zu den Wolkenkratzern. Für Jordan war die Unmenge von Mänteln und Krawatten ein ungewohnter Anblick. Zanifa stieß mit einem der vorbeiströmenden Männer zusammen.

»Wewe mshamba.« Der Mann nannte sie eine Hinterwäldlerin.

»Ich bitte um Verzeihung, Sir«, sagte Zanifa in englisch.

Bei den Oxford Clothiers kaufte Jordan einen Tweed-Blazer, Hemden mit Knöpfkragen, Khakis und für Zanifa einen Pulli mit V-förmigem Halsteil sowie bequeme Sportschuhe. In einem Bata-Shop erstand er für sie beide Desert-Boots aus Wildleder. An den Ständen im Zentralmarkt sah er zu, wie Zanifa eine abgetragene Nike-Trainingsjacke und zwei Paar gebrauchte Levis Jeans heraussuchte. Sie gingen zurück zu dem kleinen Haar-Salon beim Norfolk. Zanifa sah sich scheu in dem Raum voller Spiegel und den Reihen von Flaschen um.

»Zweimal Haarschneiden.« Jordan manövrierte sie sacht auf eine Asiatin zu, die neben einem Frisierstuhl stand. »Ladies first.«

»Wie möchten Sie Ihr Haar denn geschnitten haben?«

»Meine Mutter schneidet es immer in derselben Weise.« Zanifa deute auf ein Poster. Es zeigte ein Mulattenmädchen mit einer Welle von ponyartigen Locken, die sich um ihre Wangen krümmten. »Können Sie mir die Haare so schneiden?«

»Das ist eine Dauerwelle.«

»Was?«

»Wir müßten Ihre Haare glätten und dann legen.«

»Dein Haar ist schön, so wie es ist«, meinte Jordan. »Sag ihr nur, sie soll die Enden stutzen, damit es überall gleichmäßig ist.«

»Bitte, stutzen Sie es nur hübsch«, sagte Zanifa enttäuscht. Sie erschrak, als die Rücklehne des Stuhls sich plötzlich senkte. Die Stilistin schmunzelte und begann, ihre Haare zu waschen. »Sie sind nicht aus Nairobi.«

»Ich bin hergekommen, um hier zur Schule zu gehen«, erwiderte Zanifa. »Aus Tansania.«

»Kenia wird Ihnen gefallen. Es ist hier viel besser. Tansania.« Die Stilistin schüttelte den Kopf. »Ein zurückgebliebenes Land. Wer ist Ihr Freund?«

»Er ist mein Bruder.«

Jordan lächelte, blätterte in einem britischen *Vogue*-Magazin. Er war dabei, den Rest des Tages zu verplanen. Von seinem Zimmer aus würde er sämtlich Fluggesellschaften anrufen und auch das Büro des Peace Corps in Daressalam. Er würde die Direktorin anrufen und ihr sagen, daß sie beide am Nachmittag eintreffen würden. Im übrigen war es besser, ein Auto zu mieten, als auf dem Motorrad vorzufahren.

Die Frau befragte Zanifa über die Usambara Mountains, zog ihr einen Mittelscheitel und begradigte die Enden der Löckchen auf ihren Wangen, so daß sie quer bis zum schlanken Hals eine gerade Linie bildeten. Er hörte, wie Zanifa zu ihr sagte: »Mir fehlt meine Mama. Ich habe noch nie fern von zu Hause geschlafen.«

»So weit weg ist das bei Ihnen ja nicht. Meine Mutter ist in Indien.«

»Sie wird dich bald besuchen kommen, Zanifa.« Jordan ging durch den Raum zu dem Stuhl, wo die Stilistin Zanifas Schultern abbürstete. »Schau dich doch nur an! Ah! Du wirst hübscher sein als all die anderen Mädchen.« Jordan hob eine

Locke von ihr vom Fußboden auf und wickelte sie in ein Taschentuch. »Ein Andenken.«

»Nicht für Magie?« Zanifa lachte, doch ihr Blick wirkte beklommen. Sie sprang vom Stuhl herunter und betrachtete sich im Spiegel.

»Nur als Erinnerung an dich.« Jordan lehnte sich in dem großen Stuhl zurück.

»Der Letzte, der Ihnen die Haare geschnitten hat, war blind?« Der Kamm der Stilistin hatte sich auf Jordans Hinterkopf in einem Knoten verfangen.

»Der Letzte, der mich gestutzt hat, war ein Massai.« Jordan lachte. »Hat alles abgeschnitten. Geben Sie mir das Aussehen eines Bankers.«

Zanifa band eine Haarsträhne von ihm mit einem Stückchen Schnur vom Preisschild ihres neuen Pullis zusammen. Sie zeigte sie Jordan. »Ein *kumbukumbu*.«

Von einem Hügel oberhalb der Stadt sah die im Rückfenster eines Londoner Taxis schrumpfende Skyline von Nairobi aus wie eine Kulisse vor der weiten Ebene. Als die Sicht von Bäumen versperrt wurde, drehte sich Zanifa herum und saß mit ihren Füßen auf dem Rand des Sitzes und ihrem Kinn auf den Knien, sich selbst umarmend, als ob sie fror. Durch das Fenster blickte sie zu den Dächern der Häuser, die über Mauern hinweglugten, die oben mit Stacheldraht bewehrt waren. Einkaufspromenaden hoben sich heraus aus den Inseln aus Asphalt. Jordan griff nach ihrer Hand. »Was ist denn?«

»Du läßt mich allein«, sagte Zanifa in suaheli.

»Die Kenia-Polizei würde vielleicht versuchen, mich zu stellen, falls ich mich hier für längere Zeit aufhalte«, sagte Jordan leise. »Ich wollte nicht, daß du dich ängstigst. Aber die Polizei in Dar hat dem Büro des Peace Corps mitgeteilt, daß ich mich melden sollte.«

»Woher weißt du das?«

»Ich habe mit meinem Boß gesprochen, während du den Lunch beendet hast. Du bist hier sicher. Du hast nichts Unrechtes getan. Ich weiß, daß dir deine Mama fehlt und daß du in einer neuen Umgebung leben wirst. Aber du hast die richtige Wahl getroffen.«

»Labda mchowi ya sultani ataweka dawa kwenye mimi.«

»Das ist es, was dir Sorgen macht?« Jordan lachte. »Sei nicht albern. Kimweri kann dich nicht mit einem Fluch belegen. Medizinmannzauber ist Blödsinn. Das weißt du doch auch.«

Sie blickte durch das Fenster zum Waldgelände am Rand eines Tierparks. Er war jetzt so sehr an sie gebunden, als ob sie sein eigenes Kind wäre. Er versuchte sich vorzustellen, wie sie über den Campus der Memphis State University spazierte. Die Verpflichtung erlöste ihn von seiner Ziellosigkeit. Dann wurde ihm plötzlich ernüchternd klar, daß er, hätte er dieses Gefühl der Verpflichtung drei Jahre zuvor empfunden, Anna geheiratet haben würde.

»Wirst du dir in Amerika eine Frau nehmen?« fragte Zanifa, als lese sie seine Gedanken. »Du bist zu alt, um keine Frau zu haben.«

»Eines Tages.« Jordan lächelte. »Du wirst doch nicht eifersüchtig sein, oder?«

»Wer ist sie?« Zanifa warf sich quer über den Rücksitz auf ihn.

»Es gibt keine.« Jordan lachte. Er hielt ihre Arme von seinem Gesicht weg.

»Es wird eine geben.« Zanifa hörte auf zu kabbeln. »Du machst zu gern Liebe. Deshalb hast du mir auch geholfen.«

»Schlauköpfchen.« Jordan berührte leicht den Kratzer an seinem Kinn, den er ihr verdankte. Im Rückspiegel kam er sich fremd vor mit dem kurzen Haar und dem Blazer. »Wirst du unser Geheimnis hüten?«

»Ich werde keinem etwas verraten«, sagte sie langsam in englisch. »Du hast mich gelehrt. Mein bester Lehrer.«

Ein großes grünes Schild der Boma School markierte einen langen Fahrweg zwischen Spielfeldern. Gleich einer Vogelschar rannten Mädchen mit Hockeyschlägern auf dem entferntesten Feld hin und her. Bis hierher nach Norden waren die Regenfälle noch nicht gelangt, und das Gras war braun unter der heißen Nachmittagssonne. Hinter Hecken und Schlingpflanzen verborgen, umschloß ein Zaun eine Gruppe hoher Bäume. Ein uniformierter Afrikaner nahm Haltung an, als das Taxi durch das Tor fuhr. Zwei Jungen in weißen Hemden und blauen Shorts kickten einen Fußball in der Nähe einiger Mädchen, weiß, schwarz und braun, die auf dem Rasen saßen. Die Gebäude unter den Bäumen waren im Siedlerstil erbaut mit Blechdächern und Zedernwänden. Jordan sagte dem Fahrer, er solle warten, und nahm Zanifas Tasche. »Das sieht hier doch prima aus. Ich wette, die haben Computer.«

Zanifa schwieg. Ihre Augen waren auf den Weg gerichtet, der über den Rasen führte.

»Guten Tag«, sagte ein afrikanisches Mädchen, das neben einem indischen Mädchen ging. Beide trugen weiße Blusen und karierte Röcke.

»Hal-lo«, stotterte Zanifa.

»Sie war freundlich«, sagte Jordan.

»Man kann nie wissen«, sagte Zanifa.

»Nach dir.« Jordan hielt eine Tür auf. »Willst du ihnen sagen, wer du bist, oder soll ich das tun?«

»Ich werd's tun.« Zanifa lachte. »Ich weiß, wer ich bin.«

»Ich wünschte, wir könnten mehr von diesen Mädchen helfen«, sagte Mrs. Calloway. Ihr Händedruck war so fest wie der eines Mannes. Jordan schätzte sie auf ungefähr vierzig, jünger als ihre Stimme am Telephon geklungen hatte, jünger auch als ihr gebräuntes Gesicht vermuten ließ nach Jahren voller Tropensonne und Abenden mit Gin und Tonic. Sie trug ihr sonnengebleichtes Haar kurz, und ihr großer, athletischer Körper steckte in einem Batikkleid. Man konnte sich vorstellen, daß sie ihre Karriere als Trainerin begonnen hatte. Bewundernd sah sie Jordan an. »Zanifa, du hast großes Glück, einen solchen Wohltäter zu haben.«

»Ja, Ma'am.« Zanifa lächelte unschuldig. »Ich weiß.«

»Rutledge, ich sehe Sie um sieben im Norfolk.«

»Sawa.« Jordan nahm sich vor, den Drink nicht ausufern zu lassen. Eine einsame weiße Frau in Afrika, die auf ein kleines Abenteuer aus war. Als sie das Büro der Direktorin verlassen hatten, sah Zanifa ihn aus verengten Augen an. Draußen flüsterte sie: »Diese Mama mag dich.«

»Sei nicht albern.« Jordan lächelte. »Mrs. Calloway hält mich für einen guten Menschen, weil ich für dich für die nächsten zwei Jahre die Gebühren bezahlt habe.«

»Ihre Augen sagen, daß sie Beeren sammeln möchte.«

»Zanifa.« Jordan lachte. »Sie möchte mich nur über die Verhältnisse befragen, aus denen du kommst. Wahrscheinlich möchte sie wissen, ob du und ich welche gesammelt haben.«

»Wirst du ihr sagen, was wir gemacht haben.«

»Möchtest du, daß ich das tue?«

»Nein.« Zanifa brach ab, während ihr Mund noch das Wort formte. »Ich wünschte, ich könnte mit dir gehen.«

»Das wünschte ich auch.« Jordan legte den Arm um ihre Schulter.

»Ich rufe dich am Donnerstag an, wenn ich in Memphis bin. Wir können jeden Tag miteinander sprechen.« Er drückte ihren Arm.

»Ich möchte nicht, daß diese Kids mich weinen sehen.«

»Sei nicht traurig.« Jordan stockte. »Ich werde an dich denken.«

Zanifas Gesicht erhellte sich, als sie eine Träne in seinem Auge sah. »Ich werde in Gedanken auch bei dir sein.«

Als sie sich dem Taxi näherten, ließ der Fahrer den Motor an. Jordan umarmte Zanifa und hob sie ein Stück vom Boden hoch. Ihr Gesicht preßte sich gegen seinen Hals, sie gab einen erstickten, animalischen Klagelaut von sich. Er stellte sie auf den Boden und erwartete, daß sie schluchzte, doch ihre Augen waren klar. Sie lächelte schwach und sagte: »Ich liebe dich.«

»Ich liebe dich, Kleines.« Mit leicht geducktem Kopf stieg er in das Taxi. »Es wird dir gutgehen.«

»Kwa heri, kaka«, sagte Zanifa voll Inbrunst und schloß die Tür. Geh mit guten Wünschen, Bruder. *»Mungu atakupelekie.«* Gott wird dir beistehen. Sie folgte dem Taxi zum Tor, mit beiden Armen über dem Kopf winkend. Jordan beobachtete sie durch das Rückfenster, während das Auto zwischen Spielfeldern fuhr, die sich inzwischen mit Rugby- und Cricket-Teams gefüllt hatten. Sie drehte sich um und rannte über den Parkplatz, blickte über ihre Schulter und warf ihm eine Kußhand zu, noch immer laufend, verschwand dann.

»Ich habe dies zwei Jahre lang nicht benutzt, hoffentlich ist alles in Ordnung.« Jordan schob eine Karte über den Tisch.

Die Kenianerin in einem blauen Kleid tippte auf eine Tastatur. »Tauschen Sie diesen Einfachflug lieber in ein Rückflugticket ein. Wenn ein *mzungu* in Afrika lebt, wird er sich nie wieder dort zu Hause fühlen, wo er hergekommen ist. Zwei Jahre. Wird ihre ganze Familie zum Flughafen kommen, um Sie zu begrüßen?«

»Wenigstens meine Mama und mein *baba*.« Jordan unterschrieb die Quittung. Vor seinem inneren Auge sah er seine Eltern in Wintermänteln im Terminal, seine Mutter einen Kopf kleiner als sein Vater, beide lächelnd, seine Mutter bereit, Luftsprünge zu machen wie ein Cheerleader. Zu einer anderen Zeit wäre Anna dagewesen. Er war sich bewußt, daß ihn keine Gewissensqual mehr plagte. Sie war zusammengeschrumpft zu einem kalten Stein in seinem Herzen. »Glauben Sie, daß man sein Leben von vorn beginnen kann?«

»Sie meinen, wiedergeboren werden? Viele Freunde von mir, sie sind wiedergeboren worden, haben sich jedoch nie geändert.« Hinter der Frau begann plötzlich ein Drucker ein Ticket auszudrucken mit einem Piepgeräusch bei jedem Zeilenende. »Ihre Karte ist noch gültig. Zur Feier Ihrer Abreise sollten Sie mich zum Dinner ausführen.« Sie streckte ihren Arm aus und klatschte Jordan auf den Handteller.

»Liebend gern.« Jordan lächelte. »Aber ich habe schon anderes vor.«

Sie gab vor zu schmollen und reichte ihm sein Ticket.

»Du wirst um die halbe Welt fliegen, und Afrika wird ein Traum sein.« Während er das Gebäude verließ, ertappte sich Jordan bei einem Selbstgespräch. »Du solltest aufhören, zuviel mit dir selbst zu reden.« Er ging die Haile-Selassie-Avenue hinunter zum Extelcom House, wo er ein R-Gespräch nach Memphis versuchte, doch meldete sich niemand. Das Norfolk lag auf der anderen Seite des Stadtzentrums. Der Nachmittag begann kühl zu werden, und Jordan entschloß sich, zu Fuß durch die Rush-Hour-Massen zu gehen. »Der Freiwillige kehrt aus dem tiefsten Afrika als sabbernder Idiot zurück«, sagte er in Vernon Taylors tiefem, schleppendem Tonfall. »Hast du die Schuld deiner Vorfahren abgemildert und die Dämonen begraben, die dich fortgetrieben haben?« Er imitierte Vernons zynisches Lachen.

»Du, mzunu.« Ein Minibus mit einem aus der offenen Tür hängenden jungen Mann kurvte um die Ecke.

Jordan trat zurück auf den Gehsteig, während der Bus vorbeibrauste.

Der Brüller lehnte sich zu ihm und schüttelte wütend seinen Zeigefinger. »Paß auf, wo du hingehst!« Auf die Rückfront war der Spruch »Zu viele Tränen« aufgemalt. Jordan überquerte die Kreuzung zur Harry Thuku Road und ging den schattigen Campus der Nairobi University entlang und fragte sich, ob Zanifa nicht lieber hier zum College gehen würde. Als er die vor dem Norfolk parkenden Landrover und Land Cruisers sah, dachte er, daß er ja vielleicht zurückkommen konnte, wenn sie von der Boma School graduierte, um anschließend mit ihr auf Safari zu gehen.

»Sie haben Besucher.« Der Portier musterte ihn mit einem sonderbaren Blick und wies mit dem Kopf auf eine Nische gegenüber der Rezeption. Ein großer Polizist in schwarzen Hosen, einem Marine-Pullover und einer spitzen Mütze stand neben einem muskulösem Mann, der einen grauen, für ihn zu kleinen Anzug anhatte sowie ein weißes Hemd und eine schwarze Krawatte. An seiner Kleidung war irgend etwas Schuljungenhaftes, das ihn noch unheilvoller erscheinen ließ.

»Oh, Scheiße«, sagte Jordan leise für sich. »Darf ich ein Telephon benutzen?«

»Bei den Toiletten.« Der Portier deutete zum Korridor hinter den sich nähernden Polizisten.

»Mr. Jordan?« Der Mann in dem grauen Anzug lächelte.

»Ja.«

»Detective Waweru.« Der Mann klappte eine Brieftasche mit einer Polizeimarke auf. »Ich habe den Befehl, Sie mitzunehmen, damit sie einige Fragen beantworten.«

»Weshalb?«

»Darüber bin ich nicht informiert. Detective Njoroge wartet auf Sie.«

»Ich möchte meine Botschaft anrufen.« Jordan ging an ihm vorbei. Mit zitternden Fingern blätterte er im Telephonbuch. Die Nummer gab er der Vermittlung.

Der Detective stand ein kurzes Stück entfernt, mit ruhigem Gesicht. Er warf einen Blick auf seine Armbanduhr, streichelte dann mit einem Finger das schwere goldene Armband.

Jordan vernahm eine Aufzeichnung des Anrufbeantworters, eine ausdruckslose Frauenstimme: »Sie haben die Botschaft der Vereinigten Staaten erreicht. Unsere Bürostunden sind ...« Er hängte auf und atmete tief durch.

»Sie sehen verängstigt aus, mein Freund, *Hakuna matata.*« Waweru nahm Jordan sacht beim Ellbogen und lachte. Kein Problem. »Sie werden rechtzeitig zum Dämmerschoppen wieder in der Bar sein.«

Jordan zog seinen Arm fort und ging mit raschen Schritten in Richtung Veranda. Auf den Stufen zum Gehsteig überholte Waweru ihn. Der uniformierte Beamte fuhr in einem weißen Peugeot mit einem Schwalbenschwanzende vor, auf dessen Nummernschild hinten ein W stand, und es war allgemein bekannt, daß das Fahrzeug folglich zur Criminal Investigation Division gehörte, der Abteilung zur Kriminalitätsermittlung.

»Ich habe Sie kaum wiedererkannt.« Die Texanerin vom Frühstück erschien neben ihm. »Mit dem Haarschnitt sehen Sie viel besser aus. Stimmt das nicht, Sam?«

»Ein wirklicher Gentleman.« Mit breitem Grinsen musterte der Mann Jordan von oben bis unten. »Hätten Sie Lust, sich uns zum Dinner anzuschließen? Wir würden gern etwas über das wirkliche Afrika erfahren.«

»*Bwana* Jordan«, rief der Detective vom Bordstein her und hielt die hintere Tür offen.

»Sehr großzügig von Ihnen, aber ich kann es nicht einrichten.« Jordan versuchte zu lächeln. Er überquerte den Gehsteig und stieg ein. Waweru machte die Tür zu. Die acht Texaner sahen schweigend zu, als sei er ein Tier in einem Wildpark. Waweru ging um das Auto herum und glitt auf den Sitz neben ihn. Das Auto fuhr los. Die tansanische Polizei hatte wahrscheinlich die Kenianer kontaktiert mit dem Ersuchen, ihn festzunehmen, und die Kenianer würden ihn durch die Mangel drehen, bevor sie ihn das Flugzeug besteigen ließen. Der Fahrer bog direkt in den University Way ein.

»Die Polizeiwache ist dort hinten«, sagte Jordan beklommen.

»Wir fahren zur CID.« Waweru hatte den Knoten seiner Krawatte gelockert, und der oberste Hemdenknopf war geöffnet, als versuche er, dem Vorbild eines Comic-Detectives nachzueifern.

»Wo befindet sich die?«

»Das werden Sie früh genug sehen.« Wawerus Lächeln wirkte absichtlich hart und zynisch.

Jordan beobachtete die schwarzen Vögel, die sich spiralförmig über dem Uhuru Highway bewegten. Zu Dutzenden kreisten sie in derselben Luftströmung gleich Geiern im Dämmerlicht. Er flüsterte: »Pasipo.«

Der Himmel explodierte in ein Gebilde aus blendendem Licht.

Sterne schimmerten und verschwammen in der Nacht. Es kostete zuviel Mühe, seine Augenlider offenzuhalten gegen das Pulsieren, das sich anfühlte, als sei ihm ein Dorn tief ins Gehirn getrieben worden. Er ließ sie sinken. Er schien in hohem Gras flach auf dem Rücken zu liegen. Über die Spielfelder hinweg sah er, wie Zanifa vom Tor her winkte. Er zwang sich, die Augen zu öffnen, und versuchte, sich aufzusetzen, und die Sterne blitzten über den Himmel. Das plötzliche Schwindelgefühl ließ ihn aufstöhnen, und sein Kopf sackte vor, zwischen seine Füße.

»*Karibu kurudi*«, sagte jemand. Willkommen zurück.

Die Stimme klang vertraut. Jordan öffnete die Augen und fand sich in einer Lache aus Licht. Er sah die schwarzen Slipper und die grauen Hosen, und Angst machte sich in seiner

Brust breit. Waweru schien keinen Dienst zu haben. Wahrscheinlich arbeitete er für Patel und Ionides. Bestimmt würden sie ihn nicht umbringen, weil er ihr Geld gestohlen hatte. Wenn er tot war, konnte er es ihnen nicht zurückgeben. Sie wollten ihm nur Angst einjagen.

»Du wirst bald kotzen. Wenn dein Gehirn dir wieder von innen gegen den Schädel klatscht«, erklärte Waweru wie ein Arzt beiläufig in suaheli, während der andere Beamte Jordan an den Schultern hochhob. »Wenn du aufwachst, kriegst du einen Brechreiz.«

Jordan stand unsicher auf seinen Füßen. Die Autoscheinwerfer beleuchteten eine unbefestigte Straße, die durch eine Gruppe von Akazienbäumen führte und in der Dunkelheit verschwand.

»Kotz mir nicht auf die Schuhe.« Waweru gluckste und lehnte Jordan gegen einen Baum. Bevor er begriff, was geschah, hatte der uniformierte Beamte seine Arme auf der anderen Seite des Baumstamms mit Handschellen gefesselt.

»Vetter Kimweri sendet seinen Frieden«, sagte Waweru in suaheli und legte seine großen Hände auf Jordans Schultern. Er drückte ihn nieder auf die Knie, und der andere fesselte seine Fußknöchel auf der anderen Seite des Baums aneinander. »Er hat heute morgen aus dem Aga Khan Hospital in Daressalam angerufen. Sie haben ihm ein Glasauge eingesetzt.«

»Es freut mich, daß er ansonsten heil ist.« Es gelang Jordan, mit ruhiger Stimme zu sprechen. »Ich wollte nicht, daß er verletzt wird.«

»Er wird leben.« Waweru klatschte seine Taschenlampe gegen seinen Handteller wie einen Schlagstock. »Mit einem Auge.«

»Wo ist Zanifa?«

»Das Mädchen? Das Mädchen geht ihren eigenen Weg. Du mußt blechen.«

Jordan hörte sein eigenes Lachen. Kimweri hatte das endgültige Opfer arrangiert. Er sollte sterben, damit Zanifa leben konnte. Sein Lachen klang nicht wie sein eigenes Lachen. Es schien ihn zu verhöhnen. Ihm wurde bewußt, daß er zum erstenmal mit sich selbst fast in Frieden gewesen war, und jetzt würde er sterben. Er hatte diesen langen Weg zurückgelegt für einen einzigen Tag. Sein Lachen war zum Geheul geworden. Er beugte den Hals und versuchte, die Tränen von seinem Gesicht zu wischen, doch er kam an seine Schulter nicht heran.

»*Maina, njoo*«, sagte Waweru zu dem Uniformierten. »Leuchte ihm ins Gesicht.«

Der Lichtstrahl blendete Jordan, während ihm jedes Wort des Vaterunsers einfiel; dann murmelte er: »Laßt sie alle wissen, daß ich sie liebe.«

Wie in Zeitlupe schien sich Waweru auf ihn zuzubewegen, ein Schatten mit einem Messer in einer Hand. Ein gesichtsloser Kopf, durch das Licht dahinter wie von einem Strahlenkranz umgeben. »Du weißer Affe. Du kommst nach Afrika und hältst dich für einen großen Mann. Sieh dich jetzt an, heulst wie ein Mädchen.« Er packte Jordans Kinn, wie um ihn zu küssen.

»Ich ...« setzte Jordan an. Waweru schlitzte seine Wange mit dem Messer. Jordan schrie auf, und der Mann schnitt ihm in die andere Wange. Jordan preßte seinen Mund zusammen und unterdrückte seine Schreie.

Maina lachte. »Markier ihn wie einen Kamba-Krieger.«

Mit einem Lachen, das tief aus seinem Bauch kam, drehte Waweru sich um und klatschte seine Hand gegen Mainas Handteller. Dann fuhr er mit seiner Pranke Jordan brutal über Gesicht und Nase und preßte seinen Kopf gegen den Baum. Sacht zog er ihm die Spitze der Klinge über die Stirn. Das erste Schlitzen war wie ein Ätzen, doch als Waweru zum drittenmal einen Strich über seine Augenbrauen zog, fühlte Jordan nur, wie das Blut seine Nase hinunterrieselte. Sein Körper erschlaffte in den Metallschellen.

»Jetzt bist du ein Afrikaner.« Waweru ließ seinen Kopf los. »Einer von uns.«

Maina bog sich vor Lachen, so daß die Taschenlampe auf das Blut schien, das auf den Boden tropfte. »Schneide ihm die Ohren ab. Dann sieht er aus wie eine Schlange.«

»Beleuchte sein Gesicht«, fauchte Waweru. Er hob Jordans Kinn an und flüsterte: »Sieh mich an, *mzungu*.«

Jordan hielt seine Augen geschlossen und wünschte sich, das Bewußtsein zu verlieren.

»Sieh mich an, oder ich schneide dir die Ohren ab, um dem Idioten eine Freude zu machen.«

Maina kicherte. »Schneid sie ihm auf jeden Fall ab.«

Durch einen Film aus Blut und Tränen blinzelte Jordan in das Licht.

Waweru drückte sein Kinn höher und bewegte das Messer langsam auf seine Stirn zu. Jordan fühlte die Spitze zwischen seiner Nase und seinem Auge. Er versuchte zu entkommen, als sich die Klinge in seinen Augapfel stemmte. Ungeheurer Schmerz explodierte in seinem Kopf. Schreiend zerrte er an den Metallschellen und bäumte sich gegen den Baum, ohne zu spüren, wie das Metall ihm in die Handgelenke schnitt und die Borke ihm die Haut vom Rücken schabte. Waweru trat zurück. Wie eine Hyäne lachend, beugte Maina sich vor und richtete das Licht auf Jordans Knie.

Für einen Moment konnte Jordan, trotz der Schmerzen, deutlich seinen Augapfel im Dreck liegen sehen. Er war eiförmig zusammengepreßt. Der weiße Stumpf des Sehnervs glich einem Apfelstengel.

»Wirf ihn beim Highway raus!« sagte Waweru.

»Wann bekomme ich mein Geld? Dies war gefährlich. Du hattest mir nicht gesagt, daß es sich um einen Weißen handelte. Hätte ich das gewußt, wäre ich nicht gekommen. Ich dachte, es wäre ein Tansanier. Zweihundert Dollar sind nicht genug. Wir sprechen von einem weißen Mann.«

»Halte den Mund und fahre«, sagte Waweru verärgert.

»Ein Amerikaner ist mehr wert als ein Tansanier.«

»Halt's Maul!«

»Es könnte Ärger geben ...«

»Wir sind geschützt. Wir haben ihn nie gesehen.«

Jordan lauschte auf ihr Suaheli. Er lag flach auf dem Rücken, so bewegungslos, als sei er noch ohne Bewußtsein, doch in seinem Kopf schien ein Gong zu dröhnen. Das Auto hielt. Maina zerrte ihn an den Füßen hinaus. Jordan biß sich auf die Lippen, als er mit dem Kopf auf den Boden schlug, doch er blieb still, hielt die Augen geschlossen. Er fühlte, wie eine Hand in sein Jacke glitt, dann leicht gegen sein Gesicht klatschte. Mainas Stimme flüsterte: »*Mzunge*, wo bewahrst du dein Geld auf?«

»Steig ein«, schrie Waweru und ließ den Motor an. Maina rollte Jordan seitlich herum und befühlte seine Gesäßtaschen. Vom Auto kam ein lautes Hupen. Jordan spürte, wie er wieder auf den Rücken rollte und ihm Mainas Speichel auf das Kinn spritzte. Dann hörte er, wie Maina zum Auto ging und die Tür hinter ihm zuklappte. Räder des Autos drehten sich, und es war fort.

Jordan lag lange Zeit, bis der Schmerz so weit nachließ, daß er einen Gedanken fassen konnte. »Lieber Gott. Allah, *Yesu Christo*.« Er lachte und erhob sich langsam. Vorsichtig berührte er das zerrissene Lid über der leeren, brennenden Höhle. Er öffnete das andere Auge. Gleich einer untergehenden Sonne hing ein großer Kupfermond tief über der Savanne.

Barbara Wood

Rote Sonne, schwarzes Land

Roman

Aus dem Amerikanischen von Manfred Ohl und Hans Sartorius

Band 15035

1917: Dr. Grace Treverton erreicht Kenia, das schwarze Land, entschlossen, den Eingeborenen die Segnungen der modernen Medizin zu bringen. Ihr Bruder, Lord Valentine, träumt seinen eigenen Traum von der Zukunft dieses britischen Protektorats: ein landwirtschaftliches Imperium, größer als jedes in der alten Heimat. *1944*: Die Träume der weißen Siedler zerplatzen unter der roten Sonne an jener afrikanischen Großfamilie, die das Land seit Generationen bewohnt. Wachera, die angesehene und gefürchtete Medizinfrau, ist zum Kampf um die Erhaltung eingeborener Traditionen bereit. Ihr alter Fluch scheint in Erfüllung zu gehen und bringt alles in Gefahr, was die weißen Siedler sich erträumten. Der Widerstand gegen die Trevertons wird revolutionär. *1963*: Deborah, die letzte Treverton, flieht aus einem brennenden Land. Jahre später wird sie nach Kenia zurückgerufen, sich ihrer Identität zu stellen. Erneut trifft sie auf die Gegenspieler aller Treverton-Generationen. Und sie muß eine Antwort finden auf die Frage: »Ist Afrika meine Heimat?«

Fischer Taschenbuch Verlag

fi 1035 / 7

Don Snyder

Peggys Geheimnis

Die Geschichte einer Liebe

Aus dem Amerikanischen von Marion Kappel und Astrid Becker

Band 15171

Pennsylvania 1950. Peggy Snyder schenkt den Zwillingen Don und Dave das Leben. Zwei Wochen später stirbt Peggy, und die Familie beschließt in ihrer Trauer, nie mehr über sie zu sprechen. Es dauert fast fünfzig Jahre, bis Peggys Sohn Don versucht, mehr über seine Mutter herauszufinden. So entdeckt er die große Liebesgeschichte seiner Eltern und das Geheimnis seiner eigenen Existenz.

»Eine bittersüße, ungewöhnliche und wahre Liebesgeschichte. Hautnah erzählt.«
Journal für die Frau

Fischer Taschenbuch Verlag

fi 15171 / 1

Louis de Bernières

Corellis Mandoline

Roman

Aus dem Englischen von Klaus Pemsel

Band 13657

Kephallonia ist eine griechische Insel im Ionischen Meer, berühmt für ihre Anmut und den Zauber ihres Lichts, als Knotenpunkt vieler Schifffahrtsrouten seit jeher ein bevorzugtes Ziel von Invasoren jeglicher Herkunft. Im Zweiten Weltkrieg landeten hier die Italiener, dann die Deutschen. Im Mittelpunkt dieses magischen, ergreifenden Romans steht Pelagia, die schöne, stolze, eigenwillige Tochter des Arztes, die sich zwischen zwei Männern entscheiden muss: Mandras, dem jungen Fischer, der die Delphine aus den Tiefen des Meeres hervorzulocken vermag und sich den Partisanen anschließt, und Antonio Corelli, dem Offizier der italienischen Besatzungstruppen, der die Frauen und die Musik mehr liebt als den militärischen Drill. Aber der Krieg gestattet keine idyllische Abgeschiedenheit. In Zeiten der Barbarei treten Treue und Verrat offen zutage, große Gefühle werden vom Wahnwitz der Geschichte bedroht. Auch in Kephallonia gerät die Landschaft der Götter und der Phantasie in die Klauen der erbarmungslosen Zeitläufte.

Fischer Taschenbuch Verlag

fi 13657 / 1

Rebecca Ryman

Shalimar

Roman

Aus dem Amerikanischen von Manfred Ohl und Hans Sartorius

Band 14789

Delhi im Jahre 1889. Als Emma Wyncliffe dreiundzwanzig Jahre alt ist, stirbt ihr geliebter Vater bei einer Expedition im Himalaja. Nun trägt ihre Mutter allein die Sorge, ihre Tochter standesgemäß in der englischen Gesellschaft zu verheiraten. Aber Emma ist an einem Mann gar nicht interessiert. Ihr Ziel ist es, die wissenschaftliche Arbeit ihres Vaters zu vollenden und zu veröffentlichen. Eines Tages tritt unerwartet ein Fremder in Emmas Leben: Damien Granville. Keiner weiß genaueres über diesen Mann, der angeblich wegen Geschäften aus Kaschmir angereist ist und alle Frauenherzen Delhis höher schlagen läßt. Er wirbt um Emma, doch sie weist ihn schroff zurück. Als ihr Bruder bei einem Glücksspiel das Haus der Familie an ihn verliert, wendet Emma sich an ihn. Damien Granville ist nur unter einer Bedingung bereit, die Spielschuld zu erlassen: Emma soll seine Frau werden. Und so folgt Emma einem Fremden nach Kaschmir. Doch je tiefer Emma in sein Geheimnis eindringt, um so weiter öffnet sich ihr Herz für diesen Mann, der einen gefährlichen Plan verfolgt.

Fischer Taschenbuch Verlag

fi 1608 / 5